人民共和國文化與文學叢書

二　編

李　怡 主編

第 4 冊

作家檢討與文學轉型（1949-1957）（下）

商昌寶 著

花木蘭文化出版社

國家圖書館出版品預行編目資料

作家檢討與文學轉型（1949-1957）（下）／商昌寶 著 — 初版
— 新北市：花木蘭文化出版社，2015〔民 104〕
目 2+232 面；19×26 公分
（人民共和國文化與文學叢書 二編；第 4 冊）
ISBN 978-986-404-216-6（精裝）
1. 中國當代文學 2. 作家 3. 文學評論
820.8　　104011319

人民共和國文化與文學叢書
二 編 第 四 冊　　ISBN：978-986-404-216-6

作家檢討與文學轉型（1949-1957）（下）

作　　者 商昌寶
主　　編 李 怡
企　　劃 北京師範大學民國歷史文化與文學研究中心
　　　　 四川大學現代中國文化與文學研究中心
總 編 輯 杜潔祥
副總編輯 楊嘉樂
編　　輯 許郁翎
印　　刷 普羅文化出版廣告事業
出　　版 花木蘭文化出版社
社　　長 高小娟
聯絡地址 235 新北市中和區中安街七二號十三樓
　　　　 電話：02-2923-1455／傳眞：02-2923-1452
網　　址 http://www.huamulan.tw 信箱 hml 810518@gmail.com
初　　版 2015 年9 月
全書字數 348595 字
定　　價 二編16 冊（精裝）台幣28,000 元

作家檢討與文學轉型

（1949-1957）（下）

商昌寶　著

目次

上冊

下冊

第三章　「進步作家」：在檢討中轉化

巴　金：「我的作品中思想性和藝術性都薄弱，所以我的作品中含有憂鬱性，所以我的作品中缺少冷靜的思考和周密的構思。我的作品的缺點是很多的。很早我就說我沒有寫過一篇像樣的作品。現在抽空把過去二十三年中寫的東西翻看一遍，我也只有感到愧悚。」

老　舍：「我的溫情主義多於積極的鬥爭，我的幽默沖淡了正義感。最糟糕的，是我，因爲對當時政治的黑暗而失望，寫了《貓城記》。在其中，……也諷刺了前進的人物，說他們只講空話而不辦眞事。這是因爲我未能參加革命，所以只覺得某些革命者未免偏激空洞，而不明白他們的熱誠與理想。我很後悔，我曾寫過那樣的諷刺，並決定不再重印那本書。」

曹　禺：「新社會到來了，我居然成爲千千萬萬革命文藝工作者的一員，成爲毛主席文藝隊伍中的一員，我是多麼感激和驕傲！然而我又多麼膽怯，彷彿剛剛睜開眼的盲人，初次接觸了耀目的陽光，在不可抑制的興奮裏，又不知道如何邁第一步。多少年來，我脱離革命的群眾，脱離群眾的實際生活，我猛見了一直在渴望著的光明事物，反而覺得不能像親人一般地立刻擁抱它。」

第一節　巴金：在主動與被動之間轉向

進入 1949 年，巴金的生活陷於「內憂外患」的境地。於家庭來說：受戰事影響，上海人心浮動，物價暴漲，僅靠稿費維持生活的巴金不得不向開明書店借支二十塊銀元以保障一家三口的吃飯和住房問題，也不得不到林森路（今淮海路）去學著倒賣銀元。4 月，好友馬宗融病亡，巴金收留了兩個未成年的孩子，家庭負擔更重了；於事業來說：與吳朗西等合作經營文化生活出版社的工作出現分歧，還要應對那些催要版稅的作家。這一切都讓他大傷腦筋，甚至無暇顧及上海城外的槍炮聲。

5 月 27 日清晨，在迷迷糊糊中聽了一夜槍聲的巴金接到報館友人打來的電話：上海迎來「解放」。好奇之餘，巴金約上好友黃裳一起到南京路去看軍隊進城。

一、生活的轉變

1949 年 6 月，尚未擺脫生活困頓的巴金接到周恩來署名的電報，邀請他出席中華全國文學藝術工作者代表大會。巴金為此興奮而激動，因為對他這個於革命沒有什麼貢獻的自由職業者來說，這不僅是一種價值的認可，更是一種政治身份的認同。於是，巴金滿懷希望地踏上北去的列車，與那裏的新老朋友共享這一歷史時刻。

憑藉著文壇的影響力和良好的人際關係，巴金同時被「選」為全國文聯和文協委員會委員。隨後又被補定為代表，出席第一屆全國政治協商會議。雖然仍是去「吃飯和鼓掌」〔註 1〕，但他還是為此興奮不已。10 月 1 日，他身

〔註 1〕 韋君宜：《思痛錄．路莎的路》，文化藝術出版社 2003 年，第 52 頁。

著灰色幹部制服，以中央文化教育委員的身份榮幸地登上象徵權力、地位和榮譽的天安門城樓觀禮臺，親身分享和感受了這一萬眾矚目的盛典，這讓平民作家巴金切實找到了翻身解放、當家作主的感覺。「文革」後，當他重新拿起筆時仍念念不忘當時的情景：

> 1949 年 10 月 1 日，我在人叢中望見天安門廣場上數不清的迎風招展的紅旗，聽見春雷般的熱烈歡呼，從下午 3 點起連接六個小時高呼「毛主席萬歲」和毛主席洪亮而親切的回答「同志們萬歲」的聲音響徹雲霄。我離開陽光照不到的書桌，第一次在廣大的群眾中間，如此清楚地看到中國人民光輝燦爛、如花似火的錦繡前程，我感覺到心要從口腔裏跳出來，人要縱身飛上天空，個人的感情消失在群眾的感情中間。〔註 2〕

在這樣良好的開端中，巴金的生活與以往截然不同了，最明顯的變化是持續不斷的「戴帽加冕」和不斷增多的「會」。僅以 1949 年 10 月後的一年爲例，他先後榮任上海市文協副主席、創作部部長，華東軍政委員會文化委員，中國保衛世界和平委員會上海分會理事，上海市文聯副主席等大小不一的官職；他也先後參加了上海市第三屆各界人民代表會、上海市文學藝術工作者代表大會、政協第一屆全國委員會、上海市第二屆人民代表大會第一次會議、第二屆世界保衛和平大會、北京各界慶祝抗美援朝勝利大會等大大小小的會議。

這時的巴金確如沈從文所譏評的「十分活躍，出國飛來飛去，當成大賓」。〔註 3〕巴金雖不像茅盾、夏衍、丁玲等「華威先生」那樣每會必講，但坐主席臺的次數也不少，「會」已經成爲他生活的重要組成部分。爲此他還專門撰文稱頌道：

> 我需要友愛，「會」要給我溫暖；我感到能力薄弱，「會」要給我幫助。離開了「會」，我只是孤立渺小的個人，生活在自己弟兄姊妹的中間，我對工作才有更大的信心。「會」把我們大家更緊密地團結在一起，「會」加強友愛的空氣。〔註 4〕

〔註 2〕《一封信》，《巴金全集》第 15 卷，人民文學出版社 1990 年，第 515 頁。

〔註 3〕陳徒手：《午城門下的沈從文》，《人有病　天知否》，人民文學出版社 2000 年，第 25 頁。

〔註 4〕《「會」把我們更緊密地團結在一起》，《文匯報》，1950 年 7 月 24 日。

面對如此紛繁的「會」，巴金樂此不疲，因爲這不僅是他爲新社會服務的一種體現，更重要的是，這些「會」讓他找到滿足感——一種中年男人的潛在的成就感。因爲 1949 年的「會」，在某種意義上象徵著價值和地位，是一種與來自市場和讀者完全不同的認同。從巴金與「會」的積極性和熱情度來看，他及他的家人，尤其是一直崇拜他的蕭珊，都充分體驗到這種感覺。所謂夫貴妻榮，在中國傳統家庭是再平常不過的事。因此，對於以前從沒有參與過國家、國際會議的巴金來說，「會」著實滿足了他的這種心理欲求，所以即使是「疲乏不堪，但精神很好」。〔註 5〕因爲畢竟不是每個人都有機會「疲乏」的，正如同蕭乾所說：交中蘇友好協會會費本是討人煩的，但對那些沒資格交錢的人來說這卻是一種榮譽和地位的體現，所以交錢也就心甘情願了。〔註 6〕不過這種感覺是有一定限度的，一旦新鮮感過去，它的弊病也就會顯現出來。巴金後來「怕開會」、「動腦筋躲開一些會」、「心不在焉地參加許多會」便是這樣的結果。當然，「躲開的會」也都是些無足輕重的會，那些重要的會他還是踴躍參加的。〔註 7〕

另外，還有一點通常不被人們注意，也是研究者不願談及的，就是「會」能夠帶來巨大的經濟效益。因爲與「會」的頻率可以體現出級別的高低和身份的尊卑，在高度計劃——指令性——經濟體制中，「毛頭小子」的文章和書是很難有機會出版的，只有「有頭有臉」的人才能得到更多的發表和出版機會，而且在發行量以及稿費方面還能得到保證，這對於 1949 年後不拿國家工資而僅以稿費生活的巴金來說，未嘗不是「漂亮」的事。可以想見，1949 年還在霞飛坊租房、靠借債度日的巴金，至 1955 年已買下武康路的二層公寓〔註 8〕，這其中不能說沒有「會」的功勞。〔註 9〕

〔註 5〕《巴金致蕭珊》，1957 年 7 月 8 日，《巴金家書》，浙江文藝出版社 2003 年，第 165 頁。

〔註 6〕《風雨平生——蕭乾口述自傳》，北京大學出版社 1999 年，第 237 頁。

〔註 7〕巴金：《懷念胡風》，《無題集》，人民文學出版社 1986 年，第 171 頁。

〔註 8〕1952 年憑藉《青枝綠葉》成名的劉紹棠，1956 年春用稿費在中南海附近買了一座小三合院，包括住房五間、廚廁和配房四間，還有十餘棵老果樹，共花了 2000 元。

〔註 9〕巴金的稿費具體多少很難統計，不過 1956 年中共中央召開「關於知識分子問題的會議」後，出臺了一個文件《關於高級知識分子待遇問題的意見》，其中關於作家待遇的情況是這樣設定的：作家今後得到報酬的主要方式是稿酬。新的稿酬辦法文化部已經擬定。根據新的稿酬標準估算，作家的收入將比過

欣喜、興奮之餘，巴金也多少有些慚愧。畢竟這個勝利是人家拿鮮血和性命換來的，自己是不勞而獲、坐享其成，也就難免「有一種負債未嘗的感覺」。巴金當時便表示：這「好比一個人在無意間受到了別人的恩惠，他當時不知道，施惠的人也不曾覺得，可是有一天受惠的人明白了，他想表示一點謝意，也不過是為了使自己心安而已，對別人並無好處，對施惠的人更說不上報答」。〔註10〕心安也好，報答也罷，作爲「受惠者」一定要有所表示的。

二、欣然接受改造

（一）「先抑後揚」：分清「你」、「我」

第一次文代會期間，巴金在感受老友相聚、結識新友的同時，也感受到那些異常活躍的身著黃軍裝、灰制服的老解放區來的作家的優越感，他的心裏便起了異樣的變化。鳳子在晚年與李輝的談話中曾表述過這種心情，她說：自己「和許多曾經生活於『白區』、『國統區』的代表，爲一個企盼已久的新時代終於到來而歡呼，也爲能同來自解放區的同行們相聚而興奮。但是，生活區域的不同，歷史身份的不同，導致彼此的感覺和心情，有著明顯差異。那些身著軍裝隨著解放軍的炮聲大步走來的解放區文藝家，有資格擁有自豪與驕傲，相形之下，他們是被解放的，這就難免不帶有一種無法迴避的慚愧，甚至自卑」。〔註11〕

同時，「最有才華」、「待人最好、最熱心」、「敬愛的畏友」沈從文，〔註12〕竟然因言論而被排斥在文藝隊伍之外，這讓他充分感受到全權政黨政治的威嚴和不近人情。

去有所提高。一般作家，每年平均可寫小說七萬字，印三萬冊，以每千字二十元記（新稿酬辦法規定每千字十——三十元），全年可得稿酬 2380 元，平均每月約二百元。著名作家可得到較多的稿酬。如老舍，1950 年至 1955 年，平均每年寫十五萬五千字，若按每千字三十元估計，印三萬冊，全年可得 7905 元，平均每月 659 元。又如劉白羽，一九五一年至五五年平均每年寫十五萬四千字，按每千字二十五元計，印三萬冊，全年可得 6545 元，平均每月約 545 元。見謝泳：《關於梅蘭芳的一條史料》，《往事重思量　雜書過眼錄三集》，上海中華書局 2013 年，第 102 頁。

〔註10〕《文匯報》，1950 年 5 月 5 日。

〔註11〕《李輝文集・滄桑看雲》，花城出版社 1998 年，第 170 頁。

〔註12〕巴金：《懷念從文》，《巴金全集》第 19 卷，人民文學出版社 1993 年，第 407～426 頁。

還有，文代會後不久，中國作協副主席、《文藝報》主編丁玲在北京青年團的講座中批評說：「巴金的小說可以使人有作爲，也可以使人嚮往革命」，但是「那種革命，上無領導，下無群眾，中間只有幾個又像朋友，又像愛人的人在一起革命，也革不出一個名堂來」，所以「跟他過去的作品去走是永遠不會使人更向前走。今天的巴金，他自己也正在要糾正他的不實際的思想作風」。〔註13〕其實，聰明而敏感的巴金來京前就已經意識到自己該做什麼了。

1949 年 7 月 17 日，巴金應《人民日報》之約，寫了自己參加會議的簡短感言：「我參加這個大會，我不是發言的，我是來學習的。」「好些年來我一直是用筆寫文章，我常常歎息我的作品軟弱無力，我不斷地訴苦說，我要放下我的筆。現在我卻發現確實有不少的人，他們不僅用筆，並且用行動，用血，用生命完成他們的作品。」〔註14〕

隨後巴金以《一封未寄的信》爲題，再次表達了自己的愧疚：「由於你們，我看見了一個那麼廣泛的文藝活動，由於你們，我才知道有人用筆做了那麼多的而且那麼直接生效的工作。」「你們中間有許多人卻用筆蘸著血在工作。你們消耗的是生命，是血」，而「我的筆蘸的是墨水」。「我們同是文藝工作者，可是我寫的書僅僅在一些大城市中間銷售，你們卻把文藝帶到了山溝和農村，讓無數從前一直被冷落、被虐待的人都受到它的光輝、得到它的溫暖。我好像被四面高牆關在一個狹小的地方，你們卻彷彿生了翅膀飛遍了廣大的中國，去散佈光明」。〔註15〕或許是巧合，巴金文中的「你們」與「我（們）」，與毛澤東文代會上的講話中的「你們」、「我們」遙相呼應，或許他清楚自己屬於「你們」之列。

（二）「以退為進」：在「前言」、「後記」中檢討

1951 年，開明書店出版了由茅盾主編的《新文學叢書》，共收入「五四」以來 22 位知名的「進步」作家的作品。〔註16〕這套叢書在 1949 年後佔有重

〔註13〕《在前進的道路上——關於讀文學書的問題》，《丁玲全集》第 7 卷，河北人民出版社 2001 年，第 119～121 頁。

〔註14〕《我是來學習的》，《人民日報》，1949 年 7 月 20 日。

〔註15〕《文匯報》，1950 年 5 月 5 日。

〔註16〕其中第一輯收有：魯迅、郁達夫、聞一多、朱自清、許地山、蔣光慈、王魯彥、柔石、胡也頻、洪靈菲、殷夫等十一位已故作家；第二輯中收有：郭沫若、茅盾、葉聖陶、丁玲、巴金、老舍、洪深、艾青、張天翼、曹禺、趙樹理等十一位健在作家。另，叢書原計劃還出版瞿秋白、田漢選集，但因故未

要地位，不僅因其是第一次較系統地出版「五四」以來作家的叢書，而且這套叢書開了作家根據政治的需要而大範圍地修改原著的先河，後來通稱爲「開明版」。

巴金選擇了《亡命》、《奴隸的心》等 22 篇較「進步」的作品予以結集，同時作了必要的調整和修改。按照要求，他還爲選集撰寫了一篇不同於以往的「自序」。文中，在簡要交代自己如何走上創作道路後，他總結說：

> 我的作品中思想性和藝術性都薄弱，所以我的作品中含有憂鬱性，所以我的作品中缺少冷靜的思考和周密的構思。我的作品的缺點是很多的。很早我就說我沒有寫過一篇像樣的作品。現在抽空把過去二十三年中寫的東西翻看一遍，我也只有感到愧悚。

他還說：「雖然我的作品沒有爲這偉大的工作盡過一點力量，我也沒有權利分享這工作的歡樂」，「我的一枝無力的筆寫不出偉大的作品」，但「爲了歡迎這偉大的新時代的來臨，我獻出我這一顆渺小的心」。〔註 17〕從「序言」中不難看出，爲了迎接新時代的來臨，巴金主動否定了自己以往的創作。這種否定既包含迎合政治的成份，也包含眞誠的成份。所謂眞誠，主要緣於巴金對文學啓蒙的質疑和否定，因爲自己的作品所起到的作用不過是讓一些人背叛了家庭，卻在推翻「舊社會」、建設新社會這一方面無所作爲，而階級文學卻做到了這點，這也是他「感到愧悚」，想把作品藏起來的原因之一。

巴金曾總結說：「在我的每一部長篇小說或者短篇小說集中都有我自己寫的『序』或者『跋』。」〔註 18〕巴金的確習慣寫「序」、「後記」和「跋」，不過，從「開明版」的《序言》起，凡此後再版舊作時，都要增加一項新的內容——檢討。1953 年，他在人民文學出版社出版的《〈家〉新版後記》中寫道：「像這樣的作品當然有許多的缺點，不論在當時看，在今天看，缺點都是很多的，不過今天看起來缺點更多而且更明顯罷了」。他接著說：「事實上我本可以更明確地給年輕的讀者指出一條路，我也有責任這樣做。然而我當時

能出版。「新文學選集」設計考究：初版本爲大 32 開軟精裝本，健在作家的書名多由作家本人親手題寫，已故作家的書名均由政務院副總理兼文教委主任郭沫若題寫；扉頁和封底襯頁上的正中印著魯迅與毛澤東的側面頭像，因爲占的版面比較大，格外引人注目。正文前印有作者照片或畫像、手迹，編輯凡例和序，已故作家有的還附有小傳。

〔註 17〕《巴金選集・自序》，開明書店 1951 年，第 9～10 頁。

〔註 18〕《談〈家〉》，《收穫》第一期，1957 年 7 月。

還年輕，幼稚，而且我太重視個人的愛憎了。」〔註 19〕

看得出，巴金已經把握住了自己作品的「缺點」，並在此後的檢討中頻繁地觸及這些問題。如在談到《憩園》時，他檢討說：「我寫了《憩園》的舊主人的必然的滅亡和新主人的必然的沒落，可是我並沒有無情地揭露和嚴厲地鞭撻那些腐朽的東西，在我的敘述中卻常常流露出歎息甚至惋惜的調子。我不應當悲惜那些注定滅亡和沒落的人的命運。衷心愉快地唱起新生活的凱歌，這才是我的職責。我知道當醫生的首先要認清楚病，我卻忘記了醫生的責任是開方和治好病人。看出社會的病，不指出正確的出路，就等於醫生診病不開方。我沒有正確的世界觀，所以我開不出藥方來。」〔註 20〕在談到《激流三部曲》時，他檢討說：「我爲自己的許多缺點感到慚愧。在我的這三部小說中到處都有或大或小的毛病。大的毛病是沒法治好的了，小的還可以施行手術治療。我一次一次地修改，也無非想治好一些小瘡小疤。」〔註 21〕

巴金正是在這種不斷否定自我的過程中，思想逐步發生轉化。

（三）「以攻為守」

巴金雖廁身爲體制中人，但也清楚自己不過是裝點門面的統戰對象之一，所以在最初的時候，他甘願位居邊緣，並以一貫低調的處世哲學遠離政治漩渦。在批《武訓傳》、思想改造運動、「三反」、「五反」、批《紅樓夢研究》、批胡適等運動中，他都是站在圈外。

不過，在胡風的問題上巴金走了下坡路。運動之初，巴金還想故伎重演繼續「蒙混過關」。因爲在他看來，胡風是一個熱情的、思想激進的革命作家，起碼比自己進步得多。但在形勢越來越嚴峻之時，身爲全國作協副主席、上海文聯副主席的他，也不得不匆忙上陣，因爲他的領導已經發出了「我們必須戰鬥」的號令。應《人民日報》之約，巴金撰寫了《必須徹底打垮胡風反革命集團》，而後又發表了《談〈窪地上的戰役〉》。「文革」後，巴金在《懷念胡風》一文中披露：「運動開始，人們勸說我寫表態的批判文章。我不想寫，也不會寫，實在寫不出來。有人來催稿，態度不很客氣。」〔註 22〕

〔註 19〕《巴金全集》第 1 卷，人民文學出版社 1986 年，第 454 頁。

〔註 20〕《〈巴金文集〉第十三卷後記》，《巴金全集》第 8 卷，人民文學出版社 1989 年，第 415 頁。

〔註 21〕《談〈春〉》，《收穫》第二期，1958 年 3 月。

〔註 22〕《懷念胡風》，《無題集》，人民文學出版社 1986 年，第 173 頁。

巴金所遇到的情況在當時應該說是具有普遍性的。著名歷史學家雷海宗曾說：中國知識分子一言不發的本領在全世界的歷史上，可以考第一名。這話是意在批判中國知識分子麻木、冷漠和苟且的劣根，但是在批判胡風運動中，這樣的「劣根」也都變成了「高風亮節」，成爲人們難以企及的彼岸。在「沒有不說話的自由」（胡適）的境遇中，巴金自然在劫難逃。尤其是身爲體制中人，他必須要遵守體制的規則和潛規則，這是巴金的悲哀所在，因爲在應該沉默的時候，他無法緘口。

而這期間，巴金所負責的《文藝月報》因爲刊發賀綠汀的《徹底揭發「暗藏」分子胡風》而被攻擊爲「替胡風黑幫分子打掩護」，無奈之下，巴金發表了《他們的罪行必須受到嚴厲的處分》。不久，又有人在《解放日報》發文質問《文藝月報》爲何不轉載「第三批胡風反革命材料」？巴金不得不發表《關於胡風的兩件事》。同時，巴金也擔心自己被當成「暗藏的反動分子」。他清楚，自己雖不是胡風集團的成員，但因魯迅的原因他們的接觸是較爲頻繁的。

從胡風事件的結果看，在受牽連的 2100 人和被定成「胡風分子」的 78 人中，有些人與胡風的親密度遠不如巴金。所以，當胡風「落井」時，如何劃清界限，排除潛在危險便成爲巴金的首要問題。根據慣例，最好的辦法是「落井下石」、「以攻爲守」。巴金於是這樣做了，也因此「萬事大吉」了。在「反右」運動中，他故伎重演，也順利過了關。

三、在頌歌與遵命文學中

（一）努力歌頌

巴金要做的另一件事便是爲「施惠者」大唱頌歌，這在他第一次站在天安門城樓上時即已決定了。他後來回憶說：當時「我不住地在心裏說：『我要寫，我要寫人民的勝利和歡樂，我要歌頌這個偉大的時代，歌頌這個偉大的人民，我要歌頌偉大的領袖』」。〔註 23〕巴金在實踐中兌現了自己的諾言，1949 年初的幾年中先後寫了《一封未寄的信》、《第二屆世界保衛和平大會印象》、《偉大的收穫》、《古城克拉科》、《華沙城的節日》、《奧斯威辛集中營的故事》、《兩封慰問信》、《歡樂的節日》、《他們活在每個站起來的中國人的心裏》等短小的「急就章」。從這些文章的題目便可看出，巴金這個「寫慣苦

〔註 23〕《一封信》，《巴金全集》第 15 卷，人民文學出版社 1990 年，第 515 頁。

難的筆」開始轉向了。

雖然巴金寫了一些歌頌篇章，但這些「小擺設」既不符合巴金自己的心意，也不適應形勢的需要。1951 年 11 月 24 日，胡喬木作了題爲《文藝工作者爲什麼要改造思想》的報告，其中指出：「要確立毛澤東文藝思想的絕對領導地位，改造所有文藝家的思想，清除文藝工作中濃厚的小資產階級傾向。」〔註 24〕周揚、丁玲等人隨後也都作了講話，文藝整風運動全面鋪開。

這期間，巴金接連收到馮雪峰、曹禺和丁玲等三人的來信，內容都是一個：去朝鮮體驗生活。巴金犯難了：去？儘管未必直接參與戰事，但那畢竟是戰火紛飛的戰場，隨時都有生命危險。況且，自己已近知命之年，最小的孩子還不滿兩歲，正是離不開人的時候。不去？人家拿生命打下的江山，自己無功受祿，不能接受這樣的考驗，又何言報答呢？況且人家也說：「小資產階級作家要從他們自己階級走向另一階級，這是脫胎換骨的事，決非單純憑藉其原來階級的感性機能所能解決。首先，就接近工農兵來說，也不是那麼簡易的事情。……但不管如何困難曲折，一個革命作家卻只有堅持這條道路，一步一步地走去，才有他的前途。」〔註 25〕還有，自己早年因信仰無政府主義曾有過激烈批判蘇俄和列寧的「劣迹」，一直是他心中隱隱的痛。更重要的是，領導既然已經作出這樣的打算，身爲體制中的人，能不去嗎？因此，巴金說服蕭珊如約前往北京「覆命」。儘管，這期間油滑的曹禺等藉故開了小差，但誠實的巴金卻只能硬撐下去。在給蕭珊的信中，他這樣寫道：

> 你要忍耐，你要相信未來，萬一你幾個月得不到我的信，你也不要掛念我，以爲我出了什麼事。……我最願意安安穩穩地在上海工作，可是我卻放棄一切到朝鮮去。我知道我有著相當深的惰性，所以我努力跟我自己戰鬥，想使自己成爲一個更有用的人。不要責備我離開了你，不要責備我在上海時沒有好好陪你玩，跟你多談話。〔註 26〕

這其中雖沒有「風蕭蕭兮易水寒」式的道別，但也還是讓人在纏綿中感受到一絲訣別的味道。

〔註 24〕《人民日報》，1951 年 12 月 5 日。

〔註 25〕邵荃麟：《論主觀問題》，《大眾文藝叢刊》第 5 輯《怎樣寫詩》，香港生活書店 1948 年。

〔註 26〕《巴金致蕭珊》，1952 年 2 月 18 日，《巴金家書》，浙江文藝出版社 2003 年，第 17 頁。

對於遠離政治和戰爭的巴金來說，這種心情是可以理解的，只是事情並非巴金等想像的那麼遭，文聯早已做好了充分的準備和接洽工作，起碼在理論上不存在生命危險。這一點，巴金在到達朝鮮後即寫信給蕭珊說：「我很好。在部隊裏處處受照顧，生活相當舒適。」〔註 27〕事實也確如巴金所說，雖然戰爭的危險時時存在，除了一次意外的翻車事故，巴金再未遇到任何危險。

儘管抵達朝鮮後，巴金等始終被置於一種安全境遇中，但是置身於眞正的戰爭氛圍，他還是努力表現出英勇的氣概和勤奮的精神，這一點從他的「朝鮮日記」中可以明顯感覺到。砂川河畔前沿陣地的連隊政治工作者後來也證實說：

> 巴金敢投身戰鬥隊列，也樂於像戰士那樣對待困難。眼睛不太好嗎？他卻常常摸黑走上陣地。敵人的炮彈在後面山下爆炸，彈片落在附近，他仍然走上山坡，從容地同哨兵攀談。有時午夜，別人睡熟了，炮彈爆炸的火光閃進洞子裏，他立即起來，悄悄走出洞子，像是要身歷戰士出擊的情景。牙齒不太好嗎？一日三餐，他堅持要吃從大竈鍋裏打來的飯菜。〔註 28〕

時任「志願軍」某師政委的李眞記述 1952 年夏巴金在部隊的情況時也說：

> 更使我驚奇的是，他不要翻閱記錄本子，就能一口氣講出這麼多人的名字和事迹，看得出來，他不僅做到了「身入」，而且做到了「心入」。〔註 29〕

可見，從未體驗過部隊生活的巴金，正盡自己最大的努力來融入其中。當然，他沒有忘記自己的任務，先後創作了《我們會見了彭德懷司令員》、《平壤，英雄的城市》、《在開城中立區》、《朝鮮戰地的春夜》、《一個模範的連隊》、《起雷英雄的故事》、《生活在英雄們的中間》、《青年戰士趙傑仁同志》、《保衛和平，保衛朝鮮的母親和孩子》、《向朝鮮戰地的戰友們告別》等通訊和特寫，後結集爲《生活在英雄們中間》，回國後又寫了《堅強的戰士》、《一個偵察員的故事》、《黃文員同志》，後結集爲《英雄的故事》。

〔註 27〕《巴金致蕭珊》，1952 年 5 月 20 日，《巴金家書》，浙江文藝出版社 2003 年，第 46 頁。

〔註 28〕張文苑：《巴金在砂川河畔陣地上》，《崑崙》，1988 年第 1 期。

〔註 29〕李眞：《在朝鮮戰地結識巴金》，《時代的報告》，1983 年第 3 期。

今天看來，這些關於「戰鬥」、「友誼」的「頌歌」作品，除了具有批判價值外，恐怕不會有人再費盡心機地去挖掘其中的審美內涵。有學者曾直接評價說：「他的作品更像是來自二手材料的戰地速寫，嚴格地說，不能算作文學作品。」〔註 30〕這種評述雖有些苛刻，但卻道出了基本事實。而被所謂北京文藝界的行家裏手們看好並被譯成英文介紹到國外的《黃文元同志》一文，事實上也不過是童叟皆知的邱少雲故事的翻版，無怪當時的一個「青年工人」寫信說：作品「寫得很壞，甚至不如一般報紙上刊載的作品」，「前半篇可以刪去大半」。不知爲何，巴金本人竟然很鍾愛這個「小說」，在給蕭珊的信中抱怨說：「我不願在《文藝月報》上發表它，正是因爲有這樣的讀者，要是把《黃文元》發表在我自己『主編』的刊物上，會有人寫信罵得狗血淋頭的。」〔註 31〕

巴金之所以這般斤斤計較、敝帚自珍，主要是緣於他對於新的寫作規範的服膺，自認爲在遵循規範方面做得不錯，他還活在「著名作家」的意識裏，以至於養成一副自負的脾性和「階級分析」的思維方式。

這種狀況一直延續到巴金晚年。當香港大學生批評《隨想錄》「忽略了文學技巧」、「文法上不通順」、「不長的篇幅中用了四十七處『四人幫』」時，他不能心平氣和地接受批評，反而負氣地且迴避問題地回敬說：「試問多談『四人幫』觸犯了什麼『技巧』？在今後的『隨想』裏，我還要用更多的篇幅談『四人幫』。」〔註 32〕

考察巴金 1949 年後所寫的《憤怒的哭聲》、《給西方作家的公開信》、《中國人民是嚇不倒的》、《向葛量洪先生進一忠告》、《挨自己人的耳光》、《法斯特的悲劇》等邏輯混亂的文章不難發現，巴金在《隨想錄》中的確「夾帶了不少當時流行的意識形態話語，缺乏自己的獨立話語」，〔註 33〕遠不及邵燕祥、沙葉新、韋君宜、牧惠、叢維熙等作家反思的深刻。由此可見，思想改造後的巴金，思考問題的方式和角度的確發生了轉變。

對於巴金來說，能夠製造出如此大量的劣質作品，顯然不能完全歸咎於

〔註 30〕程光煒：《文化的轉軌——「魯郭茅巴老曹」在中國（1949～1976）》，光明日報出版社 2004 年，第 246 頁。

〔註 31〕《巴金致蕭珊》，1953 年 10 月 29 日，《巴金家書》，浙江文藝出版社 2003 年，第 95～96 頁。

〔註 32〕《探索集・後記》，人民文學出版社 1986 年，第 132 頁。

〔註 33〕林賢治：《巴金，一個悲劇性的存在》，《新京報》，2005 年 10 月 24 日。

個人。考察當時的情形，不難發現，巴金雖盡力體驗了戰爭生活，但那些生活基本都是「二手」的。他的採訪不但有專人陪同，採訪對象也是事先安排好的，採訪的形式主要是聽彙報、聽報告。可以想見，在話筒和攝像機面前，巴金又能得到多少眞實、有意義的東西呢。

還不僅於此，巴金所寫的文章的題目和內容大都是集體討論後的結果，他充其量是履行了一個書記員的職責。巴金後來回憶說：「我 1952 年從朝鮮回來寫了一篇叫做《堅強的戰士》的文章。我寫的是『眞人眞事』，可是我把它當做小說發表了。後來《志願軍英雄傳》編輯部的一位同志把這篇文章拿去找獲得『堅強戰士』稱號的張渭良同志仔細研究了一番。張渭良同志提了一些意見。我根據他的意見把我那篇文章改得更符合事實。……小說變成了特寫。」〔註 34〕巴金被束縛住了手腳，成了名副其實的「螺絲釘」和「齒輪」。

巴金畢竟是職業寫家，對這樣的創作並不滿意，爲此他說：「我的筆好像有點生疏。我常常因爲它不能充分地表達我的思想感情而感到苦惱。」〔註 35〕但他並不想放棄，他要證明自己能夠寫出讓「人民」滿意的作品。在寫給蕭珊的信中他信誓旦旦地說：「我非寫出一部像樣的東西來才不白活，否則死也不會瞑目。至於別人的毀譽我是不在乎的。但要寫出一部像樣的作品，我得吃很多苦，下很多功夫，忙對我創作沒有妨礙……老實說，我不願意離開你們，但爲了創作，我得多體驗生活，多走多跑。」〔註 36〕於是他含著眼淚告別妻兒，背負著自己的希冀再次踏上朝鮮半島。

然而，無論是在朝期間所寫的特寫集《保衛和平的人們》，還是回國後所寫的《明珠和玉姬》、《歡迎最可愛的人》、《團圓》，以及最初只有蕭珊一個讀者的「壓箱」之作——《三同志》，都不過是在大量印象和材料的基礎上點綴一些模式化的情節，抒發一些廉價的情感，勉強湊成的頌歌大集錦。

巴金又失敗了，而這一次與上一次被人直接「把著手」寫作不同，他是一個人去體驗的生活，創作也是在相對「自由」的狀態下完成的，他還能怪

〔註 34〕《談我的「散文」》，《巴金全集》第 20 卷，人民文學出版社 1993 年，第 532 頁。

〔註 35〕《〈巴金文集・後記〉》，《巴金全集》第 17 卷，人民文學出版社 1991 年，第 28 頁。

〔註 36〕《巴金致蕭珊》，1953 年 8 月 2 日，《巴金家書》，浙江文藝出版社 2003 年，第 72 頁。

誰呢？巴金的確失去了筆力，再也找不回當年的感覺了，以致至死也沒能寫出在心裏縈繞多年的、一個關於知識分子題材的長篇小說《群》，沒能實現《激流》三部曲續篇的夢想。巴金晚年坦誠：「沒有寫長篇小說，只是因為我想丟開那枝寫慣黑暗和痛苦的筆，我要歌頌新人新事，但是熟悉新人新事又需要一段較長的時間。我錯就錯在我想寫我自己不熟悉的生活，而自己並沒有充分的時間和適當的條件使不熟悉的變為熟悉，因此我常常寫不出作品，只好在別的事情上消磨光陰。」〔註 37〕

巴金的創作成績雖「不太好」，仕途卻有了發展。鑒於兩次赴朝的功績，第二次文代會上，未出席會議的他仍被內定為中國作家協會副主席。

（二）遵命文學

巴金的問題不僅在於「寫不好」，更重要的是他為了配合政治任務而胡亂寫。據統計，僅就元旦、國慶這類節日他先後寫了一二十篇應景文章，有時一個國慶就寫六七篇。這樣的情況在 1958 年達到最高峰。這一年巴金一共寫了 37 篇文章，其中 25 篇是根據需要為配合政治任務而寫的應景、表態文章。

如果考察巴金 1949 年後的創作情況，可以看出，他的「遵命」、「應景」文學從參加第一次文代會後就開始了，標誌就是《一封未寄的信》。此後如參加上海首屆文代會，他寫了《「會」把我們更緊密地團結在一起》；國慶一週年，他寫了《為一年偉大勝利而歡呼》；參加世界和平大會，他寫了《我願意獻出我的一切》、《一點印象》、《第二屆世界保衛和平大會印象》、《華沙城的節日》；中蘇簽訂互助條約，他寫了《歡樂的節日》；斯大林去世，他寫了《悲痛給廣大人民以更大的力量》、《斯大林的名字將永遠活在萬代人的幸福生活中》……。在這些遵命文學中，巴金不但延續了此前「濫情」的文風，還不斷「豐富」題材的內容，一位學者為此曾做過精闢的概括和描述：

> 聲討帝國主義、強調中蘇合作、歡迎世界和平大會召開、展現塔什干友情的羊肉串和大碗茶、富士山和櫻花、越南的賢良橋、鎌倉的一張照片，乃至環形的酒瓶、烏克蘭的陶器、鹽和辣椒面和木質的煙嘴、煙盤等等，凡是與和平題材牽扯得上的哪怕是一件不起眼的小東西，都能進入作者熱情張開著的藝術懷抱，引起

〔註 37〕《里昂》，《隨想錄》，人民文學出版社 1986 年，第 87～88 頁。

他心靈的一陣又一陣的激動，成爲他藝術構思的一個「詩眼」。〔註 38〕

巴金的轉變既有眞誠的原因，也有被迫的因素，而二者結合的結果更加速了他的轉變，以致到了令人髮指的程度。

如 1958 年全民狂歡，巴金「宣傳總路線」，「爲振奮人心的消息歡呼」；他讓「小妹編歌」，也跟著說：一天就是二十年；他覺得有趣，也在院子裏敲了一下午銅盆驅趕麻雀。即使這樣，也還有理由不去責備他，因爲那時的中國人都瘋了，不瘋也不行。

而 1959 年，在全國非正常死亡人數迅速增長、幾億農民瀕臨生死存亡之時，巴金卻在《一個作家的無限的快樂》中寫道：「我看見長得可愛的莊稼，我看見一片歡笑聲的托兒所和幼兒園。我見到的盡是些歡樂的景象。……玩具多，保姆多，衣服用具乾乾淨淨，孩子們臉上毫無呆板的表情。看見這麼多天眞可愛的孩子，我想到新中國農村的未來。」〔註 39〕

這樣無視事實、粉飾現實的行爲，恐怕不能僅僅用被迫、遵命來辯解，而是基本的藝術良知和底線的問題了。而巴金晚年卻針對這些頌歌解釋說：

說是換一支筆寫新人新事，我「毫不猶豫地選擇了新的路」。這樣才可以解釋我的思想、我的文筆的改動，我甚至承認自己投降。從此我轉了一個一百八十度的大彎，發表了新的文章。這些文章被稱爲「歌德派」，回顧它們的產生，我並不後悔我寫了它們，即使我寫了自己不想說的話，即使我寫了自己所不理解的事情，我也希望對我的國家和人民，我的文章會起一點好作用，我的感情是眞誠的。〔註 40〕

巴金的所謂「眞誠說」是令人遺憾的，他大概沒有意識到，不辨是非的眞誠帶給人類的災難往往要更殘酷、更決絕，德國的法西斯戰爭、日本的「大東亞聖戰」、斯大林的「肅反」，哪一個不眞誠呢？眞誠就可以任性而不守是非底線嗎？在這一點上，巴金《隨想錄》式的懺悔是遠遠不夠的。

〔註 38〕程光煒：《文化的轉軌——「魯郭茅巴老曹」在中國（1949～1976）》，光明日報出版社 2004 年，第 244 頁。

〔註 39〕轉見〔印尼〕《生活報》，1959 年 9 月 17、18 日。

〔註 40〕《〈巴金全集〉後記（之二）》，《巴金全集》第 26 卷，人民文學出版社 1994 年，第 649～650 頁。

四、說眞話與補寫檢討

（一）說真話，保有良知

巴金畢竟是巴金，他雖然不停地檢討自己的作品和思想，源源不斷地創作大量的頌歌文學，也順應時勢地撰寫遵命文章，甚至也做過落井下石的事情，然而，作爲「五四」思想啓蒙的後繼者和新文學革命的衣缽者，他畢竟能保有起碼的藝術感知。轉變後，他發現自己竟然對創作那樣陌生，特別是兩次去朝鮮體驗生活後，除了獲得一些政治資本外，創作卻沒有多大改進，作爲不同於其它黨政部門的文藝界領導，沒有足以服人的新作，而僅依靠過去的舊作來支撐自己的職位和地位，是無法服眾的。正如他所說：「如果承認作家是一個光榮的稱號，我們就必須拿出好作品來，免得辜負了這個稱號，免得辜負這個任何人不能不熱愛的時代。作家的稱號只能加重寫作者的責任，它並不是裝飾才能的花冠。」〔註 41〕而從自身來說，巴金清楚自己這些年「成績不好」，所以無奈之下，他選擇去朝鮮，再去朝鮮，甚至計劃三去朝鮮，他不相信憑自己多年的創作經驗寫不出讓自己、讓別人滿意的作品，然而持續不斷的失敗讓他難以找到成就感，也不能滿足他的進取心和虛榮心，他爲此而痛苦而憤恨。

事實上，巴金知道問題的癥結在哪裏。1954 年，在第一次全國人民代表大會召開之際，他說出了憋在心底許久的話：「我們的作品常常因爲作者想做到四平八穩、照顧周到、人人滿意，而變成既不生動又無力量的東西，這些年來有多少文學工作者寫過像王芸生代表所說的『乾乾巴巴、缺少感情的文章』？我自己就是其中一個。」〔註 42〕

巴金的這番言論事實上都是常識性的，但能夠在這樣的場合表達出來，在一定意義上也顯示了他的勇氣。不過，他是出於對文藝的熱愛，不忍看到文藝受制於教條主義而失去自身，並未將這樣的言行視爲對體制的「抗爭」。促使巴金說出這番話的動力是這次大會討論通過了憲法。

作爲一個嚮往自由的人，巴金很看重憲法的力量，相信憲法會保障公民的權利。而此前毛澤東也確曾表達過：憲法通過以後，「全國人民每一個人都要實行，特別是國家機關工作人員要帶頭實行，」「不實行就是違法憲法」。

〔註 41〕《文藝報》，第五、六號合刊，1956 年 3 月 25 日。
〔註 42〕《人民日報》，1954 年 9 月 27 日。

〔註 43〕巴金對此是篤信不疑的。不過，巴金當時大概沒有想過，在人治的社會裏，憲法不過是個擺設，是個遮人耳目的幌子，並不能發揮足夠的效力，隨後的胡風因言獲罪的事件就是一個最大的諷刺。

巴金更沒有想過，他的「人大代表」的資格是否合法呢？他並非是自下而上選舉出來的代表，他代表誰呢。

當然，巴金能夠發出不同聲音，即證明他此時尚還具備獨立思考的能力，這是很重要的。而實際上，這種獨立思考的能力一直以來就未曾完全失去過。1952 年在朝鮮戰地，爲沈從文的問題他與另一位作家一直爭論到深夜 12 點。1953 年，當得知李健吾被排斥在第二次文代會之外時，他贊同鄭振鐸向當局提意見，並說：「健吾是個有修養的作者……把他關在門外，這是損失。」〔註 44〕可見，巴金並未完全糊塗。

1956 年 1 月周恩來作了《關於知識分子問題的報告》，令知識界耳目一新。1956 年，中國作家協會第二次理事會擴大會議召開，毛澤東、劉少奇、周恩來等在會議期間接見了與會代表，陳毅、周揚等在報告中也批評了文藝的公式化、概念化和庸俗社會學，思想膚淺的巴金備受鼓舞。3 月 2 日，他在書面發言中，毫不隱諱地指出：「固然可以把寫作看成一種職業，但是作家跟民間手工業者不同，」「因爲創作裏必須有作者自己的東西」，「即使最有才能的人也得在創作上付出很大的代價」，然而，現實迫使作家沒有充足的時間來寫作，到頭來「還得檢討自己沒有完成創作計劃，有各種各樣的帽子扣在自己的頭上。對於作家來說，只有檢討是不能解決問題的。讀者向作家要求的是作品」，所以必須要保證作家的創作時間。他還說：「學習和改造都是沒有止境的，改造得好些的人工作也做得好些。但是我們決不能等到改造好了才動筆」。〔註 45〕

「雙百方針」提出後，巴金以一篇《「鳴」起來吧！》揭開自己的鳴放序幕。在隨後的《「獨立思考」》中，他批評說：「有些人自己不習慣『獨立思考』，也不習慣別人『獨立思考』。他們把自己裝在套子裏面，也喜歡把別人裝在套子裏面。他們拿起教條的棍子到處巡邏，要是看見有人從套子裏鑽出來，他們就給他一悶棍，他們聽見到處都在唱他們習慣了的那種沒有感情的單調的

〔註 43〕《毛澤東選集》第五卷，人民出版社 1977 年，第 129 頁。
〔註 44〕《巴金致蕭珊》，1953 年 10 月 29 日，《巴金家書》，浙江文藝出版社 2003 年，第 96 頁。
〔註 45〕《文藝報》，1956 年第五、六號合刊。

調子，他們就滿意地在套子裏睡著了。」〔註 46〕

此後巴金又先後寫出《說忙》、《重視全國人民的精神食糧》、《觀眾的聲音》、《筆下留情》、《秋夜雜感》、《描寫人》、《給青年讀者們的信——略談影片〈春〉、〈秋〉》、《辭「帽子」》、《巴金談創作》等文章。他還把批評的著眼點擴展到社會的其它方面，先後撰寫了《論「有啥吃啥」》、《「艱苦」和「浪費」》、《「救救孩子」》等。

在 1957 年參加完全國宣傳會議和中國作協創作規劃會後，巴金更加心悅誠服。回到上海後，他多次參加市委組織的座談會，將這種精神做了很好的貫徹和發揮。在談到《解放日報》負責同志主張寫雜文「要學習魯迅，抓主流」時，他質問道：「難道批評缺點，批評官僚主義，掃清社會主義建設道路上的障礙就不是主流嗎？」〔註 47〕在 5 月 15 日、16 日的座談會上，他再次作了批判性發言。《解放日報》當時報導說：「巴金認爲應該把文藝交給人民送到群眾中去受考驗，不能由少數領導同志根據自己的好惡干涉上演或出版。」「巴金認爲……所謂藝術領導，他認爲還可研究。他認爲在藝術方面作協做好讓作家們發揮各人的創造性，少領導，多幫忙。」〔註 48〕

今天重讀這些文字，仍然爲巴金當時的勇氣和膽量所感動，這一刻，他的確說出了眞話，儘管這眞話大多都是主人公式的建設性意見，而且單純幼稚。

（二）「秋後算賬」，補寫檢討

在《人民日報》吹響「反右」鬥爭號角後，巴金在全國人大一屆四次會議上便感受到了政治的壓力和殘酷，也對自己的「莽撞」後悔不疊。二十多年後，巴金在回憶起這段經歷時還心有餘悸，不止一次地說：「我在 1956 年也曾發表雜文，鼓勵人『獨立思考』，可是第二年運動一來，幾個熟人摔倒在地上，我也棄甲丟盔自己繳了械，一直把那些雜感作爲不可赦的罪行。」〔註 49〕

巴金這樣說並非沒有理由。例如，當浦熙修約他寫一篇反擊右派的文章時，他當即答應並在當天寫好一篇一千字的短文《一切爲了社會主義》。緊接

〔註 46〕《人民日報》，1956 年 7 月 28 日。
〔註 47〕《解放日報》，1957 年 5 月 8 日。
〔註 48〕《解放日報》，1957 年 5 月 17 日。
〔註 49〕《再論說眞話》，《探索集》，人民文學出版社 1986 年，第 95 頁。

著，他又接受《人民日報》之約，撰寫了《中國人民一定要走社會主義的路》。隨後他開始批判丁玲的「一本書主義」，批判馮雪峰「凌駕在黨之上」，批判艾青「上下串連」。〔註 50〕在作協另外幾十個人被打成「右派」的過程中，他照舊扮演著「扔石頭」的角色，並先後寫了《是政治鬥爭，也是思想鬥爭》、《反黨反人民的個人野心家的路是絕對走不通的》、《慘痛的教訓——「過關談」之一》、《「國士論」——「過關談」之二》、《戴帽子——「過關談」之三》等多篇表態文章，直至 11 月 4 日去蘇聯參加慶祝十月政變四十週年活動，巴金才稍稍喘口氣。

這一年總算過去了，巴金清醒自己逃過一劫，而且私下裏跟蕭珊吹噓說：自己是個「福將」。然而巴金過於「輕敵」了，更大的風暴還在後面。

1958 年，巴金還是像以往一樣忙著開會，響應號召，在「作家們！躍進，大躍進！」聲中滿懷豪情地投入到烏托邦的狂潮中。

天有不測風雲，讓巴金沒有想到的是，他應《文藝報》主編張光年之約撰寫的《法斯特的悲劇》一文卻引發了一場大規模的批判運動。《文藝報》在刊發巴金等人的文章後，接連收到七封「讀者」來信，其中有人批評巴金的文章「遠不及曹禺同志和袁水拍同志的文章那樣帶勁」，說他「敵我矛盾、大是大非都還弄不清楚」。〔註 51〕巴金接到《文藝報》轉來的讀者來信後，心虛地覆信說：「讀者們的意見使我受到了一次教育。我寫那篇文章時，翻了一下材料，多少受了點阿普塞卡的文章和波列伏依給法斯特的信的影響。……我只著眼在一個作家的墮落，卻忽略了這是一個共產黨員叛黨的重大事件，所以讀者們的批評是有理由的。」〔註 52〕

巴金對這個問題並沒有引起足夠的重視，在不到 200 字的覆信中雖也作了檢討，但不夠深刻，而且還多有辯解成分。事後他覺得這樣處理過於草率，於是在第二天急忙趕寫了《舊知識分子必須改造》。文中，他檢討說：「其實像我們這些在舊社會中生活過幾十年的人，怎麼能夠一下子在短短的幾年中間完全脫胎換骨成爲新人？怎麼能夠一下子就把舊社會薰臭了的腦筋洗得乾

〔註 50〕《紀念雪峰》，《隨想錄》，人民文學出版社 1986 年，第 131 頁。

〔註 51〕謝介龍（華中師範學院學生）：《〈法斯特的悲劇〉一文的錯誤——寫給巴金同志的一封信》，《文藝報》，1958 年第 11 期；同期刊載的讀者來信還有北京師大衛生科化驗員那鐵林、護士孫建華的《我們不同意巴金先生的看法》，河南省工人療養院邙棲霞的《多餘的希冀》等。

〔註 52〕《復〈文藝報〉編輯部》，《文藝報》，1958 年第 11 期。

乾淨淨，不留一點氣味？最近在批判資產階級個人主義的時候，我們中間哪一個人不曾暴露出肮髒的個人主義的東西，有些自命爲清高的大知識分子甚至隱蔽著一個市儈的靈魂。」〔註 53〕

這篇檢討儘管與那些標準或「優秀」檢討還存在差距，但卻可以看作是巴金 1949 年後所寫的第一篇專業檢討。

不過，這樣的檢討雖然深刻，但與那篇「出事」的文章有些離題，意識到這點後，巴金又於慌亂中寫了《主要是思想內容》。文中說：「我寫文章有我自己的表現方法。有時候我的思想對了，文章就有可取之處；思想一不對頭，我就會寫出壞文章來；有時候我的思想不大清楚，或者我知道得太少，那麼我的文章就不生動，無力量。所以在思想不對頭、不清楚，或者我知道得太少的時候，我即使拼命在文字上花功夫，使出全身的力氣，也沒法把文章寫好。」〔註 54〕這篇寫於 5 月份的檢討還沒來得及付印，那邊的「火」已經燒起來了。

在巴金手忙腳亂地撰寫檢討之時，《文匯報》又轉給他一封署名「余定」的文章《巴金同志提出了一個錯誤的口號》。文中用逆推的方法責問巴金：「『把文藝還給人民』，實際上就是要求把文藝的領導權從黨的手裏拿過來，拿到資產階級知識分子手裏，實際上也就是拿到資產階級手裏」。文中還說：「一直到目前，我卻始終沒有聽到巴金同志自我批評的聲音。這叫人該是多麼的焦急和失望！」〔註 55〕從信的內容和語氣上看，批判者的來頭不小。巴金無奈只得再次檢討。

在《給〈文匯報〉編輯部的信》中，巴金首先表示了自己加緊改造的決心：「是病就應當醫治；是瘡就應該割掉；有包袱就應當打開、丟掉。」隨後，他對自己的思想進行了系統地、有針對性地檢討，承認自己解放以來「說過不少錯誤的話」，在鳴放期間也「發過錯誤的言論」。這主要是因爲自己生在「官僚地主家庭」，「在舊社會中生活了幾十年」，「始終鑽不出小資產階級的圈子」。隨後，他敘述了自己說「把文藝還給人民」時的情況，並進一步檢討說：「因爲我把思想領導跟藝術領導分開了看，怎麼能夠解決藝術領導的問題呢？而且照我過去那種想法單抓思想，放鬆藝術領導，甚至會產生藝術不爲

〔註 53〕《文匯報》，1958 年 6 月 2 日。
〔註 54〕《語文學習》第六期，1958 年 6 月 19 日。
〔註 55〕《文匯報》，1958 年 6 月 14 日。

政治服務的後果」。〔註 56〕

巴金終於徹底繳械了，只是這個結果來得太遲，因爲其他同仁早已履行了「程序」，他不過是補上這一課而已。不過，「補課」自然需要代價。與「反右」的「陽謀」不同，巴金這次遭遇的是實實在在的陰謀，所以事情並沒有因爲他的檢討而結束。在《文藝報》6 月 11 日發表巴金「覆信」的同時，徐景賢在《文匯報》上發表了《法斯特十萬人唾棄的叛徒——和巴金同志商榷》的文章，將矛頭直指巴金。而後上海的《學術月刊》也刊發了《批評巴金對法斯特的錯誤認識》。革命群眾的主張是「痛打落水狗」、「打倒在地，然後再踏上一隻腳」。巴金難以招架了。

在「學問少的可以打倒學問多的人」、「插紅旗拔白旗」的口號中，巴金再次陷於四面楚歌聲中。據不完全統計，1958 年 6 月至 1959 年 4 月期間，公開發表批判巴金的文章將近一百篇，幾乎將巴金的全部舊作做了一場大清洗。他後來追憶這段歷史時說：反右後，「第二年下半年就開始了以姚文元爲主力的『拔白旗』的『巴金作品討論』。討論在三四種期刊〔註 57〕上進行了半年，雖然沒有能把我打翻在地，但是我那一點點『獨立思考』卻給磨得乾乾淨淨。你說……他說……我一律點頭」。〔註 58〕

好在有曹禺、邵荃麟等上層領導的積極斡旋，周揚也指示說：批判是群眾中來的，不是黨示意布置的，勸他不要多想。〔註 59〕這樣，在上級領導的干預下，這場「民間」批判運動得以平息。

但巴金仍心有餘悸，在編校《巴金文集》第 9 卷、第 10 卷時，還是把邵荃麟建議抽調的那篇《後記》以摘要的形式作爲《我的幼年》的注解予以公開。文中寫道：「我生在官僚地主的家庭，我在地主老爺、太太、少爺、小姐中間生活過相當長的時間，自小就跟著私塾先生學一套立身行道、揚名顯學的封建大道理。……說實話，我當初接受新思想的時候，我倒希望找到一個領導人，讓他給我帶路。可是我後來卻漸漸地安於這種所謂無政府主義式的生活了。……」〔註 60〕

巴金或許眞是個「福將」，在隨後的批判彭德懷的右傾機會主義運動中，

〔註 56〕《文匯報》，1958 年 6 月 14 日。
〔註 57〕包括《中國青年》、《文學知識》、《讀書》、《文學評論》等。
〔註 58〕《究竟屬於誰》，《探索集》，人民文學出版社 1986 年，第 113 頁。
〔註 59〕陳丹晨：《巴金全傳》，中國青年出版社 2003 年，第 318 頁。
〔註 60〕《巴金選集・後記》，人民文學出版社 1980 年。

他又有驚無險地躲過一劫。多年以後他回憶說：「『文革』前的十年我就是這樣度過的。一個願意改造自己的『知識分子』整天提心弔膽，沒有主見，聽從別人指點，一步一步穿過泥濘的道路，走向一盞遠方紅燈，走一步，摔一步，滾了一身泥，好不容易爬起來，精疲力竭，繼續向前，又覺得自己還是在原地起步。不管我如何虔誠地修行，始終擺脫不了頭上的『金箍兒』。十年中間我就這樣地走著，爬著，走著，爬著！！」〔註 61〕

既然處於這樣的境地，巴金何以在「文革」後還要將「歌德派」解釋爲「眞誠」？是怕身後留罵名，還是確實被改造了？有一點是肯定的，那就是，那個曾經有才華、有個性、眞誠的巴金，因爲進入了體制內，在 1949 年後的確發生了令人遺憾的質變。特別是耄耋之年，仍任職中國外協主席，在生命的最後漫長時間裡，欣然享受著納稅人血汗供養下的正部級高幹病房待遇，不自省、不反思，特權社會，完全失卻了一個知識分子的道德良知。

〔註 61〕《「緊箍咒」》，《無題集》，人民文學出版社 1986 年，第 26 頁。

第二節　老舍：在積極緊跟中喪失自我

1948 年 1 月 1 日，新華社和《人民日報》同時發表了毛澤東的報告《目前形勢和我們的任務》，文中宣稱：「這是一個歷史的轉折點。這是蔣介石的二十年反革命統治由發展到消滅的轉折點。這是一百多年以來帝國主義在中國的統治由發展到消滅的轉折點。這是一個偉大的事變。」〔註 1〕

這篇文章在中國知識界迅速傳播開來，茅盾多年後回憶道：「一九四八年的香港十分熱鬧，……大家都興高采烈，沒有一點『流亡客』的愁容與淒切。兩個朋友碰到一起，不出十句話就會談到戰局，談到各戰場上各路解放軍的輝煌勝利；就會議論毛澤東在一九四七年十二月二十五日所作的重要報告《目前形勢和我們的任務》，議論文章中提出種種重大的激動人心的問題。大家都認爲一九四八年將是中國歷史的偉大轉折中具有決定意義的一年。」〔註 2〕

不僅左翼革命人士，即使是那些遠離政治的知識人也已經預感到戰局的結果，都在思忖著自己的何去何從。不過，遠在大洋彼岸的老舍，似乎無暇顧及這些遙不可及的訊息，他更關心自己在美國如何繼續生計和發展的問題。

一、艱難的選擇

（一）不願回來

1948 年注定是一個選擇的關口，身在異域的老舍也面臨著「走」或「留」

〔註 1〕《毛澤東選集》第四卷，人民出版社 1991 年，第 1244 頁。
〔註 2〕《茅盾全集・回憶錄二集》，人民文學出版社 1997 年，第 625 頁。

的問題。不過，他的目標指向很清楚：留在美國。關於這一點，他在 2 月 27 日寫給友人何容的書信中做了非常清晰的記述：

> ……今年 3 月應回國（護照的關係），可是……問題之大，如尋自盡時之不易決定。美國不高興留外國人在這裏（新頒法令，限制極嚴），我不肯去強求允許延期回國，但是回去吧，又怎樣呢？
>
> 英國又約我去回「母校」教書，也不易決定去否。英國生活極苦，我怕身體吃不消。但社會秩序也許比國內好。一切都不易決定，茫茫如喪家之犬！
>
> ……
>
> 看吧，假若移民局不肯留我，也許一咬牙上英國。國內雖亂，但在國外的總是想回去，好像國亂也好似的，故須「咬牙」也。〔註 3〕

老舍這時的選擇很明確：其一，積極爭取繼續留在美國，他也確實爲此而努力。其二，如果客觀上得不到允許，那只好做下一步選擇：去英國。總之不想回中國。老舍的這種境遇在賽珍珠 3 月 29 日致勞埃得的信中得到確證。信中說到老舍與伊文・金（老舍在美國的最初合作人——本文注）陷於版稅、版權糾紛中，原經紀人無力處理這些事務，所以想請勞埃得先生作經紀人，以幫助老舍繼續《四世同堂》的翻譯和長篇小說《鼓書藝人》的創作，並說：「爲了讓他完成這一工作，我還幫助舒先生延長了他的簽證」。〔註 4〕這樣，老捨得以繼續留在美國，並開始了與勞埃得先生的合作，直至 1949 年。

老舍這個時候不願回國，除了美國豐厚的收入〔註 5〕和國內的戰亂外，還有另外三個重要的原因。

其一，也是最爲學界此前所忽視的，就是他想重溫與趙清閣在重慶時的愛戀關係，爲此他曾多次寫信給趙家璧探討接趙清閣赴美或「私奔」南洋的事，〔註 6〕也曾直接給趙清閣寫信說：「我在馬尼拉買好房子，爲了重逢，我

〔註 3〕《致何容》，《老舍全集》第 15 卷，人民文學出版社 1999 年，第 687～688 頁。

〔註 4〕《賽珍珠致勞埃得》，《老舍全集》第 15 卷，人民文學出版社 1999 年，第 691～693 頁。

〔註 5〕據 1948 年 3 月 1 日出版的《世界》月刊第 2 卷第 9 期上的《二月藝文壇》報導：「名作家舒舍予（老舍）近在美國將其長篇小說《駱駝祥子》之電影攝製權，以兩萬五千美金售與好萊塢名攝影師黃宗霑。」

〔註 6〕陳子善：《趙清閣先生兩題》，《這些人，這些書：在文學史視野下》，湖北人民出版社 2008 年，第 126 頁；傅光明：《書信世界裏的趙清閣與老舍》，復旦大學出版社 2012 年；史承鈞：《讀傅光明著〈書信世界裏的趙清閣與老舍〉

們到那定居吧。」〔註 7〕關於老舍與趙清閣當年在重慶公開相戀、同居一事，並非是秘密，林斤瀾〔註 8〕等友人也曾公開談起過，洪深的女兒洪鈐在回憶文章《梧桐細雨清風去——懷念女作家趙清閣》〔註 9〕也多有談及，趙清閣在自傳體短篇小說《落葉無限愁》中也有描述。2009 年《新文學史料》的主編牛漢向趙清閣約稿時，還看到老舍寫給趙清閣的信件原件。〔註 10〕可惜的是，據說趙清閣在臨終之際將老舍寫給她的 78 封情書統統付之一炬，〔註 11〕著實令人遺憾，但老舍想要與心愛之人在異國安家開始新生活也是確鑿的事實。

其二，老舍在 1930 年代寫作的《貓城記》中，批判了當時共產黨在南方暴動殺人。例如小說中隨處都有這樣的議論：「我們的大家夫司基鬨的鬨員根本不懂經濟問題，更不知道怎麼創設一種新教育。人是殺了，大家白瞪了眼。他們打算由農民與工人作起，可是他們一點不懂什麼是農，哪叫作工。給地畝平均分了一次，大家拿過去種了點迷樹；在迷樹長成之前，大家只好餓著。工人呢，甘心願意工作，可是沒有工可作。還得殺人，大家以爲殺剩了少數的人，事情就好辦了；這就好像是說，皮膚上發癢，把皮剝了去便好了。」關於這一「歷史污點」，從老舍回國後在開明版《老舍選集》中主動檢討作品以及過於激情地配合新政權的做作表現可以佐證。

其二，在當年反內戰的問題上，老舍「不合時宜」的表態也是一個軟肋。1946 年，老舍在《我說》一文曾尖銳地指出：「拉我們去打仗的，不管是誰，都是只看見征服，而沒看見毀滅。……我們不想占誰的便宜，也沒有替誰先毀滅自己的義務。我們納稅完糧，是爲國家保護我們，不是爲放炮打槍用的。」他還說：「誰想用武力爭取政權，誰便是中國的禍害。」〔註 12〕正因爲有這種思想，他在美國一個討論原子能的會議上明確反對將原子秘密向蘇聯公開。〔註 13〕消息傳到上海後，郭沫若、茅盾、田漢等紛紛譴責老舍。郭沫若

所想到的》，《現代中國文化與文學》，2011 年第 2 期。

〔註 7〕牛漢：《我仍在苦苦跋涉》，《文學報》，2009 年 1 月 15 日。

〔註 8〕程紹國：《林斤瀾說》，人民文學出版社 2006 年。

〔註 9〕《香港文學》，2009 年 10 月號（上）／11 月號（下）。

〔註 10〕牛漢：《我仍在苦苦跋涉》，《文學報》，2009 年 1 月 15 日。

〔註 11〕陳子善：《趙清閣先生兩題》，《這些人，這些書：在文學史視野下》，湖北人民出版社 2008 年，第 126 頁。

〔註 12〕《中原・希望・文藝雜誌・文哨聯合特刊》第 1 卷第 1 期，1946 年。

〔註 13〕克瑩、侯堉中：《老舍在美國——曹禺訪問記》，張桂興編：《老舍年譜》（修訂本），上海文藝出版社 2005 年，第 522 頁。

在《皮杜爾與比基尼》一文對其作了批駁：「我們中國人的神經是粗大的，向來不怕什麼原子彈。」針對美國報載老舍反蘇的問題，郭沫若還說：「這有點兒不像聰明的老舍所說的話。但也有的朋友說，這正是老舍所會說的話。」〔註 14〕茅盾和田漢分別發表《從原子彈演習說起》〔註 15〕、《原子彈及其他》〔註 16〕等文提出批評。老舍得知此情後，曾一度非常傷心和氣悶，不久後便給葉聖陶、鄭振鐸、梅林等寫信請辭文協理事，而且退還了此前文協資助他的醫藥費。〔註 17〕因爲這種芥蒂，所以 1948 年初老舍婉拒了在美國暫時避難的王崑崙約他一同回國的邀請。〔註 18〕此後老舍又多次以著述未完爲託辭推遲回國。

（二）「樂也思蜀」

關於老舍的選擇回國，分析其原因，大概可以從以下幾個方面入手。

其一，儘管此前老舍有留英 5 年多的經歷，又在美國寄寓了 3 年，但是作爲深受東方文化薰陶的他，同樣表示出不適應。特別是文藝在美國是文化商品，刊物與出版公司的編輯是根據市場需求來確定作品的價值，所以作家要在一定程度上迎合和滿足市場的需要，因此，文學創作事實上就成了整個市場體系中的一個環節，作家的權益和地位在一定程度上既有所保障又有所削弱。老舍對此有切身的體會，後來曾發牢騷說：「一般地說，編輯的建議十之八九是被作者接受的。作者須按照編輯的心意去修改原稿：要改得緊湊簡短，以免讀者念著不耐煩，美國人忙呀；要改得趣味更低級一些，以迎合一般人的心理。」〔註 19〕老舍這番牢騷是 1951 年的話語產物，不能完全相信，但是其中透露出他對美國文化市場運作的不滿是屬實的。

其二，對於老舍來說，最實際的問題是，他的「京味」作品與美國人的審美趣味存在著隔閡，繼續下去恐怕也難有更好的市場前景，這一點他是心知肚明的。儘管他在美國的收入不錯，〔註 20〕生活也還算滋潤，但這種「朝

〔註 14〕《周報》第 46 期，1946 年 7 月 12 日。

〔註 15〕《華商報》，1946 年 7 月 15 日。

〔註 16〕《清明》第 3 號，1946 年 7 月 16 日。

〔註 17〕《葉聖陶日記・在上海的三年（四）》，《新文學史料》，1986 年第 4 期。

〔註 18〕王金陵：《老舍・茅盾・王崑崙》，《中國現代文學研究叢刊》，1987 年第 4 期。

〔註 19〕《美國的精神食糧》，《北京文藝》第一卷第六期，1951 年 2 月 15 日。

〔註 20〕據 1948 年 3 月 1 日出版的《世界》月刊第 2 卷第 9 期上的《二月文壇》（風信子）報導：「」名作家舒舍予（老舍）近在美國將其長篇小說《駱駝祥子》

不保夕」的緊張生活並不是他這個傳統中國人所鍾情的。〔註 21〕況且，葉落歸根的潛在文化心理在一個已過知命之年的中國人那裏表現得要更強烈一些。眼下他之所以還繼續留在美國，那無非是盡自己最大所能、發揮最大能量——寫書、譯書，在有限的時間裏賺取更多的美元，徹底改變他及家族的「窮人」身份。因此，他在美國非常努力地工作，幾乎沒有更多的時間來寫長信，甚至因爲營養失調累出病來。

其三，有了政治上的擔保。當簽證再一次到期時，也即共軍攻克南京和上海後，老舍異常興奮，特意親自下廚宴請在美的友人，歸鄉之情溢於言表。〔註 22〕以往的歷史敘事，多將老舍的這一舉動說成是熱切期盼新政權等，長於史料發掘的謝志熙甚至在 2009 年仍然認爲「老舍自己後來在政治上由無黨無派到逐漸傾向延安、直至聽到新中國的消息毅然回國」，「幸好隨後的中國政局漸趨明朗，這讓憂國憂民的老舍看到了光明和希望。於是，不願在美獨善其身的老舍毅然回國，滿懷熱情地參與了一個百廢待興的新國家的建設」。〔註 23〕但事實並非如此。老舍的興奮，並非直接因爲共軍的勢如破竹，因爲他之於翻身——階級革命並無眞誠認同，而是這期間，他接連收到了多封來自中國大陸的信，而後又收到周恩來囑託郭沫若、茅盾、周揚、曹禺等三十多人簽名的邀請信以及周恩來親筆寫給司徒惠敏的信。這些信固然有盛邀回國工作的一面，但在更大程度上起到了不被清算的尙方寶劍作用。當然，這些來信中最重要最有分量的是後來成爲中共黨員的情人趙清閣轉達周恩來的

之電影攝製權，以兩萬五千美元售予好萊塢名攝影師黃宗霑。

〔註 21〕1947 年 6 月《自由》雜誌（上海）第 1 卷第 2 期載文《美國來鴻——致吳雲峰》中寫道：「天天寫一點《四世同堂》，頭總昏昏，不敢再寫別的小文。在此，食住都不舒服，而且感到非常寂寞。」1947 年 12 月 1 日，《世界》月刊第 2 卷第 5 期載文《十一月藝文壇》，其中寫道：「老舍在紐約專心寫作《四世同堂》第三部，山東大學聘書亦因之辭去，最近有信寄上海友人說：『在此寂處斗室，至感孤獨，美國社會雖紙醉金迷，與弟無關也』。」謝志熙大概據此兩則材料得出老舍 1949 年後急切盼望回國的結論，但是，這樣的結論與前述老舍 1948 年致友人何容不願回國的信自相矛盾了。說到底，老舍的眞實心境是，儘管不滿意美國的生活，但是回中國顯然更糟糕，這是兩害相權取其輕的一種選擇。

〔註 22〕〔日〕石垣綾子：《老舍——在美國生活的時期》，夏姮翔譯，《新文學史料》，1985 年第 3 期。

〔註 23〕《「風雨八年晦，貞邪一念明」——老舍抗戰及 40 年代佚文校讀札記》，陳思和、王德威主編：《史料與闡釋》，復旦大學出版社 2014 年，第 70、79 頁。

政治邀請那封。〔註 24〕

面對這樣的歷史機遇，口袋豐足的老舍，終於可以如願、大膽地作出回國的決定了。

二、思想轉變的必然

（一）「革命不分先後」

幾經輾轉，老舍於 1949 年 12 月 12 日回到北京。隨即享受公款接待住進北京飯店，第二天得到政務院總理周恩來的接見，開始享受專車待遇。1950 年元旦後，中國文聯在北京飯店舉行賀新年暨歡迎老舍歸國的大型聯歡茶會，茅盾、周揚等七十餘人到會，老舍發表演講。而後在文聯第四次擴大常委會上他被增補爲全國文聯委員；隨後受命籌建北京市文聯，還被內定爲文聯主席；接著，他又應邀列席政協第一屆全國委員會第二次會議。隨後，他先後被任命爲北京市政府委員、政務院華北行政委員會委員、中國作協副主席。這期間，他自己出資置下一處房產，將胡絜青和孩子接到北京，實現全家團圓。

縱觀老舍回國後的歷程，可以說，「革命不分先後」、「早革命不如晚革命，晚革命不如不革命」的說法在他身上得以應驗。老舍或許做夢也沒想到，自己竟然一步就跨到體制內，成爲「公家」幹部，而且身居不低的位置。爲此他曾頗有感觸地說：「一個平凡的文藝工作者，自幼年到中年一直是委委屈屈地活著，不敢得罪任何人，總是逆來順受。直到解放後，我才明白一些革命的眞理，見到了光明，而且得到了政治地位。」〔註 25〕「在精神上我得到尊重與鼓舞，在物質上我也得到照顧與報酬。寫稿有稿費，出書有版稅，我不但不像解放前那樣愁吃愁喝，而且有餘錢去珍藏幾張大畫師齊白石先生的小畫，或買一兩件殘破而色彩仍然鮮麗可愛的康熙或乾隆時代的小瓶或小碗。」〔註 26〕這番話雖有特定的政治背景，但所述卻是基本事實。

這樣，因「撃現成的」而心虛的老舍在主觀上就願意奉獻自己的一切，

〔註 24〕周恩來在第一次文代會上，對冰心和老舍兩位共產黨的老朋友的缺席表示遺憾，有關方面不敢怠慢立即動員各種關係將他們請回國。陳子善：《趙清閣先生兩題》，《這些人，這些書：在文學史視野下》，湖北人民出版社 2008 年，第 126 頁。

〔註 25〕《毛主席，我選舉了您！》，《人民日報》，1954 年 8 月 24 日。

〔註 26〕《生活，學習，工作》，《北京日報》，1954 年 9 月 20 日。

以回報領導黨和新政府的厚愛。

（二）旗人的文化與心理

老舍思想的迅速轉變不僅因爲個人獲得了榮譽和地位，還有另外的原因。首先，他看到三個旗人老姐姐、哥哥不但活著，沒有受到任何歧視，而且她們的思想也變了，不守舊不說，還能夠講一些道理，孩子們也都有了工作，成爲「工人階級」的一分子，這讓他倍覺欣慰。畢竟，老舍是曾經主宰過中國政權的旗人後裔，親身領略過旗人在辛亥革命後失去政權所受的歧視和欺辱，也曾爲旗人得不到應有的平等待遇而不平。一句「我可是旗人」、「旗人當漢奸罪加一等」（《茶館》）便足以體現出他的民族思想和情感。這種民族情感是普遍存在的，生活在少數民族地區的漢民族人都有此體會。蕭乾在談及這樣的問題時也曾說：「四十歲以下的讀者恐怕難以理解是蒙族而不是漢族有什麼可自卑的。他們不曉得那時有些少數民族的名稱還加『犬』字旁吧。……解放以後，少數民族不但不再受歧視，而且往往還受到特殊照顧。」〔註 27〕

其次，北京城對於老舍有著非同一般的意義。這種意義不僅僅是因爲北京城是他的出生地、成長地，還因爲它曾是滿族人統治中國的權力中心，是民族自豪感的象徵地，正像成吉思汗對於蒙古族人的意義一樣。因此，老舍對於北京城的熱愛與其他人不一樣，他的「北京城情結」遠超過「戀家」的蕭乾，更是「鄉下人」沈從文所無法感受的。所以，當他看到政府致力於改造臭水溝（龍鬚溝）、維修下水道、定時清運垃圾等維護工作，看到「那金的綠的琉璃瓦，紅的牆，白玉石的橋，都在明亮的燈光下顯現出最悅目的顏色」時，他在精神深處更加親近新政權了。正如他所說：「眼見爲實，事實勝於雄辯，用不著別人說服我，我沒法不自動地熱愛這個新社會。」〔註 28〕

（三）窮人身份

儘管老舍的祖上還算風光，但他自出生時便飽嘗了飢寒交迫，一歲時喪失了父親，因爲營養不良，到三歲時才學會走路說話，是母親通過給別人洗衣裳、做活計把他養大。在他的感受和記憶中，貧窮始終是如影隨形的，甚至初從美國回國後還要記下每天的花銷，連購買一個水壺花費幾千元（舊幣

〔註 27〕《一本退色的相冊》，《蕭乾文集》7，浙江文藝出版社 1998 年，第 107 頁。
〔註 28〕《生活，學習，工作》，《北京日報》，1954 年 9 月 20 日。

——本文注，下同）也要記下，足見老舍的精打細算。如研究者所指出的那樣：「任何時候，『窮人』都是老舍最富有感情的自我認定。」〔註 29〕

因此，老舍體驗下層人翻身、解放的感覺，與朱光潛、巴金等大宅門出身的人不同，他更看重的是窮人獲得人格。因爲對於窮慣了的人來說，他們的自尊心很脆弱、敏感，他們並不在意窮本身，而往往更需要得到人格的尊重。老舍的「孤高」是與他的「窮」有直接關係的，這一點在他的自傳體小說《小人物自述》中可以明顯感覺到。所以，當他以及像他這樣的窮人意外地得到尊重時，哪怕是表面的、一時的，那種感恩戴德的心理也就比常人更強烈一些。從他 1949 年後多次使用「慚愧」、「報答」、「對得起」、「應盡的」、「恨不能」、「決心」等語詞便可見一斑。齊錫寶曾說起自己親遇的一件事：洋車夫因爲老舍寫了他們，所以不管多遠，只要到豐盛胡同 10 號，都只收 2000 元（舊幣）。〔註 30〕正像洋車夫可以不計自己額外的辛勞和汗水一樣，老舍當然也捨得將「多餘」的自由思想捐獻出去。

（四）家國觀念與集體主義

在老舍的成長履歷中，家和國對於他都有著重要的意義。他的家雖然窮，卻很有教養，這樣的家庭在動亂社會中總要吃虧。而且他的父親直接死於動亂，襁褓中的他也差點丟了性命。在他成長的過程中，北京動亂連綿，張勳復辟、府院之爭、馮玉祥政變、奉軍入關，直至日本人進佔北京城。每一次動亂都考驗著老舍那個貧窮而善良的家，爲此他一直念念不忘那些傷痛記憶：

> 北京有多少變亂啊，有時候兵變了，街市整條的燒起，火團落在我們院中。有時候內戰了，城門緊閉，鋪店關門，晝夜響著槍炮。〔註 31〕

因此，老舍極度渴望國家安定，並在這個過程中逐漸產生「國家至上」的思想。當盧溝橋的槍聲響起後，在愛國熱情的召喚下，他乘機毅然地拋妻別子〔註 32〕參加「山東省文化界抗敵協會」，而後又擔任「中華全國文藝界抗敵協會」的總幹事。從那時起，老舍便將自己交付到這個抗戰的集體中。如

〔註 29〕古世倉、吳小美：《老舍與中國革命》，民族出版社 2005 年，第 111 頁。

〔註 30〕齊錫寶：《回憶老舍先生奉命寫〈人同此心〉的前前後後》，《電影創作》，1994 年第 1 期。

〔註 31〕《我的母親》，《時事新報》，1943 年 1 月 13、15 日。

〔註 32〕傅光明：《書信世界裡的趙清閣與老舍》，復旦大學出版社 2012 年，第 24 頁。

他在入會誓言中所宣誓的：

你們發令吧，我已準備好出發。生死有什麼關係呢，盡了一名小卒的職責就夠了。〔註 33〕

老舍這樣說，也是這樣做的。抗戰八年，作爲一個文化戰士，他爲抗戰傾盡全力，將自由主義、小說和啓蒙新文藝統統擱置一邊，而選擇功利主義，寫戲劇、寫通俗文藝，他當時也說過：「中國原來講忠君，現在不妨講忠國」，〔註 34〕「有了國家，才有文藝者，才有文藝。國亡，縱有莎士比亞與歌德，依然是奴隸」。〔註 35〕而當國家結束動亂之時，老舍的願望實現了，自然也會充滿敬意地面對幫他實現願望的人或階級。儘管老舍這時不會想到，人之爲奴在國家或政府強大時同樣難以避免。再加之，在中日戰爭期間他與周恩來「親密」接觸，也曾表示出對共產黨、毛澤東的好感。〔註 36〕

在這些合力作用下，老舍一回國便對新政權表示出親近感，將離美前夕「回國後要實行『三不主義』，就是一，不談政治；二，不開會；三，不演講」〔註 37〕的承諾置於腦後，既熱心談政治，又積極開會，還頻繁演講。

三、順應時勢，自覺檢討

（一）自覺檢討「舊作」、「舊我」

老舍既然皈依了新政權，自然就要順應時勢改造思想。1950 年文聯的新年聯歡茶會上，老舍在演講中談了自己歸國的感想，表示自己對美國的生活方式不感興趣，很早就願意回來。同時，他也檢討自己沒能參加「解放」戰爭，很覺得慚愧，願意學習，希望利用自己的寫作經驗和技巧，對革命有些貢獻。〔註 38〕從形式上說，這可以算作是老舍的第一次公開檢討，只是其中禮節性的成分掩蓋了本應有的嚴肅。

〔註 33〕《入會誓詞》，《文藝月刊・戰時特刊》，1938 年第九期。

〔註 34〕《談通俗文藝》，《自由中國》，1938 年 5 月 10 日。

〔註 35〕《努力，努力，再努力！》，《大公報》，1939 年 4 月 9 日。

〔註 36〕李長之在《這就是老舍》中記述說：重慶時，老舍的「桌上由《大公報》換上了《新華日報》」；吳組緗在《老舍的爲人》中記述說：老舍曾說「共產黨的話，就是老百姓的話」；臧克家在《老舍永在》中記述說：老舍在延安對毛澤東說：「主席身後有幾萬萬呀」。參見舒濟編：《老舍和朋友》，三聯書店 1991 年。

〔註 37〕喬志高：《老舍在美國》，《明報》（香港），1977 年 8 月。

〔註 38〕甘海嵐：《老舍年譜》，書目文獻出版社 1989 年，第 240 頁。

1950年6月，老舍在開明版的選集「序言」中開始了正式檢討。文中，他批評自己未「下功夫有系統的研讀革命理論的書籍，也不明白革命的實際方法」，特別是在革命文學興起時，自己雖受普羅文學的影響，創作了《黑白李》，不過「沒敢形容白李怎樣的加入組織，怎樣的指導勞苦大眾」。他還處心積慮地說：「在《月牙兒》的前身（《大明湖》）裏，我居然還描寫了一位共產黨員，他是月牙兒的女主角的繼父。」他也承認自己的作品「缺乏了積極性，與文藝應有的煽動力」。爲此他檢討說：「我的溫情主義多於積極的鬥爭，我的幽默沖淡了正義感。最糟糕的，是我，因爲對當時政治的黑暗而失望，寫了《貓城記》。在其中，……也諷刺了前進的人物，說他們只講空話而不辦眞事。這是因爲我未能參加革命，所以只覺得某些革命者未免偏激空洞，而不明白他們的熱誠與理想。我很後悔，我曾寫過那樣的諷刺，並決定不再重印那本書。」關於《駱駝祥子》，他承認自己「到底還是不敢高呼革命，去碰一碰檢查老爺們的虎威」。他還「披露」說，自己在原稿文末寫過：「不知道何時何地會埋起他（指祥子 —— 本文注）自己來，埋起這墮落的，自私的，不幸的，社會病胎裏的產兒，個人主義的末路鬼！」但可惜「在節錄本中，隨著被删的一大段被删去了」，他繼而說：「我管他叫作『個人主義的末路鬼』，其實正是責備我自己不敢明言他爲什麼不造反。」最後，他不無誠懇地說：「以上，是我乘印行這本選集的機會，作個簡單的自我檢討。……不過，我的確知道，假若沒有人民革命的勝利，沒有毛主席對文藝工作的明確的指示，這篇序便無從產生，因爲我根本就不會懂什麼叫自我檢討，與檢討什麼。」〔註39〕

從這篇「序言」看，老舍一方面竭力給自己的作品「塗脂抹粉」，以增加和突出其「先進性」；另一方面，也不得不承認其中的諸多「落後」思想，老老實實地檢討了自己的溫情主義和個人主義。在此基礎上，老舍開始了否定「舊作」和「舊我」的漫漫檢討之路。

1951年6月，老舍撰寫了《感謝共產黨和毛主席》一文。在極盡感謝之餘，也對自己的思想做了較爲深刻和全面的檢討，他說：「我的政治思想，一向是一種模糊的自由主義，表面上好的便說好，表面上壞的就說壞，不加深究；不好不壞的（也許就是最壞的）就馬虎過去。我沒有堅定的立場，因

〔註39〕《老舍選集·自序》，開明書店1951年，第7～14頁；另見《人民日報》，1950年8月20日。

而也就不懂得什麼叫作鬥爭。對什麼事，我都願意和平了結 —— 也就是敷敷衍衍 —— 不必咬住眞理不放。」「共產黨使我明白了政治思想在文藝裏的重要性，和文藝是爲誰服務的。以前，我寫作，是要等著虛無縹緲的靈感的。現在，我高興的『趕任務』。」〔註 40〕隨後，他在《認眞檢查自己的思想》中著重檢討了自己的幽默風格，他說：「我沒反對過革命，可是我的沒有原則的幽默，就無可原諒的發揚了敷衍苟安，混過一天是一天的『精神』，這多麼危險！」〔註 41〕

在《在延安文藝座談會上的講話》發表十週年紀念之際，老舍撰寫了《毛主席給了我新生命》，是他所有檢討中最全面、最系統的一篇。文中，他再次檢討了自己的幽默趣味、不敢革命、自得自傲等問題。還說自己回國後，首先讀的便是《在延安文藝座談會上的講話》，而後明白了文藝爲誰服務和文藝服從於政治的道理，用這篇文章對照自己，便覺得自己不配做一個文藝家。因爲自己二十多年來「在小資產階級的圈子裏既已混了很久」，「思想、生活、作品，已經都慢慢地癱瘓了」。在坦誠了自己的錯誤思想後，他表態說：「我要聽毛主席的話，跟著毛主席走！聽從毛主席的話是光榮的！假若我不求進步，還以老作家自居，連毛主席的話也不肯聽，就是自暴自棄！」〔註 42〕

1954 年，老舍在「生活，學習，工作」的小結中再次檢討道：「現在，我幾乎不敢再看自己在解放前所發表過的作品。那些作品的內容多半是個人的一些小感觸，不痛不癢，可有可無。它們所反映的生活，咋看確是五花八門；細一看卻無關宏旨。那時候，我不曉得應當寫什麼，所以抓住一粒沙子就幻想要看出一個世界；我不曉得爲誰寫，所以把自己的一點感觸看成天大的事情。」〔註 43〕1955 年「反胡風」運動之後，他又撰文檢討說：「在我解放以前寫過的作品裏，因缺乏共產主義思想，……所以那些作品很膚淺，甚至於有錯誤。」〔註 44〕

雖然老舍在竭力否定「舊作」，但他心裏並非沒有自己的想法和認識。1956 年，在政治空氣有所緩和之際，他在人民文學出版社出版的《老舍短篇小說選》的「後記」中這樣紹介說：「在思想，十三篇中往往有不大正確的

〔註 40〕《光明日報》，1951 年 6 月 26 日。
〔註 41〕《文藝報》第五卷第四期，1951 年 12 月 10 日。
〔註 42〕《人民日報》，1952 年 5 月 21 日。
〔註 43〕《生活，學習，工作》，《北京日報》，1954 年 9 月 20 日。
〔註 44〕《好好學習》，《學習》第六期，1955 年 6 月 2 日。

地方，很難修改，也就沒有修改。人是要活到老學到老的，今天能看出昨天的缺欠或錯誤，正好鞭策自己努力學習，要求進步。」〔註 45〕老舍能夠這樣說，雖然一方面陪著小心，一方面也是對自己舊作的一種肯定。正如有研究者指出的那樣：「老舍雖然在『文藝的特質』問題上已經完成了相當徹底的思想改造，在情感上卻仍難割捨那些傾注了他半世心血又爲他製造了無限風光的舊作」。〔註 46〕

在接下來的「反右」運動中，老舍馬上意識到這種思想和感情的不合時宜，於是在自我檢討中說：「我所受的教育是資產階級的教育。因此，即使我不曾拼命地去爭名奪利，可是也不肯完全放棄名利。這就是說，在舊社會裏，我雖沒有無恥地往高處爬，可是也不大明確自己究竟是幹什麼的。」〔註 47〕

看得出，無論是個人的思想還是文學創作，老舍在否定自我方面已經比較全面、深刻了。而這樣的檢討在他看來是一種進步、高尚、忠誠的表現，而不是丟臉、有失身份、喪失獨立思考，他也爲此說：「面子不過是臉皮那麼厚薄，掩藏不住肮髒的靈魂。」〔註 48〕「勤於學習，勇於接受批評是光榮，而不是丟臉，是勇敢，而不是自卑！在一個新社會裏，有什麼比急起直追，爭取吸收新知識新經驗更可貴的呢？」〔註 49〕因此「必須老老實實地把心靈中的垃圾傾倒乾淨，重新作個乾乾淨淨的人」。〔註 50〕老舍能做出這樣的解釋，可見他「進步」之大、態度之誠了。

（二）檢討「新作」和「新我」

在檢討「舊作」和「舊我」的同時，老舍也開始檢討起「新作」和「新我」。1951 年元旦，老舍在抒發自己回國一年的感想中，一邊表態一邊檢討說：「在這一年以前，我已被稱爲文藝工作者。可是，我對得起那個稱呼嗎？我不敢說。……只要我肯向人民學習，而後爲人民寫作，我便可以對得起自己，對得起文藝，對得起文藝工作者這個稱呼。啊，我能在短短的一年內，明白了上述的道理，這一年不是等於五十三年麼？」〔註 51〕

〔註 45〕《老舍短篇小說選．序言》，人民文學出版社 1956 年。
〔註 46〕孫潔：《世紀彷徨：老舍論》，百花洲文藝出版社 2003 年，第 197 頁。
〔註 47〕《八年所得》，《新觀察》第十九期，1957 年 10 月 1 日。
〔註 48〕《爲了團結》，《文藝報》第二十號，1957 年 8 月 18 日。
〔註 49〕《生活，學習，工作》，《北京日報》，1954 年 9 月 20 日。
〔註 50〕《樹立新風氣》，《文藝報》第二十五期，1957 年 9 月 29 日。
〔註 51〕《元旦》，《北京新民報日刊》，1951 年 1 月 1 日。

一貫以幽默著稱的老舍，竟以如此誇張的語言來表述自己的心情，眞是其情可感了。不過，檢討「新作」並不像檢討「舊作」那樣容易，畢竟他還不能完全通曉新的寫作規範，爲此他誠實地說：

> 在學習思想上，我是「半路出家」。有時候，我想不通；有時候，想通了而不肯那麼寫出來，怕別人笑我，說我鼓著腮幫子充胖子。沒想通的，寫出來，自然要受批評。一受批評，我就覺得丟了臉，心中老大不高興。想通了而不肯寫出來呢，又使我難受，覺得自己沒有勇氣，沒有信心。現在，我才慢慢的明白了，批評與自我批評才是使人堅定與堅強的利器。……我要抱定這態度去作人，去作文藝；我相信，我已摸到門兒。〔註 52〕

老舍雖說「想通了」、「摸到門兒」了，但那只是一種自我感覺，或者更確切地說是一種錯覺，因爲這樣的體認並未得到主流意識的認可，這一點從電影劇本《人同此心》的遭際中可以看出。

《人同此心》是由毛澤東、周恩來欽定的素材，內容關涉到知識分子的思想改造，電影局將這個任務交給老舍。老舍在領導們的大力關心和協助下，不負眾望地在 1951 年 6、7 月間拿出作品。然而在一陣「好評」聲後，老舍被通知劇本要「先緩一緩」，結果從此石沉大海。老舍雖不知其中詳情，但已預感到問題的嚴重。因此，不久後他便撰文剖析說：「必須要求自己寫得『對』，而後再要求寫得『好』；道理說錯，文字越漂亮，故事越有趣，才爲害越大！……在這個新社會裏不准有胡說八道，違反人民利益的『言論自由』；也不准利用漂亮的文字，有趣的故事，偷偷的散放毒氣！」他接著結合自身的實際說：「在這二年裏，我寫了不少東西。其中有的寫得很對，有的不很對，有的大體上對，而細節不對。在第二屆國慶節這個好日子，我願意坦白的說出來：寫得對的，我引以爲榮。寫得不很對的，我並不灰心；我知道只要我肯虛心的接受批評，社會上就允許我改過自新。」他還針對「勉強」和「不痛快」的質疑回覆說：「追求眞理是必定有痛苦的，怎能不勉強？難道眞理能像買個燒餅那麼容易麼？至於痛快不痛快，那就要看你自己的態度了。假若你肯和人民立在一條線兒上，寫出足以爲人民服務的作品，那該是多麼痛快的事呢！」〔註 53〕

〔註 52〕《光明日報》，1951 年 6 月 26 日。
〔註 53〕《爲人民寫作最光榮》，《人民日報》，1951 年 9 月 21 日。

當然，他沒有忘記強調自己的轉變還需要時間和過程，所以又撰文補充說：「由舊的社會走入新的社會，很難一下子就完全『整舊如新』。但是，假若眞有自信心，也並非絕對辦不到的。即使一時辦不到，不是還有批評與自我批評來幫助我逐步前進嗎？我願意下決心，一步一步的往前走，總有一天我會走到一個新社會文藝工作者該走到的地方！」〔註 54〕

現在看來，老舍如此委曲求全似也必要，因爲《人同此心》是在江青的直接干預下而石沉大海的。據齊錫寶回憶，當時江青正要組織召開 1952 年電影創作題材規劃會，便在辦公室對主管電影工作的陳波兒說：「老舍執筆寫的《人同此心》就不要搞了。老舍自己就是個沒有經過改造的知識分子，他哪能寫好符合我們要求的電影劇本？怎麼改也改不好。乾脆，拉倒吧！」〔註 55〕從事後老舍諱莫如深的態度看，他的上述檢討應該是有針對性的。

老舍雖然沒有因爲《人同此心》的流產而一蹶不振，但在此後不斷創作的同時，也加強了對作品的檢討。他在不同場合說過：「在我的近五年來所寫的東西，也因爲思想學習不夠深入，所以思想性還不很強，作品也就軟弱無力。」〔註 56〕不能「成爲階級鬥爭中的精神食糧」，是「可有可無」、「不疼不癢的東西」。〔註 57〕他認爲這首先是因爲「對新社會的生活，工農兵的生活，都體驗得不夠」，所以寫出來的東西「內容不夠豐富，感情不夠飽滿」。其次，他認爲，即使「有了生活，而不懂馬列主義，還是不中用」，自己就「吃了這個虧」。他說：「我只在解放後，才跟著大家學習一點，所以我對馬列主義的一知半解，不能幫助我在作品中盡到傳播先進思想的責任」。他還深有體會地說：「聽別人唱歌，和自己唱歌，自然是兩回事。打算描寫歌唱的樂趣或困難，頂好是自己唱唱。不參加革命鬥爭，就不會得到應有的政治熱情與革命經驗，寫出來的東西也就薄弱無力。不參加實際鬥爭，專憑理論的學習，理論便只是書本上的東西，不能夠把思想變成血液似的，流貫到作品的全身。」〔註 58〕

老舍的分析和判斷，不能說不深刻，但是，他沒有想到，即使參加了革命鬥爭實際，也還是寫不出好作品。巴金兩赴朝鮮而寫不好便是明證。

〔註 54〕《挑起新擔子》，《新觀察》第三卷第五期，1951 年 10 月 1 日。

〔註 55〕齊錫寶：《回憶老舍先生奉命寫〈人同此心〉的前前後後》，《電影創作》，1994 年第 1 期。

〔註 56〕《好好學習》，《學習》第六期，1955 年 6 月 2 日。

〔註 57〕《幸福的保證書》，《北京日報》，1955 年 8 月 1 日。

〔註 58〕《當作家並無捷徑》，《中國青年》第五期，1956 年 3 月。

老舍也學會了配合政治運動作自我檢討。在思想改造運動中，他作了《認眞檢查自己的思想》的發言，說：「假若我自己承認：既是老作家，就不必再求思想往前進，豈不是倚老賣老，越來越沒出息麼？被尊敬是光榮的，但是在新社會中，人是不該戀戀不捨的回味過去，而須面對明天，爭取為新社會服務；專憑賣老字號，而不充實自己，不久一定會垮臺。字號越老，才越須改造，老的東西不是更容易腐壞的麼？」〔註 59〕

在紀念《講話》發表十週年之際，老舍在題爲《毛主席給了我新生命》一文中檢討說：「我知道，我離著一個毛澤東思想的作家還很遠很遠。……在思想上，生活上，我還有不少的毛病，我要一一的矯正，好減輕負擔，向前走得快些。解放前我寫過的東西，只能當作語文練習；今後我所寫的東西，我希望，能成爲學習了毛主席《在延安文藝座談會上的講話》以後的習作。」〔註 60〕

隨後老舍又在另一篇文章中總結說：「只有從思想上改造好了自己」，「才會發現自己的缺陷與錯誤的病根在哪裏，然後決心地挖出它去」。〔註 61〕

在「反右」運動中，他在總結思想的基礎上又撰寫了《八年所得》。文中，他以個人爲例批評知識分子的優越感，他認爲：「一個作家若能夠克服知識分子的狂傲的優越感而誠誠懇懇地去向人民學習；丟掉資產階級的名利思想，而全心全意地爲人民服務；並且勤懇地學習政治，改造自己，或者才可以逐漸進步，寫出一些像樣子的作品來。」他還就自己「一向不關心政治」，至今也「寫不出政治性強烈的作品來」進行了檢討。〔註 62〕

在這些虔誠的檢討中，老舍將自己納入到集體主義的潮流中。

四、「做的」比「說的」好

（一）忘我投入

既然作爲集體的一員，自然要根據集體的需要履行自身的職責。作爲「人民代表」，老舍忘我地投入工作。據作家林斤瀾追憶，「老舍當年作爲市文聯主席是積極參加解放初幾項政治運動的，天天來機關上班，連編輯部發稿時

〔註 59〕《文藝報》第五卷第四期，1951 年 12 月 10 日。
〔註 60〕《人民日報》，1952 年 5 月 21 日。
〔註 61〕《我們熱烈地迎接這偉大的節日》，《新民報》，1952 年 5 月 23 日。
〔註 62〕《八年所得》，《新觀察》第十九期，1957 年 10 月 1 日。

間都管，還在機關吃頓午飯。」〔註63〕為了親身感受控訴所謂惡霸的大會，他拖著病軀的腿很早就到了天壇，也情不自禁地跟著「群眾」喊「該打！該打！」為了響應全國文聯關於捐獻「魯迅號」飛機的號召，他帶頭捐獻了《龍鬚溝》、《方珍珠》的上演稅 800 萬（舊幣）。在批判胡風運動中，他積極表態，「勇敢戰鬥」，先是「看穿了胡風的心」，然後要求「掃除為人民唾棄的垃圾」，進而呼呼大家「都來參加戰鬥吧」，並提醒說：「別光說『真沒想到』啊」。1957 年夏，他率先嗅出「反右」的味道，接連撰寫了《三邪》、《心中有了底》、《個人與集體》、《為了團結》、《樹立新風氣》、《吳祖光為什麼怨氣衝天》、《旁觀、溫情、鬥爭》、《勸青年作家》、《首先作一個社會主義的人》等批判文章。

老舍的家境決定了他的仔細、老成持重和世俗氣，正如他自己所說：「我有沒有詩的天才？絕不出于謙虛客氣的，我回答：沒有。……我缺乏著詩人的明敏犀利。」〔註64〕但是，1949 年後老捨卻將自己打扮成一個滿含激情的頌歌詩人。他歌頌他所熱愛的北京，因為他「看見北京人與北京城在解放後的進步和發展」，「不能不狂喜，不能不歌頌」。〔註65〕為此，他滿懷憧憬地寫道：「這人民的古城多麼清爽可喜呀！我可以想像到，在十年八年以後，北京的全城會成為一座大的公園，處處美麗，處處清潔，處處有古迹，處處也有最新的衛生設備。」〔註66〕他歌頌偉大領袖，因為「北京城是毛主席的，北京人與北京城都在毛主席的恩惠中得到翻身與進步，我怎能不寫出我的與北京人的對毛主席的感謝呢！」〔註67〕在第一屆人大會投票儀式後，他抑制不住激動的心情，發自內心地說：「毛主席……我們投您的票不是一種什麼形式或手續，我們是向您表示擁護您的決心！我們將永遠跟隨著您，聽您的話，盡到我們應盡的責任！」〔註68〕當被毛澤東接見時，他興奮地寫道：「最使大家歡喜的是毛主席非常的健康，精神非常的好。這是大事：他老人家健康就是全國人民的幸福！」他還說：「我要告訴我的兒女並囑咐他們將來告訴他們的兒女：我選舉了毛主席，並且和毛主席握了手！」〔註69〕

〔註63〕轉引自陳徒手：《人有病　天知否》，人民文學出版社 2000 年，第 47 頁。
〔註64〕《三年寫作自述》，《抗戰文藝》第七卷第一期，1941 年 1 月 1 日。
〔註65〕《毛主席給了我新的生命》，《人民日報》，1952 年 5 月 21 日。
〔註66〕《我熱愛新北京》，《人民日報》，1951 年 1 月 25 日。
〔註67〕《毛主席給了我新的生命》，《人民日報》，1952 年 5 月 21 日。
〔註68〕《毛主席，我選舉了您！》，《人民日報》，1954 年 8 月 24 日。
〔註69〕《最光榮的時刻》，《學文化》第十七期，1954 年 9 月 11 日。

老舍的感情是充沛的，也是永不知疲倦的，所歌頌的內容也尤其豐富：「中蘇同盟」、「中蘇偉大友誼」、「英雄的平壤」、「和平會議」、《在延安文藝座談會上的講話》、《辯證唯物主義與歷史唯物主義》、「抗美援朝」、憲法誕生、「五年計劃」，以及「大躍進」和「文化大革命」等都是他歌頌的對象。可以說，在 1949 年後的頌歌中，老舍的聲音最洪亮，音質也最動聽。

在緊張、忙碌地唱和了三年後，老舍意識到，合唱隊伍雖然龐大，但是眞正有分量的聲音並不多。一些「老」作家早已經放下筆墨，連短小的詩文也寫得很少，這讓他很著急。他以爲，「老」作家們因爲會務多、工作忙，才扔掉了筆，因此，他現身說法道：「我的職務不比別人少，連政府的帶群眾團體的，我有二十個『頭銜』」，但是我仍能「手不離筆」。因此他希望：「上自全國『文協』，下至各地方的文聯『文協』，都從現在起，有一種學習與創作的空氣，把老的少的新的舊的作家全動員起來，一邊學，一邊寫。」〔註 70〕

老舍的確是熱心的，他爲文藝的不繁榮而擔憂，不理解作家們爲什麼不投入「戰鬥」。在第一個五年計劃通過之際，他倡言說：「作家們必須參加這個鬥爭，好好地打幾個漂亮仗！我們深信勝利必屬於我們的，好，就寫吧，教全國人民都深信勝利必是我們的！」〔註 71〕時隔一周，他再次撰文倡議：「同志們，忙起來吧！寫吧，畫吧，唱吧，表演吧！我們越忙，就越快樂，就越光榮……我們要搶到前邊去！我們要以前無古人的文藝作品去配合、鼓舞前無古人的國家建設計劃的完成與超額完成！」〔註 72〕當然，老舍在這裏不能明說的是，寫作的稿費收入也是很高很高的。

這之後，老舍又先後撰寫了《文藝工作者都忘我地勞動起來吧》、《文藝界要馬上全體動員起來》、《「將軍」》、《前進，前進，再前進》等文章。從這些極盡誇張的號召中，分明可以感受到老舍的一片拳拳之心。

當然，回顧歷史可以發現，老舍如此聲嘶力竭、忘我地工作已經不是第一次了。抗戰時期，他就曾爲號召文藝家抗戰而奔走呼號，《寫家們聯合起來》、《事情要大家作》、《我們攜起手來》、《聯合起來》、《工作起來吧》、《努力，努力，再努力！》……所有這些都是爲了抗戰。如果作以比較，可以看出二者的不同點：前一次他扮演的是一個文化戰士的角色，更多地帶有悲壯

〔註 70〕《咱們今年都要拿起筆來》，《人民日報》，1953 年 2 月 25 日。
〔註 71〕《北京日報》，1955 年 8 月 1 日。
〔註 72〕《文藝工作者忙起來吧》，《文藝學習》第八期，1955 年 8 月 8 日。

意味；後一次他扮演的則是一個文化小丑的角色，更多地帶有滑稽意味。

正因爲老舍如此阿諛奉迎，不設底線，當年就有人寫匿名信罵他：「我希你今後弄筆墨時，還是不溜尻子不捧頌好，應說些實話。」〔註 73〕北京大中學生也在私下裏譏諷他是位列郭沫若後的「四大不要臉」之一。〔註 74〕

（二）志願加入戲劇行列

老舍願意爲新政權服務，所以也願意聽從命令。而且，回國後他即閱讀了《講話》，清楚文藝應當寫什麼、怎麼寫和應當爲誰寫的問題。1950 年新年聯歡茶會上，周揚在講話中曾暗示和鼓勵說：老舍的回國將有助於中國文藝的通俗化運動。〔註 75〕老舍對此心領神會，迅速地確定了自己的工作角色和主要工作任務，即放棄小說，撿起抗戰時期的那一套行頭，做一個文藝通俗化的推動者。

老舍是個認真的人，因而角色意識也較強，在明確工作任務後便迅速進入工作狀態。僅 1950 年上半年他先後創作和發表了《別迷信》（京津大鼓）、《生產就業》（鼓詞）、《談相聲的改造》、《習作新曲藝的一些小經驗》、《大眾文藝怎樣寫》、《中蘇同盟》（太平歌詞）、《維生素》（對口相聲）、《金喜翻身》（單弦）、《改編繞口令》（對口相聲）、《從技巧上說》（文藝雜談）、《「現成」與「深入淺出」》（文藝評論）、《假博士》（對口相聲）、《通俗文藝》、《鈴鐺譜》（相聲）、《鼓詞與新詞》、《相聲改進了》等。

創作這些通俗文藝，在老舍來說可謂重操舊業、輕車熟路。因爲早在 1937 年客居馮玉祥官邸期間他就已經開始寫鼓詞、墜子、相聲、拉洋片等大眾文藝的創作，中間經過抗戰八年的演練，他已經成爲成熟的通俗寫家。當然，這些通俗作品的創作多屬於老舍的業餘產品，並非是主業，因爲他更鍾情的是劇本創作。

〔註 73〕《答匿名信》，《人民日報》，1957 年 9 月 11 日。

〔註 74〕周作人在致鮑耀明的信中寫道：「聽中學教員談起，現在大中學生中間有一句話，說北京有四大不要臉，其餘不詳，但第一個就是他（意指郭沫若——引者注），第二則是老舍，道聽途說，聊博一笑耳。個人對他並無惡感，只看見《創造十年》上那麼的攻擊魯迅，隨後魯迅死後，就高呼『大哉魯迅』，這與歌頌斯大林說『你是鐵，你是鋼』同樣的令人不大能夠佩服的。」鮑耀明編：《周作人與鮑耀明通信集》（1964 年 10 月 17 日），河南大學出版社 2004 年，第 357 頁；另見傅光明：《老舍之死採訪實錄》，中國廣播電視出版社 1999 年，第 279 頁。

〔註 75〕甘海嵐：《老舍年譜》，書目文獻出版社 1989 年，第 240 頁。

老舍對劇本的鍾情要追溯到抗戰時期。早在 1944 年，他就表達過要寫劇本的願望，他說：「在寫文章中我可是有個志願 —— 希望能寫出一個好的劇本來。雖然我是沒有什麼遠大志願的人，這個志願 —— 寫個好劇本 —— 可的確不算很小。」老舍說這段話的意義何在呢？他自己解釋說：「文化有多麼高，多麼大，它也就有多麼高，多麼大。有了戲劇的民族，不會再返歸野蠻，……哪一個野蠻民族『有』眞正的戲劇？和哪個文化高的民族，『沒有』戲劇？」他還說：「在藝術中，能綜合藝術各部門而求其總效果的，只有戲劇。」〔註 76〕

顯然，老舍在這裏提出了自己的戲劇觀，也寄寓了莫大的藝術期望。從這個意義上說，老舍 1949 年選擇戲劇應該是必然的。但歷史表明，老舍在 1949 年後非但沒有踐行這種戲劇觀，而恰恰走向了反面。

老舍創作的第一個劇本是 1950 年 6 至 8 月間的話劇《方珍珠》。劇作主要是通過 1949 年前後曲藝人生活命運的重大變化，揭露「舊社會」的罪惡，熱情歌頌新社會、新生活，屬於那種典型的「新舊兩重天」的作品。緊隨其後，作爲直接「趕任務」的劇作《龍鬚溝》問世了。當時北京的評論界普遍低調，認爲劇本過於直白，過於政治化，藝術性極差。不過，作爲他的「庇護神」—— 周恩來卻給予很高評價，認爲它幫了共產黨的大忙，要求周揚出面表揚。只是因爲有延安邊區作家、理論家從中阻撓，他的「人民藝術家」的頭銜才由彭眞代表北京市政府授予。

此後，老舍又接連創作了《一家代表》、《柳樹井》、《兩面虎》（後改爲《春華秋實》）、《生日》、《青年突擊隊》、《西望長安》、《茶館》。據舒乙不完全統計，老舍 1949 年後共寫了三十多部劇本，其中發表的有二十二部，包括話劇十五部、歌劇三部、曲劇一部、京劇三部、翻譯劇一部。還有一些已完成的劇作，如《第二個青春》、《人同此心》、《賭》等。一些未出籠的半成品、反覆修改的草稿量則無從計算。〔註 77〕

從現存的手稿看，這些作品都是爲現實政治服務、緊跟政治運動的產物，如老舍當時說：「幾乎沒有一篇不是配合著政治任務寫成的。」〔註 78〕這樣的作品自然難免存在人物虛假、語言生硬、情節牽強以及公式化、概念化等問

〔註 76〕《我有一個志願》，《新民報・晚刊》，1944 年 2 月 15 日。
〔註 77〕轉引自陳徒手：《人有病　天知否》，人民文學出版社 2000 年，第 63 頁。
〔註 78〕《和平與文藝》，《文藝報》第十七號，1952 年 9 月 10 日。

題。當然，唯一的特例大概要算《茶館》第一幕。而事實上，如果將《茶館》作爲一部完整的作品——三幕話劇——來看的話，它也仍逃不出「運動戲」、「觀念戲」的宿命。但是，老舍當時對此卻沒有足夠的清醒認識，他雖然多次宣稱自己的作品「不怎麼了不起」，但是由於得到了「人民」的認可，也還是多少有些飄飄然，如他自己說：「一個醜陋的嬰兒的降生，也是母親的最大的光榮」，〔註 79〕這是老舍的眞實心理。

從 1949 年後老舍的創作實際來看，他明顯背離了前期的劇作主張，而走向另一個「審美領域」。造成這種結果的原因，在客觀上自然可以歸結爲極權政治，因爲中國的一切問題的根源都在這裏。但在主觀上，老舍的「自覺緊跟」也是其中一個決定性的因素。

不過，老舍雖然在主觀思想上皈依了主流政治，但在具體創作實踐中，卻未能把握如何爲政治服務的創作要領。因爲他雖身爲北京市文聯主席，卻極少眞正介入實際政治，對主流意識的政策把握得不夠，所以在文藝圖解政策上常常要求助於具體業務幹部。而且，因爲藉口腿疾他也很少走到工農兵中間，對一些新興的社會現象和問題缺少切身的體認和感悟，一些現實取材常常是由助手或幫手來完成，而他也只能立足於這種二手資料，所以鬧出了不知「車間」是「裝機器的大房子」而以爲是「兩個車輪中間」的笑話。

老舍對生活的不熟悉是顯見的，但爲了政治的需求，他不得不採取「現用現抓」、「臨時抱佛腳」的投機手段以彌補這方面的缺陷。客觀地說，在這種創作方式和狀態下，老舍事實上充當了一個「文化官僚」和寫作「高級打工仔」的角色。如果聯想到「文革」中的所謂「集體創作」，可以發現，二者確有異曲同工之處。不妨以他創作《春華秋實》這部劇作爲例，來考察他的創作全貌。

1952 年 2 月下旬，老舍在周恩來的授意之下，開始創作反映「三反」、「五反」運動的劇本《兩面虎》（後改名爲《春華秋實》）。5 月 14 日，由市委宣傳部長廖沫沙將劇本交給北京人藝副院長、導演歐陽山尊準備排演。從這時起，這部手稿開始了長達一年多的修改歷程。老舍曾撰文詳細記錄了整個修改過程：

> 在排演以前，這個劇本已經寫了十次。每一次都是從頭至尾寫過一遍，不是零零碎碎的修改添減。……一共花了十個月的時間。

〔註 79〕老舍：《病》，《大公報》（重慶），1944 年 4 月 16 日。

> 他們告訴我：内容欠充實，但有一兩個人物。〔第一稿——引者標注，下同〕
>
> 我另寫了一遍，再和大家討論；然後又寫了兩遍。……這是個描寫運動本身的，類似活報戲的作品。〔第二、三、四稿〕
>
> 隨著運動的發展，大家看出來第四稿的缺點——只見資本家的猖狂，不見工人階級打退進攻的力量。……我又寫了兩遍：資本家變成了私營鐵工廠的廠主，有工人出來鬥爭他，有爭取高級職員，有檢查組登場；他的家屬只留下個小女兒，其餘的人都刪掉。〔第五、六稿〕
>
> 已經到了夏天，北京的「五反」運動進入了結束階段。……朋友們說：「五反」運動既已基本結束，就應當寫得更全面一些，更深入一些。……我接受了這個好意見，決定加頭添尾。這又須把前稿全盤打爛。……放棄了第六稿，我又重新寫過三遍。……第九稿寫成了五幕十一場，大得可怕！〔第七、八、九稿〕
>
> 於是，大家開始按照第九稿另寫提綱，把不必要的情節都刪了去。……大家的意見是：……我也有一些小意見：……很順利地我寫成了第十次稿本。〔第十稿〕〔註80〕

老舍所記述的情況與事實基本吻合，這一點在保留下來的歐陽山尊的《導演日誌》的手稿裏可以得到證實。〔註81〕對於歷時一年多的修改，老舍一直本著平和、謙遜的態度，在與演員們交談時他曾說：「像我這樣的寫家，不靠大家，一個人是寫不出來的。我寫這個戲與大家合作很愉快，願意幹到底。雖然原稿幾乎完全被打碎，但我沒有害怕，熱情比害怕更有用。工到自然成，寫十遍不算多。」〔註82〕

老舍尤其看重周恩來、彭眞、胡喬木、周揚等提出的批評和指正意見，認爲首長們不但「體貼作家，熱愛藝術」，也不「因爲能夠掌握政策而忽略了作品的藝術性」。他還說：「沒有大家的幫助，這個不很好的作品一定不會有寫成的希望！」〔註83〕

〔註80〕《我怎麼寫的〈春華秋實〉劇本》，《劇本》，1953年5月號。
〔註81〕參見陳徒手：《人有病　天知否》，人民文學出版社2000年，第47頁。
〔註82〕轉引自陳徒手：《人有病　天知否》，人民文學出版社2000年，第54頁。
〔註83〕《我怎麼寫的〈春華秋實〉劇本》，《劇本》，1953年5月號。

縱觀這些當時的言論，應該說，老舍的真誠態度是讓人感動的。這其中有兩點應該值得注意：其一是，如前所述，老舍對政策的掌握比較膚淺，也不很熟悉政治運動，無論在思想上還是具體創作上他都需要切實指導。正如他所說：「假若我自己的思想高明，能掌握政策，我就可以一下筆就是地方，就可以少改兩遍，省下一些時間來。」〔註 84〕他還多次說：「在我一心想把革命鬥爭的事實變成血肉豐滿的藝術作品時，我的政治理解和生活經歷的局限卻妨礙了我。」〔註 85〕其二是，老舍轉行戲劇創作畢竟半路出家，抗戰期間的練筆多是些街頭劇之類的難登大雅之堂的小玩意兒，實不能算作專業訓練。說到底，老舍在戲劇創作上還沒有足夠的底氣。正如他說：「對寫劇本，我不是內行。怎樣就一定有戲劇的效果，或怎樣就沒有它，我弄不清；我不十分瞭解舞臺技巧。」他還說：「假若有人以爲我是老寫家，必定十八般武藝樣樣精通，不必接受別人的意見，或接受了意見必能批判地運用，那就難免捧得越高，摔得越疼了。」〔註 86〕

可以說，在老舍的戲劇創作中，大凡改的越多的，劇本的質量就越差，舞臺的生命力就越弱。而改的越少，劇本的質量就相對越高，舞臺的生命力也越長久，《茶館》第一幕便是最好的證明。老舍當時對此是否有清醒的認識，這已是個不可問也不可答的問題了。

1949 年後，老舍這樣虔誠地、全身心地投入到階級和集體的烏托邦事業中，同時也能夠那樣完整地放棄自己的幽默、沉鬱、悲觀和改造國民精神及文化的自由追求，一切都是那樣自然，那樣協調，那樣順理成章，甚至在赴死前他還說：「人民是理解我的！黨和毛主席是理解我的！總理是最瞭解我的！」〔註 87〕只是 1966 年 8 月 24 日他的「縱身一躍」，將這一切全攪亂、打破了。他能眼看著「胡風集團」2100 人被整肅，「反右」運動中近 320 多萬人被定爲「右派」而打倒，卻獨獨受不住「革命小將」的一頓皮帶和拳腳？

老舍死得悲壯，但也死得脆弱，更死得不夠明白和坦蕩。徐幹生曾撰文指出：「只有情場失意、賭場失敗、疾病無治的人，自殺才算是一種解脫的辦法，而這些都與奴性無關。至於那些因爲不堪飢餓之苦，不堪非人淩辱，乃

〔註 84〕《咱們今年都要拿起筆來》，《人民日報》，1953 年 2 月 25 日。

〔註 85〕《自由和作家》，《人民中國》第一期，1957 年 1 月 16 日。

〔註 86〕《學習當先》，《人民日報》，1951 年 3 月 4 日。

〔註 87〕舒乙：《父親最後的兩天》，舒乙主編：《老舍之死》，國際文化出版公司 1987 年，第 61 頁。

至拒絕向非正義屈服，而採取的自殺行爲，就不是那麼可以讚美了。自然，這樣的行爲可以取得人們的同情或惋惜，因爲畢竟不失爲一種正大光明的人生態度。」「不過，要把這一類自殺行爲，說成是對某種現實的抗議，而加以揄揚，那就不太恰當了。這種抗議不值得讚美，是因爲它不僅動搖不了非正義的勢力，而且很可能還受到該勢力的暗中歡迎。」〔註 88〕對於死者，當然不應過度苛求，那樣有大不敬之嫌，但對於生者，還應該思考：假如皮帶和拳腳出現在 1957、1955 年，或者此前十七年的任一年，會是怎樣的結果呢？像老舍那樣的文人還會緊跟嗎？假如 1966 年沒有出現皮帶和拳腳，又會怎樣呢？對於老舍之死，那些所謂士可殺不可辱、知識分子氣節等一廂情願的譽美之詞是無法回答這些質疑的。

〔註 88〕《復歸的素人：文字中的人生》，新星出版社 2010 年，第 186 頁。

第三節　曹禺：「攝魂者」的舞臺人生

在 1949 年陣營分化、思想分野的歷史選擇之際，有人被迫匆匆南下，也有人應邀迫不及待地北上。後世的學人，無論是對此命名為具有親歷性質的「大江大海 1949」（龍應台），還是帶有傳奇演義色彩的「南渡北歸」（岳南），都成為大陸中國暢銷一時的熱議話題。

北上與南下，這一人生選擇的不同，也注定了這其中的每一個人的命運迴異。劇作家曹禺便是那個時代的典型或樣板。

宋雲彬《北遊日記》載：1949 年 2 月 27 日「下午四時許，……余與彬然、尊棋、家寶、超構先下汽艇，……聖陶、振鐸、芸生、鑄成在後，……未幾相率下艇。約半小時，汽艇已傍大輪，緣梯而登。」2 月 28 日，「清晨李實復來送別，……午後一時許，輪始啟碇。」3 月 1 日，「七時有晚會，包達老談蔣介石瑣事，聖陶以我等此行為謎面，請打莊子篇名一，余射中為《知北遊》，意謂知識分子北上也。」這便是史上有名的「知北遊」最初的一幕，曹禺位列其中。

關於此次「北上」，葉聖陶在《應雲彬命賦一律兼呈同舟諸公》的詩中作了說明：「南運經時又北遊，最欣同氣與同舟。翻身民眾開新史，立國規模俟共謀。」〔註 1〕葉聖陶詩句中所說的「共謀」意指他們 25 人受中共最高領導的邀請，在喬冠華的安排下，共赴北京參加政治協商會議。作為第四批受邀的所謂民主人士，〔註 2〕他們所乘的華中輪於 3 月 5 日抵達煙臺，上岸伊始即

〔註 1〕宋雲彬：《紅塵冷眼　一個文化名人筆下的中國三十年》，山西人民出版社 2002 年，第 108～109 頁。

〔註 2〕第一批是沈鈞儒等於 1948 年 9 月底乘船北上；第二批是郭沫若等於 1948 年

受到熱烈歡迎和盛情款待。3 月 18 日，在鄧穎超的親自陪同下，一行抵達北京，下榻在北京飯店。

一、新、舊角色的轉變

（一）主動選擇角色

曹禺能夠在革命勝利前夜受邀「北遊」，既是主流意識的文化和政治策略的一種結果，也不排除周恩來等老友的格外關照，當然與他自己的主動選擇也有很大的關係。

1947 年，回國後的曹禺目睹上海的慘狀，對於執政的國民黨倍添幾分怨恨，他預感到國家和社會要有大的變動。此時，曾經是他的學生的中共地下黨員劉厚生、方琯德和任德耀發出了友情的召喚，邀請他一同參加讀書小組，每隔一兩周到上海郊區的育才中學聚會一次，討論當前的形勢，也學習艾思奇的《大眾哲學》和一些階級革命理論。正是有了這一思想基礎，在戰局基本確定之時，曹禺儼然以一位進步理論家的姿態出現在朋友們面前。他的好友孫皓然回憶說：

> 我和曹禺很要好。1948 年，他去解放區前找我，我們談了通宵，他談得很嚴肅，他說，經過許多年的摸索、探索，逐漸明確了一條道路，那就是共產黨是領導人民、爲人民的。〔註 3〕

這期間，他勸說好友黃佐臨不要走，說：「人活著是很不容易的事，活著就要做一些事情，做一些對人民有益的事情，都不要離開上海，形勢就要變化了，將來是大有可爲的。」〔註 4〕他勸說好友張家浩留在大陸，爲他描繪了解放後的美好圖景。〔註 5〕他還對京劇名角、晚年成爲他夫人的李玉茹說：「不要聽信謠言，不要離開上海到別的什麼地方去。……像你這樣窮苦出身的女孩子，這樣年輕有才華的演員，共產黨是會歡迎的。」〔註 6〕這種積極表現，也爲他贏得黨組織的進一步信任。

---

11 月下旬離開香港；第三批是茅盾等二十餘人於 1949 年除夕乘船北上。

〔註 3〕田本相、劉一軍編著：《苦悶的靈魂——曹禺訪談錄》，江蘇教育出版社 2001 年，第 225 頁。

〔註 4〕田本相：《曹禺傳》，北京十月文藝出版社 1988 年，第 357 頁。

〔註 5〕田本相、劉一軍編著：《苦悶的靈魂——曹禺訪談錄》，江蘇教育出版社 2001 年，第 230 頁。

〔註 6〕田本相：《曹禺傳》，北京十月文藝出版社 1988 年，第 357 頁。

曹禺雖然有進步傾向，但感情並非專一、執著，在形勢還不明朗之時，他還打著另一個算盤。他不但與自由主義者錢昌照等過從甚密，參加了「第三種人」的簽名，還與時任國民政府救濟總署署長蔣廷黻等人來往密切，也曾有過一次遊歷「黃泛區」的經歷。1947 年曹禺自編自導了價值觀嚴重「錯位」的電影作品《豔陽天》。

這些迹象表明，曹禺當時還處於一種搖擺的選擇狀態中。這一點，當事人、也是他的好友張駿祥回憶證實說：「曹禺開始政治觀點不一定很進步，還不是挺清楚的，所以搞了電影《豔陽天》。」〔註 7〕而當年的另一見證人、共產黨員方琯德也在回憶中說道：「江安時期，曹禺寫了《蛻變》、《北京人》、《正在想》，到上海，寫了《豔陽天》，我是不滿意的。他思想有些糊塗，可是又特別和黨接近。……曹禺走過的道路是有波折的，他有些糊塗的東西，經過曲折的道路，認識了馬列主義，也可以說是經過現實主義達到馬克思主義。他對現實不滿而找到黨。」〔註 8〕

如何理解方琯德所說的「糊塗」，恐怕是理解曹禺當時思想的關鍵所在。曹禺究竟是糊塗，還是聰明地腳踏兩隻船？

客觀地說，後者的可能性更大，否則不能解釋他之後爲何與好友錢昌照翻臉。因爲從結果可以推斷，曹禺爲了向新政權表示自己的衷心，必然要與遭到批判的「第三種人」和《新路》劃清界限，所以狡辯說當時是錢昌照代他簽的名，而不是自己簽的。〔註 9〕魯迅在批評創造社時曾質疑說：「或者因爲看準了將來的天下，是勞動者的天下，跑過去了……倘若難於『保障最後的勝利』，你去不去呢？」〔註 10〕恐怕曹禺面對這樣的責問是難以做出回答的。

（二）選擇角色的思想背景

曹禺的投機舉動與他的家庭出身有著直接的關係。他的父親萬德尊〔註 11〕

〔註 7〕田本相、劉一軍編著：《苦悶的靈魂——曹禺訪談錄》，江蘇教育出版社 2001 年，第 241 頁。

〔註 8〕田本相、劉一軍編著：《苦悶的靈魂——曹禺訪談錄》，江蘇教育出版社 2001 年，第 202 頁。

〔註 9〕當時的眞實情況很可能是：錢昌照徵求簽名的意見，曹禺滿口答應，同意簽名，這樣錢昌照就代他簽了字。時局逆轉後，曹禺當然要拒絕承認簽字的事，否則問題就嚴重了。

〔註 10〕《「醉眼」中的朦朧》，《魯迅全集》第 4 卷，人民文學出版社 1981 年，第 62～63 頁。

〔註 11〕萬德尊在日本陸軍士官學校留學五年後回國，被委任爲天津直隸總督府的衛

雖出身武官而且還留過洋，卻沒有帶兵打仗的輝煌履歷，這使他在官場中缺少炫耀的資本，其陞遷必然少不了小心謹慎和惟命是從，再加之軍人的天職就是服從命令，所以曹禺在無形中也耳濡目染了一些媚上迎下的官場「禮節」，逐漸養成迎合、察言觀色和看風向、站隊伍等為人處世的生存哲學和生活習慣，這在曹禺日後的生活中曾有多次體現。如 1917 年，7 歲的曹禺能夠在大人不指點的情況下，面對一張白紙煞有介事地說他看到了打勝仗的千軍萬馬，而且從帽徽和軍服上看出，首領就是大總統黎元洪。而參與「圓光」〔註 12〕的另一童女則毫無情商地說什麼也沒看見。曹禺晚年對此仍記憶猶新：

> 我說得滿屋的人又相信又不敢相信，講得那些大人們都奇怪極了。我父親第二天便問我：「添甲，你昨天是怎麼回事？」我笑了，便哧溜跑掉了。我當時是順嘴溜出來的，講得那麼神氣。從來我還沒有佔據像昨天那樣的主要地位，使我成為一個中心人物。其實，也不奇怪，家裏有客人來，他們談這談那，有時也說點有關時局的東西，我雖然不能全懂，但也多少知道一點點。〔註 13〕

從這一次不經意的表演可以看出，曹禺所受家庭影響之深。如果說這樣一次少年經歷，還不足信，另一件發生在宣化時期的事或者就可見端倪了。

這次事件是這樣的。曹禺平日跟一些士兵「相處」很好，一天他將父親拉到兵營，恰巧遇到士兵在賭博，結果萬德尊不得不懲罰了他們。事後，父親埋怨他不該帶他去兵營，而那些大兵也不再親熱地叫他「三少爺」，反罵他「狗少爺」了。曹禺後來說：「這件事，我當時就懂得了，原來有些事還要隱瞞。」〔註 14〕

一個人的個性和為人處事在很大程度上取決於童年的經歷，這已是不爭的事實，無須例舉弗洛伊德、榮格等心理學家的理論，曹禺應該也不例外，

隊標統（相當於現在的團長——本文注，下同）。辛亥革命後，被授予陸軍中將軍銜（相當於師級），派到宣化任鎮守使，他還因為湖北籍的身份而成為黎元洪大總統的秘書。

〔註 12〕由於黎元洪與段祺瑞之間發生權勢之爭，引發政治危機，無計可施的黎元洪因此導演了一齣「圓光」的鬧劇。所謂圓光，就是將一對童男、童女放在一個黑屋子裏，讓他們把一張白紙貼在牆上，然後點上蠟燭在白紙上來回照看，並說出從白紙上看到了什麼東西，以此來測試吉凶。

〔註 13〕田本相、劉一軍編著：《苦悶的靈魂——曹禺訪談錄》，江蘇教育出版社 2001 年，第 82 頁。

〔註 14〕田本相：《曹禺傳》，北京十月文藝出版社 1988 年，第 35 頁。

因爲這樣的事例在他成年後仍不時發生。

例如 1942 年由郭沫若兼任團長的中國萬歲劇團在重慶三青團中央團部演出《蛻變》——先後獲得國民黨中宣部、政治部、教育部的獎金及獎狀——過程中，時爲中國最高統帥的蔣介石親臨演出現場，於是在榮譽軍人傷癒重上前線的第四幕戲的演出中，由原來的「中華民國萬歲」和「丁大夫萬歲」的口號外，又特意新加了「蔣委員長萬歲」一句。〔註 15〕這一「跳加官」〔註 16〕式的大手筆，究竟是集體智慧的結晶，還是一個人的功勞？已難考證。但從曹禺 1949 年後對此三緘其口的態度上可以斷言，他對此是很心虛的。1960 年代，北京人藝計劃上演此劇，並得到周恩來的支持，但劇院恐有「歌頌國民黨」之嫌，最終還是放棄了演出。曹禺本人更是謹小愼微，直到 1983 年「北京人藝要演《蛻變》」，他仍然「沒同意」。〔註 17〕

其實，在抗戰的特殊時期，喊「蔣委員長萬歲」、「蔣總裁萬歲」是個極正常而普遍的現象，郭沫若當初喊得比他更響亮，毛澤東在 1945 年重慶談判期間也曾當著眾人的面「像咆哮般地大喊」「蔣委員長萬歲」！〔註 18〕但事情發生在曹禺執導的作品上，他是要爲此進行澄清的，然而他卻沒有。是爲避諱郭沫若昔日的卓越表演和現時的權傾一時，還是自己自身帶罪脫不了干係？他留給人們的遐想空間實在太大了。

曹禺受家庭影響的另一面是性格軟弱，膽小怕事。他在晚年接受田本相採訪時說：「我的父親是一個喜怒無常的人。高興了，你幹什麼都行，他不過問；不高興了，就罵人，甚至打人，還經常發無名火氣，搞得家人都摸不著頭腦。我就曾在父親的火頭上，挨過父親一巴掌。……這一巴掌給我印象太深刻了。」〔註 19〕他也眼看著父親將哥哥家修的腿打斷，所以對於父親，他更多地存有畏

〔註 15〕《新華日報》，1943 年 4 月 23 日。

〔註 16〕在宣化時，曹禺和繼母看戲與天津相比別有一番景象。他們坐在官轎裏，衛隊士兵一路吆喝著爲他們開道，待他們到了戲場子，無論臺上正演什麼，都要立刻停下來改演「跳加官」。曹禺在 1981 年時回憶說：「我記起孩時看廟臺戲，必須三通鑼鼓鬧鬧戲臺，這才開戲。臺簾掀開，跳出來一個戴著笑眯眯的面具，穿著紅袍的老頭兒，手持頌詞的條幅，邊跳邊向臺下膜拜，這叫『跳加官』，大約是向看戲的人祝賀吉祥之意。」參見《跳加官——〈北京戲劇報〉代刊發詞》，《北京戲劇報》，1981 年 1 月 14 日。

〔註 17〕田本相、劉一軍：《苦悶的靈魂——曹禺訪談錄》，江蘇教育出版社 2001 年，第 147 頁。

〔註 18〕《大公報》，1945 年 10 月 9 日。

〔註 19〕田本相、劉一軍編著：《苦悶的靈魂——曹禺訪談錄》，江蘇教育出版社 2001

懼的心理，慢慢的也就形成膽小怕事的性格。吳祖光多次坦言：「他膽小，拘謹，怕得罪人。」〔註20〕曹禺自己也說：「我這個人膽子很小，怕事，連我自己都不滿意自己。可是我做不了一些事情，也許在別人看來是很容易的事情。」〔註21〕

曹禺另一個明顯的性格特徵是圓滑和世故。他的好友孫皓然曾坦誠地說：「他是有點世故，他是個好好先生。看了什麼戲，都說好好好。」他還說：「曹禺和朋友心貼心是不夠的……有些事情，他不在意，可很傷了朋友的心。」另外，他還總結了曹禺的缺點，就是「假」，他說：「演戲演多了，總是做戲。黃宗江去找他，他還留人家吃了飯；下午恰好又見面了，可是他見了面說：『好久不見了，久違了！』叫人哭笑不得，搞得黃宗江很生氣。誇張派。」孫皓然還提及說：「『文革』開始，有人貼他的大字報。據說，他就自己帶著行李去報到，自動進牛棚了。」〔註22〕曹禺的圓滑大概在朋友圈中是出了名，劉厚生在接受田本相採訪時也直言不諱地說：「他看了人家的作品，看了戲之後，他都說：『不易，不易!』這幾乎成了他的口頭禪，後來大家都當成笑話了。」〔註23〕曹禺自己晚年也說：「我一向無思想，隨風倒，上面說什麼，便說什麼，而且順著嘴亂講。不知眞理在何處。」〔註24〕

（三）確定角色的必然

曹禺到北京後旋即進入一種完全陌生、新鮮而興奮的生活狀態。用他的話說便是：「『翻身』對我們來說，不是兩個字，而是滲透在我們生活裏『自由了』、『解放了』的舒暢的快感！」〔註25〕因此，他沒有像宋雲彬、葉聖陶、鄭振鐸那樣明顯感覺不適，不時地作著「南返」的打算，他不打算走，他來這裏就是要安家落戶、大展宏圖的。爲此他積極參加各類政治會議，眞可謂「滿臉進步相，開口改造，閉口學習」〔註26〕。

年，第81頁。

〔註20〕田本相：《曹禺傳》，北京十月文藝出版社1988年，第265頁。

〔註21〕田本相、劉一軍編著：《苦悶的靈魂——曹禺訪談錄》，江蘇教育出版社2001年，第69頁。

〔註22〕田本相、劉一軍編著：《苦悶的靈魂——曹禺訪談錄》，江蘇教育出版社2001年，第222、223、222頁。

〔註23〕田本相、劉一軍編著：《苦悶的靈魂——曹禺訪談錄》，江蘇教育出版社2001年，第276頁。

〔註24〕曹禺：《沒有說完的話》，山東友誼出版社1998年，第32頁。

〔註25〕《從一件小事談起——駁斥右派分子誣衊今日戲劇事業的謬論》，《迎春集》，北京出版社1958年，第191頁。

〔註26〕宋雲彬：《紅塵冷眼　一個文化名人筆下的中國三十年》，山西人民出版社2002

當然，曹禺的積極並非沒有道理，畢竟此前已接受了一定的階級教育，雖不能像周揚、丁玲那樣志得意滿，但與巴金、葉聖陶、李健吾等「消極」等待「解放」的人相比，其「客卿」身份相對要淡化一些。

曹禺的積極表現也爲他贏得了全國文聯常務委員、全國劇協常務委員及編輯出版部負責人、全國影協委員、政協對外文化交流負責人、戲劇學院副院長等職。此外，曹禺還負責組織了開國大典的慶祝遊行活動，並擔任鑼鼓秧歌隊的指揮。田本相在描述曹禺這一時期的生活時寫道：

> 在回到北平不久，好像不是他在生活，而是生活把他捲入一種愉快而緊張的漩流裏，迅速地旋轉，向前。他是那麼繁忙，簡直容不得他思索，生活帶著他歡快地奔騰前進。〔註27〕

在這種生活方式和節奏中，曾爲自由職業者的曹禺一開始就表現得很適應，那種傳統士人的心理在瞬間內便被喚醒，一直以來被父親灌輸的潛在的光宗耀祖思想也在這種新生活的刺激之下被激活。雖然他一直銘記父親不讓他做官的教訓，但是突然官運亨通，可以享受到以往所無法想像的國家資源時，他對於這種權力的感受已經不是孩童時代那種幼稚心理所能比擬的。正如有研究者指出的那樣：「在官本位的中國社會裏，這才是爲一切人特別是寄生性最強的文化人，在人間的此岸世界中夢寐以求的眞正的正果與歸宿。」〔註28〕

而且，在深層意義上來說，曹禺大概從來也沒想好「光宗耀祖」與「不做官」之間有何分歧？因爲，在他的個體思想認識和體認中，自由、民主、人權、正義、人道僅僅是他的一種外化的生存之道，並沒有轉化成完整的、終極意義的理想追求。所以，在生存之道發生改變後，他的原本並不堅實的思想自然就會退出歷史舞臺。

對於曹禺的轉變，還有一個不好明說但又是切膚之痛的隱含因素，那就是在與前妻鄭秀的婚姻生活中，他始終找不到男人的自尊。儘管《雷雨》等劇作的成功讓他聲名大振，但這種空名聲並不能給鄭秀帶去更切實的利益，他們的生活依然不時陷入拮据狀態，這讓出身豪門的鄭秀很不以爲然，因而，奚落、埋怨、嘮叨之聲自然難免。雖然，曹禺也曾信誓旦旦，並借戲劇中人

年，第126頁。

〔註27〕田本相：《曹禺傳》，北京十月文藝出版社1988年，第350頁。

〔註28〕張耀傑：《政治風浪中的曹禺其人》，謝泳編：《思想的時代》，吉林文史出版社2000年，第438頁。

物之口許諾要爲她掙更多的錢，讓她過上她想要的生活，但在抗戰的不利條件下，他的許諾都成了空頭支票無法兌現，當然也就被鄭秀更加看不起。這種鬱悶的處境對於任何一個有自尊心和虛榮心的男人來說，無疑是難以明說的莫大恥辱，所以曹禺在無奈中選擇了背叛鄭秀而與方瑞同居並私奔，直至離婚。當然，這種反抗和報復的舉動雖然可以逞一時之快，但並不能完全撫平心中積留下的傷痛，「一定要活個人樣給她看看」便成爲支配曹禺行動的潛在心理。而當機遇突然來到眼前，幾乎可以說是垂首可得之時，曹禺又怎能不積極表現、拼命抓住這棵救命稻草呢。

可見，對曹禺來說，「翻身」的意義的確豐富的多，他對黨的「恩情」自然也比別人要感念得多。因此，當周恩來爲其墊付了離婚補償金 500 元（這在當時不是小數目 —— 本文注）後，感激涕零的曹禺當面跪倒在周恩來面前，發下誓言：「今後共產黨要我幹什麼我就幹什麼」。〔註 29〕

二、漸入戲境

（一）「新角色」的試演

事實上，曹禺儘管來京前已有了一些階級革命的知識儲備，進京後也參加了幾次文藝會議，但他對毛澤東《在延安文藝座談會上的講話》顯然缺少必要的研究和判斷，所以在最初一段時間裏他還處於觀望狀態中。在給黃佐臨等人的信中寫道：「我料想，剛一解放，滬上電影界還未見得十分明瞭現在的文藝要求，或者還不急於拍片。……如果中國影片將來須一律走向在工農生活中找題材，材料自然異常豐富，但民營的電影事業可能要經過一度整理和準備時期。民營電影過去通常以小市民爲對象，編劇、導演、演員對工農兵生活均不熟悉，恐怕非下功夫體驗一下不可。」他還告誡說：「今日的情況，不認明今日的藝術方向，日後的攝製可能生些問題，不如今日大家下功夫學習一下好。」〔註 30〕

如果說曹禺這時對一些問題還缺乏準確判斷的話，在隨後的一段時間裏，通過觀察和感悟，便逐漸捕捉到問題的實質和關鍵，也清楚了自己當前的任務和職責。

〔註 29〕轉見張耀傑：《政治風浪中的曹禺其人》，謝泳編：《思想的時代》，吉林文史出版社 2000 年，第 450 頁。

〔註 30〕《致作霖、培林》，1949 年 6 月 9 日，《曹禺全集》第 6 卷，花山文藝出版社 1996 年，第 461～462 頁。

文代會上，曹禺在題爲《我對於大會的一點意見》的發言中毫不含糊地代表大多數的「我們」作了表態：

> 今後的文藝批評與文藝活動必須根據這個原則發展。我們要努力學習毛澤東思想，研究、認識新民主主義與今後文藝路線的關係。從思想上改造自己，根據原則發揮文藝的力量，爲工農兵服務，爲新中國文化建設服務，這是我們每個人應該解答的課題。

曹禺在發言中儘管明確了文藝發展的方向和自身改造的任務，但是他也給自己留有一定的餘地。他同時指出，不同區域的文學「都各有所長，也可能各有所短」，大家應「相互瞭解，互相認識彼此在思想上與業務上的短長」，並不無委婉地提示說：「在不斷地正確批評和自我批評中，我們應該保持誠懇與謙虛的態度。有了這種態度，才會認清我們大家可能都有些缺點，絕對地都有些長處。」〔註31〕

顯然，曹禺在這裏不但不願意抹殺自己的文學功績，還要表明和突出其進步性，以贏得主流意識的認可和重視。曹禺的這個發言是精心準備、設計的，可以說既體現出他皈依的立場和態度，又不失時機地爲自己做了辯解和鍍金，其技術含量是彰顯無遺的。

當然，這樣的想法和做法是天眞而幼稚的，曹禺不會想到，在新體制中是不允許有「私心雜念」的，無產階級革命的先進性本身體現的就是純潔和徹底。他也不會想到，新政權會利用行政手段來強行推進文藝方針。不過，在一切都水落石出後，善於應變的他也能很好地適應。

（二）融入角色

曹禺對形勢的把握和體悟是敏感的，在感覺到自己以往的文學與新的文藝政策間存在的巨大落差後，他開始不安起來。他想起了黨的意識形態的代言人、他的直接領導和上司周揚曾在 1930 年代批評過《雷雨》和《日出》，而自己迄今還沒有做出任何表示。

在 1950 年 4 月 19 日中央正式發佈《關於報紙刊物上展開批評和自我批評的決定》後，曹禺撰寫了《我對今後創作的初步認識》。文中，他自問自答道：「我曾經用心檢查過自己的思想嗎？發現個人的思想對群眾有害的時候，我是否立刻決心改正，毫不徇私，在群眾面前承認錯誤，誠誠懇懇做一

〔註31〕《人民日報》，1949 年 7 月 2 日。

個眞爲人民利益寫作的作家呢？不，我沒有這樣做。」他有所指地承認，自己在過去讀到了正確的、充滿善意的批評後，總是以沉默表示對於批評的接受和信服，這說明自己很含糊，等於「把嚴重的過失輕輕放過」，是「躲避眞理」。他從階級的角度出發，闡述了自己對於階級、是非之心和正義感的認識，並自辱自貶地說：「你若想做一個人民的作家，你就要遵從人民心目中的是非。你若以小資產階級的是非觀點寫作，你就未必能表現人民心目中的是非，人民便會鄙視你、冷淡你。思想有階級性，感情也有階級性。若以小資產階級的情感來寫工農兵，其結果，必定不倫不類，你便成了掛羊頭賣狗肉的作家。」同時，他也意識到要徹底否定和告別過去必要經歷一個痛苦的過程，並將這個過程形象地描繪爲「挖瘡割肉」，他說：「一個作家對於自己的產物免不了珍惜愛護，就怕開刀。這是什麼作家呢？這是小資產階級的作家，他愛面子比眞理更多，看自己比人民更重。」他還說：「我這樣講，並非說我已克服了缺點，儼然是一個完全改造過來的人。不，差得很遠。只就檢查自己的作品一點看，我感到我在許多地方依舊姑息養奸，……於是有一陣曾經這樣泛泛地講，我的作品無一是處，簡直要不得。」〔註 32〕

在深刻檢討和惡意貶損自己的同時，曹禺也沒忘了對領導的批評做出回應，他在文中特意明示說：「作爲一個作家，只有通過創作思想上的檢查才能開始進步，而多將自己的作品在文藝爲工農兵的方向的 X 光線中照一照，才可以使我逐漸明瞭我的創作思想上的瘡膿是從什麼地方潰發的。」〔註 33〕顯然，這裏曹禺將周揚的批評比作 X 光線，而將自己作品中的缺點說成是「思想上的瘡膿」。

曹禺如何回應周揚 1930 年代的批判呢？不妨將批評者與檢討者的言論做以對照：〔註 34〕

> 周　揚：作者「把興味完全集中在奇妙的親子的關係上」，「宿命論就成了它的潛在主題，對於一般觀眾的原和命定思想有些血緣的樸素的頭腦就會發生極有害的影響，這大大地降低了《雷雨》這個劇本的思想的意義」。

〔註 32〕《文藝報》，1950 年第 3 卷第 1 期。
〔註 33〕《文藝報》，1950 年第 3 卷第 1 期。
〔註 34〕此處部分地借鑒了錢理群的觀點。參見《大小舞臺之間——曹禺戲劇新論》，北京大學出版社 2007 年，第 227～228 頁。

曹　禺：「我把一些離奇的親子關係糾纏一道，串上我從書本上得來的命運觀念，於是悲天憫人的思想歪曲了眞實，使一個可能有些社會意義的戲變了質，成爲一個有落後傾向的劇本」，「爲害之甚並不限於自己，而是擴大蔓衍到看過這個戲的千百次演出的觀眾」。

周　揚：「在（魯大海）這個人物上作者是完全失敗了，他把他寫成那麼粗暴、橫蠻，那麼不近人情，使他成了一個非眞實的、僵冷的形象」，作者把大海描寫成「完全不像工人，而且和工人脫離的人物」。

曹　禺：（魯大海）「那是可怕的失敗，僵硬，不眞實，自不必說」，更「喪失了他應有的工人階級的品質；變成那樣奇特的人物。他只是穿上工人衣服的小資產階級。我完全跳不出我的階級圈子，我寫工人像寫我自己，那如何使人看得下去」？

周　揚：「歷史舞臺上互相衝突的兩種主要的力量在《日出》裏面沒有登場」，「我們看不出他（金八）的作爲操縱市場的金融資本家的特色，而且他的後面似乎還缺少一件東西——帝國主義」，「至於那些小工們，……他們只被當著一種陪襯，一種背景」，「這兩種隱在幕後的力量，相互之間沒有關係」。

曹　禺：「我忽略我們民族的敵人帝國主義和它的幫兇官僚資本主義，更沒有寫出長期的和它們對抗的人民鬥爭，看了《日出》，人們得不到明確的答案，模糊的覺得半殖民地社會就只能任其黑暗下去。……沒有指出造成黑暗的主要敵人，向他們射擊……這和中國革命的歷史眞實是不相符合的。」

周　揚：「《日出》的結尾，雖是樂觀的，但卻是一個廉價的樂觀。他關於『損不足以奉有餘』的社會，只說出了部分的眞實，……而對於象徵光明的人們的希望也還只是一種漠然的希望，他還沒有充分地把握：只有站在歷史法則上而經過革命，這個『損不足以奉有餘』的社會才能根本改變。」

〔註 35〕

曹　禺：「《日出》裏面，寫的是半殖民地社會，我粗枝大葉地畫出大魚吃小魚的現象，羅列若干殘酷的事實，來說明這『損不足以奉有餘』的社會是該推翻的。……我寫《日出》的時候，人民的力量在延安已經壯大起來，在反動區的城市裏，工人群眾已經有相當有力的革命組織。反帝的怒潮遍及全國，人民一致要求民族的解放。」〔註 36〕

田本相在《曹禺傳》中針對曹禺的這次檢討說：「曹禺是從國統區來的作家中，最早的一個反省自我的作家，沒有任何外界壓力，也沒有任何外力的敦促，是他主動地對舊作進行自我批判。」〔註 37〕通過上述比照，可以得出結論，曹禺這次檢討雖然沒有直接的表面的外力敦促，但是卻有著間接的潛在的壓力和糾葛，因此表面看來他是主動的，但在深層意義上又是被動的，而這種被動又恰是他主動的媚上的結果。

（三）精湛表演

可以說，在同類檢討文本中，《我對今後創作的初步認識》顯然已經具有了一定的深度和高度，但這還僅是個開始。

1952 年 5 月，在紀念《在延安文藝座談會上的講話》發表十週年之際，曹禺在題爲《永遠向前——一個在改造中的文藝工作者的話》中將自己的檢討又推向一個極致。文中，他首先肯定地說：「十年以來，凡是老老實實、誠誠懇懇地學習和遵守了毛主席的文藝方針而工作的文藝工作者，都得到了一定的收穫，做出了勞動人民所贊許的作品，有的並獲得了國際上的讚揚。凡是以不老實的態度學習這篇《講話》，不去認眞改造自己的人，也就在文藝創作上遭遇到挫折和失敗。」接著，他從自身實際出發，將自己一段時期以來的感覺和體會如實地表現出來，他說：

新社會到來了，我居然成爲千千萬萬革命文藝工作者的一員，成爲毛主席文藝隊伍中的一員，我是多麼感激和驕傲！然而我又多

〔註 35〕以上周揚的話引自《論〈雷雨〉和〈日出〉——並對黃芝岡先生的批評的批評》，《光明》2 卷 8 期，1937 年。

〔註 36〕以上曹禺的話引自《我對今後創作的初步認識》，《文藝報》，1950 年第 1 期。

〔註 37〕田本相：《曹禺傳》，北京十月文藝出版社 1988 年，第 366 頁；梁秉堃也說：「大約，在從國統區來的作家當中，他是在自己的創作上第一位進行眞誠的自我批判的人。」參見《在曹禺身邊》，中國戲劇出版社 1999 年，第 11 頁。

麼膽怯，彷彿剛剛睜開眼的盲人，初次接觸了耀目的陽光，在不可抑制的興奮裏，又不知道如何邁第一步。多少年來，我脫離革命的群眾，脫離群眾的實際生活，我猛見了一直在渴望著的光明事物，反而覺得不能像親人一般地立刻擁抱它。

對照《講話》，曹禺再次清理了舊思想，批判自己「一套套的超階級的善惡是非的觀念」，尤其對以往自以爲進步的地方作了檢討，他說：「我明白我的精神領域裏原來並不止於貧乏，那是一個好聽的名辭，一箇舊知識分子在躲閃無路時找到的一個遮醜的循辭。實際上，在我的思想意識裏，並非是如以往自命的那樣進步，那樣一心追求著眞理和光明。我的倉庫裏有大堆不見陽光的破銅爛鐵，一堆發了黴味的朽木。」〔註 38〕

對於一個作家來說，只靠舊作撐門面而不能創作出新的作品，是無論如何也說不過去的，所以巴金、老舍等都積極努力地嘗試新作，曹禺自然也不甘落後，只是他慣常寫悲劇、復仇和人事糾葛的筆卻不知道該寫什麼。所以在 1949 年後的幾年裏，他是顆粒無收。當然，沒有新的成績，對於他這個文藝界的領導人來說，也並非是多麼大的過錯，他可以以應酬多、業務多、會務多等爲藉口搪塞。而且，他的態度又始終是那樣的謙卑。如 1953 年作協第二次會議上，他「即興」說：

同志們，在走上這個講臺以前，我想過，我用什麼來和我的朋友，我的前輩，我的領導見面呢？四年來，在創作上我沒有寫出一樣東西。……應該說，我是一個沒有完成任務的人。……一個人如若不能完成任務，他是多麼突出，多麼不光彩。所以要我來講話，我就遲遲不敢上來。

在這番謙虛客套之後，曹禺也表示自己在誠懇地學習，也在不斷進步，眼睛「比以前亮多了」。他還說：「雖然我經過文藝整風，並且決心以後不脫離政治，但是今天，一到實際地走上創作的行程上，我是痛切地感到我還是脫離了政治。譬如說吧，我沒有下功夫讀過《矛盾論》、《實踐論》，沒有每天仔仔細細地讀《人民日報》，沒有好好讀過中國革命史，對日常發生的政治問題沒有賦予充分的注意，平時很少把理論和實際聯繫起來深思一下。」〔註 39〕

結合實際可見，曹禺的上述言論與事實基本符合。他自年青時就懼怕理

〔註 38〕《人民日報》，1952 年 5 月 24 日。
〔註 39〕《要深入生活》，《迎春集》，北京出版社 1958 年，第 89～93 頁。

論，所以對理論的學習和認識是有困難的。而且，曹禺性格中還有懶惰的一面，沒有足夠的壓力則沒有前進的動力，這一點他的前妻鄭秀曾多次提及。由於理論的生疏，他不敢輕易用筆，怕一失足成千古恨，因爲那麼多的進步作家創作的作品都受到批判，其中還包括趙樹理、蕭也牧、張志民等來自所謂解放區的黨員作家。

當然，曹禺的「怕」與沈從文擔心被清算的「怕」不一樣，他怕的是失去現有的職位、名譽和地位。爲此，他一方面小心謹慎，避免觸犯「天條」，一方面以「出了名的過分的謙虛」待人待事，「用慣常的，虛僞的方式表現他的那種眞誠」。〔註40〕可以說，在極權政治環境中，曹禺個性中一些劣根逐漸被發掘出來。

三、「戲我兩忘」

（一）革舊劇的命

修改舊作在文藝界本不是新奇的事，它是作家最自然的權力和自由，文學史上因爲修改舊作而提高藝術價值的事例不勝枚舉。但是，爲了迎合某種政治功利的需要而進行修改，則要另當別論了。1949 年後，大陸作家修改原著幾乎是個普遍現象，郭沫若、茅盾、巴金、老舍、張天翼以及沈從文等無一沒有過這樣的經歷，而這其中，能夠將舊作修改的面目全非而「博得頭籌」的恐怕非曹禺莫屬。

在開明版的《曹禺選集》的「序言」中，曹禺再次對周揚 1937 年指出《日出》中「對於隱在幕後的這兩種社會勢力，作者的理解和表現它們的能力，還沒有到使人相信的程度。金八……我們看不出他的作爲操縱市場的金融資本家的特色，而且他的後面似乎還缺少一件東西——帝國主義。對於勞作的人們，作者雖然把希望放在他們身上，但當我聽到方達生聽了外面小工唱歌時，說：『他們眞快活！你看他們滿臉的汗，唱的那麼高興』的時候，我眞擔心這也是作者自己的態度。……要正確地表現這『損不足以奉有餘』的社會形態，對於這社會中的兩種主要力量的衝突之歷史的解決，至少也要有一個不致使觀眾模糊的明確的暗示。」〔註41〕他說：「以我今日所能達到

〔註40〕萬方：《我的爸爸曹禺》，《文匯月刊》，1990 年第 3 期。

〔註41〕《論〈雷雨〉和〈日出〉——並對黃芝岡先生的批評的批評》，《光明》2 卷 8 期，1937 年。

的理解，來衡量過去的勞作，對這些地方就覺得不夠妥當。」接著他對所選的《雷雨》、《日出》和《北京人》等三個劇本的修改體會作了交代，他說：

> 這次重印，我就借機會在劇本上做了一些更動，但更改很費事，所用的精神僅次於另寫一個劇本。要依據原來的模樣加以增刪，使之合情合理，這卻有些棘手。小時學寫字，寫的不好，就喜歡在原來歪歪倒倒的筆畫上，誠心誠意地再描幾筆；老師說：「描不得，越描越糟。」他的用意大約在勸人存眞，應該一筆寫好，才見功夫。我想寫字的道理或者和寫戲的道理不同；寫字難看總還是可以使人認識，劇本沒有寫對而又給人扮演在臺上，便爲害不淺。所以我總覺得，既然當初不能一筆寫好，爲何不趁重印之便再描一遍呢。〔註42〕

曹禺是怎樣「描」的呢？

在「開明版」《雷雨》中，周樸園由原來普通的所謂資本家身份被改爲一個名副其實的帝國主義的走狗，甚至說出：「『有奶便是娘』，英國人出的錢，不照辦也行不通」這樣的臺詞。他的煤礦也由民族資本形式改爲中英合辦、洋人入股的買辦形式。同時增加了省政府貝顧問、喬參議、英國顧問、警察局長等幾個人物。魯大海由原來的工頭被改寫成爲一個具備「應有的工人階級的品質」、「有團結有組織的」罷工領導者，可以講「帝國主義是他的祖宗，他就知道巴結外國老子，壓榨我們工人」之類的話，也可以當面斥罵周樸園：「你們這些不要臉的買辦官僚，還是把你們的洋爸爸又擡出來了」。舊作中魯大海與周樸園糾纏著血緣關係的矛盾，被改爲帝國主義豢養下的買辦資產階級同以工人階級爲主體的人民大眾之間的階級與民族矛盾。舊作中軟弱、宿命的魯媽被改成當面怒斥周樸園的反叛婦女。其它被改的地方還有很多，特別是第四幕幾乎等於重寫。

在《日出》中，既是「閻王」又是「活財神」的金八不再只是一個普通的黑社會人物，而被改成是「連特務也跟他勾結，現在又巴結上日本鬼子，當上了仁豐紗廠的總經理」。有點愚鈍的方達生不但成爲地下革命工作者，還與黨組織的代表老工人田振洪、青年工人群眾一起，組織了營救「小東西」的鬥爭，成爲戰無不勝的革命者。「小東西」也有了名字，並且成爲進步工人傅榮生烈士的女兒。

相比來說，《北京人》被改寫的程度最輕，但也很離譜。原劇中既原始

〔註42〕《曹禺選集》，開明書店1951年。

又現代的「北京人」形象被全部砍削，袁任那段關於形而上的天堂淨土和精神家園的彼岸世界的經典描述：「這是人類的祖先，這也是人類的希望……」，被改成 1950 年代以來流行的社會發展史教科書裏的話語：「我們人類的祖先，經過幾十萬年的勞動，才創造出這雙能夠改造生活、改造人類的手。勞動擴大了人的眼界，勞動加強了人的智慧。只有勞動的人才能改造生活……」

曹禺這樣的行徑，與其說這是修改舊作，不如說是在摧殘藝術，錢理群對此評價說：「曹禺用自己的手，自願地、不無真誠地，將自己的戲劇生命的創造砍殺了！」〔註 43〕

修改後，劇作的政治性明顯凸顯出來，但藝術性卻根本無從談起，不但同行、讀者的批評紛沓而來，甚至連曹禺自己後來也感覺到不妥當。因此，在政治氣候相對鬆動的 1954 年 3 月，他在人民文學出版社出版的《曹禺劇本選》中，又基本恢復了《雷雨》、《日出》、《北京人》的原貌，並在「序言」中這樣寫道：「除了一些文字的整理外，沒有什麼大的改動。現在看，還是保存原來的面貌好一些。……如果日後還有人上演這幾個戲，我希望採用這個本子。」〔註 44〕

看來，曹禺修改舊作並非是心甘情願的藝術衝動，完全是爲了迎合政治。張光年曾對此予以評述說：「曹禺曾經不公正的否定自己以往的作品，曾經不恰當的修改自己的舊作；要知道，這表現了一個作家在進步過程中的深刻的苦悶。」〔註 45〕張光年的評述雖然揭示了一定的問題，但並未抓住問題的根本，因爲，他說曹禺苦悶自有他的道理，但對照具體的修改細節，不難發現，促使曹禺修改原作的「動力」仍然是來自周揚 1930 年代的那篇並非批評的批評。這一點曹禺在 1980 年代接受田本相的採訪中證實說：「建國初期，周揚的話，我佩服得不得了，我修改《雷雨》和《日出》，……基本上是按照周揚寫的那篇文章改的。」〔註 46〕

〔註 43〕錢理群：《大小舞臺之間——曹禺戲劇新論》，北京大學出版社 2007 年，第 235 頁。

〔註 44〕《曹禺全集》第 5 卷，花山文藝出版社 1996 年，第 51 頁。

〔註 45〕張光年：《曹禺創作生活的新發展——評話劇〈明朗的天〉》，《劇本》，1955 年 3 月號。

〔註 46〕田本相、劉一軍編著：《苦悶的靈魂——曹禺訪談錄》，江蘇教育出版社 2001 年，第 36 頁。

這說明，來自權威的壓迫感始終是曹禺思想上的一個包袱，在他看來，只有用自戕的方式才能將這個包袱卸掉。如果說經歷了一次失敗而能吸取教訓而絕不再明知故犯，說明這個人還保有起碼的藝術良知，但若是循環往復、出爾反爾，則不能單純從藝術角度來考慮了。

曹禺恰在這方面成爲一個最典型的範例。而他此後又於 1957、1959、1961、1978 年對《雷雨》等劇作進行了多次程度不等的手術。魯迅說：「無論古今，凡是沒有一定的理論，或主張的變化並無線索可尋，而隨時拿了各種派別的理論來作武器的人，都可以稱之爲流氓。」〔註 47〕這番話自然說得很露骨、犀利，不過對於那些身處漩渦中的人來說，也只能當作耳邊風了。可見，在政治的高壓下，身處體制內的人往往更是緊張、身不由己。

（二）「形象工程」

有了修改舊作的基本經驗，曹禺也有了嘗試新角色的信心。他畢竟是個劇作家，創作對於他來說不僅是工作、職業，也是晉陞官階、修身正果的敲門磚，他渴望用一部全新的力作證明自己的忠誠，摘掉頭上那頂資產階級知識分子的帽子，以創造一個「蛻舊變新」的奇迹，獲取新時代的認可和賞識。

在周恩來的恩准和鼓勵下，曹禺隨北京市委工作組參加了北京市高校教師思想改造運動，並確定北京協和醫院爲深入生活單位。在此後的三個月中，他與這所學院的教職員工生活在一起，積纍創作素材。只是，在大量素材面前，曹禺還是感到爲難，他還不適應這種主題先行的寫作方式，所以遲遲未能下筆。三十年後他回憶說：「我的確變得膽小了，謹慎了。不是我沒有主見，是判斷不清楚。」〔註 48〕因此，直到 1954 年 4 月，他才開始進入寫作階段，並歷時三個月終於完成四幕七場（後改爲三幕六場）的話劇《明朗的天》。談及創作體會時，他不無感慨地說：自己「更深刻地體會到創作屬於人民這句話的意義」，「《明朗的天》實際上是一個集體的創作」，與自己「在舊社會時從事的創作，一個人關在屋子裏寫，是完全不同的」。〔註 49〕

按照當時的藝術評價標準，《明朗的天》無論在劇本創作還是在演出效果上，可以說都取得了成功。張光年以權威的口吻評價說：「作者通過形形色色

〔註 47〕《上海文藝之一瞥》，《魯迅全集》第 4 卷，人民文學出版社 1981 年，第 296 頁。
〔註 48〕田本相：《曹禺傳》，北京十月文藝出版社 1988 年，第 411 頁。
〔註 49〕《曹禺談〈明朗的天〉的創作》，《文藝報》，1955 年第 17 號。

的劇中人物的創造，體現了現實主義的黨性和愛憎分明的精神。這不是一般抽象的愛和恨，而是經過鍛鍊，上陞為階級情感、政治情感了，作者力求站在工人階級立場，用工人階級的眼光來觀察所要描寫的對象；……以此為基礎，《明朗的天》的現實主義，就顯然有別於批判的現實主義，而是屬於社會主義現實主義的範疇了。」〔註 50〕但在藝術性上，區別於主流意見的呂熒曾坦言批評道：「戲劇的主要缺點，可以說，因為劇中現實生活和人物形象的刻畫比較失之簡略，缺乏深刻的內容。……全劇的主要人物（淩士湘）不能成為情節的中心，聯繫情結的中心人物（趙樹德和趙王氏）又只能作為插曲式的人物出現，這是《明朗的天》在結構上的一個基本缺點。」〔註 51〕應該說，呂熒的批評是客觀而中肯的。

更具意識形態的粗暴批評也有，如《戲劇報》1955 年 3 月號上刊發的文章，對劇本中描寫淩士湘這樣知識分子提出極其嚴厲的批評，稱他對賈克遜的看法與態度「完全是站在與人民相反的另一個立場上的」，「客觀上成了美帝罪行的幫兇」，「這種思想可能使他走上背叛祖國的道路」。〔註 52〕不過，因為有文藝界高層的庇護，這樣的評論沒有形成氣候。

公平、客觀地說，在同時代的劇作中，《明朗的天》中的藝術性相對來說也還是說得過去的，比之老舍的《龍鬚溝》、《春華秋實》也要略勝一籌，但是曹禺並不以為然。據田本相採訪說，1980 年代，他幾次希望曹禺談談解放後的劇作，「但是每提到這三部戲時，他就搖頭，同我擺手，似乎是不值得一談的樣子」，或者乾脆說：「至於我解放後寫的這三部戲，就不必談了，本相！你會看的很明白的，實在沒有什麼可說的」。〔註 53〕

曹禺不願談及 1949 年後的劇作，自有他的難言之隱，但作為讀者的黃永玉卻是很不客氣地發表了自己的意見。他在寫給曹禺的信中直言道：

> 我不喜歡你解放後的戲。一個也不喜歡。你心不在戲裏，你失去偉大的靈通寶玉，你為勢位所誤，從一個海洋萎縮為一條小溪流，你泥溷在不情願的藝術創作中，像晚上喝了濃茶清醒於混沌之中。

〔註 50〕《曹禺創作生活的新發展——評話劇〈明朗的天〉》，《劇本》，1955 年 3 月號。

〔註 51〕《評〈明朗的天〉》，《藝術的理解》，作家出版社 1958 年。

〔註 52〕左萊：《談〈明朗的天〉中幾個演員的創造》，《戲劇報》，1955 年 3 月號。

〔註 53〕田本相、劉一軍編著：《苦悶的靈魂——曹禺訪談錄》，江蘇教育出版社 2001 年，第 48 頁。

〔註 54〕

可以說，黃永玉的評價揭示了一個基本事實。這也就是爲什麼眾多文藝評論者對 1949 年前曹禺的劇作一直投以長盛不衰的關注，而對 1949 年後的劇作則採取漠視的態度。有研究者還爲此作過統計：在 1978～2003 年間，曹禺的研究論文有六百餘篇，其中研究《明朗的天》的只有一篇，研究《膽劍篇》的有兩篇。〔註 55〕這些統計數據足以說明，曹禺 1949 年後在劇作創作轉型上的失敗。

（三）「據理力爭」

由於曹禺個性中的膽小怕事和世故圓滑，加之又背上所謂資產階級、小資產階級知識分子的思想負擔，所以在批判《武訓傳》、文藝界整風、批判俞平伯《紅樓夢》研究等政治運動中，他都是本著走走過場、避而遠之的態度，以求「潔身自好」，以免開罪於人。然而天有不測風雲，曹禺自己雖然小心謹慎，但卻難防意外之災。

所謂城門失火，殃及池魚，而這火又非同一般。1955 年 1 月 30 日，中國作協主席團正式作出批判胡風資產階級唯心主義文藝思想的決定後，曹禺爲了洗刷胡風潑到他身上的「髒水」，率先站了出來，而且以連珠炮的形式向胡風發起猛烈攻擊。他在《胡風在說謊》一文中開首便介紹了自己的寫作動機：「這幾天讀了胡風的《關於幾個理論問題的說明材料》，……我發現有一段文章引用我修改《日出》的事情，作爲他攻訐何其芳同志的事實根據。」對此，曹禺從四個方面予以了駁斥：其一，他爲自己修改《日出》辯解說：「多少年來，我總覺得沒有寫好，我沒有能把新的力量在戲裏表現出來。……解放以後，我這個感覺更強烈起來……。」其二，他爲錯誤的修改解釋說：「我修改不好的原因是我寫《日出》的時候，我並不接近、也不瞭解當時的革命力量，……其結果必然是寫得不眞實，以至成爲反歷史的。我這次修改的錯誤證明深入革命鬥爭和學習馬克思列寧主義文藝理論之重要，並不證明胡風所持的『題材的差別並不重要』的理論是對了。」其三，他爲修改的動機更正說：「我不是受了誰的理論的威嚇才想起修改的，相反的，在修改的時候，我記得周揚同志聽說我要修改，曾經不止一次誠懇地勸我不要改動，還是把原來的面貌保存下來好，我沒有考慮。」其四，他爲何其芳鳴不平，並指責胡

〔註 54〕梁秉堃：《在曹禺身邊》，中國戲劇出版社 1999 年，30～31 頁。
〔註 55〕李揚：《現代性視野中的曹禺》，人民文學出版社 2004 年，第 184 頁。

風爲自己打抱不平是「横蠻而又僞善的行爲」。〔註 56〕

曹禺的這番辯駁，既爲自己澄清了是非，避免了引火上身，同胡風劃清了界限，也向主流意識表白了自己的立場和態度，可謂一舉多得。

隨著批判的升級，曹禺又接連拋出《胡風，你的主子是誰？》、《誰是胡風的「敵、友、我」》、《極其巨大的勝利》等用語頗爲尖刻的文章。他說：「胡風日日夜夜地對他的黨徒們下『指令』，要『警戒』我們。甚至他的老婆，當作家協會幫助他們找來一個通訊員的時候，都會說『公家人不能不存戒心』」。〔註 57〕他還不無警醒地說：「在一系列驚心動魄的反對胡風反革命集團的鬥爭過程中，我們難道不深深覺悟到，黨的文藝隊伍不是應該整頓麼？」〔註 58〕對比全國範圍的批胡言論，曹禺的用語和揭人隱私的行爲，都堪稱極爲惡劣的。

反胡風之後，中國進入所謂的「雙百」時期，曹禺也迎來了他人生事業的高峰期。《明朗的天》在全國第一屆話劇會演中，包攬多幕劇演出一等獎、多幕劇創作一等獎、表演一等獎和舞臺美術設計一等獎等四項大獎；《雷雨》、《日出》、《北京人》、《家》再次獲准演出；他與老舍等同成爲中國文化界繼魯迅、郭沫若、茅盾、周揚、何其芳、丁玲、周立波之後的新旗手、新模範；1957 年 7 月，他被正式接納爲共產黨員；與老舍同被選定爲作協書記處書記。

正當曹禺春風得意之時，「反右」運動開始了。令曹禺喪氣、惱火的是，作爲戲劇界「右派」的吳祖光，在「反動言論」中再次牽涉到曹禺：

> 譬如賢如曹禺同志也有所謂「想怎樣寫和應該怎樣寫」〔註 59〕的問題。口是心非假如成爲風氣，那就很不好，這種情況必須改變，

〔註 56〕《胡風在說謊》，《迎春集》，北京出版社 1958 年，第 133～136 頁。

〔註 57〕《胡風，你的主子是誰？》，《迎春集》，北京出版社 1958 年，第 144 頁。

〔註 58〕《必須認眞考慮創作問題》，《北京文藝》，1957 年 11 月。

〔註 59〕這一年《文藝報》第 2 期上刊登了張葆莘的《曹禺同志談創作》，其中談道：「曹禺同志覺得：生活裏的事實是怎樣，作家感覺是怎樣，和應該是怎樣，這三者在創作中，一般是統一的。而且，往往因爲是統一了，才產生寫出好文章的基本條件。但有些作者常常在生活中感受到了某些東西，也激起了強烈的寫作欲望，但是一考慮到有些讀者提出的『應該是怎樣』的問題，往往就寫不暢了。他建議：『批評的關口可以把得鬆一點，出些壞作品不要緊，將來他自然而然會被淘汰的；但是，如果把得太嚴，把可能寫的作品也堵回去了，那就得不償失了』。」參見《曹禺全集》第 7 卷，花山文藝出版社 1996 年，第 287 頁。

這就難怪我們的劇本寫不好。〔註60〕

曹禺一方面爲自己在「雙百」期間的「大膽進言」後悔不迭，一方面也憎恨吳祖光的「無事生非」，因此他只好故技重施，先後撰寫了《吳祖光向我們摸出刀來了》、《質問吳祖光》，對他的昔日同事、好友予以迎頭還擊。在前文中，他頗爲形象地寫道：「我的感覺好像是：一個和我們同床共枕的人忽然對隔壁人說起黑話來，而那隔壁的強盜正要明火執仗，奪門而進，要來傷害我們。吳祖光，在這當口，你這個自認是我們朋友的人，忽然悄悄向我們摸出刀來了。」〔註61〕曹禺這樣批判並非是做秀，在實際生活中他也與吳祖光徹底劃清界線。

如果說，曹禺積極參與批判胡風、吳祖光還有些不得已而爲之的自保成份的話，那麼他此後的表演則完全是「師出無名」。

曹禺在批判丁玲、陳企霞所寫的《我們憤怒》的發言中披露，他曾從丁玲獲得斯大林獎金時說話的「口氣」裏嗅出「一種莫名其妙的自負的味道」，將陳企霞說成莎士比亞戲劇中的「亞高」，「是一條僞善的、險惡、狠毒的狼」。〔註62〕他在《靈魂的蛀蟲》中披露丁玲在家裏「曾把托爾斯泰的相片和她自己的相片並擺在一起」。斥責丁玲等「對黨和群眾都玩弄兩面派的手法，挑撥離間，拒絕黨的領導」。〔註63〕

爲批判有恩於自己的「好心的編輯」，曹禺撰寫了《斥洋奴政客蕭乾》，指責蕭乾「圓滑、深沉，叫人摸不著他的底」，是一條「泥鰍」，還添油加醋地說：「他的前妻梅韜同志講，蕭乾一生爲人做事都腳踏兩條船，從不落空。」〔註64〕

對待同事，曹禺的出手同樣夠殘酷。在《從一隻兇惡的「蒼蠅」談起》中，他將老朋友戴涯比作「沒有以前那樣八面威風」的「一隻落水狗」，「一隻兇惡的『蒼蠅』」，要與他「不共戴天」。〔註65〕在《巴豆、砒霜、鶴頂紅——斥右派分子孫家琇》中，他寫道：「這位女將把自己打扮成一箇舊約聖經裏的先知召喚人們懺悔的聖潔模樣」，像個「穿裙子的亞高」，「表面看去像是一

〔註60〕吳祖光：《黨趁早別領導文藝工作》，《戲劇報》，1957年第14期。
〔註61〕《吳祖光向我們摸出刀來了》，《戲劇報》，1957年第15期。
〔註62〕《我們憤怒——在中國作家協會黨組擴大會議第九次會上的發言》，《迎春集》，北京出版社1958年，第147～149頁。
〔註63〕《人民日報》，1957年8月15日。
〔註64〕《人民日報》，1957年8月23日。
〔註65〕《迎春集》，北京出版社1958年，第179～183頁。

塊絲光糖果，裏面卻是巴豆、砒霜、鶴頂紅。她僞善到了極點，這個『法里賽』」！〔註 66〕

在當年的大批判中，語言粗暴是普遍的現象，而像曹禺這些尖酸、刻薄的話語也還是不多見的。如果將這樣的話語與文革時造反派、紅衛兵，以及姚文元做比，會發現二者間幾乎無甚區別。朱學勤說過：「悲劇不在於誰比誰醜惡，而在於後來的迫害者與被迫害者在傷害最早也是最優秀的一個殉道者時，竟使用起同一類語言！」〔註 67〕

曹禺晚年接受田本相訪談時曾談及：「那時，我對黨組織的話是沒有懷疑的。叫我寫，我就寫，還以爲是不顧私情了。不管這些客觀原因吧，文章終究是我寫的，一想起這些，我眞是愧對這些朋友了。」〔註 68〕曹禺在這裏對自己的批判和反省是值得肯定的，但其中所說的「沒有懷疑」、「叫我寫」、「客觀原因」等所謂理由恐怕並非都如他自己所說的那樣，其中難免不存在爲自己開脫的成分。1994 年 6 月 18 日，吳祖光到醫院看望病中的曹禺。在說起一生寫作上的失落時，吳祖光坦率地說：「你太聽話了！」曹禺一聽，幾乎是叫喊起來：「你說得太對了！你說到我心裏去了！我太聽話了！我總是聽領導的，領導一說什麼，我馬上去幹，有時候還得揣摩領導的意圖……可是，寫作怎麼能聽領導的？」〔註 69〕

這裏不得不要問：眞的是直到這時，曹禺才經點撥而頓悟到自己「太聽話」，還是又一次的作秀表演？倘是前者，不能不說曹禺的思想過於愚鈍；倘是後者，那也正印證了曹禺被改造後一貫的「假作眞時眞亦假」式的表演。因爲，當孫犁在 1980 年代勇敢地提出人道主義、巴金不畏迫害而強力推出講眞話的《隨想錄》之時，曹禺也曾跟風表達過自己要作「一個說眞話的人」，「要說我的眞心話」，〔註 70〕但當政治氣候稍一變動，他即刻就寫出《滿懷信心》〔註 71〕、《不要辜負人民的期望》〔註 72〕、《堅持和發展毛澤東文藝思想，

〔註 66〕《迎春集》，北京出版社 1958 年，第 173～178 頁；法里賽：《聖經》裏說的僞善者。

〔註 67〕朱學勤：《我們需要一場靈魂拷問》，《書林》，1988 年第 10 期。

〔註 68〕田本相、劉一軍編著：《苦悶的靈魂——曹禺訪談錄》，江蘇教育出版社 2001 年，第 65 頁。

〔註 69〕吳祖光：《掌握自己的命運——與曹禺病榻談心》，《讀書》，1994 年第 11 期。

〔註 70〕曹禺：《沒有說完的話》，山東友誼出版社 1998 年，第 39 頁。

〔註 71〕《人民戲劇》，1981 年第 8 期。

〔註 72〕《戲劇報》，1983 年第 7 期。

抵制和清除精神污染》〔註 73〕等批判文章〔註 74〕；在 1981 年參加「首都部分文藝家學習鄧小平、耀邦關於思想戰線重要指示座談會」前，他對記者表示自己不願參加表態的會，說「再也不會爲這樣那樣的事表態了」，但隨後還是參加了會議，並在會上踴躍發言批判白樺及其《苦戀》，甚至不無誇張地說：「我從沒見過這樣攻擊祖國的影片，我恨不得一頭撞在銀幕上。」〔註 75〕韓秀在與傅光明的通信中寫道：「1981 年，曹禺來美國，在華盛頓有一場演講，他得意忘形，張口就來，說他自己三歲就念莎士比亞。英若誠給他掩飾，在翻成英文的時候，說是他三歲就念莎士比亞的故事。他們不知道，聽眾裏有多少人的漢文是非常出色的。那天，我帶著我在約翰·霍普金斯的研究生也坐在那裏。當曹禺說道，我寫《方珍珠》的時候……我的一位研究中國戲曲的學生拍案而起，直接用中文說，方珍珠不是你寫的！到現在，我還記得會場上那如雷的掌聲。萬家寶會感覺羞恥嗎？完全沒有，活動結束之後，還滿臉堆笑地拉著我的手，Oh! Dear Teresa!」〔註 76〕當 1990 年代蕭乾、韋君宜、邵燕祥、牧惠、沙葉新、叢維熙等紛紛袒露並反思自己和社會時，曹禺甚至沒有勇氣展現自己 1949 年後的創作全貌，一部由他親自審定的《曹禺全集》最終成了一部被刪改的「曹禺選集」。

1937 年《大公報》文藝獎評選中，評委會將曹禺刻畫爲一位「攝魂者」，並誇讚他「精於調遣，能透視舞臺的效果。」〔註 77〕田本相在《曹禺傳》中也寫道：「他一生都在探索著人，探索著人生，探索著人類，探索著人的靈魂。」〔註 78〕曹禺自己也說：「人心不同，各如其面。有多少人就有多少不同的身世、心理，不同的精神面貌，我們要放開眼界看到更多人的心靈。要不怕艱難，探索他們的靈魂深處，是高貴的還是齷齪的？」〔註 79〕他還說：「舞臺是一座蘊藏無限魅惑的地方，它是地獄，是天堂。」〔註 80〕有鑒於此，

〔註 73〕《戲劇報》，1983 年第 12 期。

〔註 74〕這些文章同《胡風在說謊》、《胡風，你的主子是誰？》、《誰是胡風的「敵、友、我」》、《極其巨大的勝利》、《吳祖光向我們摸出刀來了》、《質問吳祖光》、《我們憤怒》、《靈魂的蛀蟲》、《斥洋奴政客蕭乾》、《從一隻兇惡的「蒼蠅」談起》、《巴豆、砒霜、鶴頂紅——斥右派分子孫家琇》等均未收入《曹禺全集》。

〔註 75〕李乃清：《白樺：「苦戀」三十年》，《南方人物周刊》，2009 年 2 月 24 日。

〔註 76〕《書信世界裏的趙清閣與老舍》，《現代中文學刊》，2010 年第 4 期。

〔註 77〕《魚餌·論壇·陣地》，《蕭乾文集》4，浙江文藝出版社 1998 年，第 138 頁。

〔註 78〕田本相：《曹禺傳》，北京十月文藝出版社 1988 年，第 489 頁。

〔註 79〕《和劇作家們談讀書和寫作》，《劇本》，1982 年 10 月號。

〔註 80〕《〈攻堅集〉序》，《人民戲劇》，1982 年第 1 期。

是不是可以這樣說，作爲「攝魂者」的曹禺，無論在藝術的舞臺上，還是在人生的舞臺上，都以超越常人的表演去努力追求和實現最佳的戲劇效果和境界，以至於讓人辨別不出哪是現實生活，哪是戲劇舞臺？

善於表演，究竟是曹禺這個劇作家的專利，還是深受傳統中國文化薰陶的讀書人的普遍通病？這樣的虛僞的求生哲學，是那個時代獨有的文化現象，還是一直以來的中國人從不曾擺脫的文化夢魘？這眞是個問題。

第四章　「國統區」左翼作家：在適應與不適應中檢討

夏　衍：「由於我出身小資產階級，長期受著資產階級的思想影響；雖則很早就參加了革命，做了些工作，但在工作中接觸的對象，主要是中上層的知識分子，和勞動人民的聯繫不夠親密，……在解放以後，對於毛主席和黨所製定的各項政策，也沒有進行深入的艱苦的學習。在新的情況下遇到迎面而來的具體問題，就不能站穩立場，就不善於運用毛主席的思想武器，不善於從階級分析的觀點來觀察問題、解決問題。」

茅　盾：「『五四』時，我受了《新青年》的影響，自然也受了胡適的文學思想的影響。直到距今二十年前，雖然在政治上我已經認清了胡適的反動的本質，但對於學術思想上胡適的資產階級唯心論的反動的本質，我還是茫然無知的。……我不諱言，那時候，我做了胡適思想的俘虜；我尤其不敢大言不慚地說，今天，我的思想中就完全沒有胡適思想的殘餘了！不敢說就沒有資產階級思想了。」

胡　風：「我抹煞了今天的作家的政治上的區別，荒謬地攻擊了『改造好了的』、『經過改造但沒有改造好的』、『沒有經過改造的』等說法，……這表現了我的頑固的資產階級自由主義思想和拉普文藝離開政治的資產階級思想，我的錯誤的立場已經發展爲對工人階級立場的攻擊了。」

第一節　夏衍在「惑」與「不惑」之間

1949 年 5 月 5 日，夏衍與潘漢年、許滌新等一同到了北平，當晚與李克農共進晚餐，5 月 6 日被安排住進北京飯店，隨即又與周揚、金山、袁牧之、錢杏邨、廖承志、何香凝等相繼會面。這期間，他先後受到朱德、周恩來、毛澤東、劉少奇等未來政府領導人的接見。5 月 13 日午夜至 14 日淩晨，百忙中的周恩來單獨與夏衍作了談話。多年之後，夏衍記述道：

> 恩來同志對我說，抗戰前你在上海工作了十年，這以後一直在蔣管區，熟悉大後方情況，所以中央決定派你到上海去主管文教工作，全國解放後，你有什麼打算？我想了一下說，我在大學學的是電工，還是讓我回本行吧。他搖了搖頭，笑著說，不行了吧，丟了二十多年，學過的東西都忘了吧。我爭辯說，落後了，可是和全外行比起來，總還可以……他說當然也可以考慮，但是我看你還是搞文化、新聞界的統戰工作爲好。〔註 1〕

兩天後，夏衍一行乘火車經津浦線南下，前去接管文化重鎮——上海。

一、在「左」與「右」的漩渦中

（一）「可不可以寫小資產階級」

事實上，第一次文代會的一個重要內容就是貫徹和落實毛澤東《在延安文藝座談會上的講話》，即將一個革命黨的文藝指導方針轉變爲國家整個文藝事業的指導方針和意識形態。爲此，周揚在報告中宣稱：「毛主席的《在延安文藝座談會上的講話》規定了新中國的文藝的方向，解放區文藝工作者自覺地堅

〔註 1〕《懶尋舊夢錄》，《夏衍全集》第 15 卷，浙江文藝出版社 2005 年，第 311 頁。

決地實踐了這個方向，並以自己的全部經驗證明了這個方向的完全正確，深信除此之外再沒有第二個方向了，如果有，那就是錯誤的方向。」〔註2〕

面對這樣的一元文藝論，所謂國統區的作家不知該何去何從，「我們能寫什麼」的問題便應運而生。史東山等人會議期間就曾提出過這個問題，並引起了爭論，以致周恩來不得不在他的報告中解釋說：「我們主張文藝爲工農兵服務，當然不是說文藝作品只能寫工農兵。比方寫工人在解放前的狀況，就要寫到官僚資本家的剝削；……我不是說我們不要熟悉社會上的別的階級，不要寫別的階級的人物，但是主要的力量應該放在哪裏必須弄清楚，不然就不可能反映出這個偉大的時代，不可能反映出創造這個偉大時代的偉大勞動人民。」〔註3〕周恩來大概也感覺到準確答覆這個問題有些難度，所以他以「雖然……但是……」的外交辭令作了一種是是而非的解答。代表們如同面對一個新的「第二十二條軍規」，到會議結束也沒有弄清到底「可不可以寫小資產階級」的問題。所以會後不久，上海便發生了論爭。

爭論是由一則新聞引起的。1949 年 8 月 22 日，《文匯報》報導了文代會代表、劇作家陳白塵在歡迎會上的一段話：

> 文藝爲工農兵，而且應以工農兵爲主角，所謂可以寫小資產階級，是指在以工農兵爲主角的作品中，可以有小資產階級、資產階級的人物出現。

冼群因雨未能出席這次歡迎會，他看了報導後便撰文質疑說：「在北平的文代會上，至少我個人是沒有聽到和看到過與他的意見相同的報告或決議的；也沒有讀到過刊載類似這種意見的任何文件。」他接著說：「文藝工作者今後服務的對象，主要的應該是工農兵，但是這並不就是說完全不應該或不能夠也爲了小資產階級（雖然是次要的）」，問題的關鍵是立場問題。〔註4〕陳白塵隨後撰文予以澄清和說明，同時批評說：「在新解放區的上海，這樣斷章取義地『可以描寫小資產階級』的意見，將被若干人所大大地歡迎的」。他還質問道：「爲什麼獨獨擔心於知識分子、小資產階級『是不是可以寫』？爲什麼就不擔心於如何與工農兵相結合等等問題？從問題的提出，就顯然潛伏著

〔註 2〕《周揚文集》第一卷，人民文學出版社 1984 年，第 513 頁。

〔註 3〕《在中華全國文學藝術工作者代表大會上的政治報告》，《周恩來選集》上卷，人民出版社 1980 年，第 353 頁。

〔註 4〕《關於「可不可以寫小資產階級」問題》，《文匯報》，1949 年 8 月 27 日。

避重就輕，投機取巧的隱衷」。〔註 5〕

應該說，陳白塵和冼群所爭論的問題直接觸動了上海文藝界最敏感的神經，《文匯報》索性把這場爭論繼續下去，在 8 月 27 日至 9 月 17 日的短暫時間裏，先後發表文章十幾篇。其中黎嘉、張畢來、何若非等爲「贊成派」；喬桑、左明等爲「反對派」。

上海的爭論立即引起領導黨北京意識形態方面的注意，導致《文匯報》在未作結論的情況下突然「刹車」，其標誌是權威的馬克思主義文藝理論家何其芳在《文藝報》發表長文《一個文藝創作問題的爭論》。文章認爲，論爭的雙方都在片面強調一個方面的現象，「對於這個具體問題回答得比較適當的，對於新時代的文藝新方向的根本精神卻有些把握得不夠；對於新時代的文藝新方向的根本精神把握得比較緊的，卻又對這個具體問題回答得不大適當」。他批評「贊成派」說：「在今天還來強調這個片面的文藝見解，正等於否定毛澤東主席《在延安文藝座談會上的講話》中所提出來的到工農兵中去的號召」。他也更正了「反對派」的觀點，指出作品「是否寫得忠於現實，關鍵並不在於什麼人是主角，而在於是否能夠寫得正確」。〔註 6〕《文匯報》加按語轉發文章後，意味著這場爭論的結束。

（二）按部就班的結果

進入上海以來，身爲文管會常務副主任的夏衍，一直忙於上海的文化接管工作，每天都沉浸在大量的事務性的工作之中。用他自己的話說：「7、8 兩個月實在太忙，……這兩個月內我眞有點像張天翼所寫的『華威先生』，整天東奔西走，席不暇暖。」〔註 7〕其實，豈止這兩個月，在此後的大段時間裏，夏衍都在充當一個「工作狂」的角色。

「可不可以寫小資產階級」的論爭雖然發生在上海，但疲於奔命的夏衍並未給予足夠的重視，所以一直沒有撰文表態。而作爲文化藝術界的高級領導，他又不可能繞過這個問題，因爲在政策不夠明朗之時，人們已開始習慣了「請示」。夏衍在《懶尋舊夢錄》中記述說：當一位黨外老作家向自己提出「可不可以寫小資產階級」的問題時，自己「滿不在乎地回答說：『可以』」，還指著《講話》其中的一段說：「毛主席明確地講，文藝的服務對象有四種人」，

〔註 5〕《誤解之外》，《文匯報》，1949 年 9 月 3 日。

〔註 6〕《文匯報》，1949 年 11 月 29 日。

〔註 7〕《懶尋舊夢錄》，《夏衍全集》第 15 卷，浙江文藝出版社 2005 年，第 325 頁。

「第四是爲城市的小資產階級勞動群眾和知識分子」，因爲「他們也是革命的同盟者」。〔註 8〕

令夏衍沒想到的是，上海和北京隨後便風傳他在上海提倡文藝爲小資產階級服務。在「可不可以寫小資產階級」的問題上，夏衍的答覆的確是「照本宣科」，並沒有違背「文藝爲工農兵服務」這一命題的本意。在他看來，《講話》產生於革命時期，現在又作爲革命勝利後的文藝指導方針，其內容並沒有發生改變，小資產階級作爲第四階級仍是革命的「同盟者」，且還要繼續合作下去，當然可以寫。

夏衍這種認識應該說是基本符合統戰工作需要的，只是他沒有想到，《講話》產生之初，中國正處於抗戰階段，無產階級革命還處於劣勢，需要更多的同盟者，而小資產階級因爲先天的反抗意識在客觀上扮演著「同路人」的角色，所以那時需要重視。但時過境遷，無產階級革命已經取得勝利，所謂的工農兵階級已經開始執掌國家政權，小資產階級此刻已淪爲被領導、被改造的境地，其身份和地位已與昔日不可同日而語。

而且，夏衍還忽略了關鍵一點，「文藝爲工農兵服務」這一命題是作爲「公理」來執行的，是不能討論的，只能「信」而不能「思」和「疑」，而「可不可以寫小資產階級」這個命題的本身就已經構成了對「公理」的挑戰，屬於離經叛道之舉，所以在這一「錯誤」的前提下，無論答覆贊同還是否定，都與《講話》相背離。這一點，即使是身經百戰的夏衍也是不會想到的。

在「可不可以寫小資產階級」這個問題，夏衍雖然有些困惑，但由於自己是在執行中央和上海市委「先接後管」的工作方針，所以他對此並不以爲然，依舊按部就班地工作著。當然，類似的問題也就接連出現了。上海第一次文代會上，他根據上海文化界的實際情況提出「緊密地團結、勇敢地創造」的口號，結果北京方面批評他「只講團結，不講改造」。爲了解決電影劇本荒的問題，夏衍提出了「白開水」理論，說：「電影題材只要不反共，不提倡封建迷信，有娛樂性的當然可以，連不起好作用，但也不起壞作用的『白開水』也可以。」結果北京方面批評他說：「在上海不講電影爲工農兵，反而『提倡』不爲人民服務的『白開水』電影。」〔註 9〕夏衍推薦改編《關連長》和《我們夫婦之間》等新小說來解決電影上演問題，結果影片上演後卻遭到以《文藝

〔註 8〕《夏衍全集》第 15 卷，浙江文藝出版社 2005 年，第 342 頁。
〔註 9〕《新的跋涉》，《夏衍全集》第 15 卷，浙江文藝出版社 2005 年，第 346～347 頁。

報》爲代表的嚴肅批評。

隨後，上海文藝領導右傾、小資產階級思想泛濫、抗拒工農兵路線等罪名也都紛沓而來。夏衍之所以頻遭攻擊，不排除黨內宗派鬥爭的嫌疑，但根源卻是革命隊伍內部「左」與「右」或激進與「保守」相衝突的一種反映。

因爲夏衍一系列的「右傾」行爲，又加之成爲「文革」首批受迫害的黨內文藝高官，因此，在研究者那裏要麼被描述成一個反「左」的英雄，要麼被塑造成一個深受「左」的迫害的無辜者，而夏衍本人在晚年的回憶中似乎也在有意強調這些。事實怎樣呢？

儘管夏衍在所謂國統區的生活時間比較長，本人個性也趨向自由和隨意，在穿上軍裝、當上高官後也表現出一些「不習慣」、「不適應」，但在貫徹思想、遵照指示和執行政策時，他始終都是中規中矩，甚至不乏積極之舉。

例如，在新政協召開之前，毛澤東接連發表《丟掉幻想，準備鬥爭》等幾篇文章，批評那些對美國還存有幻想的自由主義者、民主個人主義者時，他也不失時機、不遺餘力地組織力量批判「白皮書」和自由主義者。在其名篇《想起了梁漱溟》中，他就不無揶揄地寫道：「在市上已經盛傳重慶解放那一天，在《文匯報》上看到了一篇朱光潛自我檢討的文章，下一天，重慶果然解放了，於是我陡然想起了躲在北溫泉的僞君子梁漱溟。」「梁漱溟這個人，今天看來，誰都知道這是一個十足的僞君子。……重慶解放了，我想起看看他那尷尬的表情，不知道他今後會不會也來朱光潛那一手？」〔註 10〕用這樣尖酸、刻薄的文字嘲諷梁漱溟、朱光潛等已「歸順」的著名人士，確有落井下石之嫌。

其實，1949 年後夏衍在上海文化界的「右傾」舉措，事實上也是奉劉少奇、周恩來或者說是中央之命的結果。因爲在他去北京請示工作時，周恩來代表領導黨中央明確表示，中央確定接管上海的總方針，就是要嚴格按照七屆二中全會的決議辦事，就是要團結，要安定，要等大局穩定下來之後，再提改組和改造的問題。〔註 11〕陳毅很好地貫徹了這一方針，在這一基礎上，夏衍也沒有表現出明顯的「左傾」行徑。夏衍後來也說：「解放初期我在上海文化界工作，主要是執行了陳毅同志的尊重和團結知識分子

〔註 10〕《新民報・晚刊》，1949 年 12 月 4 日。

〔註 11〕《懶尋舊夢錄》，《夏衍全集》第 15 卷，浙江文藝出版社 2005 年，第 311～312 頁。

的方針政策。」〔註12〕

可以說，夏衍的「左」與「右」的問題並不取決於他個人，而是聽命的結果。因爲，對於一個在所謂國統區從事革命工作二十多年而從未有過一次「落水」經歷的地下黨員來說，夏衍最懂得直接領導與間接領導之間的利害關係，他知道如何「站隊」對自己更有利。

（三）順應時勢而檢討

儘管夏衍有些「冤」，但作爲有著二十多年黨齡的老黨員，他還是能夠順應時勢而檢討自己的工作。

在華東文藝界召開的整風學習動員大會上，夏衍帶頭檢討說：上海文藝界沒能充分貫徹黨和毛主席的文藝方針，相反還「容許以至縱容了非工人階級思想」在思想領導中佔有了地位。他認爲，產生這些原則性錯誤的責任是自己「採取了非馬克思主義的觀點與態度；沒有眞正掌握毛主席《在延安文藝座談會上的講話》的指示」，「對文藝作品中的一切非工人階級思想未能進行堅決的鬥爭」。針對「可不可以寫小資產階級」的爭論，他檢討說：因爲自己「採取了不聞不問的態度」，所以「對小資產階級思想在文藝領域中給與了滋長的機會，混淆了工人階級與小資產階級的思想界限」。對自己提出的「緊密地團結、勇敢地創造」的口號，他檢討說：「就因爲我們忽視了小資產階級文藝工作者必須進行嚴肅的思想改造這一最基本的問題，沒有把思想改造的重要性、急迫性提到應有的高度，這樣，就使團結和創造成了無目的、無方向的空談，在上海文藝界造成了有團結無鬥爭的空氣。」針對自己在改造舊文化工作上的「畏首畏尾」，他檢討說：「三年以來，一方面我們沒有對文藝工作者進行改造，沒有產生出足夠的對人民有益的文藝作品來運用這些舊有的地盤，使這些地盤爲勞動人民服務；另一方面對這些私營文化企業依然採取了遷延不改乃至盲目扶持的方針，聽任它們盲目地推銷、販賣、散佈不正確的、有錯誤、有毒害的精神產品。」接著，夏衍分析了造成這些問題的原因，他說：「由於我出身小資產階級，長期受著資產階級的思想影響；雖則很早就參加了革命，做了些工作，但在工作中接觸的對象，主要是中上層的知識分子，和勞動人民的聯繫不夠親密，自己的思想感情沒有經過深刻的改造和變化；過去自己所學到的馬列主義，很多是沒有經過實踐爲自己所切實掌握的片面的理論知識；在解放以後，對於毛主席和黨所製定的各項政策，也

〔註12〕《新的跋涉》，《夏衍全集》第15卷，浙江文藝出版社2005年，第342頁。

沒有進行深入的艱苦的學習。在新的情況下遇到迎面而來的具體問題，就不能站穩立場，就不善於運用毛主席的思想武器，不善於從階級分析的觀點來觀察問題、解決問題。」除上述立場觀點問題外，他還檢討說：「我的嚴重的自由主義作風，和在領導工作中的缺乏嚴肅的組織性紀律性，也是造成錯誤的重要原因之一。」並將造成這種結果的原因歸結爲地下黨的工作方式、自滿情緒、事務主義和官僚主義。另外，他也檢討了其它工作作風，如「寫作態度不夠嚴肅，翻閱文稿不夠認眞，……不負責地肯定了工人寫作訓練班的成就；以及爲了庸俗的友情，不將組織創作看作一件極其嚴肅的工作，輕率地在電影文學研究所擔任了理事會的職務，而實際上沒有擔負起思想領導的工作」。最後，他表決心說：「我必當和同志們在一起，展開嚴肅的批評與自我批評，從工作和作品中深入地檢查過去所犯的錯誤，發掘各種形式的非無產階級的思想的根源，認眞地學習馬克思列寧主義、毛澤東思想，進行深刻的階級教育，提高階級覺悟，加強群眾觀點，運用毛主席文藝思想的武器，批判存在我們自己靈魂深處的種種非工人階級觀點。」〔註 13〕

二、「足以爲訓」

（一）不合時宜的奉迎之作

1950 年，《武訓傳》拍攝完畢後，以饒漱石爲代表的華東局、上海市各級黨政領導均表態稱頌。電影公映後，上海、南京先後掀起觀看、評論《武訓傳》的熱潮。導演孫瑜欣喜異常，於 1951 年 2 月親自帶上影片的新拷貝前往北京。如同上海的結果一樣，朱德、周恩來、胡喬木、茅盾、袁牧之以及中央機關的 100 多位領導人觀看影片後，也都予以一致好評。朱德還大加讚賞說：「很有教育意義。」〔註 14〕電影公映後，電影界、教育界、新聞界都給予高度評價和廣泛重視。據《人民日報》截止 5 月 20 日的社論統計，電影放映以來，「北京、天津、上海三個城市報刊上登載的歌頌《武訓傳》、歌頌武訓、或者雖然批評武訓的一個方面，仍然歌頌其他方面的論文」近 50 餘篇。〔註 15〕

事實上，《武訓傳》備受好評並非僅僅是因爲歷史上武訓的「行乞興學」，

〔註 13〕《糾正錯誤，改進領導，堅決貫徹毛主席的文藝方針》，《解放日報》，1952 年 2 月 23 日。
〔註 14〕孫瑜：《我編導〈武訓傳〉的經過》，《縱橫》，1997 年第 11 期。
〔註 15〕《應當重視電影〈武訓傳〉的討論》，《人民日報》，1951 年 5 月 20 日。

更要的原因是影片中加進了大量奉迎政治的「彩兒」。因爲這些「彩兒」，影片在拍攝前的劇本審查中，能夠順利通過把關嚴格的中宣部的審查，也輕而易舉地得到郭沫若以及中央文委的認可和資助。

關於影片修改的指導思想，導演孫瑜在1997年對此作了詳細的說明。他說，自己原本想把《武訓傳》拍成一部歌頌武訓行乞興學、勞苦功高的所謂「正劇」，而 1949 年後陳鯉庭建議改成興學失敗的悲劇，鄭君里、沈浮建議周大「逼上梁山」，而後帶領一隊農民武裝，向地主惡霸討還血債。孫瑜聽從了這樣的建議，以「反歷史」的方式將劇本改頭換面，重新結構起一個另類的《武訓傳》。因此在影片結尾安插了這樣的鏡頭：老年的武訓在劇終看到「他的朋友周大和革命武裝農民弟兄們在原野上英勇地躍馬飛馳而過，高喊：『將來的天下都是咱老百姓的』」。孫瑜或許覺得這樣還不夠，又在劇尾處安排了女教師對聽故事的學生所作的一段「點睛」結論：

> 武訓先生爲了窮孩子們爭取受教育的機會，和封建勢力不屈服地、堅韌地鬥爭了一輩子。可是他這種個人的反抗是不夠的。他親手辦了三個「義學」，後來都給地主們搶過去了。所以，單憑念書，也解放不了窮人。周大呢——單憑農民的報復心理去除霸報仇，也沒有把廣大的群眾組織起來。在當時那個歷史環境裏，他們兩人都無法獲取決定性的勝利。中國勞苦大眾，經過了幾千年的苦役和流血鬥爭，才在中国共產黨組織領導之下，推倒了三座大山，得到了解放！〔註 16〕

正是基於這一思路，各類頌揚文章紛沓而來，並且由頌揚武訓而掀起頌揚陶行知的高潮。然而，出人意料的是，毛澤東在 1951 年 5 月 20 日《人民日報》的社論中對武訓和《武訓傳》給予了嚴厲批評，稱武訓「根本不去觸動封建經濟基礎及其上層建築的一根毫毛，反而狂熱地宣傳封建文化，並爲了取得自己所沒有的宣傳封建文化的地位，就對反動的封建統治者竭盡奴顏婢膝的能事」。同時，他還有所指地批評說：

> 特別值得注意的，是一些號稱學得了馬克思主義的共產黨員。他們學得了社會發展史——歷史唯物論，但是一遇到具體的歷史事件，具體的歷史人物（如武訓），具體的反歷史的思想（如像電影《武訓傳》及其他關於武訓的著作），就喪失了批判的能力，有些人則竟

〔註 16〕孫瑜：《我編導〈武訓傳〉的經過》，《縱橫》，1997 年第 11 期。

至向這種反動思想投降。資產階級的反動思想侵入了戰鬥的共產黨，這難道不是事實嗎？一些共產黨員自稱已經學得的馬克思主義，究竟跑到什麼地方去了呢？〔註 17〕

（二）奉命檢討

《人民日報》的社論一經發佈，原本頌揚的主潮頃刻被批判浪潮所取代。陶行知、陳鶴琴、杜威以及頌揚者和他們發表的文章都成了被批判的對象。《人民日報》在「黨的生活」專欄中特闢「共產黨員應當參加關於電影《武訓傳》的批判！」、「共產黨組織應參加關於《武訓傳》的討論」等欄目，並指示：「每個看過這部電影或看過歌頌武訓的論文的共產黨員都不應對於這樣重要的思想政治問題保持沉默，都應當積極起來自覺地同錯誤思想進行鬥爭。如果自己犯過歌頌武訓的錯誤，就應當作嚴肅的公開的自我批評。擔任文藝、教育、宣傳工作的黨員幹部，……尤其應當自覺地、熱烈地參加這一場原則性的思想鬥爭，並按照具體情況做出適當的結論。」〔註 18〕

因此，在大批判浪潮掀起的同時，1949 年後第一次檢討浪潮也隨之風起，參與檢討的人數之多、範圍之廣都是令人震撼的。

當國內掀起批判《武訓傳》的政治運動之時，夏衍正在蘇聯和所謂民主德國進行訪問，直到 6 月末才回到北京。回京後的第二天，周揚打電話約他面談。夏衍後來記述道：

見面之後，既沒寒暄，也不問我訪蘇情況。第一句話就是毛主席批《武訓傳》的事，知道了吧？……你趕快回上海，寫一篇關於《武訓傳》問題的檢討。對此我很意外，我說拍《武訓傳》這事件，與我無關。一、崑崙公司要拍此片，我不同意，對孫瑜說過『武訓不足爲訓』的話。劇本是後來中宣部通過的，對這部片子上海文化局沒有資助，貸款是政務院文化教育委員會給的。因此，不必由我來檢討。〔註 19〕

夏衍並沒有理會周揚的用意，以爲事不關己就可以萬事大吉，所以情緒很激動地「頂撞」了自己的頂頭上司，但當周揚陳述完事情的嚴重性和相關

〔註 17〕《應當重視電影〈武訓傳〉的討論》，《人民日報》，1951 年 5 月 20 日。
〔註 18〕《人民日報》，1951 年 5 月 20 日。
〔註 19〕《〈武訓傳〉事件始末》，《夏衍全集》第 15 卷，浙江文藝出版社 2005 年，第 351～352 頁。

責任承擔的問題後，夏衍接受了勸告。就在夏衍臨走之前，周恩來打來電話說：「你回上海後，要找孫瑜和趙丹談談，告訴他們《人民日報》的文章主要目的是希望解放區的知識分子認眞學習，提高思想水平，這件事是從《武訓傳》開始的，但中央是對事不對人，所以這是一個思想問題而不是政治問題，上海不要開鬥爭會、批判會。」〔註20〕回上海後，陳毅再次向他傳達了周恩來的意見，要他放下思想包袱。有了這些保護傘，夏衍從容了很多，所以並沒有馬上提筆寫檢討，而是在一段時間後才在一次文化界集會上對《武訓傳》的問題作了檢討，並將發言整理爲《從〈武訓傳〉的批判檢討我在上海文化藝術界的工作》寄給周揚，後經毛澤東審閱發表在《人民日報》上。

在這篇檢討中，夏衍首先根據《人民日報》的社論精神揭批了武訓和《武訓傳》，稱武訓爲「最醜惡最反動的奴才」，稱影片「宣傳用卑鄙的投降主義來代替革命的英雄主義」。隨後，他就自己的職責範圍檢討說：首先，上海文化藝術界由於「缺乏正確的，嚴肅的思想領導」，沒有「用無產階級思想來領導上海革命文藝工作者進行自我改造」，所以「使得上海廣大的革命小資產階級知識分子能夠從共產主義和群眾的實際鬥爭中吸取無窮的力量」。其次，在《武訓傳》的攝製過程中，「沒有嚴肅地、堅決地用馬列主義和歷史唯物論的觀點來研究、認識與處理這個問題」，沒能及時勸止影片的拍攝。再次，當影片攝製完成後，「沒有能夠充分認識與指出它思想上的嚴重的原則性的錯誤」，相反卻對影片及其歌頌者「採取了自由主義的熟視無睹的態度，完全沒有考慮到如何批判這種反動宣傳的問題」，從而「助長了上海文化藝術界的思想混亂」。基於上述「錯誤」事實，夏衍剖析了原因。他認爲，首先，上海文藝界和自己存在著「思想工作薄弱」，「不能堅決地貫徹毛澤東同志的文藝路線，不善於站穩無產階級的立場」，所以除《武訓傳》之外，「還產生了許多用小資產階級乃至資產階級的觀點立場來描寫工農兵的作品」。其次，他認爲這種思想工作薄弱的原因是和「上海革命文藝界中多年存留著的小資產階級的自由主義作風和庸俗習氣分不開的」。事實證明，「不作正當的思想鬥爭，而主張無原則的『和平』和『照顧』；不堅持文化藝術工作中的黨性原則，而代之以『個人友誼』的寬容，是具有嚴重危害的」，必然會「造成一種腐朽庸俗的風氣，破壞黨和群眾的聯繫」。再次，他認爲這些毛病和問題與「嚴重的

〔註20〕《〈武訓傳〉事件始末》，《夏衍全集》第15卷，浙江文藝出版社2005年，第352頁。

事務主義作風分不開的」。他說：「天天忙碌於瑣碎的事務性工作」，必然失卻「共產黨人所應有的政治上思想上的敏感。」夏衍還自責說：「我們對於這一場討論批判的重要性，開始時是估計得很不夠的，認識也是不深刻的，在這一工作中表現了不少的消極應付的情緒。……我們既缺乏嚴格認眞的自我批評，又缺乏嚴肅有力的對於資產階級反動思想的批評，又缺乏嚴肅有力的對於資產階級反動思想的批判。」對於解決這些存在的問題，他也提出了自己的工作設想，他說：「最主要的方法就是要根據《武訓傳》討論批判中得到的經驗教訓，從批評和自我批評中，堅決克服文化藝術工作中嚴重的自由主義和脫離現實脫離群眾的錯誤傾向。」〔註 21〕

由於未經過延安整風的訓練，夏衍起初並不懂得如何既將「錯誤事實」與自己的思想和工作結合起來，爲此他大傷腦筋。據他的秘書李子雲回憶說：「那些天，除去開會的時間，他都將自己關在裏間辦公室內，我有事進去，他都是緊鎖著雙眉在抽煙——緊鎖雙眉是他當年有難處或表示不滿意時的唯一表情。」〔註 22〕

不過憑夏衍二十多年的地下工作的經驗，他很快找到切入點，即上述檢討中所列的思想工作薄弱、自由主義和事務主義。夏衍這樣的概括應該說既切合實際又充滿智慧。因爲，所謂「思想工作薄弱」，這是一個非常模糊的概念，基本上屬於一個「泛問題」的「帽子」，帶到誰頭上都合適；所謂「自由主義」，它與眞正的自由主義概念有著本質的不同，它不是一種政治主張，而是著重指生活和工作作風等，與毛澤東《反自由主義》中的「自自主義」如出一轍，因此它作爲一項「罪名」是有限度的，即它的上限永遠也不會觸及危險的「紅線」，何況他將其局限在「熟視無睹」、「個人友誼式的寬容」等邊緣意義；而「事務主義」所體現的智慧在於：我們非常努力地工作，工作量非常大，所以沒有足夠的時間來進行政治和理論學習，也就難免出現「只知拉車不知擡頭」、「出力不討好」等問題。

當然，夏衍的聰明和智慧還是沒能逃出那些延安「老革命」的「法眼」。《文藝報》隨後發表署名張禹的文章《讀夏衍同志關於〈武訓傳〉問題的檢討以後》。文章直接指出夏衍所犯的錯誤是立場問題，而不是自由主義，還警

〔註 21〕《從〈武訓傳〉的批判檢討我在上海文化藝術界的工作》，《夏衍全集》第 8 卷，浙江文藝出版社 2005 年，第 419～424 頁。

〔註 22〕陳堅、陳抗：《夏衍傳》，北京十月文藝出版社 1998 年，第 498 頁。

告他不要再犯官僚主義的錯誤。

更有意味的是，《文藝報》在刊發這篇批評文章時所加的「編者按」：

> 關於《武訓傳》的討論則應著重從思想上來解決問題，不能單靠像這篇文章所要求的用簡單的追究行政責任的辦法來解決。〔註23〕

這話表面上是在爲夏衍開脫，而話外音卻點明應該追究行政責任。當然，有周恩來、陳毅、周揚人等撐腰，夏衍還是能夠得以順利過關。

三、在「未死」與「方生」間

（一）向「未死」的小資產階級告別

由於 1949 年後夏衍一直沒有得到出版作品的機會，包括茅盾主編的開明版的「新文學選集」也沒有收入他的作品，所以直到 1953 年人民文學出版社要出版劇作選，他才有機會來檢討自己的舊作。不過閱讀這篇「序言」，可以發現，它並非是夏衍的「新作」，而是 1948 年《寫「方生」重於寫「未死」——答石牌 H. F. 先生》〔註24〕那篇書信的翻版。而此後，他又將這篇文章作爲「序言」寫入人民文學出版社 1959 年出版的《夏衍選集》。夏衍何以這樣鍾情於這篇文章呢？閱讀全文可以發現，它雖寫於 1948 年，但在 1949 年後仍切合實際。

文中，夏衍首先談及了自己的劇本幾乎「全和抗日戰爭有關，劇中人物，則由於自己生活圈子的狹窄，寫的幾乎全是小資產階級」，〔註25〕隨後他談到 1948 年與 H. F.先生之間通信的情況。他說，H. F.先生寫信批評他創作於 1941 年的《春寒》「只注意到上層知識分子，讀者沒有看到眞眞出力抗戰的廣大人民鬥爭的場面，使讀者覺得『寒』威可怕，『春』意不夠。……」夏衍表示接受這個批評，並對 H.F.先生提出的「爲什麼具備了進步世界觀的新文藝作者也會那樣深摯地對舊社會的事物和典型性格『鍾情』」的問題作了回答。他說：「這理由，在理論上是不難回答的。高爾基在《論社會主義的現實主義》裏面說過：『人們被歷史的兩種力量——小市民過去，和社會主

〔註23〕《文藝報》第 5 卷第 4 期，1951 年 12 月 10 日。

〔註24〕《文藝生活》（海外版）第 6 期，1948 年 9 月。文中 H.F.先生，當指喬冠華。因爲 1944 年 3 月，喬冠華在郭沫若主辦的《中原》雜誌上發表過《方生未死之間》。

〔註25〕《〈夏衍劇作選〉代序》，《夏衍全集》第 2 卷，浙江文藝出版社 2005 年，第 237 頁。

義的將來——牽引著，而明顯地正在搖動。情緒的根源傾向過去，理智的根源傾向將來。雖然也有種種大聲叫喊的人，可是他們好像都不能安心地相信:一條完全明確的道路已經決然地被確定了——儘管歷史已經充分地指示出了那條道路。』」隨後他對《解放日報》1944 年 10 月的社論《此次文教大會的意義何在》中的觀點作了闡釋：

> 中國知識分子大部分出身於背負著「太痛苦了的遺產」的小市民階級，所以儘管在理智上接受了新世界觀，可是他們「靈魂深處」，卻依然還儼存著一個難攻不落的「小資產階級王國」。因此，對於一個向舊政治舊經濟進攻的政治鬥爭，他們可以帶著滿懷的仇恨去作不屈的鬥爭，可是一接觸到文化和文藝的問題，——當鬥爭的對象轉移到封建的和資產階級的文化和文藝的時候，那麼不僅他們的鬥志會緩和下來，而且甚至會對理智上早已否定了的事象和人物開始同情和眷戀。

針對 H. F.先生提出的自己在「鞭撻這些知識分子的時候常帶著眼淚」的問題，夏衍除表示贊同外，還分析了其中的原因：「作者不能堅定地站在人民大眾的立場，由於這些作者本身對一切舊時代的殘餘還保留著千絲萬縷的聯繫，所以就往往會「情不自禁」地憐惜乃至欣賞了這些弱點。」隨後，他又援引了高爾基的論文和毛澤東《在延安文藝座談會上的講話》中關於「小資產階級自我表現」那一大段論述來充實自己的觀點，然後又說：如果小資產階級出身的文藝作家「不能把自己的立場（包括理智與感情）堅決完全乾脆地轉移到『方生』的工農兵方面，而還要保留一部分乃至大部分停留在『未死』的小資產階級的方面，理論上、口頭上講的不能和實際上、行動上做的合一，……那麼很自然的寫出來的作品就不可能有強烈的力量，去『喚起讀者對過去的憎惡』了」。針對「知識分子出身的年輕人應寫些什麼」的問題，夏衍以爲「這不是一個題材的問題，而依舊是作者的立場和態度的問題」，因爲無論是「寫『方生』的春天」，還是「寫『未死』的寒冷」，癥結在於「即使寫同一個事象同一種人物，常常要因爲寫作者的立場之不同而在讀者之中喚起不同的印象效果。」他認爲這其中的關鍵在於能否認定「『未死』的必死，『未死』只不過是『暫時起作用』的現象」，而「『方生』的必生，現在的『萌芽狀態』正是明天迅速長成的起點，它才是『永遠起作用』的東西」，如果能夠認定這個問題，也就清楚了哪些該「催生」，哪些該「送葬」了。最後，夏衍針對 H.F.先生的來信表態說：「你的信給了我很大的鼓舞，使我有機會重新把自己作品的病源檢查了一遍，並請你致意參加討論的朋友，我感謝他們的指教和關切。」在轉述完回信之後，夏衍言歸正傳地說：「以上的檢查，我想完全可以適用於這裏所選的三個劇本（即《秋瑾傳》、《心防》、《法西斯細菌》——引者注），所以轉錄於此。」又說：「要使我們的文藝眞正能夠爲工人階級、爲人民群眾服務，首先就必須『解決』我們『自己的問題』，這，就是毛澤東同志所說的『把口頭上的馬克思主義變爲實際生活裏的馬克思主義』的問題，這就是文藝工作者聯繫實際，深入生活，改造自己的問題。這條路，是漫漫而修長的。」〔註 26〕

可見，夏衍對自己作品中存在的小資產階級意識的批判和檢討是深刻而切合實際的，對於所謂國統區未經延安整風改造的左翼革命作家來說，也是具有普遍性的。

夏衍在理論認識上確實達到了一定的高度，但是在 1949 年後的社會主義實踐中，卻仍然感到跟不上形勢。爲此，他不止一次地「痛苦地回想」自己所走過的道路，最終將自己的不適應歸結爲自己知識分子的出身、教養和世界觀。「反右」後，他重新對自己所走過的道路進行了一番思想清理，並追根溯源地說：「我出身在一個沒落了的小地主的家庭，三歲喪父，窮困到靠典質和借貸度日，但始終放不下『書香門第』的架子」，「『五四』那一年在革命的巨浪中滾了一下，自己思想裏的富國強兵、個人奮鬥的想法依然是原封未動」，「接著是『急迫地吸取一切從外國來的新知識，一時分不清無政府主義和社會主義、個人主義和集體主義的界限』」，直到 1923 年「才有意識地去接觸共產黨人，並參加了黨領導的進步團體」。他針對周揚的「我們有了一個抽象的共產主義的信仰，但支配我們行動的卻仍然是個人英雄主義的衝動」一句分析說：這主要是因爲自身雖有明確的反抗意識，但「局限於一個資產階級和小資產階級知識分子的圈子」，即使「在理性上懂得了無產階級必然的是新世界的主人，要革命就必須依靠無產階級，可是如何去依靠？如何去接近工人？如何改造自己而使之成爲工人階級的一員？當時是沒有清楚地意識到的」。爲此他反省說：當時參加工人運動，是帶著的「一種類似托爾斯泰所描寫過的所謂『懺悔貴族』的心情。同情工人，想去幫助工人，以『啓蒙者』

〔註 26〕《〈夏衍劇作選〉代序》，《夏衍全集》第 2 卷，浙江文藝出版社 2005 年，第 237～241 頁。

自居，而不知『蒙』著者正是自己。這是思想感情問題，也是立場態度問題。這種思想情況延續得很久，甚至入了黨之後也還沒有意識到這個問題的嚴重」。隨後，他對自己參加革命以來的思想和立場問題總結說：「由於長期在國民黨區域工作，自己沒有主動地去和工農群眾接近」，雖入了黨，但思想感情沒有經過必要的改造，反而「自滿於政治戰線上的堅定和果敢，而忽略了思想戰線、文藝戰線上的階級意識的模糊和動蕩」，對資產階級文化藝術的仇恨感不如對舊政治、舊經濟那樣強，以至於還保留有「千絲萬縷的聯繫」。他還針對過去所寫的文章和作品檢查說：「我寫這些東西的時候，並沒有站在無產階級革命派的立場，而只是從小資產階級革命民主派的立場來觀察、分析和描寫。……經過了解放以來的幾次文藝戰線上的劇烈鬥爭，我才如夢初醒。」他還對比了民主革命與社會主義革命，認為現時段鬥爭的主要敵人在「我們自己的靈魂深處」，也就是「和自己的過去、自己的思想感情決裂的問題」，是自我改造或是「革自己的命」的問題。為此，他深有體會地說：「革思想感情的命，要比革政治制度的命困難得多，苦痛得多，因為，這個長期潛伏在我們靈魂深處的敵人是一個最頑強的敵人。」作為知識者，夏衍剖析了自己存在輕視工農群眾的傾向，說自己「是帶著強烈的優越感和個人英雄主義去接近群眾的」，因此在改造自己，「向工人階級投降和歸順的時候」，就會產生牴觸情緒。最後，他還結合毛澤東的「皮毛論」表態說：「不改造自己，不自覺地到這層新皮上去生根，那麼他們不僅會失去服務的對象，而且有失掉存在意義之危險了。」〔註27〕

（二）為「方生」而創作

夏衍對於文學談不上鍾情，因為文學在他那裏從一開始就是戰鬥的武器，他從事文學創作是形勢所迫，是革命和生活的需要，所以當革命成功之時，他想要告別文學回歸本行，但在周恩來的委婉命令下，忠誠於革命事業的夏衍再次做出個人服從集體的決定，回到文化領域上來。

雖然夏衍心裏一直惦記著自己的專業，但對於文學也並非懷有厭惡之情，特別是從事文學革命工作二十餘年，他已經習慣了這種生活方式。用他自己的話說：「一個當慣了編輯或記者的人，一旦放下了筆，就會像演員不登臺一樣地感到手癢。」因此，當趙超構問「可不可以給我們寫一點」的時候，

〔註27〕《走過來的道路》，《收穫》，1958年第3期。

他的心立馬活泛起來。但是，作爲領導黨的幹部，他深諳這其中的紀律，於是向主管領導陳毅請示，在徵得同意後，他成爲《新民晚報》「燈下閒話」雜文的專欄作者，開始了一段緊張而愜意的文學生活。

儘管陳毅鼓勵夏衍「寫得自由一點，不要把黨八股帶到民辦報紙裏去，和黨報口徑不同一點也不要緊」，但是作爲黨培養多年的幹部，他並沒有忘記文學的宣傳職責，多年的寫作慣性也決定了他寫雜文「不只是爲了『過癮』」。正如後來他所說的：「當時上海剛解放，市民思想混亂，黑市盛行，潛伏的特務又不斷散佈謠言，因此那時寫的文章主要從民間報紙的立場，想要匡正一些當時的時弊。」〔註 28〕他回憶說：

> 當時我四十九歲，精力飽滿，儘管工作很忙，還是不斷地寫，記得同年 9 月我在北京參加第一屆政治協商會議，火車上也寫，會場上也寫，幾乎每篇都換一個筆名，一直寫到 1950 年四五月間，大概有一百多篇。〔註 29〕

夏衍所說並非虛言，在一百多篇雜文中，半數以上是爲時事闢謠、歌頌新政府、歷數成就、動員民眾的文章；少半是批判、揭露、諷刺敵對力量的，其中包括名篇《想起了梁漱溟》；再有就是從執政黨的角度對於基層幹部一些「左傾」行徑進行勸諫和批評的，如《開會的「平均主義」》、《反對鋪張》、《苛求無益》等。爲此有學者評價說：「在新的條件下，他創造性地賦予了雜文文體以新的表達功能。《燈下閒話》中有不少篇什，是以欣喜的心情和明快的筆調，熱情謳歌了新的時代和人民，表彰和闡揚在新社會蓬勃發展起來的新風尚。」〔註 30〕

可以說，以《新民晚報》在上海市民心中的地位，夏衍的雜文在宣傳作用上確實能夠起到事半功倍的效果。當然，有一得必有一失。這些篇章因爲過於追求政治功利，在藝術表現力上，較比此前的「司馬牛雜感」、「蚯蚓眼」等要遜色的多，這一點已無需贅言。這種反差表明，夏衍在謀求文藝爲政治服務與文藝個性化的平衡中沒有取得成功的經驗。即便是這樣，一段時間後，夏衍也不得不停止了寫作。他這樣解釋說：「爲什麼不寫下去呢？一則是忙，

〔註 28〕《懶尋舊夢錄》，《夏衍全集》第 15 卷，浙江文藝出版社 2005 年，第 328 頁。

〔註 29〕《懶尋舊夢錄》，《夏衍全集》第 15 卷，浙江文藝出版社 2005 年，第 328 頁；據本文查證，夏衍的回憶與事實有些出入：從 1949 年 7 月 9 日開始至 1950 年 9 月 8 日，他所寫的雜文數量是 220 多篇。

〔註 30〕陳堅、陳抗：《夏衍傳》，北京十月文藝出版社 1998 年，第 487 頁。

二則是『密』保不住，漸漸傳開了，有人講怪話，我就主動收攤了。」夏衍後來又進一步明確說：「怪話各色各樣，有的說我貪稿費，有的說黨的『高幹』在民辦報上寫文章，是無組織無紀律的自由主義。」〔註31〕

面對這樣的議論，夏衍雖然惱火、委屈，但也很無奈，終於被迫擱筆。直到「百花」期間，他才以任晦的筆名寫了名篇《「廢名論」存疑》，但也僅僅就一篇，而此後他再也沒有寫過雜文。

在停止雜文創作後，至創作話劇《考驗》前，夏衍除了電影劇本提綱《人民的巨掌》和兩三篇應景的政論文章外，他的文學創作是空白的。爲此，夏衍自己也感覺到「有一種內疚和自責的心情」，〔註32〕強烈的責任感促使他創作了 1949 年後第一部反映工業建設的劇作《考驗》。劇本揭示了這樣一個主題：兩位戰爭期間的生死與共的戰友丁緯、楊仲安共同成爲新中國工業戰線中的領導，但一個居功自傲，不肯學習新的知識，反而成爲剛愎自用的落後典型；另一個則能順應時代發展的要求，勤於鑽研，同官僚主義展開義無反顧的鬥爭，終於幫助楊仲安從錯誤的道路上回過頭來。因爲劇本首度涉及工業題材，因此在當時劇壇產生廣泛影響，上海、北京、四川、內蒙、旅大等地的劇團先後多次上演了該劇。

但總體上看來，《考驗》在藝術上很難說是成功的，主要缺點仍然是人物形象概念化、公式化，圖解政策的痕迹比較明顯，戲劇舞臺動作也不夠豐富。特別是涉及正面人物複雜的思想情感時，夏衍總是代之以道德和政治說教，其中可以明顯感受到他在刻意捨棄「小資產階級情緒」。

這說明，夏衍在經歷過多次庸俗的粗暴批判和違心的自我檢討之後，也在有意調整自己的創作思想。正如他當時所說的：「文藝應該爲政治服務，應該配合當前人民政治生活中的重大事件。……儘管不能『達到高度的藝術』，儘管可能被嘲罵爲『政治語言』和『公式概念』，也就『非所計』了。」〔註33〕

但是，夏衍的「進步」顯然跟不上形勢的發展，隨著《考驗》的不斷上演，批評之聲也接踵而至。其中最嚴厲的質問是：解放了，誰應該接受考驗？是老幹部嗎？這是在給老幹部臉上抹黑。特別是在柯慶施主政上海後，直接否決了上海「人藝」擬以《考驗》進京參加全國第一屆話劇會演的計劃。至

〔註31〕《懶尋舊夢錄》，《夏衍全集》第15卷，浙江文藝出版社2005年，第328頁。
〔註32〕《〈考驗〉後記》，《夏衍全集》第2卷，浙江文藝出版社2005年，第308頁。
〔註33〕《〈考驗〉後記》，《夏衍全集》第2卷，浙江文藝出版社2005年，第309頁。

此，夏衍的戲劇生涯到此結束。《考驗》雖是夏衍這個老左翼在 1949 年後的第一部劇作，也意外地成為他最後的收關之作。

夏衍雖然表面上說自己的「創作欲求」沒有被「理論的刀子」和「棍子」「嚇啞」，〔註 34〕但在《考驗》之後，他再次陷入沉寂，直到 1956 年政治氣候鬆動的情況下，他才勉強接受北京電影製片廠的囑託，嘗試將魯迅的《祝福》改編成了電影劇本。對此他曾解釋說：「這部影片要在紀念魯迅先生逝世 20 週年的日子上映，所以我接受這一改編工作就把它看作是一件嚴肅的政治任務。」〔註 35〕

夏衍接受這個政治任務還有其他方面的因素，一是他很久未涉及電影方面的業務了，有些「手癢」；二是選擇改編魯迅的作品是安全的，不會出現當初授意改編《我們夫婦之間》、《關連長》那樣「出力不討好」的現象，而且他這個新到任的主管電影工作的文化部副部長也需要一部力作來爲自己裝點一下門面。

夏衍是如何改編《祝福》的呢？在《雜談改編》一文中，他交代說：「在改編工作中我力求做到的是：一、忠實於原著的主題思想；二、力求保存原作的謹嚴、樸質、外冷峻而內熾熱的風格；三、由於原作小說的讀者主要是知識分子而電影觀眾卻是更廣泛的勞動群眾，因此，除嚴格遵守上述原則之外，……還得做一些通俗化的工作。」〔註 36〕正是基於這樣的指導思想，魯迅的原作《祝福》得以「舊貌換新顏」：祥林嫂捐了門檻仍受到魯家歧視並再度被打發出來後，她瘋狂似地奔到土地廟砍掉了用她血汗錢捐獻的門檻；祥林嫂認為自己與笨拙而善良的賀老六都是被壓迫、被作踐的人，所以被「搶親」後沒有反抗而是採取了和解的方式。這樣的改編在多大程度上忠實於原作，恐怕是個不言自明的問題。

當然，對於魯迅及《祝福》，夏衍本人是可能誠心誠意的，因爲直到今天仍有大量的「二魯迅」、「假魯迅」在繼續曲解和尸解著魯迅，這一點可見，張夢陽 1995 年宣佈的 80 餘年魯研界「95%是套話、假話、廢話、重複的空言」〔註 37〕的論斷並非是一時感情用事。

〔註 34〕《〈考驗〉後記》，《夏衍全集》第 2 卷，浙江文藝出版社 2005 年，第 308 頁。
〔註 35〕《雜談改編》，《中國電影》，1958 年第 1 期。
〔註 36〕《雜談改編》，《中國電影》，1958 年第 1 期。
〔註 37〕張夢陽後改口說：「我所說的眞見之文僅占 5%，並非少說了，而是擴大了，其實站 1%就不錯。」見《我觀王朔看魯迅》，《文學自由談》，2001 年第 4 期。

乘著這股「東風」，夏衍此後又接受了北影改編茅盾的《林家鋪子》的任務。但是沒有多久，毛澤東作了「兩個批示」，向除周揚外的夏衍、田漢、陽翰笙等「三條漢子」發出了圍剿信號，其此後的命運自然不必提。

作爲左翼革命實力派的代表作家，夏衍在 1949 年後雖與朱光潛、沈從文、蕭乾等自由派作家，與巴金、老舍、曹禺等無黨無派的作家一樣，也需要進行痛苦的「解除鐐銬的工作」〔註 38〕，但他的不斷檢討與他們並不相同，是眞正意義上的「人民內部矛盾」的一種體現，或者乾脆說是體制內矛盾的一種反映更爲合適。這一點首先需要明確。因爲在時下思想界處於「左」「右」紛爭之際，有研究者將關注點也放到夏衍的一些「不適應」上，並以此爲由強調夏衍在當時並不「左」，甚至刻意通過一些生活小節來突出他的自由、率性、不合作的一面，意在塑造和拔高他作爲「反左」英雄的形象，這就未免有些離譜。其實，夏衍所表現的「右」並非如人們所想像的那樣理想，他的指導思想仍是「左」，只不過在「左中左」的對照下，才凸顯出他的相對「右」。而他的這個所謂「右」並非是他主觀上的要求，不過是客觀形勢促使他站到「左中右」這一隊伍中，說到底也不過是聽命的結果而已。

〔註 38〕《走過來的道路》，《收穫》，1958 年第 3 期。

第二節　茅盾：尷尬人的尷尬境遇

1949 年 9 月中下旬的一天，茅盾接到毛澤東召見的通知。於是，茅盾、周恩來等三人在中南海頤年堂上演了一幕「封官」的微型戲劇：

周恩來：〔客氣地〕中央人民政府在人事安排過程中遇到了一些困難，所以請你來商量。

毛澤東：〔開門見山〕恩來對我講了，你不願意當文化部長，他勸不動你，只好來搬我這個救兵了。你先說說不願當文化部長的理由。

茅　盾：〔局促地〕……我不會做官，擔不起這樣重的擔子。另外，還有幾部長篇小說尚待完成。〔說著，將準備好的創作計劃遞給毛澤東。〕

毛澤東：〔饒有興趣地〕好呀，這個計劃很不錯呀！恩來，你看怎麼辦？

周恩來：〔以他慣有的神情〕是否能找到一個兩全其美的辦法，既當了文化部長，又不影響搞創作？

毛澤東：〔馬上接過話頭〕我看可以這麼辦。雁冰兄，你剛才講的是你的小道理，現在我來講講我的大道理。全國剛剛解放，百廢待興，文化是有關意識形態的一個方面，所以文化部很重要，文化部長也很重要。現在想當文化部長的人不少，但我們偏偏選中了你，因爲我們相信你。

茅　盾：〔略作思考〕郭老也可以當文化部長呀，請他可以。

毛澤東：〔成竹在胸地〕郭老是可以，但是他已經兼任了兩個職務，再要兼文化部長，別人的意見就更多了。至於不會做官，我和恩來也不會做官，大家都在學做官，這也是革命的需要嘛。〔略停頓〕爲了使你做官和當作家兩不誤，我們想了一個辦法，給你配備一個得力的助手，實際工作由他去做，你就有時間寫你的小說了。

茅　盾：〔詞窮〕這……好吧。感謝……請……〔官場客套語〕〔註 1〕

一、尷尬的角色

（一）並非偶然

茅盾被任命爲文化部部長在一部分人看來是有些意外的。商務印書館的元老張元濟就是其中的一位。《1949 年赴會日記》中他這樣寫道：「雁冰語余，甚願南下，重回本館，但此間有關涉文藝職，甚難脫身。余再三致意，渠終辭。余答以亦不敢過強。」直到張元濟離京南下的前一天，他還與陳叔通再次拜訪茅盾，「復申前請」。〔註 2〕張元濟再三邀請茅盾回商務實出於工作需要，但他怎麼也不會想到，在他離京兩天後，這個昔日商務的練習生、《小說月報》的前總編、被自己選中的商務中層幹部，已經一躍而成爲共和國文化部的部長。

茅盾對此也有自知之明，在晚年回憶中坦誠說：「當時實未料到全國解放的日子來得這樣快，也未料到解放以後我會當上文化部長。」〔註 3〕左翼陣營中的胡風，大概也不會以爲然。感到意外的黨內人士也不少，包括在香港期間曾多次批評過茅盾的喬冠華、楊剛等，上海市文化局長夏衍恐怕心裏也未必服氣。當然，作爲黨的幹部，他們未公開流露出不滿。至於那些「想當文化部長的人」，自然就更怨氣十足了。

事實上，茅盾出任文化部長也是實至名歸，這主要源於他的特殊身份。

其一，他有二十多年的革命經歷和經驗。他是 1921 年隨中國共產黨誕生的第一批黨員，與黨內的諸多高官都有過密切接觸。如他曾與陳雲一同參加

〔註 1〕韋韜、陳小曼：《我的父親茅盾》，遼寧人民出版社 2004 年，第 51～52 頁；李廣德：《一代文豪：茅盾的一生》，上海文藝出版社 1988 年，第 317～318 頁。

〔註 2〕《張元濟日記》，河北教育出版社 2001 年，第 1218、1260 頁。

〔註 3〕茅盾：《我走過的道路．附錄》（下），人民文學出版社 1997 年，第 634 頁。

商務印書館的罷工，曾給時任國民黨中央宣部部代理部長毛澤東做過秘書，曾與董必武、毛澤民一起共事於《漢口民國日報》，與周恩來、朱德等交情甚篤。雖然 1927 年後一度「動搖」、「幻滅」，爲此而失去黨籍，但他始終站在階級革命的立場上，甚至有時還不自覺地充當黨內的布爾什維克。如在東江逃難時期，因對「不出聲地自己跑了」的夏衍不滿，竟公開揚言「要報告中央開除他的黨籍」。〔註 4〕直至晚年時他還說：自己「一直是以一個共產主義者的標準來要求自己的」，〔註 5〕甚至在彌留之際還請求中央嚴格審查自己的一生，希望「追認爲光榮的中國共產黨黨員」。〔註 6〕因此，作爲「統一戰線裏面的忠實朋友」，〔註 7〕由他出任文化部長，既讓新政權放心，又能夠照顧到民主人士的情緒，可謂兩全其美。

其二，茅盾在文化界的領袖地位在抗戰後期已經被有意識地塑造起來。早在 1940 年延安時，毛澤東就曾當面許諾說：「魯藝需要一面旗幟，你去當這面旗幟吧。」〔註 8〕1945 年，在周恩來授意下，在戰時的陪都重慶舉行了茅盾五十誕辰和創作生活二十五年紀念的慶祝大會，與會的各界人士有五六百人之多，王若飛、邵力子、沈鈞儒、柳亞子、馬寅初、張道藩以及美國新聞處、蘇聯大使館費德林等著名人士悉數登場。王若飛在《新華日報》當天的紀念專刊上還評述道：

> 他所走的方向，是爲中國民族解放與中國人民大眾解放服務的方向，是一切中國優秀的知識分子應走的方向。中國人民應當把茅盾先生二十五年來的成就看成是中國文化界的光榮，中國知識分子的光榮，中國人民的光榮。〔註 9〕

可以說，這次慶祝會奠定了茅盾作爲繼魯迅、郭沫若後的第三位文化旗手的地位。由他出任文化部長自然是水到渠成之事。

（二）尷尬角色

〔註 4〕杜襟南：《關於一篇搶救文化人文章若干史實的信》，《廣東黨史》，2000 年第 2 期。

〔註 5〕韋韜、陳小曼：《我的父親茅盾》，遼寧人民出版社 2004 年，第 70 頁。

〔註 6〕《茅盾全集》第 38 卷，人民文學出版社 1997 年，第 356 頁。

〔註 7〕黃藥眠：《動蕩：我所經歷的半個世紀》，上海文藝出版社 1987 年，第 534 頁。

〔註 8〕《茅盾全集‧回憶錄二集》第 35 卷，人民文學出版社 1997 年，第 356 頁。

〔註 9〕王若飛：《中國文化界的光榮，中國知識分子的光榮》，《新華日報》，1945 年 6 月 24 日。

正因爲茅盾的特殊身份，也就決定了茅盾必然要扮演一個尷尬的角色。因爲，無論茅盾有著怎樣的人事背景，怎樣以革命、進步自居，在文化界被賦予怎樣的地位，他畢竟是一個脫黨二十年的革命「不堅定」分子，是屬於「到了革命的緊急關頭，就會脫離革命隊伍」的「少數人」，〔註10〕這也就決定了在正統革命者面前，他只能充當一個左翼進步人士、革命作家的角色。

事實上，毛澤東究竟在多大程度上信任茅盾，這是一個不可問也不好答的問題。按常理說，安排上級領導的「紅人」去給一位正職領導擔任副手，這樣的用意再明顯不過。而周揚不僅擔任常務副部長，同時還兼任黨組書記。按照體制規則，文化部也實行黨組負責制，周揚作爲黨組書記，自然大權在握，茅盾的民主人士身份只能廁身黨外，成爲一個被架空的、象徵性的部長。

還不僅於此，此後的周揚另外還獲得一重身份，那就是中宣部分管科學和文藝的副部長。從部門的角色和地位來說，隸屬於政府的文化部與隸屬於黨的宣傳部，並不在同一個層次上，中宣部是監督和指導的，文化部是被監督和被指導的。這樣，周揚在名義上是副手、下級，而在事實上又成了茅盾的領導者、監督者。

做這樣的人事安排，相信深諳官場鬥爭經驗的毛澤東、周恩來不會想不到其中的弊病，而這個本來很難纏的人事安排問題竟然因爲茅盾的謙辭而輕易地化解了。或許在「戲劇現場」，茅盾還應該感謝領導「想得周到」。

顯見的，茅盾從一開始就已被束之高閣，他的尷尬角色就已注定。不過，話說回來，正是因爲這樣「被掛起」，茅盾才在部長的位子上一幹就是十五年。

儘管茅盾推託不願做部長，而眞正到走馬上任時，事情就需要從另外一個角度去看了。

事實表明，自 1949 年 11 月 2 日文化部召開成立大會後，茅盾便全身心地投入到自己的事業中去。他對自己本職工作的看重已經不再是任職前那種心態了，所謂「在其位，謀其政」，這是一種再正常不過的心理，或稱文化人的「崗位意識」。當然，這其中不乏報答毛澤東、周恩來等領導的「知遇之恩」的想法。更重要的是，就茅盾的一生來說，他對政治一直懷有「眷戀」的情節，如今已一朝飛升，他當然要按照自己的思路去實現政治抱負。

然而，當茅盾眞正融入工作角色中，卻發現一切並不如意。不僅是文化部，作協也是如此。橫在他面前的不僅有來自高層的「極左」思想、方針和

〔註10〕《毛澤東選集》（二），人民出版社 1991 年，第 642 頁。

路線，更現實的問題是他要面對倔強、自負而更深諳政治的周揚（而後還有錢俊瑞、錢杏邨、夏衍等）以及劉白羽、林默涵等「周揚派」，這讓在政治上本來就「先天不足」的他更有難見天日的感覺。

在 1957 年的「大鳴大放」中，一貫審愼的茅盾對自己只是「掛個名」〔註 11〕、「有職無權」〔註 12〕等現象和問題發泄了不滿。由此可見，茅盾雖有過兩次辭職的念頭，卻並非眞正是因爲創作問題，而是他在工作極度壓抑下的一種牢騷。茅盾這樣的感覺並非是個案，章伯鈞當時就已指出：「在非黨人士擔任領導的地方，實際上是黨組決定一切，這是形成非黨人士有職無權的根本原因。」〔註 13〕儲安平則更直接地批評說：「在全國範圍內，不論大小單位，甚至一個科一個組，都要安排一個黨員作頭兒，事無鉅細，都要看黨員的顏色行事，都要黨員點了頭才算數。……黨爲什麼要把不相稱的黨員安置在各種崗位上。黨這樣做，是不是『莫非王土』那樣的思想，從而形成了現在這樣一個一家天下的清一色的局面。」〔註 14〕茅盾對此也有自己的認識，在題爲《我的看法》的發言中說：「問題眞不少，我倒早就曉得，在三年前就知道一些。可是該怎麼辦呢？請你去問問主管這事的人們，大概只能得個這樣的回答：問題十分複雜，牽掣到別的部，牽掣到制度、體制（不是文化部內的體制）等等，因而得從長計較。」〔註 15〕

在這一問題上，茅盾當時的認識也很深刻和尖銳。而如果不是壓抑和激憤到極點，以茅盾溫婉的個性是不可能說出這番話的。

不過，茅盾之所以會這樣尷尬，與他自身也有一定的關係。首先，他對自己的定位不夠準確。這主要表現在他不應該有「實權」要求，因爲既然是做「掛名」領導，就應該履行諾言，掛個名頭即算交差，而他卻非要介入實際工作，所以只能處處碰壁。

其次，茅盾的先天性格因素決定了他的尷尬角色。茅盾待人多從容平和、與人爲善，極少張狂狷介、打擊報復，與周揚等相比，他基本屬於一個謙謙

〔註 11〕《我的看法——在中共中央統戰部召開的民主黨派負責人和無黨派人士座談會上的發言》，《茅盾全集》第 17 卷，人民文學出版社 1989 年，第 539 頁。
〔註 12〕轉引自陳徒手：《人有病　天知否》，人民文學出版社 2000 年，第 388 頁。
〔註 13〕《傾聽黨外意見　推進整風運動——中共中央統戰部邀各民主黨派負責人舉行座談會》，《人民日報》，1957 年 5 月 9 日。
〔註 14〕儲安平：《向毛主席和周總理提些意見》，《人民日報》，1957 年 6 月 2 日。
〔註 15〕《茅盾全集》第 17 卷，人民文學出版社 1989 年，第 541 頁。

文人。而他的「謹言慎行」在文藝界圈子中是人所共知的，這一點尤其爲胡風所不齒。〔註 16〕在血雨腥風的政治中，茅盾這種柔弱大於剛強型的人在不能逆潮流時自然就要選擇順流而下，所以即使遭遇「文革」，他也能夠趨利避害、勉強善終。恰因爲這樣，他才偏偏被選中。

另外，還有一點讓茅盾一直底氣不足，那就是他與秦德君在日本的一段婚外戀。從茅盾一直諱莫如深的審慎態度中可以判斷出，他想要掩蓋過去這一少爲人知的「醜行」。不過事也湊巧，秦德君在參加首屆政協會時被人檢舉，遭到審查。茅盾爲此而惴惴不安，生怕火燒到自己，所以此後即使與秦德君「面對面，肩並肩，或是背靠背，他都如同陌路人一般」。1951 年，秦德君在教育部申請恢復黨籍時寫了跟茅盾同路去日本的經歷，所以組織部門找到茅盾核實情況，而他卻推說自己不是黨員不便證明，只寫了「秦德君當時的政治思想是進步的」一句。〔註 17〕

儘管，茅盾與秦德君的男女私情早已是往事，但他還是將這個問題看得很重，直到晚年寫回憶錄時還在有意掩飾。而事實上他確實做到了，由於保密工作做得好，此事在他生前除當年朋友圈外一直沒有泄露過，甚至在「文革」期間的檢查材料中也沒有提及。若不是秦德君在《我與茅盾的一段情》〔註 18〕、《櫻蜃》〔註 19〕、《火鳳凰：秦德君和她的一個世紀》等文章、著作中披露，或許茅盾欲蓋彌彰的計劃將永遠延續下去。

可見，在茅盾內心，這段風流韻事一直是揮之不去的隱痛。而人一旦有了弱點或缺陷，就總怕別人揭短，因而也就無法建立起信心，這是人之常情。

二、尷尬的遭遇

（一）主編工作中的尷尬

儘管茅盾在上任之前就曾表示要改造自己的思想，也決心要貫徹毛澤東《在延安文藝座談會上的講話》的精神，但他並未像延安解放區作家那樣接受過洗禮，對於《講話》「遠沒有領會到它的精髓」，「腦子裏沒有階級鬥爭爲

〔註 16〕胡風：《胡風回憶錄》，人民文學出版社 1993 年，第 248 頁。

〔註 17〕秦德君、劉淮：《火鳳凰：秦德君和她的一個世紀》，中央編譯出版社 1999 年，第 83～84 頁。

〔註 18〕《廣角鏡》〔香港〕第 151 期，1985 年 4 月 6 日。

〔註 19〕《櫻蜃》，《野草》〔日本〕，1988 年第 41、42 號。

綱這個極其重要的概念」，〔註 20〕因此在實際工作中也就不可避免地要冒犯這些清規戒律。

茅盾除擔任各種行政職務之外，還兼任了作協機關刊物《人民文學》的主編。雖然工作多以宏觀指導爲主，但是《小說月報》主編出身的他，對於刊物的責任心仍很強。因此，《人民文學》每期送交給他簽發時，他都要認眞審閱，特別是在刊物創辦最初的一段時間裏，在有些事情上甚至到了事無鉅細、事必躬親的程度。作爲「代表或承擔新中國新文藝的最高政治文化使命」〔註 21〕的《人民文學》，負有「文學國刊」的重要政治地位，在文藝界充當著領軍、龍頭作用，茅盾當然不敢粗心大意。無論從刊物的方向還是具體編輯方針，他都力求與主流意識保持一致。

然而問題還是不可避免。在第一卷中，就有《讓生活變得更美好罷》、《改造》等先後遭到《人民日報》、《文藝報》的批判，刊物不得不刊發批評文章和作者的檢討。在《關於在報紙刊物上展開批評和自我批評的決定》出臺後，也不得不響應號召主動作出檢查和檢討。

在題爲《改進我們的工作——本刊第一卷編輯工作檢討》一文中，編輯部承認刊物「戰鬥性不夠」，沒有起到「示範性」、「指導性」的作用，具體表現爲：「所發表的創作，一般的思想水平還不夠高，揭露新舊事物的矛盾還不夠深刻，反映面也還不夠廣，不能及時反映當前最重要和最迫切的問題」。在關於反映工業建設的作品數量很少的問題上，編輯部承認是「沒有花很大的力量去組織這一類的稿子」，「沒有比較有計劃地組織理論批評」，沒能充分表明「提倡什麼，反對什麼」的立場。隨後，編輯部對《讓生活變得更美好罷》進行評判道：「作者既沒有寫出事物的正常的本質，卻突出的描寫了個別現象，因而所反映的現實是被歪曲了的。而反封建的領導者——支部卻被推到從屬的次要的地位。」在對《改造》的評判中，文中寫道：「作者……沒有寫出構成這個地主的生活基礎——剝削。這樣就把地主階級在對農民階級剝削中的殘忍，陰險，狠毒的面貌給模糊了。因而也沖淡了地主階級和農民階級之間的對立關係。」在對產生以上錯誤原因的分析中，編輯部認爲這主要是

〔註 20〕《敬愛的周總理給予我的教誨的片斷回憶》，《茅盾全集》第 27 卷，人民文學出版社 1996 年，第 204 頁。

〔註 21〕吳俊：《中國當代「國家文學」概說——以〈人民文學〉爲中心的考察》，《文藝爭鳴》，2007 年第 2 期。

編輯們「政治思想水平不高，對業務的鑽研還很不夠」，並表示今後一定「加強政治的和文藝的理論學習，經常執行嚴格的自我批評，不斷地改進業務」。〔註 22〕

茅盾以及《人民文學》雖然因爲這一篇檢討而得以過關，但是隨著《我們夫婦之間》、《關連長》等作品被改編成電影後，新的批判又接踵而至。在文藝界整風運動之初，《人民文學》編輯部不得不發表《文藝整風學習和我們的編輯工作》的檢討。與上一次「和風細雨」的檢討相比，這一次無論從篇幅字數上〔註 23〕、文章的用詞和語氣上，都明顯要嚴肅的多。在這篇檢討中，編輯部首先承認刊物過去的編輯工作「存在著許多嚴重的錯誤和缺點」，即「缺乏明確的戰鬥目標，缺乏足夠的思想性和戰鬥性，缺乏和群眾的聯繫，缺乏足夠的批評和自我批評精神」，「在思想上在實際工作上表現思想界線不清」，「對那些反動的錯誤的非工人階級的思想失掉了警惕」，因此「許多未經改造的資產階級和小資產階級的文藝工作者可能以他們的觀點帶到我們的文藝創作和文藝運動中來，並且實際上和工人階級爭奪對文藝的領導權」，而一部分老解放區的文藝工作者也在「新的環境下可能發生動搖」。特別是還發表過《讓生活變得更美好吧》、《改造》、《我們夫婦之間》、《血戰天門頂》和《老工人郭福山》等有錯誤的作品。對此編輯部檢討道：「我們發表這些作品時，卻未能發現這些作品所存在著的嚴重的問題，或者個別作品的問題被發現了」，「也未能在編輯部內部展開嚴肅認真的討論和論爭」，結果「造成各種程度的思想的混亂」，甚至在收到批判後也沒有「認真的考慮和勇敢的接受」，還「採取懷疑，輕視和抵抗的態度」。在談到上次的檢討文章時，編輯部認爲：「它對過去工作中的錯誤和缺點的性質並未能作出適當的結論，對自己錯誤和缺點發生的原因也並未作任何具體深入的分析」，並說：「這樣的檢討並沒有眞正解決我們編輯工作中所存在著的問題。」在對產生這些錯誤和缺點的分析中，編輯部認爲有三個原因是主要的：首先，是「由於在我們的編輯人員中，還存在著一些非工人階級的思想」，對於毛澤東的文藝路線還「沒有足夠的清楚堅定的認識」；其次，是因爲「缺乏科學的嚴格的工作制度」，「嚴肅負責的精神不夠，對於工作有著或多或少的自由主義的態度」。第三，是因爲刊物「從

〔註 22〕《人民文學》第二卷第二期，1950 年。

〔註 23〕《改進我們的工作》一文占兩版，字數不足 2000，而此文占四版，字數達 4000 多。

創刊以來便缺少一個健全的名符其實的領導機構」，「文協」對刊物的工作也「缺少必要的領導和檢查」。〔註 24〕

隨後，《人民文學》編委會做出重大改組，丁玲接替艾青任副主編，原有編輯成員中的嚴辰、秦兆陽、古立高、呂劍、王燎熒、韋嫈等 6 人也被調離，1952 年 3 月這一期脫刊。作爲主編，茅盾只能無奈地面對這樣的現實。

另外，茅盾負責的《譯文》在最初幾期因偏離「正確的方向」而接連受到胡喬木的口頭和書面批評。茅盾無奈，只好責成陳冰夷等根據胡喬木提出的方針任務和今後改進的辦法對《譯文》做了調整。〔註 25〕

作爲文聯主辦的刊物，《文藝報》在經歷了初期的「一貫正確」後，因「慢待」〔註 26〕李希凡、藍翎等「小人物」而陷入鬼打牆式的怪圈中，馮雪峰不得不以主編的名義撰寫了《檢討我在〈文藝報〉所犯的錯誤》〔註 27〕一文，爲繼起的批判運動「祭旗」。作爲文化部長和文聯副主席，茅盾雖然主要精力不在《文藝報》，但畢竟要對自己的「管區」負責。

綜合上述因素，1954 年《紅樓夢》事件後，茅盾在文聯和作協主席團聯席擴大會議上，作了題爲《良好的開端》的總結講話，就自己曾受胡適思想的影響作出檢討：

> 「五四」時，我受了《新青年》的影響，自然也受了胡適的文學思想的影響。直到距今二十年前，雖然在政治上我已經認清了胡適的反動的本質，但對於學術思想上胡適的資產階級唯心論的反動

〔註 24〕《人民文學》，1952 年 2 月號。

〔註 25〕陳冰夷：《懷念茅盾同志——憶〈世界文學〉初期的一段經歷》，《憶茅公》，文化藝術出版社 1982 年，第 185 頁。

〔註 26〕有關《文藝報》是否存在「慢待」李希凡和藍翎以及李和藍的文章是《文史哲》約稿還是轉投的結果？2011 年開始《中華讀書報》先後發表王學典的質疑文章《「紅樓夢研究」大批判緣起揭秘——兩個「小人物」致函〈文藝報〉的事是否存在？》（2011 年 9 月 21 日），李希凡口述的文章《李希凡駁〈「紅樓夢研究」大批判緣起揭秘〉》（2012 年 4 月 11 日），王學典再撰文《「拿證據來」——敬答李希凡先生》（2012 年 4 月 18 日），李希凡、李萌又以《拿出 1954 年歷史文獻中的「證據」來》（2012 年 5 月 9 日）反駁。期間，徐慶全撰文《兩個「小人物」的信在哪裏？——兼駁李希凡先生》（2012 年 4 月 27 日），孫偉科撰寫了《「緣起」何需再「揭秘」——1954 年紅學運動再評述》（2012 年 9 月 12 日），徐慶全再做《「歷史細節」當然要「問」——兼再請教李希凡先生》（2012 年 10 月 10 日）。

〔註 27〕《人民日報》，1954 年 11 月 4 日。

> 的本質，我還是茫然無知的。因此，在一九三五年我應開明書店邀約，編一本所謂《紅樓夢》潔本的時候，我在前面寫了所謂「導言」，就完全抄引了胡適的謬論。我不諱言，那時候，我做了胡適思想的俘虜；我尤其不敢大言不慚地說，今天，我的思想中就完全沒有胡適思想的殘餘了！不敢說就沒有資產階級思想了。

茅盾表示，今後「一定要老老實實好好學習，一定要用馬克思列寧主義這個思想武器來肅清」自己「大腦皮質上那些有毒素的旅館商標」，「改掉那種自欺欺人的作風」，「反躬自省」。他也承認《文藝報》所犯的錯誤，自己「應當負重大的責任」，希望通過這次思想鬥爭，「鍛鍊出『新我』來」。〔註28〕

（二）行政工作中的尷尬

茅盾上任之初，文化部曾組織有關專家確定了一個翻譯西方文學名著的書目，但在上報審批時卻遭到周恩來的嚴厲批評。周恩來指出：「這個目錄並沒嚴格按照毛主席的文藝思想辦，甚至有些部分是違反毛主席的介紹外國文藝的方針的。這個方案是照樣搬弄歐洲資產階級學者的『名著』的標準來選目的。」茅盾在二十多年後憶及這段經歷時，雖一方面說「感到極舒服，極痛快，感到眼睛明亮些了」，但也坦誠當時有「毛骨聳然」之感。〔註59〕

還有，在茅盾擔任文化部電影指導委員會主任之後不到半年的時間裏，《武訓傳》便在全國上演了。正當文化界爲之雀躍之時，毛澤東親自上陣，不但嚴厲批判了《武訓傳》，而且順帶批判了此前上演的曾被劉少奇譽爲「愛國主義」影片的《清宮秘史》，一時間形成全國的批判浪潮。這些事件對於直接主管電影工作的茅盾來說，衝擊之大是可以想見的。在隨後的文藝整風和思想改造運動中，惶恐中的茅盾不得不說話了。

借著紀念《講話》十週年之際，茅盾撰寫了題爲《認眞改造思想，堅決面向工農兵》的長篇論文。文中，他首先肯定了《講話》「是馬克思列寧主義和中國革命實踐高度結合的又一光輝的典範。……徹底地解決了文壇上長期紛爭而未決的一系列的原則性的重大問題」。而且「它不但在今天是我國文藝工作的最高指導原則，即在將來我國進入社會主義階段時，也同樣是文藝工作的最高指導原則」。他說：「事實證明，任何人，任何地區，對於這一歷史文件所包舉的

〔註28〕《人民日報》，1954年12月9日。

〔註59〕《敬愛的周總理給予我的教誨的片斷回憶》，《茅盾全集》第27卷，人民文學出版社1996年，第203頁。

毛澤東文藝思想和文藝方針，如果能眞正體會，堅決執行，那他在工作中就不會犯錯誤，就會做出成績；反之，就一定會犯錯誤，或把工作做壞。」他認爲，目前文藝界思想混亂狀態，以及工作中存在的諸多嚴重的錯誤或缺點，都是因爲「對於毛主席的文藝方針理解得不夠，似懂非懂，自以爲懂，因而在執行政策時，常有偏差或錯誤」。在談到小資產階級思想改造的問題時，他說：「近來陸續發現的事實告訴我們：即使生活於工農兵中，投身於現實鬥爭，爲時甚久，而思想終未得到徹底改造，則當環境改變時，受不住資產階級思想的侵蝕，便會失卻立場，鑄成大錯。」又說：「我們知道：小資產階級出身的知識分子的思想改造是第一步，這就是樹立了爲工農兵服務的立場；……但是，有了這個立場，還不等於就有了馬克思列寧主義，還須學習馬克思列寧主義。」隨後他結合毛澤東的《實踐論》、《矛盾論》談了文藝創作中的現實主義問題，並號召文藝工作者加強學習，以克服文藝創作中的思想性不高、概念化和公式化等問題。他還進一步補充說：《講話》「所沒有詳盡發揮的屬於現實主義創作方法的基本原則的『學習社會』的問題，在《實踐論》和《矛盾論》中便有了最詳盡最精闢的指示。這三個文件便是我們的馬克思列寧主義的文藝理論的經典」。最後，他表示一定下決心做好兩件事，即「一、深入群眾的鬥爭生活，認眞改造思想；二、虛心刻苦地學習社會，堅決執行工農兵方向！」〔註 30〕這些文字雖然是以講話稿的形式出現，但從字裏行間透露出來的思想感情來看，可以說是句句都體現出茅盾的切身感受。

茅盾大概永遠也想不到，他認眞學習和領會貫徹的《矛盾論》，多處並非毛澤東的原創，而是來自 1930 年代出版的《社會學大綱》。據該書編著者楊秀峰說，其中關於「矛盾」問題的觀點和論述是從蘇聯學者那裏轉述過來的。〔註 31〕當然，茅盾更想像不到，毛澤東後來的《論十大關係》基本是照搬蘇聯赫魯曉夫的總結報告和部長會議主席布爾加寧的「六五計劃」報告。〔註 32〕

〔註 30〕《人民日報》、《光明日報》，1952 年 5 月 23 日。

〔註 31〕劉澤華：《我在「文革」中的思想歷程》，《炎黃春秋》，2011 年第 9 期；陳定學：《〈矛盾論〉是毛澤東的原創嗎？》，《炎黃春秋》，2011 年第 12 期；施拉姆認爲，《辯證法唯物論（講授提綱）》的第一章在很大程度只是蘇聯作者所理解的希臘和西方哲學史的概述。施拉姆還在注釋中轉述了 See Knight trans 的研究：在這裏，毛澤東只能復述他的資料來源，無法加入他自己的東西。在《矛盾論》中，毛澤東仿傚這些來源，收入了整整一節批評形式邏輯與辯證法不相容的文字。見施拉姆：《毛澤東的思想》，田松年、楊德等譯，中國人民大學出版社 2005 年，第 60 頁。

〔註 32〕沈志華主編：《中蘇關係史綱 1917～1991 年中蘇關係若干問題再探討》，社會

此外，還有傳聞說《沁園春・雪》、《愚公移山》、《紀念白求恩》、《講話》等文章的著作權屬於胡喬木等。〔註 33〕一場有關領袖的「抄襲——打假」以及追求歷史眞相和維護領袖權威的重要論爭，成爲新世紀大陸中國思想界的熱點。

（三）「因文罹禍」的尷尬

1950 年 12 月，部隊作家白刃攜長篇小說《戰鬥到明天》請求茅盾爲其作序，茅盾欣然應允。在這篇「序」中，他根據作品指出：「知識分子的小資產階級意識、優越感、自由主義，都是前進路上的絆腳石，作者是以這一點作爲主眼來寫這部小說的，他獲得了成功。」〔註 34〕顯然，茅盾是從積極意義上來評價的，但是作品在隨後被說成是「反現實的、沒有黨性的、沒有政策觀點的、脫離實際、脫離生活、違背毛主席文藝方向的、有害的文藝作品」。〔註 35〕

批判也株連到茅盾。幾位「覺悟很高」的「讀者」還寫信給《人民日報》責問茅盾爲該書寫序的問題。茅盾不敢怠慢，立即回信解釋並檢討。信中，茅盾首先表示「完全接受張學洞等四位同志的意見」，承認自己的序文「沒有指出書中嚴重的錯誤，序文本身亦是空空洞洞，敷衍塞責」。並說：當時自己「走馬看花似地看了這書以後」，「的確也爲書中某些寫得比較好的部分所迷惑而忽略了書中的嚴重的錯誤。而這，又與我之存在著濃厚的小資產階級思想意識是不可分離的」。最後，茅盾表示「接受這次教訓，也希望白刃同志在

科學文獻出版社 2011 年版，第 149 頁；蘇聯駐華使館在對《論十大關係》進行分析後作出的評論是：在毛澤東提出的十項方針中，最重要的幾項同蘇共二十大的決議緊密相關，尤其是在強調關注提高人民群眾福利和進一步發揚民主問題等方面。參見沈志華、李丹慧搜集整理：《俄國檔案原文複印件彙編：中蘇關係》第 11 卷，華東師範大學國際冷戰史研究中心藏，第 2690～2708 頁。

〔註 33〕相關網絡傳聞及澄清文章有周海濱：《胡木英回憶父親胡喬木：讀書寫作一輩子》，《中國新聞周刊》，2009 年第 48 期；《中央文獻研究室斥胡喬木替毛澤東撰文作詩謠言》，人民網，2011 年 5 月 26 日；武在平：《胡喬木與〈毛澤東詩詞選〉》，《黨史博採》，1999 年第 6 期。

〔註 34〕《戰鬥到明天・序》，中南軍區政治部出版 1951 年。

〔註 35〕張立云：《論〈戰鬥到明天〉的錯誤思想和錯誤立場》，《解放軍文藝》，1952 年 4 月號；同期還發表了陳亞丁的《初評〈戰鬥到明天〉——兼作自我檢討》、馮健男的《作者首要的任務在於改造思想——評白刃：〈戰鬥到明天〉》等批判文章。

接受了這次教訓後，能以很大的勇氣將這本書來一個徹底的改寫」。〔註 36〕更爲奇特的是，《人民日報》在未徵得茅盾同意的情況下，將回信以《關於爲〈戰鬥到明天〉一書作序的檢討》爲題發表出來。

且不論茅盾對讀者來信的重視程度，也不論他的檢討是否深刻，單就事論事的話，無論是「讀者來信」，還是《人民日報》的做法，都有輕視茅盾之嫌。而身爲體制中人，他又不能像當年對待創造社那樣據理力爭，只能默默吞咽著尷尬的苦水。

茅盾遭遇的尷尬之事還有很多。其中較有影響的事件是 1950 年 2 月，《腐蝕》由黃佐臨拍成影片，作爲「抗美援朝保家衛國電影宣傳運動月」的佳片在全國上映，引起轟動。茅盾於 1950 年 12 月特意撰寫了《由衷的感謝》，對「爲什麼要寫一本暴露特務爲題材的小說」的疑問做了解答，並對編劇、導演以及各位演員表示感謝。〔註 37〕然而，影片不久後卻突然停映。柯靈后來披露了個中原因：

> 一打聽，出了問題：據說特務是應該憎恨的，《腐蝕》的女主角卻使人同情。這理由當然無可訾議，而且牽涉到危險的立場問題：同情特務，還得了嗎！〔註 38〕

對此，茅盾是相當尷尬的，剛剛寫完讚頌文章，現在卻又突然遭遇封殺，無形中等於重重挨了一記悶棍。茅盾有些無所適從了。

茅盾雖然表面上對「《腐蝕》事件」「始終未置一詞，若無其事」，但正如柯靈所說：「我不信他心裏沒有任何想法。」〔註 39〕柯靈的判斷沒錯，經過這一段時間的觀察和體驗，茅盾已經能夠準確地把握「行情」，他知道自己的舊作已經不適於「新」的形勢，特別是像《腐蝕》這樣的作品已經不能被接受。爲此，在隨後由自己主編的開明版《茅盾選集》中，他沒有將《腐蝕》、「《蝕》三部曲」等「敏感」作品收入，而是選取了《春蠶》、《林家鋪子》以及《趙先生想不通》、《微波》、《夏夜一點鐘》、《第一個半天的工作》、《官艙裏》、《兒子開會去了》、《列那與吉地》、《脫險雜記》等不知名的小說。

在這本選集出版的同時，茅盾借檢查舊作的機會對自己以往的創作思想進行了否定和檢討。在「序言」中，茅盾幾乎很少涉及「選集」中的作品，

〔註 36〕《人民日報》，1952 年 3 月 13 日。
〔註 37〕《由衷的感謝》，《大眾電影》，1950 年第 13 期。
〔註 38〕《心嚮往之——悼念茅盾同志》，《上海文學》，1981 年第 6 期。
〔註 39〕《心嚮往之——悼念茅盾同志》，《上海文學》，1981 年第 6 期。

卻將重點放在最初寫作《幻滅》、《動搖》、《追求》等小說的具體情境中。他說：「表現在《幻滅》和《動搖》裏面的對於當時革命形勢的觀察和分析是有錯誤的，對於革命前途的估計是悲觀的；表現在《追求》裏面的大革命失敗後的小資產階級知識分子的思想動態，也是既不全面而且又錯誤地過分強調了悲觀、懷疑、頹廢的傾向，且不給以有力的批判」。他解釋說：「當我寫這三部小說的時候，我的思想情緒是悲觀失望的。這是三部小說中沒有出現肯定的正面人物的主要原因之一。」接著，他檢討了《三人行》，稱其「故事不現實，人物概念化」，「不是有血有肉的活人」。在檢討《子夜》時他說：「《子夜》的寫作過程給我一個深刻的教訓：……要描寫鬥爭中的工人群眾則首先你必須在他們中間生活過，否則，不論你的『第二手』材料如何多而且好，你還是不能寫得有血有肉的。」在大篇幅的總結和檢討後，他才針對「選集」中的篇目作了交代，他坦白地說：「選在這本集子裏八、九篇小說都是『瑕瑜互見』，乃至『瑜不掩瑕』的東西。而且這八、九篇的題材又都是小市民的灰色生活，即使有點暴露或批判的意義，但在今天這樣的新時代，這些實在只能算是歷史地灰塵，離開今天青年的要求，不啻十萬八千里罷？」最後，他深有體會而又不無感慨地說：

> 一個人有機會來檢查自己的失敗的經驗，心情是又沉重而又痛快的。爲什麼痛快呢？爲的是搔著了自己的創傷，爲的是能夠正視這些創傷總比不願正視或視而不見好些。爲什麼沉重呢？爲的是雖然一步一步地逐漸認識了自己的毛病及其如何醫治的方法，然而年復一年，由於自己的決心與毅力兩俱不足，始終因循拖延，沒有把自己改造好。數十年來。漂浮在生活的表層，沒有深入群眾，還是耿耿於心，時時疚痗的事。〔註 40〕

茅盾雖坦誠了自己作品的缺點，但是「讀者」依然不依不饒。1952 年李夏陽寫信給《文藝報》，批評他作於 1936 年的《創作的準備》，稱其中關於寫社會科學論文可以憑藉材料而不需生活實踐一段的論述有錯誤，茅盾只得回信認錯說：「我感謝你的熱心，並誠懇地接受您的意見。這部小書寫於十多年前，現在是不合需要了，應當重寫。十多年前爲了市場上沒有這樣的書，故得以濫竽充數，現在這一類的書，佳作甚多，故此書實無再印之必要，我已將此意告知出版該書之三聯（事實上在三年前我即向三聯建議不再印此

〔註 40〕《茅盾選集·自序》，開明書店 1952 年，第 7～11 頁。

書）。」〔註41〕

類似的事例還有很多，如吳奔星寫信質疑《林家鋪子》中林大娘將女兒許配給壽生是小資產階級與工人階級結合的表現；〔註42〕張志濤寫信質疑他1948年所寫的《漫談蘇聯》一文中關於蘇聯個體農民的評述問題；〔註43〕署名強立的人寫信給《文藝報》，批評他在《談〈水滸〉的人物和結構》一文中的結論與「胡適的見解一般」，而且公然要求他「檢討一番」；〔註44〕他在演講中曾因引述荷馬關於勇敢的戰士與蒼蠅作比而遭到「誣衊了我們的戰士」的批評；〔註45〕等等。

面對這些善惡難辨的質疑和批評，茅盾不得不「放下架子」，不厭其煩地一一回信答覆。這種明槍暗箭的事在當時並不少見，但是如此多的問題發生在茅盾身上，這本身就說明了問題。

三、評論、創作兩尴尬

（一）題材受限：尴尬地「轉行」

作爲文化部部長，茅盾在公眾的視線裏是一個奔波於各種會議、活動和運動之間的「大忙人」。於是給人的感覺是，他「因忙於行政而寫不出新的作品」，〔註46〕加之他本人多次刻意強調，這樣一種表象似乎也就成了定論。誠然，做行政工作的確要耽誤和佔用很多時間，這是誰也要承認的事實，但是古今中外的眾多事例證明，對於一個視文學和寫作爲生命的作家來說，無論日常事務怎樣忙，他都不會停止寫作，或者他可以寫得少一些，但不能也不會不寫。如果停筆，必令有其因。

自1949年受邀北上以來，茅盾事實上也在調整自己的思想，在所寫的《擁護進軍命令》、《「中間路線者」挨了當頭一棒》和《關於目前文藝寫作

〔註41〕《茅盾全集》第36卷，人民文學出版社1997年，第273～274頁。

〔註42〕《茅盾全集》第36卷，人民文學出版社1997年，第277頁。

〔註43〕《茅盾全集》第36卷，人民文學出版社1997年，第283～284頁。

〔註44〕《茅盾全集》第36卷，人民文學出版社1997年，第309～311頁。

〔註45〕《文藝和勞動結合——在長春市文藝界大會上的講話》，《茅盾全集》第25卷，人民文學出版社1996年，第327頁。

〔註46〕1956年9月18日，中國作協以劉白羽、張光年、林默涵、郭小川名義向周恩來、陳毅、陸定一、周揚送交《關於改進當前文化工作的建議》，其中就有：「像茅盾這樣的舉世矚目的作家，到了新社會反因忙於行政而寫不出新的作品，以此下去我們會受到責難的。」參見陳徒手：《人有病　天知否》，人民文學出版社2000年，第389頁。

的幾個問題》〔註 47〕等系列應景文章中，能夠很明顯地感受到他已開始調整以往的「文藝爲無產階級」的文藝思想。只是在「文藝爲工農兵」這個「窄化」的命題中，他並不想捨棄城市的普通市民階層。因此，當遇到文藝「應當寫市民，並且是寫給市民看和聽」與文藝必須「寫新時代（人民大眾翻身）的新人（翻了身的人民）」這樣兩種對立的觀點時，茅盾很自然地選擇了折中、調和，爲此他補充說：「市民生活是可以寫的，問題是在我們站在什麼立場去寫它。如果站在人民的立場站得很穩（作者的思想眞已搞通），那麼，不但市民生活可寫，即如地主豪紳買辦軍閥整套反動集團的生活又何嘗不可寫呢？」他接著說：「熟悉市民生活的文藝工作者不妨寫市民乃至（有）意識地寫給市民看和聽；但不可忘了這是爲工農服務。更其不可忘了城市文藝工作的重點也還不在市民而在工人階級——寫工人，寫給工人看和聽。」〔註 48〕

結合茅盾的觀點看，後來上海發生的「寫不可以寫小資產階級」的爭論便有了更明晰的意義，即它實際上是左翼作家與解放區作家之間的一次不對等的對話，眞正的「小資產階級」事實上是不在場的，而這場對話的根本出發點不過是在維護解放區正統文學的地位的同時，也爲長期生活在城市的左翼作家謀求一些生存的空間。茅盾的言論事實上可以看作是一種對自身有意或無意的「維權」行爲。

可見，對於同樣未接受過延安文藝整風的茅盾來說，在接受文藝爲工農兵服務這一新的指導思想的過程中，也同夏衍一樣遇到了「可不可以寫小資產階級」的問題。而他也與夏衍一樣，在試圖爲自己、也爲左翼作家爭取生存空間而不得的情況下，順應時勢地選擇了皈依主流，這在時隔幾個月後的文代會中便得到確認。會議期間，他在爲新華廣播電臺所作的播講中說：「一位作家對於自己的立場態度，不能不有明確的自覺和認識。你如果不願做反動派的工具，就應當堅決地站到人民大眾的立場上來；具體說，就是爲工農兵服務，——寫工農兵及其幹部，並且是寫給他們看，給他們聽的。」他還確定了寫工農兵時必須要把握的三點，即要把他們作爲主人公，要肯定他們是偉大時代的創造者，要明確體現共產黨在他們中的領導和組織作用。他雖

〔註 47〕此觀點最早在 1949 年初即有所表露。這年，他在入住的瀋陽鐵路賓館與李德全的談話中曾談及文藝爲工農兵的問題。見韋韜、陳小曼：《我的父親茅盾》，遼寧人民出版社 2004 年，第 131 頁。

〔註 48〕《進步青年》創刊號，1949 年 5 月 4 日。

然也說：「對於這一個問題，不能看得太機械；不能把它說成爲只准寫工農兵及其幹部，除此以外都不能寫。」但對於如何寫工農兵以外的問題，他卻選擇了避而不談、三緘其口的態度。〔註49〕

可見，茅盾的思想已經發生重大轉變，這不能不說是趨時媚世的結果。而更令人歎爲觀止的是，他在榮任文化部長、作協主席後，及至「大鳴大放」之前，幾乎不再提及「寫市民」的問題，而代之以大談特談如何寫工農兵的問題。在第二次文代會的報告中，他有所感悟地說：「四年前，我們對於『爲工農兵服務』這一文藝方針的認識很不一致；一部分作家的認識並且還有錯誤，因而還發生了工農兵是否必須作爲作品的主人公和正面人物的爭論。」〔註50〕

在強大的文藝一體化的過程中，茅盾這種言論的轉變應該說是可以理解的，畢竟他是領導和指導文藝的文化部長。

當文藝的自身規律在遭受破壞後，文學作品必然呈現出公式化、概念化的趨勢，對於深諳文藝規律的茅盾來說，這種狀況又是他所無法接受的。所以在政治環境相對寬鬆的第一屆全國人大第三次會議上，他對文藝上普遍存在的「乾巴巴，千篇一律」的問題做了透闢的分析和指責。他說：「乾巴巴的病源在於概念化；千篇一律的病源在於公式化，在於題材的狹窄。」隨後又說：「題材範圍的狹窄和單調，是今天的文藝作品的通病。……自古以來，人民所創造的文藝就不是單調、生硬，而是包羅萬象，多姿多彩的。我們只有發揚這個優秀傳統的責任，而沒有破壞它的權利。」〔註51〕然而隨著政治風雲的突變，他受到「以後希望吸取教訓，說話注點意」的警告後，〔註52〕不得不在人大第四次會議上改口說：「毛主席已經說過，在我國爲人民服務，就是要爲工農兵服務，否則就沒有服務的對象了，……我們的文化不走工農兵方向，難道還能走什麼別的方向麼？」〔註53〕

面對這個一元的題材，擅長寫民族資本家、知識分子和城市平民的茅盾，無疑遭遇寫作的困境。因爲他所熟悉的人物都是被教育、改造、限制的對象，他們不能再成爲作品中的主人公，要繼續創作他必須也只能去熟悉「新」的

〔註49〕《爲工農兵——在新華廣播電臺播講》，《文藝報》第十一期，1949年7月14日。
〔註50〕《新的現實和新的任務》，《人民日報》，1953年9月26日。
〔註51〕《文學藝術工作中的關鍵性問題》，《人民日報》，1956年6月20日。
〔註52〕丁爾綱、李庶長：《茅盾人格》，河南人民出版社2004年，第163頁。
〔註53〕《關於文化工作的幾個問題》，《人民日報》，1957年7月15日。

工農兵。這對已過知命之年的茅盾來說，誠非易事。正如艾蕪所說：「處在領導崗位上的文化部長，總不能在文藝的重大思潮上，主張和擁護是一套，而實踐起來，即是寫的作品，又是另一套。」〔註 54〕在無奈之中，茅盾只能選擇「轉向」。

（二）評論也尷尬

茅盾轉向文藝評論，雖是無奈之舉，但正如沈從文轉向文物有著一定的前期積纍一樣，茅盾也是輕車熟路。不過，與沈從文不同，茅盾雖「轉行」卻並沒有「逃離」文藝界，因而也還要面對的一些必須面對的問題。

儘管茅盾早在 1920 年代便由「文藝爲人生」而轉向「文藝爲無產階級」，也曾於 1940 年代運用《講話》精神撰寫了《關於〈呂梁英雄傳〉》、《關於〈李有才板話〉》、《論趙樹理的小說》、《歌頌〈白毛女〉》等評論文章，但在新的形勢面前，他還是表現出一定的不適應。

對於茅盾來說，他雖然不反對文藝爲政治服務、爲工農兵服務，但他同時也強調文藝自身的獨立性，他所信奉的革命的現實主義就是力圖在文藝與政治之間尋求一個最佳的結合點。然而，文化部長的特定身份，不容許他離經叛道（大概他也無意於叛道），還要求他必須扮演圖解政策、貫徹《講話》精神的角色。這樣兩種相互制衡的力量便構成了茅盾這一時期的文藝評論的複調特點：一面抵制文藝創作中的公式化、概念化和文藝批評中的粗暴化、片面化的傾向和現象；一面繼續「有意識有目的地鼓吹黨的文藝方針和毛主席的文藝思想」〔註 55〕，高揚文藝爲工農兵服務、爲社會主義服務的大旗。

縱觀 1949 年之後的文藝評論界，茅盾的存在多少可以說是一個「另類」，這主要表現在他對於文藝的「堅守」。茅盾的思想意識裏雖也以「左」爲標誌，但他不同於 1940 年代成長起來的左翼作家和評論家，他是受過「五四」精神滋養的。因此，面對文藝完全淪爲政治的附庸，文藝評論不能促進文藝創作的發展，反而成爲文藝公式化、概念化「幫兇」現象，茅盾在力所能及和條件適合的情況下也表達出自己眞實的想法。如在第二屆作家代表大會上，他批評批評家對作家不採取愛護、幫助和合作的態度，反而卻以粗暴態度代之，

〔註 54〕艾蕪：《回憶茅盾同志》，《四川文學》，1981 年第 6 期。

〔註 55〕《〈鼓吹集〉後記》，《茅盾全集》第 25 卷，人民文學出版社 1996 年，第 362 頁。

他說：

> 有些批評家對於作家常常缺乏一種愛護的熱情、幫助的態度，缺乏一種合作的態度，而採取一種粗暴的打擊的態度。這種粗暴態度，表現在批評家沒有用客觀的科學的態度來研究分析他的批評對象，而只憑一味主觀的印象匆忙地作了判斷；表現在批評家對於作品所表現的社會生活缺乏深入的全面的知識，而只以一些革命文藝理論的原則作爲教條、作爲公式，來硬套他的批評對象；表現在批評家沒有耐心研究整個作品的各方面，而只斷章取義地抓住作品中突出的缺點，就下了不公平的、不能使人信服的論斷。

他還特別指出：「有些缺乏自信的作家，常常因爲害怕批評而不敢動筆了。」〔註 56〕這番話雖是針對文藝界的一般狀況而言，但其中也未嘗沒有他個人的經驗和體會。這一類的文章和觀點集中體現在「大鳴大放」時期。如在全國人大會上，他直言不諱地批評說：簡單、粗暴和庸俗社會學式的文藝批評，「曾經有過一時的流行，至今尚未完全絕迹」，「這種文藝批評常常以引經據典的方式來掩蓋它的空疏和粗暴，又常常以戴帽子的方法來加強它的不公允、不合理的論點」，「妨礙了作家們（特別是青年作家）的自由活潑的創造力，不敢追求新的形式和風格。」〔註 57〕

在批評的同時，茅盾還寫了一些倡導藝術修養和技巧的文章，如《欣賞與創作》、《關於文藝修養》、《怎樣閱讀文藝作品》、《關於人物描寫的問題》、《關於藝術的技巧》等，力圖從正面闡述如何提高藝術性，避免公式化和概念化等問題。

如果僅從上述言論來評判茅盾的學術品格和政治人格，那麼他的人生履歷或許應該更燦爛一些，然而，遺憾的是，在針砭時弊的同時，他還有一些言不由衷之舉。爲了闡述文藝如何更好地爲政治服務，他宣稱：「如何能使一篇作品完成政治任務而又有高度的藝術性，這是所有的寫作者注意追求的問題。如果追求到了，就能產生偉大的作品。如果兩者不能得兼，那麼，與其犧牲了政治任務，毋寧在藝術性上差一些。……爲了『趕任務』，作者不得不寫他自己認爲不成熟的東西，是否值得呢？我以爲是必要的，也是值得的。」

〔註 56〕《新的現實和新的任務——一九五三年九月二十五日在中國文學工作者第二次代表大會上的報告》，《人民日報》，1953 年 9 月 26 日。

〔註 57〕《文學藝術工作中的關鍵問題——在第一屆全國人民代表大會第三次會議上的發言》，《人民日報》，1956 年 6 月 20 日。

他甚至還說：「濫造是不應該的，但有時為了革命的利益，粗製實未可厚非。」〔註 58〕

正是因為這樣一些言論的存在，茅盾的正面形象始終難以獲得眞誠的認可。他的言不由衷，讓他永遠背負著文化官員的角色，卻始終難以獲得文化英雄的讚譽，比之魯迅這個「文化旗手」，正如九斤老太的名言一樣：眞是一代不如一代。

更為可悲和尷尬的是，到了 1964 年，茅盾 1949 年後努力緊跟的主流評論，也遭遇批判。在中國作協黨組整理的長達萬言的《關於茅盾的材料》中開篇即寫道：

> 全國解放以來，文藝界把茅盾作為偶像崇拜，近年來，更成為評論作品的權威，影響極大。
>
> 在學習主席批示後，在這次檢查工作中，我們才發現，十五年來，他所寫的大量文章，一直在頑強系統地宣揚資產階級的文藝思想。這些文章一篇篇孤立起來看，有時很容易受他的迷惑，但綜合起來看，則問題十分嚴重，特別是近幾年來，更露骨地暴露出他反動的資產階級世界觀。在文藝的許多根本問題上，與黨的路線、方針、政策針鋒相對。〔註 59〕

（三）「跛者不忘履」：創作也尷尬

正如沈從文的「跛者不忘履」一樣，事實上，茅盾在轉向文藝評論的同時，並沒有完全放棄文學創作。

1951 年底，公安部長羅瑞卿懇請茅盾寫一部反映鎮反運動的電影劇本，並提供全部卷宗及檔案材料供其參閱，茅盾在一番謙讓之後答應了請求。茅盾這次是認眞的，一方面對羅瑞卿難卻盛情，另一方面，在壓抑兩年多之後，他也想小試牛刀，而且這個題材非常適合自己。因此，1952 年茅盾兩度去上海搜集資料，並在第二年完成初稿，交到文化部電影局。劇本寫作並不成功，導演蔡楚生、袁牧之坦率地指出，劇本太小說化，要拍電影需要作大的改動。茅盾當然有自知自明，所以只好就此擱下。

另一次是 1955 年，他看到對資本主義工商業的社會主義改造已進行兩年

〔註 58〕《目前創作上的一些問題——一九五〇年三月在〈人民文學〉社召開的創作座談會上的講話》，《群眾日報》，1950 年 3 月 24 日。

〔註 59〕轉引自陳徒手：《矛盾中的茅盾》，《讀書》，2015 年第 1 期。

多，其中關涉到民族資本家的事例很多，這對他來說是個絕好的創作機會。因此，他寫信給周恩來請創作假，信中說：

五年來，我不曾寫作。這是由於自己文思遲鈍，政策水平思想水平低，不敢妄動，但一小部分也由於事雜，不善於擠時間，並且以「事雜」來自解嘲。總理號召加強藝術實踐，文藝界同志積極響應，我則既不做研究工作，也不寫作，而我在作家協會又居於負責者的地位，既不能以身作則，而每當開會，我這個自己沒有藝術實踐的人卻又不得不鼓勵人家去實踐，精神上實在既慚愧且又痛苦。雖然自己也知道，自己能力不強，精力就衰，寫出來的未必能用，但如果寫了，總可以略略減輕內疚吧？年來工作餘暇，也常常以此爲念，亦稍稍有點計劃，陸續記下了些。如果總理以爲還值得讓我一試，我打算在最近將來請一個短時期的寫作假。〔註 60〕

周恩來履行承諾，茅盾獲得了爲期三個月的集中創作時間。既然如此興師動眾，他自當全力以赴。爲搜集和補充新的材料，還曾專門跑去上海。但三個月過去了，他只寫出了小說的大綱和部分初稿，便再也難以爲繼了。對於這次失敗，茅盾後來給作協寫信解釋說：「原因不在我懶——而是臨時雜差（這些雜差包括計劃以外的寫作）打亂了我的計劃。這些雜差少則三、五天可畢，多則須要半個月一個月。我每天伏案（或看公文，或看書，或寫作，或開會——全都伏案）在十小時以上，星期天也從不出去遊山玩水，從不逛公園，然而還是忙亂，眞是天曉得！」〔註 61〕

事實上，茅盾所強調的創作中的苦惱充其量只是事情的一個方面，或者說僅是一個表象，更深層的原因他沒有說，也不能說。不過，可以假設一下，如果沒有那些「雜差」，他會寫出來嗎？事情沒有做好，總得找個理由，茅盾也概莫能外。而對於文化部長、作協主席的茅盾來說，「雜差」這個理由是再充分不過的。

這兩次創作的失敗，並沒有徹底摧毀茅盾的信心，他在 1958 年再次試筆，然而再次選擇中途放棄，並於 1970 年將其和 1953 年所寫的那部電影劇本的手稿一同當作廢紙銷毀了。

應該說，茅盾 1949 年後的幾次創作實踐都是在客觀條件良好的環境中進

〔註 60〕《茅盾全集》第 36 卷，人民文學出版社 1997 年，第 307～308 頁。
〔註 61〕《茅盾全集》第 36 卷，人民文學出版社 1997 年，第 338 頁。

行的，甚至有他熟悉的民族資本家題材，但他還是寫不出。他雖然在《認眞改造思想，堅決面向工農兵！》的報告中大談特談「爲什麼人」、「如何爲法」等問題，並創新性地結合毛澤東的《矛盾論》、《實踐論》等理論著作予以宏觀指導，但在具體實踐中，他卻無法做到將理論和實踐結合，無法既講究藝術性又兼顧思想政治性，他爲此而苦悶。

在題爲《從「眼高手低」說起》的文章中，茅盾曾隱晦地對此作過深刻的剖析和闡釋：

> 這種苦悶的來源是作家或藝術家的審美觀念和批評標準，同他自己的創作能力不相適應，也就是這兩者之間有了矛盾。「眼高」，指作家或藝術家對作品的審美觀念和批評標準是高的。「手低」，指作家或藝術家自己的創作能力低於他的審美觀念和批評標準。作家或藝術家如果「眼」不「高」，就不會發生「手低」的問題，也就不會發生苦悶。〔註62〕

這種論調未嘗不是茅盾所面臨的實際問題。正如夏志清所說：儘管茅盾「一直是本著馬克思主義的立場」和「左翼作家的慣調」，從而「糟蹋了自己在寫作上的豐富想像力」，但他「仍是現代中國最偉大的共產作家，與同期任何名家相比，毫不遜色」。〔註63〕因此，茅盾寫不出的苦悶未嘗不是他自己說的「眼高手低」。

事實上，茅盾所遇到的問題早已是一個普遍的現象，巴金、老舍、曹禺等都概莫能外，只是他們出於政治需要，只好勉強爲之，而官高一級的茅盾是不需要這樣表演的。

其實，茅盾早在1952年所作的《認眞改造思想，堅決面向工農兵！》的報告中就曾針對寫不出的狀況提出過具體指示：「文藝作家如要檢查自己的思想已否得到改造，最好的方法是不斷地寫作，認眞地進行批評和自我批評。寫作——批評和自我批評——再深入生活，向工農兵學習，——再寫作，——再進行批評和自我批評，——再深入生活……如此反覆循環，然後思想改造這一過程逐漸達到徹底完滿的境地。」〔註64〕

既然如此，茅盾何不身體力行呢。艾蕪在1981年所作的《回憶茅盾同志》

〔註62〕《詩刊》，第七期，1957年7月。

〔註63〕夏志清：《中國現代小說史》，復旦大學出版社2005年，第115頁。

〔註64〕《人民日報》、《光明日報》，1952年5月23日。

一文道出了其中的原委，艾蕪記述說：1959 年遇到茅盾並向他提出再寫幾部小說的要求時，茅盾「壓低聲音，卻又忍不住好笑似地」對自己說：「我在上海生活慣了，坐馬桶這一套，改不過來，下到農村要蹲坑，又不習慣，受不了。」〔註 65〕這可以說是茅盾 1949 年後最眞實的心理。

〔註 65〕《四川文學》，1981 年第 6 期。

第三節　胡風：「誤入歧途」與悲愴之旅

1949 年 7 月 4 日，茅盾在文代會上被安排作了十年來國統區革命文藝運動的報告。其中，在觸及「文藝思想理論的發展」這一部分時，茅盾講道：「國統區的文藝界中，一般說來，對『文藝講話』的深入研究是不夠的，尤其缺乏根據『文藝講話』中的精神進行具體的反省與檢討。」隨後，他有所指地闡述道：

> 如果事實上正是小資產階級的觀點思想與情調成爲障礙我們作家去和人民大眾的思想情緒打成一片的根本因素，那麼問題的解決就不應該是向作家要求「更多」的主觀。這不是主觀的強或弱的問題，更不是什麼主觀熱情的衰退或奮發的問題，什麼人格力量的偉大或渺小的問題，而是作家的立場問題。

從這些有針對性的措辭中可以感受到，胡風此前所從事的左翼文學活動和所堅持的理論主張並不被新意識形態所認可，而此後他能否被認可，完全取決於思想改造的態度和結果。因爲茅盾在報告中還指出：「如果作家不能在思想與生活上眞正擺脫小資產階級的立場而走向工農兵的立場、人民大眾的立場，那麼文藝大眾化的問題不能徹底解決，文藝上的政治性與藝術性的問題也不能徹底解決，作家主觀的強與弱、健康與不健康的問題也一定解決不了」，就「勢必落後於時代，乃至爲時代所唾棄」。〔註 1〕

〔註 1〕《在反動派壓迫下鬥爭和發展的革命文藝》，《茅盾全集》第 24 卷，人民文學出版社 1996 年，第 59～65 頁。

一、在被動與主動之間確定角色

（一）被置於「你們」之列

作爲左翼文學的另一面旗幟，胡風的身份也比較曖昧，因爲很難確定他究竟是在毛澤東的「我們」還是「你們」〔註2〕中？

從實際情形看，胡風應該位列「我們」之中，因爲他的前半生的人生經歷已經作了明確的注解：1929 年留學日本時開始從事普羅文學運動和革命活動，並參加了日本反戰同盟和日本共產黨，1933 年因在留學生中組織左翼抗日文化團體而被捕。回到上海後參加了「左聯」，先後任宣傳部長、書記，後雖因謠言辭去「官職」，但仍以「左聯」普通盟員的身份繼續從事「左翼」革命事業，20 多年從未間斷過。而且，在魯迅的影響下，胡風逐漸形成了一套自己的馬克思主義文藝思想，並以此展開對文壇中的清肅工作，周作人、胡適、林語堂、楊邨人、朱光潛、韓侍桁、李健吾等都被批判過。

因此，對於很多文化界人士來說，胡風始終被認爲是中共黨員，甚至在 1949 年後的一段時間裏仍留有這種印記，這從胡風落水後的眾多批判之詞中可以看到。在革命鬥爭年代，黨內很多人士也沒太把胡風當「外人」，無論是馮雪峰 1936 年作爲黨代表到上海開展工作，還是周恩來在武漢、重慶與國民黨周旋，以至延安整風后何其芳、劉白羽等「欽差大臣」到重慶傳達《講話》精神，胡風都儼然被視作「自己人」。就是 1948 年邵荃麟等在香港發動的大批判也說是以內部矛盾來對待的。〔註3〕甚至在他被宣佈爲「反革命」之前，周恩來、胡喬木等對他的革命歷史功績也一直都予以承認的。胡風也確曾在上海時被馮雪峰前後三次「特准」加入中国共產黨，只是後來又被馮雪峰以不在黨內工作方便些的說法勸退了。〔註4〕此後，他也曾試圖明確自己的黨員身份，幾次提起恢復組織關係，但因各種原因而被擱置了。

對於胡風來說，從事「左翼」革命事業是一種理想追求和人生事業，所以他沒有特別在意自己的黨員身份。他自己說過：「從接受了馬克思列寧主義

〔註2〕指毛澤東在第一屆文代會上的「即席」發言，即那段著名的「同志們，今天我來歡迎你們……你們對於革命有好處，對於人民有好處。因爲人民需要你們，我們就有理由歡迎你們。……」

〔註3〕黃偉經：《文學路上六十年——老作家黃秋耘訪談錄》，《我親歷的文壇往事·憶大事》，人民文學出版社 2004 年，第 504 頁。

〔註4〕《關於解放以來的文藝實踐情況的報告》，《胡風全集》第 6 卷，湖北人民出版社 1999 年，第 317 頁。

的時候起，我從來沒有一次把黨的威信和眞理在思想上甚至感覺上分成過兩個東西。」〔註 5〕所以在迎接「解放」之時，他也是滿懷著喜悅的心情，高昂著頭奔向北京，絲毫沒有因爲沒喝過延河水、吃過延安小米而像蕭乾、巴金等作家那樣感到慚愧。吳奚如回憶證實說：胡風當時「熱情奔放，臉上的麻子也大放豪光」。〔註 6〕綠原也追憶說：「我明顯覺得，胡風和大家一樣，心情是興奮得，歡快的，明朗的，向前看的，特別是當毛主席、周總理蒞臨大會之後。」〔註 7〕

因此，無論從政治思想上，還是從個人主觀願望上，胡風都應該被納入到「我們」之中。或者從論功行賞的角度說，胡風的革命閱歷和實踐表現絲毫不比茅盾差，甚至還要更勝一籌，如果他會「做人」，1949 年後雖不敢說也能躋身省部級，起碼不會比巴金、老舍、曹禺等人級別低。

但在延安等正統革命者看來，胡風顯然又屬於「你們」之列。因爲，根據斯大林繼續革命的理論，在「三座大山」被革命後，所謂的資產階級和小資產階級就將成爲革命對象，而這個革命對象首先是指朱光潛、沈從文、蕭乾等自由主義者，但同時也包括革命的「同路人」。在毛澤東的邏輯中，不管是黨員，還是革命「進步」人士，凡是未接受過思想改造的人都會被列爲「你們」的一分子，夏衍、茅盾等都位列其中，胡風自然也不能例外。

在周揚等文藝界當權派那裏，胡風的「你們」身份更是確定無疑的，這種確定性主要來自於他們之間的歷史恩怨。回顧歷史可以發現，因爲胡風先後被冠以「雪峰派」和「叛徒」，所以才有魯迅的《答徐懋庸並關於抗日統一戰線問題》，周揚從此背負了「四條漢子」、「元帥」、「工頭」、「奴隸總管」、「嘩啦嘩啦大寫口號理論的作家」等「雅號」，還被視爲不能與毛澤東的心「相通」，從而失去在上海的「左翼」領導地位。對於一貫心高氣傲的周揚來說，這種遭際應該是沒齒難忘的。偏巧他後來因禍得福，成爲毛澤東文藝思想的闡釋者、代言人，而胡風卻因爲與毛澤東思想相衝突而備受「冷落」。因此，無論是 1938 年「論民族形式」，1945 年的「論主觀」，還是 1948 年的「論現實主義的路」，都讓周揚得到公報私仇的機會。只是，那時的胡風不但沒有被打倒，

〔註 5〕《關於解放以來的文藝實踐情況的報告》，《胡風全集》第 6 卷，湖北人民出版社 1999 年，第 381 頁。

〔註 6〕馬蹄疾：《胡風傳》，四川人民出版社 1989 年，第 171 頁。

〔註 7〕綠原：《胡風和我》，曉風主編：《我與胡風》（下），寧夏人民出版社 2003 年，第 572 頁。

反而鬥志昂揚，形成一股堅挺的左翼力量。如復旦大學教授王恒守在「大鳴大放」中所說：「我過去以爲胡風是黨員，共產黨分兩派，兩派爭權，胡風不得勢，後來探知胡風不是黨員，我想共產黨好比是和尚，胡風好比是居士，都信佛，居士雖不出家，本領不一定比和尚差。」〔註 8〕

隨著 1949 年的到來，胡風非黨的身份便成了問題，雖然周恩來在審閱代表名單的時候將他劃在「左」這一邊，〔註 9〕但茅盾在報告中還是將他定性爲「小資產階級」，胡喬木要他「和整個共產黨做朋友」，〔註 10〕華北大學在對學生作鑒定時要寫上是否「受了胡風思想影響」〔註 11〕。

更爲關鍵的是，胡風所秉承的現實主義、「主觀戰鬥精神」和「個人精神奴役的創傷」等思想主張，事實上恰是對毛澤東改造民眾，尤其是知識分子的一種解構，因爲胡風主張民眾做一個獨立思考和行事的「人」，自己主宰自己的命運。這種致命性的理論衝突，決定了胡風悲劇的不可避免，而更大的悲劇意義在於，他對這一切渾然不知。

（二）主動成為「革命對象」

胡風不但不認爲自己屬於小資產階級，而且還將自己看作馬列主義的正宗，在看到文藝被宗派主義、教條主義所控制和破壞後，他認識到這是蘇聯建國初文藝界「拉普」運動的翻版。爲了捍衛革命勝利果實，他自覺地承擔起「肩住黑暗的閘門」的職責，立志像魯迅那樣做一棵「獨立支持的大樹」（毛澤東語）。

胡風最初產生這種力挽狂瀾的思想，是在進入東北後，這從他有意識地日記中可以看出。在日記中，胡風詳細記錄了自己的所見、所聽和所感。

時任《東北日報》記者的劉白羽首先道出了自己工作、待遇和創作上的苦悶。他談到迫切的政治意識動員「有時妨礙對內容作深入的把握」，每一次創作都像「爬一次高坡，有時還會失敗」，甚至「請三個月假不一定寫得出」，報告、通訊等都具有「炭畫式的特點」，而且「工農幹部把作品內容當作眞人

〔註 8〕賈植芳：《獄裏獄外》，上海遠東出版社 1995 年，第 154 頁。

〔註 9〕《關於解放以來的文藝實踐情況的報告》，《胡風全集》第 6 卷，湖北人民出版社 1999 年，第 113 頁。

〔註 10〕《關於解放以來的文藝實踐情況的報告》，《胡風全集》第 6 卷，湖北人民出版社 1999 年，第 114 頁。

〔註 11〕《關於解放以來的文藝實踐情況的報告》，《胡風全集》第 6 卷，湖北人民出版社 1999 年，第 107 頁。

眞事」。他還談及作家和記者等同仁因沒有高級待遇心情都不好。〔註12〕

丁玲來看望胡風時，也說到工農幹部往往把作品內容當作眞人眞事，還說周揚在延安這麼些年，沒有一個朋友，只有下級。〔註13〕她還談了現在的創作體會，告誡他創作時要「掌握政策，同時要走在政策前面，『有遠見』」。〔註14〕

蕭軍在談到創作也說「作品裏的人物」除了「『像不像』以外，應該還有一點另外的東西」，作品在表達中常常「感情不飽滿」，塑造人物「應該『美化』」，「不應該照原樣穿上工人農民脫下的衣服」。蕭軍滿肚子委屈，「談話時似忍不住流淚」。〔註15〕

馮白魯在談話中觸及了延安的很多問題，包括「文藝水平低，直線地反映政策」，作品「感情不飽滿，藝術感太弱」，而且「政策發展得太快，設定主題時，常常會過時而不能用」，因爲「作品裏背理論」，所以「觀眾不愛聽」。還說：「在外面成績好的詩人，到解放區後反而沒有成績」。〔註16〕

在與吳奚如的談話中，他瞭解到「周揚在魯藝整風，罵人打人」，自己曾扶持過的「田間曾被整得很苦」。馬加在同他談及文藝批評時說：「『像不像』的批評威嚇了作家」，自己在實際工作「遇到典型性的人物時，又每每不能爲創作的目的去熟悉他」。〔註17〕後來也談了周揚與文藝運動的問題。〔註18〕李則藍還提及周揚在延安整風初期說過「胡風進來了多麼好」之類的話。〔註20〕

另外，舒群、草明、天藍、雷加、方熒、白魯、陳緒宗等眾多作家也都談到在文藝創作上遇到的問題，其中也涉及到周揚的一些情況。到天津後，

〔註12〕1949年1月19日，《胡風全集・日記》第10卷，湖北人民出版社1999年，第6頁。

〔註13〕梅志：《胡風傳》，北京十月文藝出版社1998年，第552頁。

〔註14〕1949年2月2日，《胡風全集・日記》第10卷，湖北人民出版社1999年，第16頁。

〔註15〕1949年1月20日，《胡風全集・日記》第10卷，湖北人民出版社1999年，第7頁。

〔註16〕1949年2月1日，《胡風全集・日記》第10卷，湖北人民出版社1999年，第15～16頁。

〔註17〕1949年2月9日，《胡風全集・日記》第10卷，湖北人民出版社1999年，第23頁。

〔註18〕1949年2月21日，《胡風全集・日記》第10卷，湖北人民出版社1999年，第29頁。

〔註20〕1949年3月6日，《胡風全集・日記》第10卷，湖北人民出版社1999年，第38頁。

魯藜、盧甸也說起現在「作家不敢從內心的要求寫作品」，只能是不求有功，「但求無過」。〔註 21〕

因此，在進北京前，胡風已經意識到延安文學普遍存在的公式化、概念化等問題，並將原因歸之爲周揚等文藝界領導人的教條主義、宗派主義。

再加之，周揚、茅盾、葉聖陶等在結束「舊文協」籌建新文協的問題上未徵求胡風的意見，使他有了不被信任和被排斥的感覺。隨後在《文藝報》編委安排、起草文代會報告、開列國統區作家參加文代會的名單、文代會上的發言等相關問題上，他都表現得不很積極，甚至還有牴觸情緒。而在內心裏，他已經在籌劃如何應對和解決文藝界目前的問題了。綠原後來將胡風的這種選擇說成是「在典型環境中產生的典型心願」。〔註 22〕

古語雖有時勢造英雄一說，但英雄並非是誰都能擔當的。來自延安等邊區的作家柳青、孔厥、袁靜、歐陽山等就自感到無力承擔這樣的重任，所以他們將希望寄託於胡風。在一次喝酒閒談中，他們訴說了自己的苦衷，表示「如不受摧殘，幾十個長篇也出來了」，甚至還說，「爲了無數的青年作者」，希望胡風能出來主持公道。〔註 23〕

無力也無意做英雄的還大有人在。丁玲在私下裏埋怨他「不早些進延安，否則文藝工作的情況會要不同一些」。〔註 24〕在文代會上也曾對他說：「你應該說說話，解放區有很多青年是愛你的。」而樓適夷則責備他在文代會上「不該不提意見」，以致會議「幾乎開垮了，要毛主席周總理親自出來才挽救了回來，使黨受到了太大的損失」，還爲此而痛哭。〔註 25〕

事實上，即使他們不說，胡風已經有意識地這樣做了，只不過在形勢嚴峻的情形下，他沒有選擇冒進，而是選擇了更長遠的打算。1949 年 5 月 30 日，在給路翎的信中胡風寫道：「文藝這領域，籠罩著絕大的苦悶。許多人，等於

〔註 21〕1949 年 3 月 9 日，《胡風全集·日記》第 10 卷，湖北人民出版社 1999 年，第 39 頁。

〔註 22〕綠原：《胡風和我》，曉風主編：《我與胡風》（下），寧夏人民出版社 2003 年，第 586 頁。

〔註 23〕1949 年 5 月 27 日，《胡風全集·日記》第 10 卷，湖北人民出版社 1999 年，第 70 頁。

〔註 24〕《關於解放以來的文藝實踐情況的報告》，《胡風全集》第 6 卷，湖北人民出版社 1999 年，第 106 頁。

〔註 25〕《關於解放以來的文藝實踐情況的報告》，《胡風全集》第 6 卷，湖北人民出版社 1999 年，第 112～113 頁。

帶上了枷。但健康的願望普遍存在，小媳婦一樣，經常怕挨打地存在著。問題還是要有作品去衝破它。」〔註 26〕

同時，胡風也在給「七月」同人的信中，「部署」了當前和今後的工作：暫時不要弄刊物，除非上級要求弄，但也只就政治要求上去擴大號召；應盡快參加到實際工作中，不應浮在文化圈子裏，做記者、文教工作均可；不必弄具體理論，頂好弄些新形勢的報導，特別是關於工人的，但也要注意政策，不要招到誤解的表現法；要盡快熟悉新生活，多接近一些新的人，學一些東西，為創作積纍素材；創作上要盡可能寫一些積極內容的東西，表現要明朗一點。〔註 27〕胡風還囑咐說：「鬥爭，總是付出代價的。……看情形，文藝上的鬥爭還得經過長途，這中間，要受得住，要每一工作都更深沉一些。」〔註 28〕

從這些具體措施看，胡風的指導思想很明確，就是「以守為攻、避實擊虛」。由於自恃眞理在握，胡風等人對於這樣的行動和目標充滿信心，路翎說：「我感覺到眞實是一定會獲得勝利的。我希望我自己能更好地工作而接近眞實。」〔註 29〕胡風雖然也還謹慎，但也不無憧憬地說：「我覺得這是一個勝仗。好，這個仗我們要打下去，從黑浪中把這個時代美好的東西顯示出來，創造新的生活。」〔註 30〕稍後又說：「我們會勝利，但那過程並不簡單吧。我想，還得更沉著、更用力，以五年為期並不算悲觀的。」〔註 31〕

就這樣，胡風就將自己及「七月」同人納入到與主流對立的在野陣營，開始了悲愴之旅。

二、在「兩條戰線」中艱難邁進

（一）初次正面交鋒

〔註 26〕《胡風全集》第 9 卷，湖北人民出版社 1999 年，第 252 頁。

〔註 27〕胡風 1949 年 4 月～7 月致路翎、阿壠等書信，《胡風全集》第 9 卷，湖北人民出版社 1999 年。

〔註 28〕《致路翎》，1949 年 10 月 25 日，《胡風全集》第 9 卷，湖北人民出版社 1999 年，第 266 頁。

〔註 29〕《胡風路翎文學書簡》，安徽文藝出版社 1994 年，第 185 頁。

〔註 30〕《致路翎》，1949 年 12 月 1 日，《胡風全集》第 9 卷，湖北人民出版社 1999 年，第 270 頁。

〔註 31〕《致路翎》，1950 年 1 月 12 日，《胡風全集》第 9 卷，湖北人民出版社 1999 年，第 273 頁。

胡風的詩人氣質注定了他無法掌控複雜的政治局面。在計劃剛剛展開之時，不諳世事的阿壟便因《論傾向性》、《略論正面人物與反面人物》等文章遭到圍剿。延安來的文藝批評家陳湧以《論文藝與政治的關係——評阿壟的〈論傾向性〉》揭開大批判的序幕。文章批判《論傾向性》「以反對藝術爲藝術而始，以反對藝術積極地爲政治而終」。〔註32〕周揚隨後在京津地區文藝幹部工作會上，特別提到阿壟的兩篇文章，批評其是「小資產階級作家『小集團』的擡頭」，其「危害性等於社會民主黨」，還指著臺上的四把椅子說：「有你小資產階級一把座的，如果亂說亂動，就要打！狠狠地打！」〔註33〕緊接著，史篤（蔣天佐）抓住阿壟譯文的錯誤和引文不全的「小辮子」，發表了措辭嚴厲的《反對歪曲和僞造馬列主義——評阿壟的〈略論正面人物與反面人物〉》，稱阿壟的文章「是完全違反馬列主義的文藝思想的」，是「對馬列主義最大的歪曲和玷污」，是「假馬列主義」在市場上「魚目混珠」。〔註34〕阿壟不得不「躺了下來裝死」〔註35〕，作了《我的自我批評》寄給《人民日報》。只是他僅針對譯文和引文的問題檢討，並不涉及其他方面。因此，《文藝報》隨後刊發陳淼的《我們需要具體深刻的檢討》，不但指責阿壟的檢討是「避重就輕」，是「不能令人滿意的自我批評的一例」，還批評《人民日報》的「按語」沒有「進一步指出他的檢討不夠全面，不夠深刻」。〔註36〕

面對圍剿，胡風也按捺不住自己的性情。在剛編好的論文集《爲了明天》的「校後附記」中，對邵荃麟，尤其是何其芳責難寫下了長篇的反批評。如在涉及何其芳指責他爲投機革命才在最近使用「立場」、「爲人民服務」、「從實際出發」等詞句的問題上，他不留情面地反諷道：「『這樣的詞句』，不但在『最近』以前，甚至遠在何其芳先生正沉醉地寫他的《畫夢錄》的時候以前，我就用過了的。」在涉及何其芳指責他作品質量和作用差的問題上，他辛辣地諷刺道：「對於這責罵，至少我是不敢哼半聲的，尤其是想到何其芳先生自己的作品和業績的時候，就羞愧得滿身流汗，恨不得地

〔註32〕《人民日報》，1950年3月12日。

〔註33〕《關於解放以來的文藝實踐情況的報告》，《胡風全集》第6卷，湖北人民出版社1999年，第115頁。

〔註34〕《人民日報》，1950年3月19日。

〔註35〕《致張中曉》，1950年6月5日，《胡風全集》第9卷，湖北人民出版社1999年，第653頁。

〔註36〕《文藝報》第二卷第七期，1950年6月25日。

皮馬上裂開一條縫，讓我一頭鑽了進去。」在涉及何其芳批評他沒有參加最激烈鬥爭的問題上，他近乎殘酷地冷笑道：「這使我惶愧也使我感激。並不是因爲承蒙他說我也參加了一點所謂鬥爭，而是他那整句話使我惶愧使我感激。對於參加了『最激烈的』鬥爭的他感到惶愧，感激他坦白地表示了看我不起，使我知道了應該自己反省。我要抱著從這感激產生的惶愧心情鞭撻自己。」〔註 37〕可以想到，對於「半路出家」的何其芳來說，胡風這種「刀筆吏」式的嬉笑怒罵無疑等於傷疤上撒鹽，這從後來何其芳痛批胡風的踴躍表現中可以看出。

在這場首輪交鋒中，雙方各有損失、勝負各半，而且胡風這邊還稍佔了上風。當然，這只是一時的表面現象，在接下來的時間裏，胡風等遭遇了明槍暗箭，防不勝防。

首先是《時間開始了》遭到黃藥眠、何其芳、袁水拍、沙鷗、蕭三以及文化部編審處等一連串任意歪曲、上綱上線的批判，已印好的詩集在新華書店被限制發行，出版社只好整批地將書當廢紙賣掉。〔註 38〕同時，路翎的多部戲劇不能上演，小說也受到批判；冀汸、耿庸等人的作品在發表時也是阻力重重；阿壟則基本失去發表作品的權利。

（二）蓄積力量

在正面交鋒的同時，胡風也沒有忘記蓄積能量，從「側面」展開有計劃的攻勢。1949 至 1952 年間，他先後涉足詩歌、散文、雜文、特寫、報告文學、通訊等多種文體創作，形成一個「創作高峰」。其中包括長篇抒情、敘事組詩《時間開始了》，長篇政治鼓動詩《爲了朝鮮，爲了人類》，二者合計有五千二百七十行，以及文藝隨筆集《從源頭到洪流》、報告特寫集《和新人物在一起》和《肉體殘廢了，心沒有殘廢》等。

這些作品雖然是以歌頌偉大領袖、新時代、新生活、新人物爲主旨，但在具體篇章中胡風還是巧妙地將自己的文藝思想以曲筆的方式表達出來。

如在一向被視爲頌歌頂峰的《時間開始了》的第二樂篇《讚美歌》（後改爲《光榮贊》）中，胡風便通過「母親」的遭遇揭示了民眾在「舊社會」的悲慘命運，通過詛咒其滅亡來歡呼新國家和民眾的新生，完全運用的是他所秉

〔註 37〕《胡風全集》第 3 卷，湖北人民出版社 1999 年，第 464～465、466、467 頁。
〔註 38〕《關於解放以來的文藝實踐情況的報告》，《胡風全集》第 6 卷，湖北人民出版社 1999 年，第 144 頁。

持的現實主義的創作手法。也正因爲這樣，《人民日報》拒絕繼續發表，胡喬木的理由便是文章「在『理論』上還有問題」。〔註 39〕這種曲筆的方式同樣也出現在第四樂篇《安魂曲》（後改爲《英雄譜》）中，文章由人民英雄紀念碑奠基禮起筆，通過浪漫的想像與楊超、扶國權、宛希儼、丘東平、小林多喜二、魯迅等已故戰友進行了靈魂的對話，在無形中發揮了「主觀戰鬥精神」和溫故「精神奴役的創傷」的現實作用。用胡風的話說就是：「那裏面刺痛了這個文壇，損害了他們的權威感。」〔註 40〕

客觀地說，胡風在創作這篇長詩時的思想是複雜的，他讚頌毛澤東及其領導的革命，確實是出於眞情，因爲他將革命的勝利看作是自己理想的實現。而要證明自己文藝理論的正確也是他的創作動機之一，他是想通過創作來表明自己的「主觀戰鬥精神」能夠與新政權、新時代和諧一致。因此不能盲目地將這首長詩看作是當時的「頌歌一族」，或簡單地將胡風看作是討好獻媚的吹捧之士。

在創作的同時，胡風還加緊出版了評論集《爲了明天》、詩集《撲火者》等。在胡風的帶動和鼓勵下，路翎、冀汸、耿庸等也都紛紛拿出力作。

另外，胡風還將注意力放在魯迅思想的傳承上。這一時期，他不但撰寫了《魯迅還在活著》、《不死的青春》、《祖國愛・人民愛・人類解放》、《關於魯迅論高爾基》、《學習魯迅精神》等文章，還頻繁參加各種紀念活動和學術報告活動。他之所以表現積極，是因爲他發現很多人在紀念和研究魯迅時，或有意或無意地在神化、歪曲和利用魯迅，因此，他不得不站出來「糾偏」。

李離回憶說：胡風在 1953 年到文學研究所作學術報告時談到：「有不少研究魯迅的著述，存在形而上學和機械論的觀點」，還「特別強調了魯迅的反覆古和反中庸的精神」。〔註 41〕

爲此，胡風撰文指出：在魯迅精神裏面，「有一個本質的核心，那就是對於受壓迫、受摧殘、甚至精神上受到奴役的勞動人民的愛。……這個至情的

〔註 39〕《致路翎》，1949 年 11 月 29 日，《胡風全集》第 9 卷，湖北人民出版社 1999 年，第 270 頁。

〔註 40〕《致張中曉》，1950 年 6 月 5 日，《胡風全集》第 9 卷，湖北人民出版社 1999 年，第 652 頁。

〔註 41〕李離：《五十年代初期的胡風》，曉風主編：《我與胡風》（下），寧夏人民出版社 2003 年，第 998～999 頁。

愛，是和魯迅先生他自己的命運生死與共的」。〔註42〕在闡釋「惟新興的無產者才有將來」時，他認爲現時的新民主主義「是過去的『將來』，是從深厚的歷史負擔——封建主義和殖民地意識的毒蛇怨鬼似的搏鬥中間鬥爭出來的」，必須在鬥爭中「爭取發展，爭取完成」。〔註43〕胡風也特別強調魯迅的韌性戰鬥品質和「至死『也一個都不寬恕』的」精神。〔註44〕

儘管這些論述存在現實功利性的成分，但在基本主旨上並沒有背離魯迅。而且，胡風的「糾偏」事實上是從魯迅身上尋求精神和思想資源。

不過，在「糾偏」的同時，胡風也製造了新的「偏」。如他說魯迅「即使在離群的斗室裏面，在單人的牢房裏面，也還是集體主義的戰士」；〔註45〕說「魯迅先生，是客觀主義的敵人，是自由主義的敵人」；〔註46〕說「魯迅先生思想的發展和十月革命有著密切的關係」；說「魯迅先生的作品是社會主義現實主義的」；說「魯迅先生的勞動是爲社會主義開路的」等。〔註47〕顯然，這些論斷並不符合魯迅的思想和精神實質。

三、退卻：「有所爲，有所不爲」

（一）在退卻中堅守

1951 至 1952 年，毛澤東先後發動忠誠老實運動、清理中層運動、思想改造運動、三反五反運動，文藝界也適時開展了整風運動，朱光潛、沈從文、蕭乾等自由主義者自不必提，巴金、老舍、曹禺等「積極分子」也在其列，就是夏衍、茅盾這樣重量級的人物也都無一例外地做了檢討。

在全國上下人人自危時，胡風卻一直以冷眼旁觀的態度審視著這些運動。但是，他可以選擇遠離政治運動，而政治運動卻不能容許他在外逍遙。1952 年 4 月初，《文藝報通訊員內部通訊》第 15、16 期上，載有兩封題爲《對胡風文藝理論的一些意見》的「讀者來信」。同時，一本未署名、也未署出版單位和時間的《胡風文藝思想研究資料》的小冊子開始散佈開來。在好友柏山的建議和

〔註42〕《學習魯迅精神》，《胡風全集》第 6 卷，湖北人民出版社 1999 年，第 32 頁。
〔註43〕《魯迅還活著》，《胡風全集》第 4 卷，湖北人民出版社 1999 年，第 184 頁。
〔註44〕《學習魯迅精神》，《胡風全集》第 6 卷，湖北人民出版社 1999 年，第 33 頁。
〔註45〕《不死的青春》，《胡風全集》第 4 卷，湖北人民出版社 1999 年，第 192 頁。
〔註46〕《學習魯迅精神》，《胡風全集》第 6 卷，湖北人民出版社 1999 年，第 33 頁
〔註47〕《關於魯迅的雜文》（二），《胡風全集》第 6 卷，湖北人民出版社 1999 年，第 77、81、81 頁。

勸說下，他開始著手撰寫擁護《講話》的表態文章《學習，爲了實踐》。

《學習，爲了實踐》是胡風 1949 年後所寫的第一篇理論文章。在這篇長達一萬多字的文章中，胡風並沒有按照「慣例」對自己的思想進行徹底否定和檢討，而是根據自己的理解對《講話》作了與自己思想體系相統一的闡釋。他認爲，要實踐《講話》的方向，首先就要進行思想改造，要爲工農兵服務，就要與工農兵群眾結合，而這一切的關鍵就是確立立場的問題。他強調說：「確立思想立場，是一個基本問題，但並不是說，這個問題在理論上解決了，一切問題都同時解決了。……不進到實踐裏面，思想立場還是空的。」無疑，胡風在這裏不僅強調立場的重要，更主要地是指出了現實生活與實踐對於確立和檢驗思想立場的決定性作用，而這恰符合他「哪裏有生活，哪裏就有鬥爭」的現實主義理論。在餘下的闡述中，他都是圍繞這個核心論題展開的。在談到思想改造的問題時，他說：「思想改造應該通過深刻的自我鬥爭，但那還會停留在理性的結論上面，只有深入到生活和鬥爭裏面去，才能夠汲取勞動人民的思想感情來哺養自己，在血肉的經驗上發生變化。」他批評公式主義的創作「是把理論概念代替現實生活」，公式主義的批評「是用理論概念從外面去套具體作品，向具體作品要求理論概念的圖解」。在人物形象塑造上，他認爲：「人物或典型人物，是要在血肉的感情裏面反映出鬥爭著發展著的心理面貌或性格力量來，現實的歷史內容的根源、鬥爭和發展，就凝集在、連結在這個反映裏面。」〔註 48〕

可以說，這些闡述是胡風對左翼文學多年追求的思想和實踐結晶，在大體上與馬克思的文藝思想相符，也部分地發展和深化了毛澤東的文藝主張。只是他這種現實主義理論並不符合剛剛取得政權的人民民主專政體制，因而屬於離經叛道之舉。特別是在毛澤東的思維意識裏，他眞正需要的是順民和奴僕，不需要那些有思想、能思考的獨立個體，這一點是胡風沒有想到的。

當然，仔細閱讀全文可以發現，胡風在文章中並非全然沒有檢討之意，只是非常模糊和隱晦。如面對「三反」運動中工人通過檢討解決糾紛一事時，他說：「我深深地感到了，我這個單純依靠工廠行政力量的思想，正表現了和工人階級的感情的距離。」在與礦山幹部交談後，他表示：「面對著這位也是知識分子出身，而且比我年輕的共產黨員，感到了說不出話來的慚愧。」在文章最後，他也委婉地說道：「作爲一個實踐得不好，因而也就學習得不好的

〔註 48〕《學習，爲了實踐》，《胡風全集》第 6 卷，湖北人民出版社 1999 年，第 37～51 頁。

文藝兵，只有實踐再實踐，學習再學習。」〔註 49〕

上述引文是胡風在這篇一萬多字的文章中的全部帶有檢討性質的文字。顯然，無論數量還是質量上，這樣的文字都不符合「規範檢討」的標準。這一點，他事後不久就有過自知之明：「這不能滿足他們，因爲這一定不像『自我檢討』」，〔註 50〕後來他還坦誠道：「沒有能夠把問題提到原則性的高度。」〔註 51〕如果聯想起他對路翎的指導：「爲了少些浪費，就得走得穩，要抓就抓得准，萬一沒有把握就不如用拖的方法」〔註 52〕，可以看出，這個不成其爲檢討的檢討，實際是他「拖」的一個策略，所以周揚不同意發表此文也在情理之中。

（二）艱難的檢討

正當胡風煞費苦心地撰寫《學習，爲了實踐》一文時，遠在廣西南寧的中學校長、「七月」的重要成員舒蕪，爲了表現自己的修成正果，終於將《從頭學習〈在延安文藝座談會上的講話〉》公之於眾。1952 年 6 月 8 日，《人民日報》轉載舒蕪的文章，並由胡喬木親自加了措辭嚴厲的按語。隨後舒蕪又應約發表《致路翎的公開信》。因爲這樣的反戈一擊，舒蕪被主流派稱之爲「起義將軍，傅作義」，〔註 53〕當然，胡風卻陷於更大的被動中。

1952 年 7 月 19 日上午，胡風奉命到京。周揚在首次約見中對胡風提出了很嚴厲的批評，指責他寫《學習，爲了實踐》不批判自己，而且一貫不承認錯誤。對此，胡風坦然面對，並在致綠原的信中陳述了自己的心情和想法：

> 爲了堅持，寧受最大的污辱，甚至人神共棄，但不能親自歪曲什麼。到這一步，當然望「眾苦」而心悴，但不這樣不是無以對人對己麼？所以，只有在可能的限度上滿足他們，但如果不能滿足（事實上也很難滿足），那就一句話也不說，另走一條爲人民服務的路。

〔註 49〕《學習，爲了實踐》，《胡風全集》第 6 卷，湖北人民出版社 1999 年，第 38～51 頁。

〔註 50〕《致謝韜》，1952 年 5 月 25 日；《胡風全集》第 9 卷，湖北人民出版社 1999 年，第 590 頁。

〔註 51〕《簡述收穫》，《胡風全集》第 6 卷，湖北人民出版社 1999 年，第 663 頁。

〔註 52〕《致路翎》，1952 年 2 月 8 日；《胡風全集》第 9 卷，湖北人民出版社 1999 年，第 304 頁。

〔註 53〕《關於解放以來的文藝實踐情況的報告》，《胡風全集》第 6 卷，湖北人民出版社 1999 年，第 324 頁。

〔註 54〕

在第二次約見中，周揚雖傳達了周恩來的指示：「不要先存一個誰對誰錯的定見，要平心靜氣地好好談」，〔註 55〕但仍態度蠻橫地要求胡風主動檢討，少說或不說優點，只說缺點，並說要召開批判會議，還邀舒蕪、路翎等出席，揚言打掉他的架子。這期間，胡風也收到周恩來的來信。信中這樣規勸道：

望你與周揚、丁玲等同志先行接洽，如能對你的文藝思想和生活態度作一檢討，最好不過，並也可以如你所説結束二十年來的「不安情況」。舒蕪的檢討文章，我特地讀了一遍，望你能好好讀它幾遍。

〔註 56〕

胡風無法拒絕周恩來的「好意」，於是抱著「依靠組織，實事求是，盡其在我」的態度撰寫了《關於我的錯誤態度的檢查》一文。

文中，他檢查了自己在《論民族形式問題》中關於「五四」文學革命是以市民（資產階級）爲盟主的「錯誤」看法，承認這違反了毛主席的分析和結論，犯了替資產階級爭領導權的錯誤，也接受了五四運動是在十月革命影響下發生的，是由無產階級領導的闡釋。他還檢查了 1930 年代以來的一些「脫離」黨、不「服從」黨的情況，盡可能地附會周揚「抽象地看黨」和「個人英雄主義」等說法。〔註 57〕

但是檢討並未獲得通過，而林默涵也爲他下一次檢討劃定了範圍：「現實主義」、「生活」、「主觀精神」、「民族形式」、「五四」等五個內容。在休會期間，胡風愼重地考慮了批判者的意見，分門別類地「檢查」了自己，同時也對舒蕪的反戈以及「小集團」的問題撰寫了《關於〈希望〉的簡單報告》、《關於舒蕪和〈論主觀〉的報告》。

由於胡風的認錯態度不好，周揚等決定將「內部談話」提升爲公開批判。爲此，《文藝報》開始動員「讀者」批判胡風及其小集團，《人民日報》「文藝組」還向全國通訊員發出了「積極參加文藝界對胡風的文藝思想的批判」的

〔註 54〕《胡風全集》第 9 卷，湖北人民出版社 1999 年，第 379 頁。

〔註 55〕《關於解放以來的文藝實踐情況的報告》，《胡風全集》第 6 卷，湖北人民出版社 1999 年，第 125 頁。

〔註 56〕梅志：《胡風傳》，北京十月文藝出版社 1998 年，第 609 頁。

〔註 57〕《關於解放以來的文藝實踐情況的報告》，《胡風全集》第 6 卷，湖北人民出版社 1999 年，第 126～127 頁。

號召。

在內外壓力之下，胡風在耗費兩個多月的時間後寫就第二篇檢討《一段時間，幾點回憶》，並呈送給周揚。胡風在寫作這篇他自稱爲「阿 Q 供詞」（也稱「阿 Q 供狀」）的檢討中吃盡了苦頭，寫寫改改，前後數次，並在日記和書信中對此做了記錄。然而，在接下來的批判會中，批判者依然不依不饒。周揚在總結中要他「在文藝理論上『脫褲子』」，「承認是反黨的『路線』」，並要他自己作結論。〔註 58〕

顯然，胡風的檢討並不能讓周揚等人滿意，這在中共中央宣傳部 1953 年 2 月 15 日給周恩來和中央的報告中有所體現：

> ……胡風僅僅就他和黨的不正常關係作了一些反省，而對於自己文藝思想上的原則錯誤，始終沒有什麼檢討，相反的是極力辯解，仍然企圖把自己說成是一貫正確，……爲了清除胡風和胡風類似的這些思想的影響，決定由林默涵和何其芳兩同志寫文章進行公開的批評。〔註 59〕

胡風因爲在主要理論問題上並沒有做出讓步，或如他自己所說：「像阿 Q 一樣畫圓圈，畫成了瓜子模樣。」〔註 60〕雖然有好心的友人此前已經提示他：不要以爲意見提得那樣嚴重就眞是那樣，還是就可以檢討的檢討；開會不過是形式，也不是眞要弄清什麼理論問題；主要是借助理論問題在群眾面前表明對黨和對黨員同志們的態度；只要寫了檢討文章就可以「過關」……。〔註 61〕

但是，倔強而固執的胡風恰恰是要弄清問題，而並非單純是爲了「過關」。因此他雖然無奈低下了頭，但身體卻始終是筆直的。據賈植芳回憶：胡風回到上海後曾對自己憤憤地說：「我怎麼能向何其芳去學？……這種連人格都不要的人，我如果向他學習，才是對人民犯罪。」〔註 62〕李離也聽胡風在私下說：「要我檢討，我不能把正確的說成錯誤的，絕不能把自己的手

〔註 58〕《關於解放以來的文藝實踐情況的報告》，《胡風全集》第 6 卷，湖北人民出版社 1999 年，第 132 頁。

〔註 59〕梅志：《胡風傳》，北京十月文藝出版社 1998 年，第 614～615 頁。

〔註 60〕綠原：《胡風和我》，曉風主編：《我與胡風》（下），寧夏人民出版社 2003 年，第 585 頁。

〔註 61〕《關於解放以來的文藝實踐情況的報告》，《胡風全集》第 6 卷，湖北人民出版社 1999 年，第 129～130 頁。

〔註 62〕賈植芳：《獄裏獄外》，上海遠東出版社 1995 年，第 68 頁。

說成狗爪子。」〔註 63〕

正是這種有所不爲，讓胡風的生存境遇進一步惡化。

四、自我批判與暴力清場

（一）「上書」：孤注一擲

由於胡風的頑抗，中宣部以全國文協地名義於 1953 年 1 月 29 日在文化部小禮堂召開了在京作家工作會，林默涵作了關於檢討胡風文藝思想的報告，並在最後言明：胡風只准檢討，不能解釋或討論。會後，《文藝報》接連發表了林默涵的《胡風的反馬克思主義的文藝理論》和何其芳的《現實主義的路，還是反現實主義的路》。

胡風對於林、何在文中只管批評和運動群眾，甚至宣傳自己頑梗不化、抗拒批判而隱瞞自己的書面檢討和承認錯誤的具體表現非常憤恨，他意識到：「就是我有能力再檢查出幾個錯誤來，他們也會壓下我的檢討不發表，並且提也不提，只是把我檢查出來的問題歸納到他們的文章裏去，把我的自我批評作爲他們自己的批評。」〔註 64〕正是帶著這種情緒，當林默涵找上門來要求胡風對發表的文章表態時，他表示「現在寫一封簡單的信是很困難的」，並以需要認眞地進行檢查爲由予以回絕。〔註 65〕

在開會和公開批評失效後，周揚等根據周恩來此前的指示，決定讓胡風「從實際工作中去鍛鍊」。〔註 66〕

在周揚等「法外開恩」的一段時間裏，胡風先是搬家到北京，後參加《人民文學》編委會，又下鄉宣傳總路線和統購統銷運動。但是，這樣太平的日子並沒有維持多久。路翎的《初雪》、《窪地上的戰役》等影響一時的作品便遭受了大範圍的批判，阿壟、冀汸等人的著作也遭受不公正待遇。胡風爲此而不平，更增添了自己的負疚和痛苦之情。他認爲，如果讓這種宗派主義、教條主義的不正之風繼續泛濫下去，整個文藝必將窒息。

〔註 63〕李離：《五十年代初期的胡風》，曉風主編：《我與胡風》（下），寧夏人民出版社 2003 年，第 997 頁。

〔註 64〕《關於解放以來的文藝實踐情況的報告》，《胡風全集》第 6 卷，湖北人民出版社 1999 年，第 135～136 頁。

〔註 65〕《關於解放以來的文藝實踐情況的報告》，《胡風全集》第 6 卷，湖北人民出版社 1999 年，第 134 頁。

〔註 66〕馬蹄疾：《胡風傳》，四川人民出版社 1989 年，第 193 頁。

恰在此時，中共七屆四中全會發佈了「反對獨立王國」的決議，其中提到黨內幹部滋長了驕傲情緒，必須開展黨內批評與自我批評運動。胡風並不瞭解這是毛澤東針對「高饒內訌」所做的指示，還以爲中央發現了問題，要下「決心把工作推到正軌上去」〔註 67〕。因此，重壓之下的胡風終於決定向中央「上書」。

在作出決定之時，胡風滿含著淚水對路翎說：「我和你路翎，和阿壟、綠原、牛漢、徐放、謝韜、嚴望、冀汸、盧甸等結伴而行，我們也有不小心也有莽撞。我現在很感慨，像做最後的奮鬥似的。但結果駁回來，說你反黨，如何呢？我們走到困難的境地了，終於不能顧忌什麼了。爲了文藝事業的今天和明天，我們的衝擊會有所犧牲。唉，中國啊，你生我養我，我要盡我的心和眞知作這這一奮鬥了！我要奮鬥，和我多年的願望一起，衝出去，哪怕前面是監牢。」〔註 68〕

這樣，胡風等歷時四個月的時間完成了 28 萬字的意見書，總題爲《關於解放以來的文藝實踐情況的報告》，分爲：幾年來的經過簡況、幾個理論性問題的說明材料、事實舉例和關於黨性、作爲參考的建議等四個部分。胡風還寫了一封八千字的信附在報告前面，託習仲勳轉呈中央政治局、毛澤東、劉少奇、周恩來等。完成「上書」後，胡風感到了少有的輕鬆，他滿懷信心地期望著。

這期間發生了兩件事，直接導致胡風悲劇的上演。一件是，舒蕪與聶紺弩等酒後拜訪胡風，結果遭遇逐客令，讓舒蕪頓生報復之心。另一件是，胡風錯以爲《文藝報》壓制「小人物」而遭批判是自己「上書」的結果，因此他將批判的矛頭直指周揚等文藝界的當權派，使原本針對馮雪峰和《文藝報》的批判會發生了「戰線南移」。黃藥眠、孔羅蓀、師田手、康濯、吳雪、李之華以及袁水拍迅速達成統一戰線，對胡風和路翎予以激烈批判。

事情到了這一步是出乎胡風意料的，但他和路翎拒不接受批判。截至此時，事態也不是到了不可收拾的地步。周揚和林默涵在批判會當晚來到胡風家，提示說他們的做法是根據中央的指示，並勸胡風認清形勢，接受批評，

〔註 67〕《致張中曉》，1954 年 9 月 8 日，《胡風全集》第 9 卷，湖北人民出版社 1999 年，第 661 頁。

〔註 68〕路翎：《一起共患難的友人和導師——我與胡風》，曉風主編：《我與胡風》（下），寧夏人民出版社 2003 年，第 734～735 頁。

進行檢討。〔註69〕

但是不懂政治的胡風再次「錯失」機會。於是周揚在題爲《我們必須戰鬥》的發言中，向文藝界發出「爲著保衛和發展馬克思主義，爲著保衛和發展社會主義現實主義，爲著發展科學和文學藝術事業，爲著經過社會主義革命將我國建設成爲一個偉大的社會主義國家，我們必須戰鬥」！〔註70〕的號召。隨後，《人民日報》、《文藝報》等先後發表該文。

胡風終於意識到問題的嚴重，迅速致信友人，叮囑他們注意言行，冷靜沉著，不可草率行事，做好應急準備，適時開展對自己的批判運動，不要被動，〔註71〕並開始認眞研究周揚的報告，決定檢討。

（二）自我批判

胡風沒有意料到事態如此嚴重，以至於不知從何檢討，只好由朋友們先提出問題並擬就草稿，自己再結合此前被批判的內容進行修訂。然而，直到此時，他的思想還沒有轉過彎來，雖盡可能地檢查了自己的「問題」，但是對於現實主義的文藝理論仍採取保留的態度。這樣，在寫寫改改的過程中，他耗時一個多月才寫完這篇「遲到」的檢討，然後寄給周揚等。

這期間，胡風聽說周揚要將《關於幾個理論性問題的說明材料》公開發表，他急忙採取補救措施，並趕寫「簡短聲明」要求在發表《材料》時附在前面。然而，一切晚矣。毛澤東在給周揚的信中已經批示道：

> 一、這樣的聲明不能登載；二、應對胡風的資產階級唯心論，反黨反人民的文藝思想，進行徹底的批判，不要讓他逃到『小資產階級觀點』裏躲藏起來。

胡風被通知不能發表聲明後，只好再次改寫檢討。然而這一切都於事無補，全國性的批判浪潮已經掀起。

1955年5月13日，《人民日報》在第二版、第三版發表了胡風長達一萬四千六百多字的《我的自我批判》〔註72〕，同時還發表了舒蕪的《關於胡風

〔註69〕《致方然》，1954年11月25日，《胡風全集》第9卷，湖北人民出版社1999年，第74頁；另見梅志：《胡風傳》，北京十月文藝出版社1998年，第635頁。

〔註70〕《人民日報》，1954年12月10日。

〔註71〕《致方然》，1954年12月13日、1955年2月2日、1955年2月13日；《致馮異》，1955年1月24日；《致賈植芳、任敏》，1955年1月26日，《胡風全集》第9卷，湖北人民出版社1999年，第76～79、90、135頁。

〔註72〕因爲袁水拍的編排失誤，《人民日報》發表的是《我的自我批判》的第二稿和

反黨集團的一些材料》和由毛澤東撰寫的那段學界耳熟能詳的長長的「編者按」。

《我的自我批判》顯然是在 1952 年所寫檢討的基礎上再次「昇華」的結果，內容基本是按照林默涵的規定來確定的。

在第一部分中，他首先從整體上承認自己犯了錯誤，言稱自己「把小資產階級的革命性和立場當作了工人階級的革命性和立場，混淆了它們中間的原則的區別」。隨後他就存在的「問題」分別作了剖析、批判和檢討。

如在涉及對「五四」的闡釋上，他承認自己「違反了毛主席關於五四新文化運動的分析和結論」，「抹煞了資產階級思想和無產階級思想的區別」。在涉及對現實主義的理解上，他承認「過去對斯大林的說法卻作了片面的簡單的理解」，「犯了忽視以至貶低馬克思主義對於創作實踐的指導作用的錯誤」。在涉及「主觀戰鬥精神」的問題上，他承認自己「是和毛主席關於思想改造的指示背道而馳的」。在觸及「哪裏有生活，哪裏就有鬥爭」的論點時，他承認自己的錯誤在於「把一般的反帝反封建的鬥爭要求和工人階級的立場混淆了起來，實際上就抹殺了改造立場問題」。他也對創作題材、繼承民族文學遺產、使用啓蒙文化的概念、主編《七月》等刊物的問題作了檢討。隨後，他總結了自己所犯的錯誤，並進一步分析道：「多年以來，我憑著從古典作家和蘇聯作家得到一些關於創作實踐的體會，和我自己在文學工作中所積纍的一些實踐經驗來看問題」，「脫離集體、個人奮鬥，滋長了宗派情緒，不肯傾向同志們的批評和發展自我批評，這就在解放前的一些辯論中發展成不顧政治影響以及目無大局的嚴重情況」。

接著，胡風著重檢討了自己在《論現實主義的路》中的「錯誤」，在涉及對主觀主義及整風運動的認識時，他說：「我沒有理解到黨的整風運動是以反對資產階級小資產階級思想在革命隊伍中的反映爲主要內容，而認爲整風運

第三稿的「附記」部分：「關於『幾個理論性問題的説明材料』的檢查」。儘管胡風最後修改的第三稿的全部迄今沒能與世人見面，但從第二稿推斷看，應該與第三稿出入不大，因爲第三稿修訂的時間已經是 1955 年 1 月 30 日《文藝報》發表《材料》之後的事了。而針對誤排事件，周恩來指示《人民日報》作檢討，相關責任人因「政治責任」而倍感緊張，周揚也爲此親自請示毛澤東，得到的答覆是：「什麼二稿三稿，胡風都成了反革命了，就以《人民日報》的稿樣爲準，要《文藝報》按《人民日報》的重排。」周揚於是發話道：「主席定了，就這麼做吧！」轉見林賢治《五四之魂：中國知識分子精神史》，廣西師範大學出版社 2006 年，第 163 頁。

動裏所提出的反教條主義就是和我自己的反主觀公式主義相符合的，這就把反教條主義的偉大的革命任務庸俗化了。」他還承認自己在文藝運動的現實問題上犯了嚴重的「錯誤」，並進一步批判說：「更不可原諒的是，到解放以後，我的這種有害的、狹隘的宗派情緒以及自以爲是的個人英雄主義根本沒有克服，……憑感想和零碎的事實對文藝運動作出了主觀的粗暴的論斷，終於發展成爲和黨所領導的文藝運動直接採取反對態度的嚴重錯誤。」

在談到「精神奴役的創傷」問題時，胡風承認自己「把人民作爲歷史地偉大的創造者這一面看得輕，反而把人民作爲階級壓迫的受難者這一面看得重了；……把革命內部的偏向和錯誤，即敵對階級的思想在革命內部的反映和危害，也歸到人民的『精神奴役創傷』上面，說成是『虐殺千萬生靈可怕的屠刀』，達到了歪曲革命內部鬥爭的不可原諒的錯誤」。最後他表達了自己的「愧悔」之情，他說：「我對於應該從我得到較好的幫助的青年同志們感到了悔恨性的內疚。我沉痛地感到辜負了人民，辜負了黨和階級事業，辜負了偉大的時代。」他還說：要對自己的思想「繼續進行深入的全面的檢查」，並「在黨的領導下面改造自己，努力學習並爭取努力工作」，以逐漸解除「過去的錯誤所帶來的負債的痛苦」。

在「對『關於幾個理論性問題的說明材料』的檢查」這一部分中，胡風首先承認自己寫這個「材料」是從「小資產階級的狂熱的抗拒心理出發的，與黨的批評與自我批評的精神完全背道而馳」，因而「上述論點和態度有了惡性的發展」，因此也就有必要對「材料」裏發展了的錯誤作進一步的檢討。隨後他又針對「人民大眾」與「工人階級」、「現實主義」、「哪裏有生活，哪裏就有鬥爭」、「民族文學遺產」、「思想改造」等問題再次作了在語氣、用詞和態度上都相較二稿更嚴厲的批判和檢討。

如在文藝工作者思想改造的問題上，胡風說：「我抹煞了今天的作家的政治上的區別，荒謬地攻擊了『改造好了的』、『經過改造但沒有改造好的』、『沒有經過改造的』等說法，我把這作爲文藝上的一種宗派主義的現象來提出，而且把實踐情況中的某些缺點和基本原則混淆了起來，把實際上革命現實對作家提出的要求說成了『棍子』和『刀子』。這表現了我的頑固的資產階級自由主義思想和拉普文藝離開政治的資產階級思想，我的錯誤的立場已經發展爲對工人階級立場的攻擊了。」他還認爲自己不應該「輕率地引用了馬克思經典著作和毛主席的著作來辯護自己的見解」，不應該「懷著宗派主義的成見和腐朽的個人主義情緒」攻擊黨的文藝領導幹部，為此他檢討說：「我不僅是模糊了自己的小資產階級革命性和工人階級革命性的區別，而且發展成了以自己小資產階級的立場來頑強地反對以至攻擊工人階級立場的極其嚴重的狀態了」。

今天看來，胡風在《我的自我批判》中雖不得不批判和否定自己，但字裏行間仍能夠感受到他還在努力維護和挽救屬於文藝自身的東西。閱讀全文可以感到，胡風對自己在政治上與馬列毛「對立」的情況承認和批判得多，卻在文藝從屬於政治的問題上承認和檢討得少。如綠原所分析的那樣：「他認為正是為了堅持這些正確的文藝觀點，他才在政治上犯了錯誤；或者說，他目前為了儘量挽救一些正確觀點，寧願在政治上接受一些過去不肯接受的『大帽子』。」〔註 73〕

還有，胡風的檢討在闡述因果和邏輯關係的表述上比較牽強，對問題的根源的挖掘上也缺少誠意（並非真誠而是「假誠」和無奈），以致全文僵化，感情蒼白。而且，胡風在文中也沒有使用粗暴、肮髒的「流行」語言貶損自己。因而在閱讀時，給人的感覺很乾淨，一點也不卑賤、猥瑣。這一點，可謂難能可貴、鳳毛麟角。

胡風的《我的自我批判》終於被發表了，但這份苦心經營的檢討已經失去了「過關」功效，反而成為自己的認罪材料和犯罪證據。換一個角度說，胡風的這份檢討對於他個人已經失去了意義和價值，無論他怎樣悔罪，秦城監獄終究是要與他相伴的。因為此時的他，已經不再是那個可以挽救和團結的「小資產階級」的統戰對象，而演變成一個「企圖篡奪文藝領導權」、「陰謀顛覆人民民主專政」的「反革命集團」的首領。胡風的遭際，恰好印證了阿倫特完成於 1951 年的《極權主義的起源》所說的：「凡是在極權主義運動取得政權的地方，早在政權開始它們的最大犯罪之前，就已經拋棄了這一整群同情者。」〔註 74〕

不過，根據斯大林「肅反」時期的經驗，這樣的檢討或許對於家人，還能起到一點補救的作用。因為斯大林規定，對於死不悔改的人，其家人也不能給予政府救濟，所以那些臨刑前的「犯人」只好高呼「斯大林萬歲」。

當然，對於梅志這個「從犯」來說，胡風的檢討也起不到這種作用，她

〔註 73〕綠原：《胡風與我》，曉風主編：《我與胡風》（下），寧夏人民出版社 2003 年，第 591 頁。
〔註 74〕林驤華譯，三聯書店 2008 年，第 438 頁。

在胡風被逮捕之後也失去了人身自由。

這時，不知道胡風是否後悔沒早些「投降」。因爲，這之前他失去了太多的機會，大的事件即如 1940 年代初的民族形式討論、1948 年遭遇香港文化界的圍剿、第一屆文代會、《時間開始了》被批判、文藝整風、紀念《講話》發表十週年、1951 年前胡喬木的三次談話、北京的四次批判會……他只要在其中的任一點「裝死躺下」，或者將《我的自我批判》早早奉上，哪怕只是做秀，現代中國的第一個「文字獄」就不會首先發生在他頭上，還有那 78 人的「骨幹分子」和那無端被株連的 2100 人。

關於胡風的悲劇，胡風集團的「死硬分子」賈植芳曾說：「（胡風）內心深處不甘寂寞。……中國的知識分子就是這樣，他永遠也擺脫不掉政治情結這隻『紅舞鞋』。」〔註 75〕在另一場合他又說：「胡風這個人有忠君思想，像晁錯一樣，想清君側，這是中國傳統知識分子的思想。」〔註 76〕思想轉軌前的摩羅也曾說：「胡風的罹難固然因了他堅持眞理堅持自我的品行，同時也因了他急於投身權勢集體以圖建功立業的欲望。」〔註 77〕摩羅所言自然不無道理，只是從《恥辱者手記》到《中國站起來》，這種華麗轉身，又將意味著什麼，只能拭目以待了。

不錯，造成胡風悲劇的原因之一是他對政治的熱衷和對領袖的愚忠，誠如楊憲益所說：「開國應興文字獄，坑儒方顯帝王威」，〔註 78〕所以，胡風即使是逃過 1955 年這一劫，也逃不過 1957、1966 年的那些劫；胡風悲劇的另一原因是他對魯迅的追隨。他深受魯迅啓蒙思想和韌性戰鬥精神滋養，卻不能領會魯迅式的「壕塹戰」和「橫戰」的意義，甚至在很多時候完全誤讀魯迅，所以「學藝不精」的代價也就必然促成他成爲 1949 年後的第一個殉葬品。

可以定論說：無論胡風是選擇毛澤東，還是選擇魯迅，悲劇在他已經是命中注定的，而何況他既選擇了毛澤東又選擇了魯迅，所以他的悲劇色彩當然要更超前一些、壯烈一些。對於胡風，人們曾評價他是中國的現代革命文藝戰士、中國的別林斯基、中國的唐吉訶德。應該說，這樣的評價都不錯，

〔註 75〕賈植芳：《獄裏獄外》，遠東出版社 1995 年，第 69 頁。

〔註 76〕陳思和：《「人」字應該怎麼寫？——賈植芳教授印象》，《馬蹄聲聲碎》，學林出版社 1992 年，第 198 頁。

〔註 77〕摩羅：《恥辱者手記》，內蒙古教育出版社 1998 年，第 56 頁。

〔註 78〕黃偉經：《文學路上六十年——老作家黃秋耘訪談錄》，《我親歷的文壇往事·憶大事》，人民文學出版社 2004 年，第 554 頁。

但如果將胡風比作阿 Q 其實更貼切。正如賈植芳在挽胡風聯中所寫：焦大多嘴吃馬糞，賈府多少有點人道主義；阿 Q 革命遭槍斃，民國原來是一塊假招牌。胡風的悲劇值得人反思。

第五章　「解放區」作家：反覆檢討爲哪般

丁　玲：「由於我的家庭出身沒落的大地主家庭，而又寄人籬下，所以常帶著封建地主階級的剝削意識，唯我獨尊，而又有著濃厚的虛無主義的孤僻的感傷的情緒。我是從小資產階級的知識分子對社會不滿而參加到無產階級革命隊伍來的。參加革命後，思想沒有絲毫改造，不久便被捕，在階級敵人特務的囚牢中，受到嚴重的考驗。但我沒有受得住考驗，我屈服了，投降了，寫了聲明自首書。從這裏我走向了叛黨。」

趙樹理：「我近三年來沒有多寫東西，常常引起關心我的同志們、朋友們口頭的和書面的詢問，問得我除了感謝之外無話可答。我之不寫作，客觀的理由找一百個也有，可是都不算理由；眞正的原因只有一個，就是脫離實際、脫離群眾。現在趁著毛主席發表《在延安文藝座談會上的講話》的十週年紀念，我用他這篇劃時代的文件的精神來檢查一下自己，作一次公開的檢討，以回答關心我的同志們、朋友們的盛意。」

第一節　丁玲：由高峰跌入低谷

在第一屆文代會即將召開之際，無論是受邀北上的「國統區」文藝家，還是「解放區」的文藝工作者，幾乎都在不遺餘力、煞費苦心、心照不宣地「爭奪一把舊椅子」〔註 1〕之時，丁玲——這位 1932 年入黨、1936 年投奔延安的大紅大紫的主流革命作家——卻格外地低調。在 1949 年 5 月 24 日的日記中，她這樣記述了自己參加完世界和平大會後的心境：

> 回到家後第一個感覺是空，我總覺得是脫離了實際，這個看法不應該對，難道出國不是實際？與黨外人士合作，瞭解他們，學習他們，這爲什麼是不實際？這也是實際的一角，這種知識也是必須的。……我不願去北平參加全國文藝協會。但是不能，組織上的命令我只有服從，我當然也明白我是應該去的。好吧，再開兩個月會吧，以後不要再開了！〔註 2〕

一、從兩種心境中走來

（一）低調起步

1948 年 6 月，丁玲突擊完成了長篇小說《太陽照在桑乾河上》。這部作品是丁玲 1936 年投奔延安後創作的第一部長篇小說，也是她在《講話》精神指引下到農村參加土改工作後的成果彙報，所以對作品寄予了很大的期望。但當她將初稿交給時任華北局宣傳部副部長周揚徵求意見時，卻受到冷遇。據

〔註 1〕《上海文藝之一瞥》，《魯迅全集》第 4 卷，人民文學出版社 1981 年，第 301 頁。

〔註 2〕《丁玲全集》第 11 卷，河北人民出版社 2001 年，第 379～380 頁。

反饋的信息說，周揚認爲作品中塑造的土改工作組組長文采的人物形象影射和諷刺了自己，〔註3〕還指責作品存在同情「地富」的思想傾向，並將這種觀點傳播開來，以致時任華北局書記的彭眞在一次會上不點名地批評說有些作家「有地富思想」，「就看到農民家裏怎麼髒，地主家裏女孩子很漂亮，就會同情地主、富農」。〔註4〕

丁玲爲此很憤懣，在日記裏發狠地表示：「只要我有作品，有好作品，我就一切都不怕，小人是沒有辦法的！」〔註5〕丁玲雖不同意周揚關於作品的成見，但又不好直接跟周揚當面理論，所以在索回稿件並作了一些修訂後，又呈送給胡喬木、艾思奇等人審閱，同時希望在臨走之前「反映些意見上去」。〔註6〕此後胡喬木指示並幫助她出版了書稿，使她能夠順利攜書出訪。爲此，丁玲一直感念不忘，1979年小說再版時仍提及說：「借這次重印的機會，我要感謝胡喬木、艾思奇、蕭三等同志。一九四八年的夏天，他們爲了使《桑乾河上》得以出版，趕在我出國以前發行，揮汗審閱這本稿子。當我已經啓程，途經大連時，胡喬木同志還從建平打電報給我，提出修改意見。」〔註7〕

丁玲的確應該感謝胡喬木，因爲沒有他的審批和幫助，她不能及時出版小說，也就可能錯失斯大林文藝二等獎了。當然，丁玲還應感謝毛澤東。據甘露回憶，當胡喬木等正核議丁玲書稿之事時，毛澤東當眾說：「丁玲是個好同志，就是少一點基層鍛鍊，有機會當上幾年縣委書記，那就更好了。」〔註8〕

儘管書是如期出版了，但這樣的經歷令敏感的丁玲著實領略到制度的嚴酷，所以後來遇到胡風時她抱怨說解放區工農幹部把作品當眞人眞事，並告誡他創作時要「掌握政策，同時要走在政策前面，『有遠見』」。〔註9〕

〔註3〕1955年在揭批「丁玲、陳企霞反黨集團」的大會上，有人直接質問丁玲：小說中的文采是不是影射和攻擊周揚？參見楊桂欣：《丁玲與周揚的恩怨》，湖北人民出版社2006年，第52頁。

〔註4〕《生活、思想與人物》，《丁玲全集》第7卷，河北人民出版社2001年，第437頁。

〔註5〕1948年6月22日記，《丁玲全集》第11卷，河北人民出版社2001年，第342頁。

〔註6〕1948年6月22日記，《丁玲全集》第11卷，河北人民出版社2001年，第342頁。

〔註7〕《〈太陽照在桑乾河上〉重印前言》，《丁玲全集》第9卷，河北人民出版社2001年，第99頁。

〔註8〕甘露：《毛主席和丁玲的二三事》，《新文學史料》，1986年第4期。

〔註9〕1949年2月2日，《胡風全集·日記》第10卷，湖北人民出版社1999年，第

讓丁玲低調的另一原因，是她在出國過程中眞切地體驗到所謂「邊緣人」的感覺。丁玲是第一次出國，且背負「國家的重託」，自然是滿懷興奮和好奇。不過，期望太大、太多，失望也就愈大。因爲隨團出國並非想像般的美好，何況對於一個缺乏外事經驗、全由女人組成的代表團，其中的不愉快自然不會少，加之旅途勞頓、飲食不習慣、語言不通、臨時準備材料、無聊的應酬等，一切都讓人心煩氣躁。如在莫斯科準備出發的那天，她在日記中這樣記道：

> 吃飯時朝鮮代表魚貫入，她們很活潑很有生氣的走來和我們握手，她們是一群快樂的代表，而我們則癡坐如佛，不知像一群什麼。……我們不像一個代表團，像被管著的一群童養媳，這種作風如何是好。〔註10〕

開會過程中，丁玲還無奈地充當了一次「旗手」，她在日記中這樣自嘲道：

> 我演了一齣戲，扮演了一個十十足足的打旗子的角色。很好，我應該感到光榮。假使不是「婦女」擡舉我，我能見這種世面麼？我能演這齣戲嗎？幸好大姐（即李德全——引者注）是要我拿旗，沒有要我拿被面；而且幸好她沒有把她所喜歡的那些繡花拖鞋拿出來。

可見，丁玲的自尊心的確受到了傷害，而且傷到骨子裏。爲此她在日記中一口一個「我」地宣泄道：「我瞭解了我的地位，我的渺小。整風以後，本來就毫無包袱了，但有時也還以爲自己能寫一點書。現在我明白了，我在黨內是毫不足道的，我應該滿足，我當了一名代表，我站在後邊，充數，打旗的任務是了不起的，……人們是勢利眼，我學會了忍受一切冷淡，不尊敬。我以前也能忍受的，但我現在已經不只是忍受而是安然處之了。」〔註11〕

丁玲不是那種被輕視後仍滿臉堆笑、上下活動的庸俗之人，多年養成的個性決定她在欲求不得之時，便會急流勇退。因此，1949 年 1 月上旬回到瀋陽後，她就準備長期留在東北生活和寫作，甚至自作主張「逃」起會來。她

16 頁。

〔註10〕1948 年 11 月 24 日記，《丁玲全集》第 11 卷，河北人民出版社 2001 年，第 360 頁。

〔註11〕1948 年 12 月 3 日記，《丁玲全集》第 11 卷，河北人民出版社 2001 年，第 364 頁。

在日記中記述說：

> 我沒有去北平開第一次全國婦女代表大會，從個人的利害上講來，也許是錯了。但我實在覺得老是開會開會做什麼呢？已經有那麼多人了，我就不必去，我願意老是往下沉，往下沉，……讓人家罵我去吧。〔註 12〕

丁玲看得很準確，這樣的會議不過是為了裝點門面，並非是要商議和解決什麼真正問題，而對於與會者來說，確實是個「露臉兒」的不錯時機。當然，作為黨員，她不能總是按照自己的意志來行事。不久後，她又受命參加所謂的世界和平大會。從漫不經心的與會日記中可以感覺到，她已經沒有了上次出國的興致和心情。正是在這樣的心境中，她才以低調的心態等待著第一屆文代會的召開。

（二）高調開進

正當「意志消沉」的丁玲向東北局提出要安家瀋陽並到鞍山體驗生活和從事創作的申請時，周揚特派甘露專程接丁玲參加文代會的籌備會。〔註 13〕

進京後的丁玲雖仍以低調的態度審慎從事，但在眾多所謂國統區作家面前，「解放區」作家的身份還是讓她不自覺地產生主人翁和救世主的優越感。因為，面對勝利，丁玲的感情是豐富而複雜的。從 1930 年開始加入「左聯」到失去自己的至親胡也頻，從被軟禁南京到投奔延安，從「昨日文小姐」到「今日武將軍」，這一切皆非常人所能感受。因此，當身在異域的她得知南京被解放時，其心情之亢奮度瞬間便達到極點：

> 我們受夠了痛苦，我們艱苦奮鬥，我們想著中國人民的歡欣，眼淚如湧泉，心惻惻而跳。……外國朋友們呵！……你們知道我們長期鬥爭的苦痛麼？我們多少人犧牲了，母親把兒子送上戰場，女人都做了寡婦，一個村一個村的青壯年沒有了，生產全靠婦女，我們誰也沒有家，好多參觀的人常常奇怪我們沒有家庭，夫婦不住在一道，孩子寄養在老百姓年家，女人沒有美感了，沒有生活的優雅的趣味。〔註 14〕

〔註 12〕1949 年 3 月 14 日記，《丁玲全集》第 11 卷，河北人民出版社 2001 年，第 367～368 頁。

〔註 13〕楊桂欣：《丁玲與周揚的恩怨》，湖北人民出版社 2006 年，第 55 頁。

〔註 14〕《丁玲全集》第 11 卷，河北人民出版社 2001 年，第 377～378 頁。

這段滿含激情的文字充滿了自敘的性質，可以說是丁玲近二十年革命履歷的眞切感受。

如果對丁玲的革命歷程進行一種性別審視，可以發現，她是以女人最可貴的青春和容顏作賭注的，其革命代價自然也就多了一份內容：當革命最後慘勝之時，她已由風韻楚楚、才情橫溢的青春少婦淪落爲滿臉土色、皮糙肉厚的半老太太。這對一個曾經時尚、備受男人關注和追捧的才女來說，無疑是一個殘酷的結局。因此，在對勝利的享受和體驗上，丁玲與周揚等事業正當年的男人是不可同日而語的。

正因爲這樣，丁玲的革命行爲便在更大程度上獲得了爲大眾、爲集體而犧牲的意義和價值，而她也在這種崇高和悲壯感中獲得一種超越個人情感的精神補償。所以，當面對那些被解放者時，她既對他們的坐享其成表示不屑和鄙夷，尤其是面對那些曾經譏諷和反對自己參加革命的自由主義文人，她的這種感覺就會愈發強烈。

原文學研究所學員、曾任丁玲秘書的張鳳珠說：「她不大瞧得起和她同時代的一些作家，她可以自傲於他們的就是她參加了革命，而那些人沒有她這種經歷」，「和老舍、巴金他們比，她大概有一種參加了革命的優越感」。〔註 15〕原文學研究所學員朱靖華回憶說：「有時她對別人有一種不自覺地輕視。在一般作家和知識分子面前，她也有一種從解放區來的高人一等的潛在心理。」〔註 16〕就連當時紅極一時的「新聞才女」韋君宜也感受到丁玲「有一點傲氣」。〔註 17〕當然，體味更深切、更透骨的是當年「譏笑」胡也頻和她不懂革命的好友沈從文，這一點從他所寫的私密文字中可以感受得到。而作爲感情外傾型的丁玲似乎也不著意避諱這種在她看來再自然不過的舉動，因爲她覺得自己有資格享有這一切。

其次，丁玲在創作上取得的成就足以讓她滿懷信心地面對紛繁複雜的文藝界。因爲是「轉向」作家，所以丁玲的創作也就包含了更寬泛的內容。從「五四」新文學創作這一方面說，丁玲在 1927 年 12 月開始就在名噪一時的《小說月報》上以「頭牌」的位置先後發表處女作《夢珂》和成名作《莎菲女士的日記》，此後一年內又接連發表小說十餘篇。在冰心、廬隱、馮沅君、

〔註 15〕刑小群：《丁玲與文學研究所的興衰》，山東畫報出版社 2003 年，第 54 頁。
〔註 16〕刑小群：《朱靖華訪談》《丁玲與文學研究所的興衰・附錄》，山東畫報出版社 2003 年，第 172 頁。
〔註 17〕韋君宜：《思痛錄・路莎的路》，文化藝術出版社 2003 年，第 37 頁。

淩叔華、林徽因等「五四才女」相對處於黯淡和停滯狀態時，丁玲的出現的確給當時的文壇帶來不小的震動，葉聖陶、茅盾、魯迅等小說大家都讚賞有加。雖然此後丁玲轉向「左翼」，創作水準有所下降，但是她曾經擁有的輝煌是誰也要承認的。

從轉向「左翼」文學這一方面說，丁玲從1929年下半年開始先後創作長篇小說《韋護》、中篇小說《一九三〇年春上海》、短篇小說《水》和《田家沖》，雖然這些小說未脫去「革命＋戀愛」的文學模式，但丁玲以女性特有筆調和情感爲自己在「左翼」文學界贏得了尊重；在《講話》出臺後，她創作出《田保霖》、《太陽照在桑乾河上》等爲毛澤東、江青等交口稱讚的作品。

特別是1948年丁玲路過西柏坡時，毛澤東曾當面將她與魯迅、郭沫若、茅盾「同列一等」，江青還說過，有一時期她的影響已經超過茅盾和郭沫若。爲此，丁玲難掩興奮的心情而在日記裏寫下這樣的文字：「我是多麼的高興而滿足啊！……我把他對我的鼓勵都記在日記上，我不會自滿，但我會因爲這些鼓勵而更努力。」〔註18〕

從丁玲後來的舉動可以看出，她非常在意這樣的評價，這不僅因爲有一定文學修養的毛澤東一直以來都是她的「知己」，更主要的是，在革命即將勝利前夕，作爲黨內的最高領導人能夠做出這樣高的評判，不但使她作爲一個作家的最高願望得以滿足，也使她作爲一個革命者的最高理想得到認可。

因此，無論在自由主義作家面前，還是在革命作家面前，丁玲都是充滿自信的。也由此，她的精神意識裏便不自覺地生成一種領軍人物的氣度，李輝將其描繪爲一種明星意識，說：「明星意識是一個巨大的載體，它包容著所有外在的潛在的意願，不管它是否合理是否現實。明星意識也是少數人擁有的專利，只有那些有能力有成就有個性的人才能具備。」〔註19〕這種氣度或明星意識，在丁玲那裏又都是以外化的方式呈現出來，這一方面與丁玲張揚的個性有關，另一方面也與她知識修養的相對匱乏有關。賈植芳在晚年時就說：「丁玲愛出風頭，一個中學生出身，文化素質低。」〔註20〕

當然，作爲知命之年方功成名就的丁玲來說，桀驚、跋扈自然也在所難免，尤其是面對缺少文化修養和比自己職位低的人，如她對趙樹理的輕蔑，就爲很多人所熟知。

〔註18〕《丁玲全集》第11卷，河北人民出版社2001年，第339頁。
〔註19〕李輝：《李輝文集·往事蒼老》，花城出版社1998年，第228頁。
〔註20〕李輝：《李輝文集·往事蒼老》，花城出版社1998年，第260頁。

二、兩種角色的傾情演繹

（一）盡職盡責的「小號兵」

文代會閉幕前夕，丁玲被任命爲全國文聯常委、文協副主席、文聯機關報《文藝報》的首任主編，並在 1950 年春升任作協黨組書記和常務副主席，行政級別劃定爲 7 級（副部級），而後又兼任中央文學研究所所長。

應該說，這些委任與丁玲在黨內和文藝界的實際身份與地位是基本相稱的，因爲從文藝界的角度來說，她所獲得的權勢和地位雖不是最高的，但也緊隨郭沫若、茅盾和周揚之後。有了這樣的平臺，丁玲一改此前低調的心態，以飽滿的熱情投入到新的崗位中，用她自己的話說就是：「光明在前面，希望在前面，幸福在前面，……我願在黨的指引下，繼續做好一名小號兵。」〔註 21〕

作爲主流文藝界的領導，丁玲自覺履行起《講話》代言人和執行者的職責。

第一屆文代會上，丁玲在題爲《從群眾中來，到群眾中去》的書面發言中倡議道：「毛主席《在延安文藝座談會上的講話》，提出了新中國的文藝方向。要實現這個方向，必須由解放區所有的文藝工作者下決心去執行，……文藝工作者還必須將已經丟棄過的或準備丟棄、必須丟棄的小資產階級的，一切屬於個人主義的肮髒東西，丟的更乾淨更徹底。」〔註 22〕

而後，丁玲又針對《講話》中提出的「普及」問題強調說：「我們知識分子出身的文藝工作者，如果不向工農兵學習，如果不去求得我們生活上最缺乏的工農兵生活與感情，不從那裏找文學藝術的源泉，不從那裏吸收群眾的養料把自己哺養起來，充實起來，豐富起來，我們是無法談普及，也無法談提高的。」〔註 23〕

針對知識分子在思想改造中出現的「不老實」問題，丁玲撰寫了《談「老老實實」》，文中刻薄地指出：「從舊社會中來的人，受過舊社會影響的人，要做到完全老老實實是不容易的。最巧妙的還有裝得老老實實，實際是很不老實的人，因爲他的本領高一些，一時不易被人看出，他就更會利用他的不老

〔註 21〕丁玲：《北京》，《丁玲全集》第 6 卷，河北人民出版社 2001 年，第 99 頁。

〔註 22〕《丁玲全集》第 7 卷，河北人民出版社 2001 年，第 108 頁。

〔註 23〕《談談普及工作——爲祝賀北京市文代大會而寫》，《丁玲全集》第 7 卷，河北人民出版社 2001 年，第 179～180 頁。

實。」〔註 24〕據邵燕祥回憶，這篇文章曾作爲文件下發各單位，〔註 25〕其影響可見一般。

在《講話》發表十週年之際，丁玲撰文指出：通過《武訓傳》、文藝界整風和「三反運動」來看，目前「文藝工作者們並沒有把這個文件學好，或者是已經把他們所學到過的忘記了」。她強調說：「我們在肅清資產階級、小資產階級的影響這一點上，還必須堅持批評和自我批評，絕不應該袒護這種錯誤傾向，或寄予同情。」〔註 26〕

此外，丁玲還以文藝導師和文壇權威的身份先後撰寫了《談文學修養》、《青年戀愛問題》、《創作與生活》、《談談文藝創作問題》、《談新事物》、《談與創作有關諸問題》、《到群眾中去落戶》、《作家需要培養對群眾的感情》、《怎樣閱讀和怎樣寫作》、《創作要有雄厚的生活資本》、《生活思想與人物》、《作家必須是思想家》、《談談寫人物》等諸多指導性的文章。這一時期，丁玲雖不能以創作發揮自己的中堅作用，卻以這種「更加直接的方式『扶正祛邪』，爲建立文學新體制搖旗吶喊，充分發揮了『一名小號兵』的作用」。〔註 27〕

在宣傳和貫徹《講話》的同時，丁玲也加強了對文壇的整肅工作。

在對「舊文藝」的清剿中，她重點選擇了在讀者中最有影響的冰心和巴金。針對冰心，她批評說，冰心的作品「在思想和情感上使我們與家庭建立許多瑣細的、『剪不斷、理還亂』的感情」，因此，「在前進的道路上，我們要去掉這些東西。」〔註 28〕之後她又說：「冰心的文章的確是流麗的，而她的生活趣味也很符合小資產階級所謂優雅的幻想。她實在擁有過一些紳士式的讀者，和不少小資產階級出身的少男少女。」〔註 29〕針對巴金，她批評說：「巴金的作品，叫我們革命，起過好的影響，但他的革命既不要領導，又不要群眾，是空想的，跟他過去的作品去走是永遠不會使人更向

〔註 24〕《丁玲全集》第 7 卷，河北人民出版社 2001 年，第 189 頁。

〔註 25〕李輝、應紅編著：《世紀之問：來自知識界的聲音》，大象出版社 1999 年，第 48 頁。

〔註 26〕《要爲人民服務得更好——紀念毛澤東同志〈在延安文藝座談會上的講話〉發表十週年》，《丁玲全集》第 7 卷，河北人民出版社 2001 年，第 302 頁。

〔註 27〕秦林芳：《丁玲的最後 37 年》，中國文史出版社 2005 年，第 42 頁。

〔註 28〕《在前進的道路上——關於讀文學書的問題》，《丁玲全集》第 7 卷，河北人民出版社 2001 年，第 120 頁。

〔註 29〕《「五四」雜談》，《丁玲全集》第 7 卷，河北人民出版社 2001 年，第 161 頁。

前走。」〔註 30〕

丁玲還對沈從文、張恨水、馮玉奇、「禮拜六派」、「鴛蝴派」等舊小說、反映「低級趣味」的國產電影等作了清算，說：「所有這些作品給予我們的影響，我們應該好好地整理它，把應該去的去掉它！」〔註 31〕

同時，丁玲也適時展開了對「新文壇」的整肅。她批評《界限》、《戒煙的故事》等「是穿著工農兵的衣服，實質上是極壞的小資產階級的東西，混進人民文藝裏來」。〔註 32〕她批判蕭也牧的《我們夫婦之間》「迎合了一群小市民的低級趣味」，所塑造的男主人公「李克」是「裝出一個高明的樣子，嬉皮笑臉來玩弄他的老婆——一個工農出身的革命幹部」。〔註 33〕她批評陳學昭的《工作著是美麗的》「雖寫的是小資產階級，但就以小資產階級的面目出現」。她批評朱定的《關連長》是「專門去找壞的東西，誇大，甚至造謠」，「故意出解放軍的洋相」。她評價孫犁的《風雲初記》，說作品中人物有些可憐，令人同情，不能使人愛他，學他，沒有力量。〔註 34〕

丁玲還以中宣部文藝處處長和北京市文藝界整風學習委員會主任的身份批評了《人民文學》「登載了一些不好的作品」，《人民戲劇》有嚴重的「小集團傾向」，她也批評《說說唱唱》、《光明日報》的《文學評論》、《新民報》的《文藝批評》等刊物編輯態度「不嚴肅」，「思想混亂」。〔註 35〕

當然，丁玲個人對新文壇的整肅工作比起她掌控的《文藝報》要遜色得多，或者說，丁玲並不總是親自上陣，而更多的是借助《文藝報》這個主掌文壇生殺大權的陣地來達成她的目的。

據本文統計，僅 1950、1951 年，《文藝報》就先後批判了魯勒的話劇《紅

〔註 30〕《在前進的道路上——關於讀文學書的問題》，《丁玲全集》第 7 卷，河北人民出版社 2001 年，第 120 頁。

〔註 31〕《在前進的道路上——關於讀文學書的問題》，《丁玲全集》第 7 卷，河北人民出版社 2001 年，第 122 頁。

〔註 32〕《怎樣迎接新的學習》，《丁玲全集》第 7 卷，河北人民出版社 2001 年，第 233 頁。

〔註 33〕《作爲一種傾向來看——給蕭也牧同志的一封信》，《丁玲全集》第 7 卷，河北人民出版社 2001 年，第 259 頁。

〔註 34〕《丁玲作第二學季「文藝思想和文藝政策」單元學習總結的啓發報告》（1951 年 7 月 31 日），刑小群：《丁玲與文學研究所的興衰・附錄》，山東畫報出版社 2003 年，第 216 頁。

〔註 35〕《爲提高我們刊物的思想性、戰鬥性而鬥爭》，《丁玲全集》第 7 卷，河北人民出版社 2001 年，第 272～276 頁。

旗歌》、王子輝的劇本《關羽之死》、路翎的小說《女工趙梅英》、孟淑池的小說《金鎖》、王震之的電影《內蒙春光》、朱定的詩《我的兒子》和小說《關連長》、盧耀武的小說《界限》、王林的小說《腹地》、胡丹沸的話劇《不拿槍的敵人》、沙鷗的小說《驢大夫》、王亞平的詩《憤怒的火箭》、碧野的小說《我們的力量是無敵的》、卞之琳的長詩《天安門四重奏》、蕭也牧的小說《我們夫婦之間》和《在海河邊上》以及《鍛鍊》、話劇《愛國者》、隋問樵的小說《趙同志》、李微含和辛大明的歌劇《石榴裙》、張志民的小說《考驗》等諸多作品。

不過，最讓丁玲得意的是 1951 年 4、5 月間，《文藝報》在第 4 卷第 1、2 期安排發表了江華的《建議教育界討論〈武訓傳〉》、賈霽的《不足爲訓的武訓》、楊耳的《試談陶行知表揚「武訓精神」有無積極作用》、鄧友梅的《關於武訓的一些材料》等批判文章，掀起批判《武訓傳》運動的序幕。正因爲有了這樣的「政績」，丁玲得到了毛澤東、胡喬木以及周揚的肯定和讚揚，她與《文藝報》「一貫正確」的地位也由此得以確立。

在理論宣傳的同時，丁玲也結合自身的實際談了自己在思想改造中的經歷、體驗和心得。在特寫集《陝北風光》的「校後感」中，她以現身說法道：「在陝北我曾經經歷過很多的自我戰鬥的痛苦，我在這裏開始認識自己，正視自己，糾正自己，改造自己。……走過來的這一條路，不是容易的，我以爲凡走過同樣道路的人是懂得這條路的崎嶇和平坦的。」她接著寫道：「現在看來，過去走的那一條路是達到兩個目標的：一個是革命，是社會主義；還有另一個，是個人主義，這個個人主義穿上革命衣裳，同時也穿上頗不庸俗的英雄思想，時隱時現。但到陝北來了以後，就不能走兩條路了，只能走一條路，而且只有一個目標。即使是英雄主義，也只是集體的英雄主義，也只是打倒了個人英雄主義以後的英雄主義。」她還略帶自謙地說：「我感到十分抱歉，我雖說有所改變，我肯定這一點是對的，我應該老老實實說，但我卻工作得很少，沒有搞出什麼名堂來！」〔註 36〕

在開明版《胡也頻選集》的「序言」中，丁玲回顧並檢討了自己當時的思想，說：「我那時候的思想正是非常混亂的時候，有著極端的反叛情緒，盲目地傾向於社會革命，但因爲小資產階級的幻想，又疏遠了革命的隊伍，走入孤獨的憤滿、掙扎和痛苦。所以我的狂狷和孤傲，給也頻的影響是不好

〔註 36〕《〈陝北風光〉校後感》，《丁玲全集》第 9 卷，河北人民出版社 2001 年，第 50～51 頁。

的。」〔註 37〕

在北京文藝界整風學習動員會上，丁玲帶頭「檢討」自己「缺乏勇氣，缺乏責任感」，「政治態度模糊，思想不尖銳，甚至跟著落後群眾走，沒有戰鬥性」，說自己「總想不要讓《文藝報》戴上」「思想領導的刊物」的帽子，發表了一些「可有可無的」和「不好的作品」，「沒有把兩年來偉大的變革和成就很好地反映出來」。在談到《文藝報》對待批評的問題時，丁玲煞有介事地「自責」說：自己有時不能堅持原則，「爲了怕得罪朋友，就寧肯不向群眾負責」，完全「是一個膽小的個人主義者」。〔註 38〕

在《要爲人民服務得更好》一文中，丁玲談到自己學習《講話》的經歷和體會：「當時經過一年多的痛苦的學習過程，這個講話才比較明確地爲許多文藝工作者所接受。……而眞正掌握住其整個精神，並正確地執行，卻還需要艱苦的長期的努力，才能做到。」她希望「文藝界、文藝領導者、有影響的作家」，「要不怕暴露弱點，勇敢改正錯誤」，「展開理論思想的批評和自我批評」。希望年輕的文藝工作者，要徹底「清算以文學作爲個人成就的打算」，同「黨性不純、主觀主義、粗製濫造等等不良傾向作鬥爭」。〔註 39〕

丁玲這些帶有親歷性、示範性和指導性的文字，顯然意不在檢討，而在更大程度上是作爲勝利者的成功經驗來介紹和推廣，是領導者進行批判運動前的情感鋪墊和政治策略，目的指向是那些需要改造的人。

（二）個人主義的不自覺呈現

1949 年後的最初幾年裏，丁玲是以文化官員和《講話》代言人的身份活躍在公眾視野裏，胡風將其比作「大觀園裏的鳳姐」是非常傳神的，但如果將視野放在私下領域，則可以發現，丁玲還有著完全不同於公眾形象的另一面。

如在文研所召開的一次「三八節」座談會上，丁玲大講特講自己對戀愛、結婚、生育等事的看法。原文研所學員徐光耀回憶說：當時「大家被她說得臉紅了，但又很興奮，很感激」。〔註 40〕在消解小資產階級感情的政治環境中，

〔註 37〕《一個眞實人的一生——記胡也頻》，《丁玲全集》第 9 卷，河北人民出版社 2001 年，第 66～67 頁。

〔註 38〕《爲提高我們刊物的思想性、戰鬥性而鬥爭》，《丁玲全集》第 7 卷，河北人民出版社 2001 年，第 269～275 頁。

〔註 39〕《丁玲全集》第 7 卷，河北人民出版社 2001 年，第 301～310 頁。

〔註 40〕《徐光耀訪談》，2001 年 3 月；刑小群：《丁玲與文學研究所的興衰．附錄》，

丁玲能夠公開說出令人「臉紅」的話，其行爲本身就已經觸犯了戒條。不過，此刻正春風得意的丁玲似乎不會想到這些。

在給「文講所」（1954 年中央文學研究所改稱中國作家協會文學講習所，簡稱文講所）學員授課中，她曾天南海北、毫無顧忌地講述了「左聯」時期的「奇聞軼事」，說：自己先是傾向共產黨，後傾向無政府黨；創造社當時表現得很「左」；「左聯」有關門主義和宗派主義；田漢在「五一」遊行時坐黃包車在馬路上誑了兩趟；批評何其芳關於崔鶯鶯表現了地主階級庸俗的男女關係的說法；自己是和潘漢年聊天和喝咖啡時加入左聯；自己當時看不起魯迅；魯迅和茅盾在「左聯」一次改選會議中落選了；魯迅與左聯、郭沫若之間的矛盾，等等。〔註 41〕

這樣口無遮攔的「跑野馬」，與平時端坐主席臺發言的丁玲書記或處長的身份顯然是不相稱的。而且，那種「環顧左右而言他」和「哪壺不開提哪壺」的放言行爲顯然也不利於團結。

而在私下生活領域，丁玲的「小資情調」更是到了「肆無忌憚」的程度，從她寫給陳明信中使用的「親愛的」、「親你」、「我緊緊的抱你」等熱辣辣的語言便可以感受得到。

由此可以看出，有著二十年黨齡的丁玲顯然沒有與工農大眾很好結合，甚至可以說根本就沒有結合，因爲無產階級最講究簡單、純粹和無我，即所謂的「一大、二公、三純」。作爲黨的高級幹部，不能以高度的黨性和階級性約束個人的人性，不能做到言行一致、表裏如一，不能發揮模範帶頭作用卻起相反的作用，這對黨本身來說，就是一種欺騙、褻瀆和背叛。而如果對照從不想念丈夫的阿慶嫂、沙奶奶等標準或理想女革命者，丁玲的表現確實是差強人意的。

丁玲言行不一的另一表現是在文學創作的指導上。1951 年，她在給文研所學員的講話中直言不諱地說：那些以爲「只有延安的魯迅藝術學院才有新文學」的人，「眞是孤陋寡聞到極點」。〔註 42〕

山東畫報出版社 2003 年，第 161 頁。

〔註 41〕 徐光耀：《丁玲兩篇遺作》，《新文學史料》，2000 年第 4 期；另參見《丁玲在中央文學研究所講「關於左聯」》（1951 年 3 月 23 日），刑小群：《丁玲與文學研究所的興衰・附錄》，山東畫報出版社 2003 年，第 210～214 頁。

〔註 42〕 《怎樣迎接新的學習》，《丁玲全集》第 7 卷，河北人民出版社 2001 年，第 228 頁。

在應《中國青年報》之約所作的《怎樣對待「五四」時代作品》一文中，丁玲嚴厲指斥了「那種否定『五四』，否定『五四』文學的影響的看法，是一種缺乏常識的偏見」，並告誡學員說：「我們年輕人，怎麼能因爲初初懂得『爲人民服務』，怎麼能因爲曾經在農村或工廠蹓躂了一回，而對於一個偉大的歷史，和這歷史所產生的文學輕輕地一筆抹煞呢？」〔註 43〕

在 1954 年那次題爲「讀書問題及其他」的授課中，丁玲坦言指出：「有的人看《靜靜的頓河》，說作品的思想不好，有問題，有的人認爲不應該以富農格里高里爲主角；又有人說，這就是作者肖洛霍夫本人的思想，但我看時就沒有想到這些，我想作者就是要寫富農，他寫時也不見得要把格里高里寫成這樣的結局。」〔註 44〕顯然，這樣的闡釋與《講話》精神是不相稱的。

當然，這或許也可以看作是丁玲對《講話》精神領悟的一個盲點，因爲她在《太陽照在桑乾河上》中所著力塑造的顧湧就是一個富裕中農的形象，而她所中意的黑妮也是一個階級曖昧的人物形象。她接著說：「我覺得讀書應捲入書中，跟它滾，和書中人物同喜怒哀樂，爲主人公而笑，而哭……我覺得讀書太清楚、太理智是無味的。只是找主題是什麼，積極性夠不夠，人物安排的好不好，這樣是否不好？」在涉及熟悉生活的問題時，她即興地說：「我現在可以摸清幾個作協的人，但現在不寫，將來也許寫一個新的《儒林外史》。」她甚至還批評一些文化界的人看戲「主要的是看漂亮的演員演戲」，等等。〔註 45〕

顯然，丁玲這種忘情的講述是從文學自身規律和她多年創作的實踐體會出發，與《講話》精神則完全是背離的。不過，對於當年聽課的青年學員來說，這種大膽的離經叛道式的言論倒是大大開闊了他們的視野。徐光耀爲此評說：「那時丁玲已經不在所裏了，所以她大膽些。從那篇講話看，那是她想了很久，也許憋了很長時間的話。」〔註 46〕原文講所學員鄧友梅也說：「坦白地說，這些觀點和主張，在那個時代是『另唱一個調子』，用現在的話說有點新潮、前衛！我們這些年輕人聽了又震驚又喜悅耳目一新。……但她的話傳到別人耳中也引起另一種反映。」〔註 47〕

〔註 43〕《丁玲全集》第 7 卷，河北人民出版社 2001 年，第 240～241 頁。
〔註 44〕徐光耀（存）：《丁玲的兩篇遺作》，《新文學史料》，2000 年第 4 期。
〔註 45〕徐光耀（存）：《丁玲的兩篇遺作》，《新文學史料》，2000 年第 4 期。
〔註 46〕《徐光耀訪談》，2001 年 3 月；刑小群：《丁玲與文學研究所的興衰·附錄》，山東畫報出版社 2003 年，第 162 頁。
〔註 47〕《文學的日子》，魯迅文學院 2000 年編印；轉引自刑小群：《丁玲與文學研究

就在「丁、陳反黨小集團」事件出現後，丁玲還在四川大學慷慨激昂地演講說：「一個人不能光從報紙上、書本上、別人的報告裏去找思想，自己應具有獨立思考的能力。一個作家首先必須是思想家。不能光是接受別人的思想，否則，作品的思想就不會超過社論的水平。」〔註 48〕

丁玲這種率性行爲與她的身份和地位顯然不相稱，而所造成的影響當然就不可估量了。

事實上，丁玲這樣的舉動並非是一時心血來潮。與延安培養的作家不同，丁玲畢竟是汲取著「五四」新文化的養分成長起來的，用她自己的話說是：「我雖沒有參加到『五四』，沒趕得上，但『五四』運動卻影響了我，我在『五四』浪潮極後邊，它震動了我，把我帶向前邊。」〔註 49〕因此，她的思想底色中必然牢牢打上「五四」的印記。她的個性氣質、性別意識以及作家的感性心理都決定了她業已形成的個人自由的心性不可能徹底淹沒於階級和集體意識中，即使是歷經延安整風和審幹那樣殘酷的精神洗禮，她的莎菲女士的思想印記也沒有在與工農大眾結合中黯淡和消逝，不過是由公共領域走向私人領域罷了。如她在 1947 年的日記中這樣寫道：

> 這裏很熱鬧，全部的人馬都到了這裏。我一整天夾雜在這裏面，並不感覺舒服。我的不群眾化，我的不隨俗，是始終沒有改變，我喜歡的人與人的關係現在才覺得很不現實。爲什麼我總不能在別人發生趣味的東西上發生興趣，總覺得大家都在學淺薄的低級的趣味。〔註 50〕

顯然，在丁玲苦惱於自己不能完全從眾的思想背後，是她清醒的獨立思考和自由思想在「作崇」。因此，當周立波言及：「爲什麼是一個人奮鬥呀，現在革命的隊伍這樣大」的問題時，丁玲馬上回覆說：「隊伍大，但各人必須走各人的路。」〔註 51〕

所的興衰》，山東畫報出版社 2003 年，第 46 頁。

〔註 48〕《作家必須是思想家》，《丁玲全集》第 7 卷，河北人民出版社 2001 年，第 443 頁。

〔註 49〕《我怎樣飛向了自由的天地》，《丁玲全集》第 5 卷，河北人民出版社 2001 年，第 265 頁。

〔註 50〕1947 年 5 月 29 日記，《丁玲全集》第 11 卷，河北人民出版社 2001 年，第 336 頁。

〔註 51〕1949 年 3 月 14 日記，《丁玲全集》第 11 卷，河北人民出版社 2001 年，第 368 頁。

由此，在這種個人與集體的矛盾中，逐漸形成了「兩個丁玲」：一個是公共領域的丁玲，即張口毛主席和《講話》、閉口與工農兵結合、爲工農兵服務的丁玲，一個虛浮的概念化的政治丁玲；另一個是私人領域的丁玲，即現實生活中大講特講婦女解放、個性解放和卿卿我我的丁玲，一個眞實的活著的情愛的個性丁玲。

可歎的是，丁玲對此並不自知，或者當她有所感悟的時候已經無可挽回了，從北京到北大荒到秦城監獄到山西老頂山公社再回到北京，丁玲始終如一，直至晚年依然演繹得那樣傾情。

三、在個性與黨性的兩難中

（一）個性主義的重創

1949 年後的最初幾年，丁玲和她所負責的《文藝報》團隊以政治態度鮮明、思想尖銳和戰鬥力強而博得領導們的賞識。丁玲記述道：1951 年初，胡喬木「給《文藝報》來了一封信，有些鼓勵，說我們有進步。在《人民文藝》上也提到幾句，對大家很有作用。主要還是幾篇批評對了勁。這樣也好，以後好工作多了」。〔註 52〕此後不久，丁玲便被調任中宣部文藝處，接替周揚擔任了處長。據陳明說，胡喬木談話時曾表示「周揚不行，要讓丁玲來幹」。〔註 53〕

丁玲走馬上任後不久便恰逢批判《武訓傳》運動，隨後她又領導了北京文藝界的整風運動、「三反」和「五反運動」，《太陽照在桑乾河上》在 1952 年 3 月間喜獲「斯大林獎金」二等獎。在這一連串的喜事中，丁玲著實出夠了風頭。

而作爲丁玲對立面的周揚，這一時期卻不那麼順快。先是因審查影片《武訓傳》不力被毛澤東訓罵「政治上不開展」〔註 54〕，不得不作檢討；後被毛澤東「趕」到湖南參加土改，〔註 55〕以至缺席第二次文代會的最初籌備工作；

〔註 52〕 1951 年 1 月 15 日，《丁玲全集》第 11 卷，河北人民出版社 2001 年，第 101 頁。

〔註 53〕 《陳明訪談》，2000 年，刑小群：《丁玲與文學研究所的興衰》，山東畫報出版社 2003 年，第 81 頁。

〔註 54〕 李輝：《與張光年談周揚》，《李輝文集・往事蒼老》，花城出版社 1998 年，第 276 頁。

〔註 55〕 據夏衍回憶：「記得有一次，大概是下去搞土改吧，大家都要下去，周揚可能不去。毛主席說：『如果周揚不願下去，我就派人去押他下去。』他講過這話，

他一直從中作梗的《太陽照在桑乾河上》「後來居上」獲得二等獎；1954 年他還一度被撤掉文化部副部長和黨組書記的職務。更讓他晦氣的是，自己婚外戀不慎將一女人的肚子搞大，丁玲卻不熱心「救場」。還有，因爲沒有扛鼎力作，周揚始終被視爲外行難於掌控文藝界，而潛在的阻力就是「實力派」——丁玲。

因此，當陳企霞因爲李準的小說與周揚等產生不愉快、〔註 56〕《文藝報》1954 年因開罪「小人物」而受批判、整肅「胡風反革命集團」等事件接連發生後，辭官養病的丁玲就被置於風口浪尖上了。

1955 年 6 月底，關於胡風的第三批材料公佈不久，時任作協黨組副書記的劉白羽和黨總支書記阮章競共同署名向中宣部寫報告揭發丁玲、陳企霞等人的問題。隨後，中宣部長陸定一署名向中央寫了《中央宣傳部關於中國作家協會黨組準備對丁玲等人的錯誤思想作風進行批判》的報告。報告認爲：「在反對胡風反革命集團的鬥爭中，暴露出文藝界的黨員幹部以至一些負責幹部中嚴重的存在自由主義、個人主義的思想行爲，影響了文藝界的團結，給暗藏反革命分子的活動造成了便利條件，……根據一些同志所揭發的事實和從胡風反革命集團分子的口供中發現的一部分材料，認爲丁玲同志自由主義、個人主義的思想作風是極其嚴重的。」「去年檢查《文藝報》的錯誤時，雖然對她進行了批評，但很不徹底，而丁玲同志實際上並不接受批評，相反，卻表示極大不滿，認爲檢查《文藝報》就是整她。」〔註 57〕

1955 年 8 月 3 日至 9 月 6 日，中國作協先後召開 13 次黨組擴大會，宗旨是批判「丁玲、陳企霞反黨小集團」，並最終形成《中國作家協會黨組關於丁玲、陳企霞等進行反黨小集團活動及對他們的處理意見的報告》（以下簡稱《報告》）。《報告》除歸納和總結了「丁、陳」「反黨」的四個主要表現外，還進一步指出：

> 丁玲同志的錯誤是十分嚴重的。她的錯誤有其長期歷史的和思想的根源。丁玲從很早起就具有強烈的沒落資產階級的個人主義和虛無主義的思想，這種思想很明顯地表現在她早期的一些作品中。

那是 1952 年。」李輝：《與夏衍談周揚》，《李輝文集・往事蒼老》，花城出版社 1998 年，第 238 頁。

〔註 56〕徐慶全：《「丁玲、陳企霞反黨小集團」冤案形成始末》，《湘潮》，2004 年第 6 期、2005 年第 1 期。

〔註 57〕黎之：《文壇風雲錄》，河南人民出版社 1999 年，第 101 頁。

參加革命後，她並沒有認眞批判和克服這種思想，因此，當革命遇到困難的時候，就表現爲動搖，不滿，對黨抱怨，……而當革命勝利，環境順利、個人有些成就的時候，卻又會驕傲自滿、目空一切，把個人和黨並列甚至放在黨的上面。〔註 58〕

客觀地說，如果刨除宗派主義的主觀情緒和打擊心理，而純就文字內容來說，上述文字與丁玲的實際是相符的，而就此坐實她「反黨」也在情理之中。當然，這裏所謂「反黨」，並不是主觀上的革命暴力，而是指其自身所具有的個人主義、任性的行爲與黨的集體主義相衝突、對立這樣一個基本的客觀事實。這一點，作協在送交中宣部的兩份報告中計劃批判丁玲的直接緣由是「自由主義」和「個人主義」也是客觀的。而林默涵所說的「丁玲同志在三個階段（指南京被囚禁、延安、1949 年後等三個時期——引者注）的考試，都是不及格的」〔註 59〕的斷語也有其合理的一面。

對於這「飛來的橫禍」，丁玲雖強力辯解，拒不服罪，但終因人單力孤難於招架，特別是在一些生活「小節」處，讓人抓住小辮子使她陷於被動。因此，在四面撲火的同時，她也不得不做出讓步，而一旦有了讓步，新的問題又會接二連三地產生。徐剛回憶說：1955 年，「丁玲在會上檢討了兩次，她每次檢討後，人們便從她檢討發言中找矛盾再批判，說她態度不老實，檢查得不深刻等」。〔註 60〕《報告》中對此所作的記述是：

丁玲同志在會上所作的第一、二兩次發言是不老實的，不但避重就輕，不肯正視自己的嚴重錯誤，並且語帶威脅地反擊發言批評他的同志。〔註 61〕

爲了「幫助」丁玲寫好檢討，周揚等直接拋出 1930 年代她被禁南京向國民黨屈服、自首的「殺手鐗」。〔註 62〕

〔註 58〕王增如、李向東編著：《丁玲年譜》（上卷），天津人民出版社 2006 年，第 332～333 頁。

〔註 59〕《文藝界正在進行一場大辯論‧周揚、邵荃麟、劉白羽、林默涵在中國作家協會黨組擴大會議上的發言紀要》，《文藝報》，1957 年第 20 號。

〔註 60〕《徐剛訪談》，1999 年；刑小群：《丁玲與文學研究所的興衰‧附錄》，山東畫報出版社 2003 年，第 120 頁。

〔註 61〕王增如、李向東編著：《丁玲年譜》（上卷），天津人民出版社 2006 年，第 340～341 頁。

〔註 62〕據賈植芳回憶，他進監獄個把月後，他的一位獄友（國民黨人）就已經開始應上級的要求，寫有關丁玲的被捕問題的材料了。賈植芳：《在這個複雜的世

周揚等人這種釜底抽薪的行爲不可謂不陰險、毒辣，但從另一面來說，也著實擊中了丁玲的軟肋。丁玲晚年在《憶弼時同志》中曾提及，自己在延安黨校受到康生質疑，因此提出要組織給自己做個結論，「組織上便委託弼時同志做這項事。……後來，中央組織部對這段歷史作了結論，陳雲、李富春同志親筆簽名」。〔註63〕

丁玲所說的中組部的結論即是1940年經由毛澤東修改的《審查丁玲同志被捕被禁經過的結論》。不過這個結論在1943年延安中央黨校「審幹」期間自動失效，因爲丁玲迫於政治的壓力又補充交代了自己在南京時寫「自首」字條的事。〔註64〕她也因蓄意欺騙黨組織，受到更嚴厲的審查。

據後來披露的「丁玲日記」載：這一時期她十分苦悶，「夜不能寐」，經常劇烈的頭疼。開始，她還相信「黨終會明瞭我的」，「在八月不能搞清楚，九月一定可以，九月不行，今年一定行」。但是「這惡夢似的時日」彷彿無窮盡，她的信心被徹底摧垮，爲了「過關」，她在9月14日中秋節那天的日記裏她寫道：「我已經向黨承認我是復興的特務了！」而「支部書記答覆我說『問題』解決了一部分，現在還須要我反省出國民黨使用我的方法，和我的工作方法，因爲他說我是很高明的!」〔註65〕這樣，丁玲就屬於「有問題暫時未弄清的人」，〔註66〕直到1949年後。

據黎辛回憶：1952年，時任中宣部副秘書長、一屆黨委書記的熊復曾就丁玲歷史問題寫過一個材料，〔註67〕丁玲也曾寫信給時任中組部部長的安子文要求作結論，〔註68〕但結果都是不了了之。而在1955年「肅反」的政治情境中，周揚等提出這個歷史問題其威力等同於一顆定時炸彈。10月底，害怕

界裏》，《新文學史料》，1994年第2期。

〔註63〕《憶弼時同志》，《丁玲全集》第6卷，河北人民出版社2001年，第329～330頁。

〔註64〕字條的大意是：「因誤會被捕，生活蒙受優待，未經過什麼審刑，以後出去後，不活動，願家居讀書養母」。李向東：《最難挨的一年——關於丁玲1943年的幾則日記》，《新文學史料》，2007年第4期。

〔註65〕李向東《最難挨的一年——關於丁玲1943年的幾則日記》，《新文學史料》，2007年第4期。

〔註66〕陳明：《丁玲在延安》，《新文學史料》，1993年第2期。

〔註67〕黎辛：《觀察丁玲對黨的忠實——對丁玲在南京被禁的兩種看法與兩種審查做法》，《丁玲研究》，2003年第1期。

〔註68〕1956年8月16日丁玲寫給中宣部機關黨委的《辯證書》，轉引自徐慶全：《丁玲歷史問題結論的一波三摺》，《百年潮》，2000年第7期。

被開除黨籍的丁玲不得不寫出書面檢討，「開始向黨認錯」，承認與陳企霞是「反黨聯盟」的關係，也附和說「黨召開這次會議是挽救了她」。這樣，「丁玲、陳企霞反黨小集團」的冤案正式形成。

（二）個性主義的迴光返照

1956 年，蘇共二十大報告在國內傳達後引起軒然大波，一向被描繪爲美好和理想的王國原來竟是血淋淋的人間地獄，這讓執掌政權的領袖們很震驚；同時，由潘漢年、胡風引發的肅反運動取得重大「勝利」，全國上下一片靜悄悄，這讓高高在上的領袖們很得意；也是這一年，社會主義三大改造基本結束，公有制的經濟體制已經打造完畢，這讓雄心勃勃的領袖們很自信。

於是，「雙百方針」提出了，丁玲的問題也出現了轉機。

正當中宣部調查組初步拿出有利於丁玲的結論時，毛澤東簽發了《中国共產黨中央委員會關於整風運動的指示》，提出要整頓主觀主義、宗派主義和官僚主義的「三風」，重點是要解決官僚主義、脫離群眾實際、解決問題不妥當等。在這樣的政治背景下，邵荃麟在 1957 年 5 月初的整風動員報告中，奉周揚之命宣佈「丁、陳反黨小集團的結論站不住腳」，並說「丁、陳反黨集團這頂帽子一定要去掉」。〔註 69〕

6 月 6 日，作協召開黨組擴大會議，討論「丁、陳」問題。時任作協黨組副書記的郭小川在日記中記下了會議情況：「邵、劉、周三人先講話，然後是一些人談感想，然後是一片對周、劉的進攻聲」；「會議十分緊張，空氣逼人」，使人感到「頭腦發漲」。〔註 70〕7 日、8 日又接連召開會議。一直沉默的丁玲終於在 8 日的第三次會議上表達了自己的意見。她在講話中開首就說：「我是從墳墓中爬出來的人，是一棍子被打死了的人……」〔註 71〕隨後，又針針見血地提出了三個問題：爲什麼沒有核對事實就向中央作報告？爲什麼要背著當事人向中央作報告？1955 年的黨組擴大會那麼多的人參加，現在爲什麼只有四五十個人到會？〔註 72〕

〔註 69〕黎辛：《我也說說「不應該發生的故事」》，胡平、曉山編：《名人與冤案——中國文壇檔案實錄》二，群眾出版社 1998 年，第 96 頁。
〔註 70〕《郭小川 1957 年日記》，河南人民出版社 2000 年，第 117 頁。
〔註 71〕《徐剛訪談》刑小群：《丁玲與文學研究所的興衰・附錄》，山東畫報出版社 2003 年，第 120 頁。
〔註 72〕黎辛：《我也說說「不應該發生的故事」》，胡平、曉山編：《名人與冤案——

歷史眞是巧合，也是在 1957 年 6 月 8 日這一天，《人民日報》發表了社論《這是爲什麼？》，吹響了反擊「右派」的號角。不過，這並未引起丁玲的注意，在 6 月 13 日的會議上依然不依不饒。據郭小川日記載：「丁玲發了言，態度尚平和，但內容十分尖銳，極力爭取康濯『起義』，追究責任，想找出一個陰謀來」。〔註 73〕然而丁玲卻錯誤地判斷了形勢，還頗爲樂觀地對孩子說：「現在已開始了全國性的反右派鬥爭，須集中精力於反右派鬥爭，而把這件事放一放。我這個問題，純屬 1955 年黨內鬥爭的一個遺留問題，若以不影響全局，而把它暫擱一段時間再處理也沒有什麼關係。」〔註 74〕丁玲的確夠天眞了，竟然絲毫沒有感覺到危機的日益臨近，還自覺地以「我們」的立場來看待這場運動。由此可見，丁玲不但如胡風一樣錯走了房間，還一廂情願地自居爲房間的主人。

1957 年 7 月 25 日，休會達一個多月之久的作協黨組擴大會再次召開。周揚一改此前的態度，宣稱：「前年對丁、陳的鬥爭，包括黨組擴大會，給中央的報告和向全國傳達」，「基本上都是正確的」。從歷史上看，「丁玲在幾個關鍵問題上對黨是不忠誠的」，在南京時「在敵人面前自首變節」，在延安時也犯了嚴重錯誤，並批判丁玲向黨進攻，指責「反黨小集團」翻案。隨後，與會人員倒戈，形成對丁玲的圍攻之勢。李之璉在多年後對當年的批判場景仍記憶猶新：

> ……會議進行中有一些人憤怒指責，一些人高呼「打倒反黨分子丁玲」的口號。氣氛緊張，聲勢兇猛。在此情況下，把丁玲推到臺前作交代。丁玲站在講臺前，面對人們的提問、追究、指責和口號，無以答對。她低著頭，欲哭無淚，要講難言，後來索性將頭伏在講桌上，嗚咽起來……〔註 75〕

在接下來的時間裏，作協連續召開 23 次會議，痛批「丁、陳反黨小集團」。其中，8 月 1 日的第九次會上，與陳企霞關係曖昧的天津女作家柳溪的反戈一擊，致使陳企霞不得不低頭認罪。而爲了將功贖罪，陳企霞隨後又「戴罪立功」反咬丁玲一口。這樣，批判者所希望看到的多米諾骨牌效應終於發生。9 月 3 日，在作協第 24 次批判會議上，丁玲終於放棄抵抗而宣告投降，

中國文壇檔案實錄》二，群眾出版社 1998 年，第 97 頁。

〔註 73〕《郭小川 1957 年日記》，河南人民出版社 2000 年，第 122 頁。

〔註 74〕蔣祖麟、李靈源：《我的母親丁玲》，遼寧人民出版社 2004 年，第 104 頁。

〔註 75〕李之璉：《不該發生的故事》，《新文學史料》，1989 年第 3 期。

並開始檢討。

（三）久違的檢討與被拒

在長達萬言的檢討書中，丁玲從五個方面分別予以闡述：

第一部分：南京問題

（1）在南京的錯誤；

（2）對錯誤的態度；

（3）離開南京的經過。

第二部分：在延安的錯誤

（1）支持反黨分子蕭軍及其他一些有反黨情緒的人；

（2）篡改了黨報文藝欄的編輯方針；

（3）我的嚴重的反黨的文章。

第三部分：1949 年到前年黨組擴大會議

（1）做工作時期（獨立王國，小集團，製造個人崇拜……）

（2）不做工作時期（不合作，分裂，反黨，一本書主義……）

第四部分：最近一年來的反黨活動

（1）反黨小集團問題；

（2）退出作協，分裂文藝界；

（3）和右派的關係。

第五部分：我的初步認識

可以說在這份久違的長篇檢討中，丁玲差不多對「群眾」的所有指責都照單全收，對自己的「錯誤事實」也供認不諱，並努力迎合批評而認罪檢討。如第一部分中，她在認定錯誤後檢討說：「我在南京所犯的錯誤，性質是嚴重的，也是很明顯的，但由於我的極端的個人主義，不敢正視自己的錯誤，在黨和同志們面前，我一直隱瞞自己的錯誤，當錯誤不能隱瞞的時候，便千方百計強調客觀原因，強調主觀動機，企圖減輕自己的錯誤，這實際是狡賴，是繼續隱瞞，是向黨進攻。」第二部分中，她在承認錯誤後檢討說：「總之，在延安一個時期我所犯的反黨錯誤是很嚴重的，這些錯誤發生在革命處於艱苦的時代，鬥爭最尖銳的時代，我的錯誤，反映了當時一部分剛參加革命的小資產階級出身的知識分子的動搖，反映了少數反黨分子對黨的不滿和仇視。」在第三部分的丁、陳反黨小集團問題上，她承認說：「我們的共同的東西，就是反對黨的文藝的領導。幾年來的反黨的關係把我們聯繫得很緊。」

在「一本書主義」的問題上，她檢討說：「我鬧宗派，搞小集團，還說是反宗派主義。我反黨，向黨進攻，我也還在說我是保衛黨，爲眞理而奮鬥。實質上我的思想就是一本書主義。」她還進一步分析說：

> 我的思想既然是腐朽的資產階級的思想，腦子裏就充滿著個人的名譽地位……爲什麼像我這樣的人總是膽大妄爲，越批評反倒越厲害，就是因爲自己覺得有書，有資本，有名譽，有地位，黨會照顧我的。
>
> ……
>
> 一本書思想在我的腦子裏，是根深蒂固的。解放初期，我還說點思想改造，文藝要爲工農兵等等，其實這都是幌子，我的骨子裏是書。

在第四部分「最近一年來的反黨活動」中，丁玲幾乎接受了批判者對自己的全部指控，包括「反黨小集團」、「退出作協，分裂文藝界」、「同右派關係」等，並將自己的辯白說成是「惡毒進攻」，也說自己「墮落到不像樣子」，沒有臉「請求黨寬容」自己。在最後一部分「我的初步認識」中，丁玲承認自己「幾十年的道路，就是極端的個人主義，走向叛黨，反黨，一條通向毀滅的道路」，然後分析並痛下決心說：

> 由於我的家庭出身沒落的大地主家庭，而又寄人籬下，所以常帶著封建地主階級的剝削意識，唯我獨尊，而又有著濃厚的虛無主義的孤僻的感傷的情緒。我是從小資產階級的知識分子對社會不滿而參加到無產階級革命隊伍來的。參加革命後，思想沒有絲毫改造，不久便被捕，在階級敵人特務的囚牢中，受到嚴重的考驗。但我沒有受得住考驗，我屈服了，投降了，寫了聲明自首書。從這裏我走向了叛黨。
>
> ……
>
> 我懂得黨對我的這樣無恥的墮落的錯誤是痛心的。不到重病也是不願用重藥的。我現在也明白象我這樣的一個頑固的個人主義者，一貫的反黨，反黨成爲一種本性了的人，也是非置之死地而後才能復生。我如果不經過大痛苦也是不能回頭的，如果不大徹大悟，徹底的暴露自己，批判自己，從根拔除腐爛的思想根源，完全拋除個人主義，也是不可能重新做人的。我現在第一步是要死去，一塊

肉一塊肉的割去，剜骨療毒，我要下狠心。要對自己毫無溫情。從死中求生。我是一個大罪人，我沒有臉，也沒有理由要求人民和黨給我寬大，我只求黨給我嚴格的處分，要求黨繼續拯救我，同志們繼續幫助我，使我能用行動，用工作來贖回我的罪惡。〔註 76〕

縱觀檢討書全文，丁玲雖然接受了各種被指控的大帽子，並做了幾近苛刻的自貶自辱，但卻始終沒有承認和說出「周揚一貫正確、反周揚就是反黨」這樣的潛臺詞。正如老舍所總結的：「作檢討無須百花齊放，各成流派，獨具風格。它只有一個最好的方法，就是忠誠老實。」〔註 77〕對此，「明瞭眞相的群眾」當然不依不饒，幾乎眾口一詞地斥責她虛僞、不老實。曹禺這樣說：

我對前天丁玲的發言很不滿意，儘管她開始表示的態度比較好，但後來的發言內容就非常空洞。她不談主要的問題，言語之間，總要叫人感到她很軟弱，有了一種不正確的「受了委屈」之感。以後又做出一種委委屈屈的小媳婦的樣子交待關係。說這裏怕去，那裏怕去。〔註 78〕

臧克家說：

在會場上，我看到了兩種眼淚，一種是柳溪同志的眼淚，……另一種是丁玲的眼淚，像一粒粒的鉛彈，它是黑色的，有毒的。她的手不斷的在揩眼淚，她的口不斷的在說謊話。這種眼淚是虛僞的，可恥、可恨的。〔註 79〕

吳組緗、卞之琳、馮至聯合發言說：

至於丁玲的所謂檢討，每一次都引起我們絕大的失望。那總是開端一篇大道理。你那些大道理若是不用事實來作證明，就是對我們欺騙。〔註 80〕

〔註 76〕《丁玲、陳企霞、馮雪峰的檢討》（內部發行），1957 年 9 月，第 1～23 頁。

〔註 77〕《樹立新風氣——1957 年 9 月 17 日在中共中國作家協會黨組擴大會議上的發言》，《文藝報》，1957 年第 25 號。

〔註 78〕《我們憤怒——在中國作家協會黨組擴大會議第九次會上的發言》，曹禺：《迎春集》，北京出版社 1958 年，第 148 頁。

〔註 79〕臧克家：《「靈魂工程師」的醜惡靈魂——斥責丁玲、陳企霞反黨集團》，《光明日報》，1957 年 8 月 18 日。

〔註 80〕吳組緗、卞之琳、馮至：《堅決向丁陳反黨集團鬥爭》，《光明日報》1957 年 8 月 23 日。

老舍說：

以我聽到過的檢討來說，眞是五花八門，花樣繁多：有的採取藕斷絲連法，剛說到一件較大的事，叫大家看見了一枝藕，便趕快把藕折斷，欣賞起那些細細的絲來。丁玲就慣用此法。丁玲一向看不起我們，今天依然看不起我們。她的優越感使她在交代自己的罪過的時候，還要向我們示威，叫我們看看她怎麼心細如髮，會做文章。她若是不能忘了她的狂傲，忘了自己的面子，就不會忠誠老實。若把才華用在開脫自己、掩飾罪行上，那就只能落個聰明反被聰明誤。〔註 81〕

對於丁玲檢討態度的「不老實」，鄭振鐸在日記也流露出不滿的情緒：

丁玲作第四次的發言，但是只是講理論，認錯誤，並不接觸到具體的事實。像抒情的敘述，不像自我檢討。〔註 82〕

面對這些咄咄逼人、不近人情、不切實際和落井下石的冷言惡語，丁玲墜入痛苦的深淵，在向兒子描述自己在大會上的遭遇時，她不無委屈地說：「在這樣的情況下，我只得檢討。但是被斥爲『態度不老實』，說我只承認『反黨』，『向黨進攻』，但不承認具體事實，不交待具體事實，仍在頑抗，繼續向黨進攻。還說我的態度是『欺黨太甚』，『欺人太甚』。」〔註 83〕丁玲這種受辱無助的心境是可以理解的，也應該給予深切的同情，只是不知她那時是否會愧悔自己當年批判王實味和蕭軍時的拙劣表演？昨天是批判者，今天是被批判者和檢討者，輪到誰誰才知道難受，歷史的輪迴就這樣堂而皇之地續演並繼續著。

1957 年 12 月 6 日，在 200 多人參加的作協總支大會上，包括丁玲在內的六人爲了與組織保持一致也都舉手同意被開除黨籍。丁玲被打倒了，受其牽連的還有馮雪峰、李又然、艾青、羅烽、白朗以及文研所「十二門徒」，還有李之璉、黎辛、張海、崔毅等共六十多人。這眞是：我本將心託明月，誰知明月照溝渠。

1942 年 4 月，丁玲在追憶蕭紅的文章中聯想起瞿秋白，文中寫道：

昨天我又苦苦地想起秋白，在政治生活中過了那麼久，卻還

〔註 81〕《樹立新風氣——1957 年 9 月 17 日在中共中國作家協會黨組擴大會議上的發言》，《文藝報》，1957 年第 25 號。

〔註 82〕《鄭振鐸日記全編》，山西古籍出版社 2006 年，第 540～541 頁。

〔註 83〕蔣祖林、李靈源：《我的母親丁玲》，遼寧人民出版社 2004 年，第 122 頁。

不能徹底地變更自己，他那種二重的生活使他在臨死時還不能免於有所申訴。我常常責怪他申訴的「多餘」，然而當我去體味他內心的戰鬥歷史時，卻也不能不感動，哪怕那在整體中，是很渺小的。〔註84〕

所謂的「二重的生活」，即指外在的政治生活和內在的精神生活。縱觀瞿秋白短暫的一生，可以說，丁玲的描述是準確而到位的。如果將這種寫照與丁玲自身相聯繫，這又何嘗不是她的夫子自道呢。針對二重的生活，吳宓曾有過一段精闢的論述：

譬如二馬並馳，宓以左右二足分踏馬背而縶之，又以二手緊握二馬之繮於一處，強二馬比肩同進。然使吾力不繼，握繮不緊，二馬分道而奔，而宓將受車裂之刑矣。〔註85〕

現實中的吳宓未嘗有這樣的親身體驗，而丁玲卻不幸被言中。高華在徐慶全《革命吞噬它的兒女　丁玲、陳企霞「反黨集團」案紀實》一書的「序言」中這樣寫道：「她的一生凸顯了 20 世紀中國左翼知識分子歷史的幾個最重要的命題：革命與知識分子、革命與人性改造、革命與革命隊伍內部的鬥爭、革命政治的懲戒機制和知識分子的關係等等。」〔註86〕事實也的確如此，丁玲作爲由五四啓蒙思想出走而走向階級革命的眾多作家的一個典型代表，其一生都在演繹著這樣的一種歷史糾葛與怪圈，當然也就踐行了那句箴言：「所有的革命都吞噬自己的兒女」。

據黎辛回憶：1956 年，丁玲在接受審查時曾哭訴說：「做黨員怎麼那麼難哪！」〔註 87〕的確，一個有個性的人，想做到純粹，怎能不難呢？在前無古人後無來者的烏托邦探索中，個人和個性的無私「奉獻」是在所難免的。歷史表明，任何不甘心放棄自我的人都在劫難逃。只是，對於因胡也頻的罹難而走上革命道路的丁玲來說，她的遭際大有步後塵之感。從 1938 年被時任中央黨校康生公開宣佈「不是我們的同志」〔註88〕，到 1943 年的「有問題暫時

〔註84〕《風雨中憶蕭紅》，《丁玲全集》第 5 卷，河北人民出版社 2001 年，第 135 頁。

〔註85〕吳學昭：《吳宓與陳寅恪》，清華大學出版社 1992 年，第 47 頁。

〔註86〕徐慶全：《革命吞噬它的兒女　丁玲、陳企霞「反黨集團」案紀實》，香港中文大學出版社 2008 年。

〔註87〕黎辛：《我也說說「不應該發生的故事」》，胡平、曉山編：《名人與冤案——中國文壇檔案實錄》二，群眾出版社 1998 年，第 113 頁。

〔註88〕吳介民主編:《延安馬列學院回憶錄》，中國社會科學出版社 1991 年，第 286 頁。

未弄清的人」，到 1955 年的「反黨小集團」，到 1957 年的「反黨反人民反社會主義的右派分子」，又到「文革」中的「叛徒」，再到 1979 年的「在敵人面前犯過政治上的錯誤」，丁玲眞的沒有反思過，這一切難道正常嗎？還是身在其中，即使明明白白，也不得不假裝眞誠不渝呢？

第二節　趙樹理：「方向作家」的受挫

第一屆文代會上，周揚在題爲《新的人民的文藝》的報告中，充分肯定了「解放區」文藝在《講話》的指引下所取得成就。在創作成績的實例中，他同時列舉了趙樹理的《李家莊的變遷》、《小二黑結婚》、《李有才板話》，並稱《李有才板話》是「反映農村鬥爭的最傑出的作品，也是解放區文藝的代表之作」。周揚在報告中還進一步評述道：

> 趙樹理的特出成功，一方面固然是得力於他對於農村的深刻瞭解，他瞭解農村的階級關係、階級鬥爭的複雜微妙，以及這些關係和鬥爭如何反映在幹部身上，這就使他的作品具有了高度的思想價值，另一方面也得力於他的語言，他的語言是眞正從群眾來的，而又是經過加工、洗煉的，那麼平易自然，沒有一點矯揉造作的痕迹。在他的作品中藝術性和思想性取得了較高的結合。〔註 1〕

如果細品周揚的讚譽之詞可以發現，儘管他對趙樹理及其創作給予了充分的肯定和讚揚，但卻是有所保留的。最明顯的是報告中並沒有提及已經在解放區貫徹了近兩年的「趙樹理方向」這一口號。作爲解放區文藝發展的總結報告，周揚在此不但要總結過去的文藝成就，更要藉此來規範現時和未來文藝發展的方向，而選擇什麼樣的過去也就直接決定了什麼樣的現時和未來。鑒於此，周揚放棄了他曾精心打造的「趙樹理方向」——這一特定歷史時期的特定產物。

〔註 1〕《周揚文集》第一卷，人民文學出版社 1984 年，第 515、518 頁。

一、趙樹理與「趙樹理方向」

（一）「趙樹理方向」的提出

1947 年 7 月 25 日起，晉冀魯豫邊區文聯召開文藝座談會，全面探討和評價了趙樹理此前的創作成就，《人民日報》在全面報導會議的同時還刊登了陳荒煤在座談會上的發言稿——《向趙樹理方向邁進》。文中，陳荒煤除將「趙樹理方向」具體闡述爲三個鮮明的特點外，還進一步評述道：「趙樹理同志的筆只要一觸及地主階級，就極其深刻具體的揭發他們的陰險凶毒，活靈活現的刻畫出地主階級可憎惡的典型。」趙樹理的創作「是對毛主席文藝方針最本質的認識」，是「實踐毛主席文藝方針最樸素的想法，最具體的做法」，「應該把趙樹理同志方向提出來，作爲我們的旗幟，號召邊區文藝工作者向他學習，看齊」。〔註 2〕身爲邊區文聯副理事長的陳荒煤，居然提出「趙樹理方向」這樣一個非同尋常的口號，顯然不是一時的心血來潮和別出心裁。

1942 年延安文藝座談會以來，特別是 1943 年《講話》正式發表後，延安邊區的作家一時不適應新規範，在兩三年的時間裏，始終沒有產生出符合《講話》理念的有分量的作品。馮牧曾爲此坦誠說：「有一件事實卻是無可諱言的，這就是：比起其它藝術部門來，文藝創作，不能不說是稍微落後了一步。……在小說中也能夠獲得群眾如此喜愛的作品，實在寥寥可數。」〔註 3〕

這樣尷尬的局面對於正積極推行《講話》的延安文藝界領導來說，是無論如何也說不過去的。正是在這樣特殊的歷史情境下，趙樹理被發掘出來。

之所以說是「被發掘」，是因爲趙樹理在 1943 年即已發表了流行一時的《小二黑結婚》和《李有才板話》，卻一直未得到晉冀魯豫文聯和延安文藝界的認可，甚至《小二黑結婚》在初版時還要走彭德懷的後門，陳晉說趙樹理是「《講話》精神培養起來的」〔註 4〕，顯然與歷史事實不符。

直到 1946 年，周揚從延安到晉察冀解放區擔任宣傳部部長一段時間後，才開始發現並重視起趙樹理這個「新人」——「一位在成名之前已經相當成熟了的作家，一位具有新穎獨創的大眾風格的人民藝術家」。〔註 5〕隨後，周

〔註 2〕《人民日報》，1947 年 8 月 10 日。

〔註 3〕《人民文藝的傑出成果——推薦〈李有才板話〉》，《解放日報》，1946 年 6 月 23 日。

〔註 4〕《文人毛澤東》，上海人民出版社 2005 年，第 248 頁。

〔註 5〕《論趙樹理的創作》，《周揚文集》第一卷，人民文學出版社 1984 年，第 486

揚在張家口出版的《長城》上發表了《論趙樹理的創作》一文，《解放日報》、《北京雜誌》、《東北文化》等紛紛轉載。郭沫若和茅盾也在周揚的授意下分別發表了《「板話」及其它》、《讀了〈李家莊的變遷〉》和《關於〈李有才板話〉》、《論趙樹理的小說》。

再後，西北局宣傳部召開文藝座談會，提出要向《李有才板話》學習；〔註 6〕太岳文聯籌委會召集座談會提出應學習趙樹理的創作；晉冀魯豫邊區文聯在中央局宣傳部的指示下召開了文藝座談會，並最終提出「趙樹理方向」。

這樣，一個印證和實踐《講話》的最得力的文化旗手便被挖掘和打造出來。對此，有研究者稱：「將趙樹理的創作上陞到『方向』的高度，並倡導邊區文藝工作者向他『學習』的做法，顯然模倣了毛澤東提出『魯迅方向』的方式。」〔註 7〕這樣，趙樹理成了繼魯迅、茅盾之後的又一位「方向」作家。孫犁後來評述說：「這一作家的陡然興起，是應大時代的需要產生的。是應運而生，時勢造英雄。」〔註 8〕自然，在這個過程中，周揚功不可沒。

（二）盛名之下，其實難副

顯然，周揚、陳荒煤等提出「趙樹理方向」是應政治需要而對趙樹理的創作進行的一種「拔高」或「昇華」，與趙樹理本人的創作並不完全符合，尤其是在評述作品的政治性以及階級鬥爭色彩等方面明顯存在誇大之詞。正如趙樹理在「文革」中對自己的作品所作的檢查那樣：

> 1. 對主席講話接受得有片面性，忽略了「以歌頌光明爲主」的最重要一面；2. 過分強調了針對一時一地的問題，忽略了塑造正面人物；3. 仍沒有學會和別人一道幹……〔註 9〕

儘管趙樹理本人未必眞願意承認自己作品的這些缺點，但是對照《講話》，這些自評之詞的確與他的創作實際相符。如《小二黑結婚》中既沒有寫地主階級，也沒有涉及階級鬥爭，甚至連黨員也沒有提及，主要寫的是青年與父母、

～487 頁。

〔註 6〕《人民日報》，1946 年 8 月 28 日。

〔註 7〕賀桂梅：《轉折的時代——40～50 年代作家研究》，山東教育出版社 2003 年，第 309 頁。

〔註 8〕《談趙樹理》，《天津日報》，1979 年 1 月 4 日。

〔註 9〕《回憶歷史　認識自己》，《趙樹理全集》第 5 卷，北嶽文藝出版社 2000 年，第 378 頁。

自由戀愛的新思想與落後的舊思想以及群眾與村幹部之間的矛盾，所謂「壞人」金旺兄弟也都是村幹部，而不是地主；《李有才板話》雖寫到階級鬥爭問題，但小說的主題卻是通過章工作員與老楊的對比，來揭示黨的幹部在土改中應該採取怎樣的工作作風這一問題，並不是爲了要表現階級鬥爭。主人公李有才也不是眞正覺悟的新型農民；《孟祥英翻身》寫的主要是婦女在婆媳與夫妻不平等關係中的「翻身」，而不是階級翻身；《地板》是爲了糾正貧雇農認爲地主出租土地不純是剝削這樣一個錯誤觀念而寫的，主要進行的也是說理鬥爭，而不是激烈的階級鬥爭；《李家莊的變遷》雖然寫了階級鬥爭，但其中涉及張鐵鎖與李如珍的矛盾，並沒有立足於地主與貧雇農的階級矛盾，而是從外來戶與土著戶這個角度來寫的。另外，他還在小說中塑造了王安福這個開明地主的形象；《催糧差》揭示舊日衙門的「狗腿子」的卑劣品性，爲的是讓新來的同志能夠辨別他們到處鑽營覓縫的行爲；《福貴》主要是打通基層幹部身上殘存的落後觀念，因爲他們對作過下等事的貧民不尊重。

關於趙樹理作品中存在的問題，時任北方局宣傳部長的李大章早在 1943 年時就指出：趙樹理在社會調查上處於初級階段，所以「眼界還有一定的限度，特別是對於新的制度，新的生活，新的人物，還不夠熟悉，因此，便形成了本書的很大缺點，像『小元』，『小寶』，『小明』，『小福』等『小字號人物』，這些新型的青年農民，在書中只是『跑龍套』似的出現」。〔註 10〕儘管李大章是針對《李有才板話》這一篇文章來談的，但所列的缺點同樣也適用於其它作品。正因爲如此，當陳荒煤最初提出設想時，晉冀魯豫邊區文聯的一些作家便提出「『方向』似乎太高了」〔註 11〕的質疑。只是在黨內民主和集中制的運作下，這些不同聲音只能被「保留」起來。

對於趙樹理實際創作中存在的諸多「問題」，馬克思主義文藝理論家出身的周揚顯然也有所察覺。在《論趙樹理的創作》一文中他就曾間接地提示過：在趙樹理描寫地主惡霸和他們的「狗腿」時，他稱「他的重點也是放在他們和農民對立，和新政權對立的關係上」；在落後分子的問題上，他稱「作者是現實主義的，他不能把一個人物寫成一個晚上就完全變了樣子」，「他對沒有告訴你他的人物轉變的怎樣，但卻叫你不能不相信他們的轉變」；對於趙樹理的「暴露」，他將其說成是「充滿了現實的教育的意義」。

〔註 10〕《介紹〈李有才板話〉》，《華北文化》革新 2 卷 6 期，1943 年 12 月。
〔註 11〕《向趙樹理的創作方向邁進》，《人民日報》，1983 年 8 月 23 日。

周揚這篇文章的根本出發點是以此來驗證和頌贊《講話》的現實指導作用，所以只能在文中盡力挖掘和維護趙樹理創作中的積極因素，並有意迴避或掩蓋消極因素。周揚對此也並不掩飾，在文章最後說道：

> 關於趙樹理同志的創作，我還有什麼要說的呢？你或者要說，我只說了他的好處，而缺點幾乎一點也沒有講。是的。我與其說是在批評甚麼，不如說是在擁護甚麼。「文藝座談會」以後，藝術各部門都達到了重要的收穫，開創了新的局面，趙樹理同志的作品是文學創作上的一個重要收穫，是毛澤東文藝思想在創作上實踐的一個勝利。〔註12〕

顯然，周揚對趙樹理在創作中存在的「缺點」是有意識的，但出於自己的功利心，他也只好退而求其次，或者說是委曲求全了。但是這種「政績工程」只能適用於一時，卻不能長此以往，尤其是在革命勝利，需要確定全國文藝方針時，原本「瑕瑜互見」的「趙樹理方向」自然不能繼續延用。因此，周揚選擇了趙樹理創作中與《講話》精神一致的「工農語言」來做文章，而有意淡化其作品的現實主義思想和內容。

二、問題的根源

（一）理論上的差異

趙樹理的實際創作與「趙樹理方向」之間的差距，說到底是其通俗化文藝思想與《講話》之間的差距。回溯歷史，趙樹理的文學通俗化思想早在1930年代那場文學大眾化運動的論爭中就已經確立了，這一點他在1949年第一屆政協會議期間接受記者榮安訪問時曾確認過，他說：「在十五年以前我就發下鴻誓大願，要爲百分之九十的群眾寫點東西。」〔註13〕

事實也如此，趙樹理在確定通俗化的理想後，就一直沿著這條路走下去，鼓詞、快板、雜文、詩歌、民謠他都有涉獵。特別是在1939年任《黃河日報》副刊《山地》的編輯後，他將這種形式發揮到了極致，以致產生他的報紙「貼到哪裏讀者就擠到哪裏」〔註14〕的「盛況」。此後，他在編輯《人民報》副刊

〔註12〕《周揚文集》第一卷，人民文學出版社1984年，第487～498頁。
〔註13〕《人民作家趙樹理》，《人民日報》，1949年9月30日。
〔註14〕《回憶歷史　認識自己》，《趙樹理全集》第5卷，北嶽文藝出版社2000年，第375頁。

《大家幹》和《新華日報》隸屬的通俗小說《中國人》及副刊《大家看》中又延續了這種風格。幾年下來，他已經寫下幾十萬的通俗文字，爲自己通俗化的文學道路奠定了堅實的基礎。

正是有了這些文學實踐，在民族形式論爭的背景下，趙樹理逐漸形成了自己的通俗化理論。他認爲，通俗化「不僅僅是抗戰動員的宣傳手段……還得負起『提高大眾』的任務……它應該是『文化』和『大眾』中間的橋梁，是『文化大眾化』的主要道路」。爲此他指出，通俗化的首要任務在於普及文化，所謂普及即是「人的普及」，而且應「普遍普及」。同時，他也強調，通俗化不是通俗文藝，也不僅僅是利用舊形式和「迎合大眾，遷就大眾」。〔註 15〕通俗化的另一任務是提高大眾。所謂提高包括：「第一是改造大眾迷信落後思想，使大眾都能接受新的宇宙觀；第二是灌輸大眾以眞正的科學知識，掃清流行在大眾中間的一些對事物的錯誤認識；第三……」〔註 16〕

應該說趙樹理的通俗化理論在很大程度上是與《講話》精神一致的，這也是「趙樹理方向」能夠被確立的重要依據。

但如果仔細對照便可發現，二者間也存在一些差異。如趙樹理的普及和提高對象是大眾，是更廣泛的人群，而《講話》則具體限定於工農兵及其幹部；趙樹理希望通過各種科學知識實現普及和提高，以改造大眾的落後思想，使他們接受新的世界觀，《講話》則要求用馬列主義和階級政策進行教育，統一大眾的思想，使他們能夠服從和服務於黨的領導；趙樹理主張知識者應借助通俗化的形式實現對大眾，尤其是對農民的啓蒙，《講話》則要求知識者無條件地放下架子，先接受工農兵的啓蒙，然後再用改造後的思想和文化去教育群眾；趙樹理認爲大眾的思想和意識是迷信落後的，文藝應該發現、揭示並解決這些問題，即文藝應遵守現實主義的原則，應該講眞話和實話，《講話》則認爲知識者「不乾淨」，工人農民最乾淨，文藝創作應該比普通生活更高、更集中、更典型和更理想，即文藝應遵循社會主義現實主義的原則，應該講好話。

因爲這些「不一致」的存在，決定了趙樹理此前的創作不能滿足「趙樹理方向」和《講話》的標準和需要。這也就是爲什麼周揚在第一屆文代會及其後沒有再提及「趙樹理方向」這一口號的關鍵所在。

〔註 15〕《通俗化「引論」》，《抗戰生活》革新號 2 卷 1 期，1941 年 9 月 25 日。
〔註 16〕《通俗化與「拖住」》，《抗戰生活》革新號 2 卷 2 期，1941 年 10 月 25 日。

（二）「農民啟蒙」理想的確立

趙樹理通俗化文學思想的確立，首先是得益於他的「農民啓蒙」理想。正如有研究者指出的那樣：「趙樹理一生的生命實踐不妨可概括成是對於農民啓蒙、鄉村啓蒙的孜孜不倦的追求。也即在五四啓蒙思潮的影響下開闢出了屬於他自己的獨特的啓蒙領域：如何名副其實地實現中國農民的啓蒙、解放及自由和幸福。這可以說是他一經確立以後就終生追求不渝的神聖目標。」〔註 17〕

自現代城市發展以來，農村人所謂的出人頭地、有出息就是通過讀書做「公家人」。而一旦「公家人」的身份確立了，其思想、文化、審美、生活習俗等也都隨之發生變化，當他們再回過頭來面對農村和農民時，感情和心理上的優越感常使他們產生距離感，甚至嫌棄感，他們會因啓蒙而不得後失望而歸，也會因失望而選擇充當看客的角色，但趙樹理是個特例。他在接受現代科學知識，特別是受到魯迅啓蒙思想的影響後，便立刻想到要拯救尉遲村（趙樹理的出生地）的「老字輩」和「小字輩」，希望爲他們祛除蒙昧。只是當他帶著《生理衛生》、《阿 Q 正傳》和自己創作的《金字》進行「啓蒙」工作時，卻發現目不識丁的農民不但無法接受這些現代知識，還頑固地憑藉舊知識極力予以排斥。

在「啓蒙」無門的情況下，趙樹理不但沒有灰心失望，反而下定決心繼續尋求更有效的啓蒙手段，最終在文藝大眾化的論爭中確立了通俗化文學創作的理想，並將其作爲自己一生的奮鬥目標，矢志不渝。

趙樹理之所以能夠愈挫愈奮，誓將「農民啓蒙」進行到底，與他曲折的人生經歷直接相關。對於傳統中國的農民來說，他們對於讀書人的崇敬和希冀雖然虔誠，但對於讀完書沒有留在城市當「公家人」，而且又從城市又回到農村生活、勞動的人，他們就會報以無情的嘲諷和冷眼，趙樹理就曾感同身受過。

高小畢業後，趙樹理因爲成績優異，受聘爲另一村的初小教員，因不諳「規則」兩度被炒魷魚，不得已回村務農。在父親的責罵聲中，他於 1925 年考取長治省立第四師範學校，又因「左傾」而被開除，22 歲的他不得不再次回到尉遲村。等待他的自然又是冷言冷語。一心希望他出人頭地的父親更是惱羞成怒，指著他的鼻子罵道：「你還有臉進這個家門？我把屎都努出來了供

〔註 17〕范家進：《農民啓蒙的政治遭遇和形式探尋》，《中國現代文學研究叢刊》，2006 年第 4 期。

你讀書，你教了兩年書，叫人家撤職了。我盼你成龍成虎，賭氣又借了十五塊錢讓你上師範。可你在學校裏又不好好念書，鬧什麼革命，叫人家攆跑了。成天說共產，誰的東西就白白給你？」對此，趙樹理一直耿耿於懷，多年以後他還念念不忘地說：「我當時聽到這些諷言冷語，眞有點恨他們不懂事。我想，我本來是個學種地的孩子，中間念了幾年書，又回來種地，一點也沒有降低了身份，怎麼叫『落魄』呢？難道眞的要我入了壓迫者之夥，回來壓迫你們這些同難的父老，才是我的『出路』嗎？」〔註18〕

或許歷史有意在考驗趙樹理，這樣的遭遇又持續了幾個來回。正是在這種嚴酷生活的反覆中，使他遭受了村人無數次的傷害，并徹底認清了農民的劣根，也堅定了自己「農民啓蒙」的理想。可見，趙樹理的所謂「農民啓蒙」在很大程度上是反愚昧和落後，與農民翻身奪權、重新分配財產的革命並不完全是一回事。

（三）階級革命理論修養的欠缺

趙樹理「農民啓蒙」理想與《講話》不協調的另一個原因是，他從沒有接受過系統的馬列主義理論的教育，尤其是對毛澤東的思想體系缺少眞正認識。

趙樹理雖然早在1926年便加入中国共產黨，但那時他並不知道共產黨是什麼，也沒有系統學習過馬列主義的革命理論，所涉獵的理論書籍僅限於《共產主義ABC》和《東方雜誌》中的「列寧專號」，所參加的「革命」活動也就是「驅逐校長」和一些有組織的學生遊行示威。在大部分時間裏，他的精力主要集中在閱讀梁啓超、康有爲、魯迅、郭沫若、茅盾、葉聖陶以及菊池寬（日本）、易卜生、契訶夫等人的著作上，主導他的仍是「五四」反禮教、反玄學的思想。在山西省「自新院」的一年多時間裏，他雖粗略地翻閱了一些馬列主義的著作，但也只是日本河上肇的「新經濟學」等片面知識。1947年他在接受傑克・貝爾登採訪談及這一段經歷時還說：「共產黨猛烈抨擊中國封建舊社會，號召建立新社會，把我吸引住了。我正苦於不能解脫舊傳統的羈絆，共產黨的理論使我豁然開朗。」〔註19〕

可見，這時的趙樹理仍將「五四」反傳統的思想啓蒙運動與無產階級革命的翻身運動相混淆。而且，這一次的監禁讓他很頹喪，覺得參加組織太過

〔註18〕戴光中：《趙樹理傳》，北京十月文藝出版社1987年，第62頁。

〔註19〕傑克・貝爾登：《趙樹理》，黃修己編：《趙樹理研究資料》，北嶽文藝出版社1985年，第34頁。

拘束，沒有自由和空間，因此出獄後沒有再參加組織活動。儘管這期間組織上曾兩次派人找他談話，勸他回到黨內來，並稱可以爲其找出路，但他都拒絕了。〔註 20〕趙樹理在此後大概 7 年多的時間裏過的都是「主觀上雖是革命，實質上是流浪 —— 一不升學，二不找事，三不回家，四不參加黨的組織」〔註 21〕的自由自在的生活。

也正是在這段自由生活期間，趙樹理受魯迅和瞿秋白等關於文藝大眾化的觀點影響，逐步確立了文藝通俗化的寫作理想，並進入實踐創作階段。後來，他雖然於 1937 年參加「犧盟會」工作，在八路軍團長桂承志和犧盟會特派員要崇德的規勸下重新入黨，但他主要從事的是抗日救亡方面的宣傳和事務性工作。傑克・貝爾登在訪問記中也證實，從 1940 年後，「一連四年，趙樹理總是在流動，一會兒寫文章，一會兒打仗」。〔註 22〕而且，由於戰事和生產都緊張，太行山區基本都處於「白天少開會，晚上少點燈」的狀態，延安方面對其他它邊區的意識形態鬥爭抓得也不緊。恰是在這種理論空白中，趙樹理得到了實踐通俗化文學理論的機會，《小二黑結婚》、《李有才板話》等作品也就應運而生了。

趙樹理理論修養欠缺的事實並非是隱性的，馬列主義理論家李大章早在 1943 年分析《李有才板話》時就曾指出他的缺點產生的原因是「由於對馬列主義學習的不夠，馬列主義觀點的生疏，因此表現在作品中觀點還不夠敏銳、鋒利、深刻，這就不能不削弱了它的政治價值。」〔註 23〕

但是，趙樹理對此並不以爲然，仍然我行我素。而且在 1944 年《講話》傳達到太行山之後，他不但沒有領會其核心精神，卻誤將《講話》當作批准和支持自己通俗化理論的「聖旨」，二十年後他對此仍記憶猶新：

> 毛主席的《講話》傳到太行山區之後，我像翻了身的農民一樣感到高興。我那時雖然還沒有見過毛主席，可是我覺得毛主席是那麼瞭解我，說出了我心裏想要說的話。十幾年來，我和愛好文藝的熟人們爭論的、但始終沒有得到人們同意的問題，在《講話》中成了提倡的、合法的東西了。我心裏有一種說不出的高興。〔註 24〕

〔註 20〕董大中：《趙樹理在成名之前》，《新文學史料》，1999 年第 3 期。
〔註 21〕《談話摘錄》，《趙樹理全集》第 5 卷，北嶽文藝出版社 2000 年，第 260 頁。
〔註 22〕黃修己編：《趙樹理研究資料》，北嶽文藝出版社 1985 年，第 38 頁。
〔註 23〕《介紹〈李有才板話〉》，《華北文化》革新 2 卷 6 期，1943 年 12 月。
〔註 24〕戴光中：《趙樹理傳》，北京十月文藝出版社 1987 年，第 174～175 頁。

在《講話》的「指引」和周揚的「關懷」下，趙樹理接連撰寫了《地板》、《李家莊的變遷》、《催糧差》、《福貴》、《劉二和與王繼勝》、《小經理》等作品，形成了創作的一個高峰，只是這些作品僅在形式上與《講話》精神一致，在內容和主題上卻是游離的，這一點在 1949 年後的歷次政治運動的衝擊下，他或許會逐漸體味到。

三、找不到方向的「方向作家」

1、受形勢所困

對於「趙樹理方向」的提出，趙樹理既是欣喜又懷有異議。據陳荒煤回憶說，趙樹理在看了《向趙樹理方向邁進》的文章後，一再說：「我不過是爲農民說幾句眞話，也像我多次講的，只希望擺個地攤，去奪取農村封建文化陣地，沒有做出多大成績，提『方向』實在太高了，無論如何不提爲好。」〔註 25〕但在集體利益面前，他也只好服從命令。

而一旦置身於嚴密的政治意識形態的規範之中，就要接受各種各樣的規約和限制，「桂冠」變成了「轡頭」，這一點是趙樹理所始料不及的。偏巧，他又不善於迎合和揣摩上級意志，不懂得去修正自己的理論和創作以符合和滿足「方向」的需要，也就必然決定他的尷尬處境。這一點在中篇小說《邪不壓正》發表後便得到驗證。

1948 年 10 月，小說開始在《人民日報》連載。與以往不同的是，這一次文藝界的領導們沒有表示態度。《人民日報》在不久後還刊發了兩篇觀點對立的爭鳴文章。其中，黨自強在文章中批評了小說忽視「黨在農村各方面的變革中所起的決定作用」，人物「脫離現實」，因而缺乏教育意義。〔註 26〕1949 年 1 月 16 日，《人民日報》又以將近整版的篇幅刊發了 4 篇褒貶不一的文章，將爭論引向高潮。顯然，這是有意安排，其用意無非是要表現主流文藝界對於趙樹理創作的不滿，以督促其盡快改正，同時也矯正和弱化「趙樹理方向」所產生的影響，以便在文壇大一統之前明確「正確的」文藝方向和規範。

趙樹理對於論爭和批評本不想發表意見，但是「有個同志勸」他「寫個總的答覆」，因此他很勉強地寫了《關於〈邪不壓正〉》的答覆文章。其中寫道：「我寫那篇東西的意圖是『想寫出當時當地土改全部過程中的各種經驗教

〔註 25〕《向趙樹理的創作方向邁進》，《人民日報》，1983 年 8 月 23 日。
〔註 26〕《〈邪不壓正〉讀後感》，《人民日報》，1948 年 12 月 21 日。

訓，使土改中的幹部和群眾讀了知所趨避』」，所以才「把重點放在不正確的幹部和流氓上，同時又想說明受了冤枉的中農作何觀感」。他還詳細述說了作品中反映的土改的全部過程，也對作品中所塑造的人物做了說明和解釋。然後，他針對爭鳴文章作了答辯：

> 那大小六篇文章的作者雖然都參加過土改，但在寫這些文章的時候，又都說的是我們文藝界的本行話，而我所期望的主要讀者對象，除了有人給我來過一封信之外，我還沒有機會瞭解到更多一些人的讀後感，因此還斷不定一般效果如何。不過我這種看法絕沒有輕視內行話的意思。

顯然，趙樹理這樣的答覆是不知趣的，因為他並不明白，所謂的「勸」並非是要他「如實」答覆，而是要他針對批評而作檢討。這種「同志式」的點撥即通常所說的「幫助」。然而，質樸的趙樹理卻不能領會這樣的「彎彎繞」，還固執地說：「人家又不強迫，何必再去聲辯？」〔註27〕

富有意味地的是，《人民日報》在刊發趙樹理這篇文章的同時，還刊發了竹可羽的評論文章——《評〈邪不壓正〉和〈傳家寶〉》。針對《邪不壓正》，文章指出，作品的「問題就在於作者把正面的主要的人物，把矛盾的正面和主要的一面忽略了」，因此不能給讀者以「應有的教育意義」。文章總結作品的「最基本的弱點」是：「作者善於表現落後的一面，不善於表現前進的一面，在作者所集中要表現的一個問題上，沒有結合整個歷史的動向來寫出合理的解決過程」。文章隨後批評《傳家寶》說：「今天解放區農村裏，貧農階級中有了階級覺悟，參加了生產勞動的婆婆是大有人在的，希望這對於作者趙樹理，不致會被看作是一種苛求」。〔註28〕

結合竹可羽的批評，不難看出，對趙樹理的批評正是延安時期的「歌頌」與「暴露」這個問題演化出來的「新」與「舊」、「先進」與「落後」的連鎖問題。也就是說，他以社會主義現實主義的文藝思想為理論武器批評了趙樹理所秉持的所謂的「舊的」現實主義。這一點，他在回應趙樹理的《關於〈邪不壓正〉》的文章《再談談〈關於《邪不壓正》〉》中作了更明確的闡述。文章認為，應該「全面地把趙樹理的創作提高到理論上來，根據社會主義現實主義的原則來進行分析研究說明」。他也批評趙樹理不能創造出「新的英雄形

〔註27〕《人民日報》，1950年1月15日。
〔註28〕《人民日報》，1950年1月15日。

象」，將其原因歸結爲作者在人物創造上「還僅僅是一種自在狀態」，所以導致「傾向性」的錯誤。〔註 29〕

趙樹理雖然沒有對此再做出回應，但從他後來未將這篇文章收入開明版選集的態度來看，他對這樣的批評還是世故地作出了讓步。

（二）在工作中檢查

與丁玲、艾青等「回城」的情況相比，趙樹理在 1949 年後才是眞正的「進城」。因爲，此前他雖也到過太原和石家莊這樣的「省城」，但卻從沒有到過「京城」。對於一個農民出身的文化人來說，「進京」絕對是出人頭地的榮耀事，因此在革命勝利之際，他向自己的伯樂——周揚寫信表述了自己要進京發展的願望。〔註 30〕當然，對於他這樣「根紅苗壯」的革命功臣來說，進京分享勝利果實是理所應當的。

不過，進城並做城市的主人並非是說做到就能做到的，這不但需要一定的知識儲備，也還有一個適應和學習的過程。趙樹理甫一進城，即感到了極大的不適應，他竟然不知道這世間還有一種東西叫「暖氣」，去莫斯科開會時甚至帶上了好幾件棉衣，要與嚴寒鬥爭一番，他也因爲睡不慣軟綿綿的彈簧床而睡到地毯上，還曾出現過向比自己級別低的幹部下跪的事。〔註 31〕黎之也憶及 1962 年大連會議期間，趙樹理有兩點「特殊化」:「一是他愛坐木板椅」;「二是要吃粗面饅頭」。〔註 32〕

從這些生活細節可以看出，趙樹理對於城市是陌生的，對於政治也是幼稚的。不過，他還是先後被任命爲工人出版社社長、文化部戲改局曲藝處處長以及文聯和作協的常委等職務，還擔任了《文藝報》、《小說月刊》的編委以及《說說唱唱》的主編。

對於趙樹理來說，這些職務和級別已經足以夠他受用的。但相比來說，作爲所謂解放區卓有成績的「方向作家」，趙樹理行政 10 級（相當於縣處級）的待遇並不是很高，與丁玲相比就差了 3 個級別，從論功行賞的角度來說，

〔註 29〕《人民日報》，1950 年 2 月 25 日；《光明日報》，1950 年 2 月 26 日。

〔註 30〕徐慶全：《趙樹理致周揚函》，《百年潮》，2000 年第 6 期。

〔註 31〕據葛翠琳披露，趙樹理「在市文聯掛職掛副主席的銜兒，竟然出現過他忍無可忍地向一位副秘書長下跪的事，似乎他不懂副主席比副秘書長的官位高，他也不會利用職權處理自己的下級，竟然撲通一聲跪倒在地。」參見葛翠琳：《魂繫何處——老舍的悲劇》，《北京文學》，1994 年第 8 期。

〔註 32〕《文壇風雲錄》，河南人民出版社 1998 年，第 343～344 頁。

是有些不「公平」的。從某種意義上說，趙樹理的價值和地位已經大打折扣了。

由於對其它工作的生疏，以及個人興趣的驅使，趙樹理對自己一手操辦的《說說唱唱》投入的精力就更大一些。但是，他的熱忱沒有換來相應的尊重，反而卻頻頻遭受打擊。刊物創刊不久，因爲刊發孟淑池的小說《金鎖》而惹上麻煩。爲了答覆指責和批評，他撰寫了題爲《〈金鎖〉發表前後》的檢討，承認自己在「作風上欠民主」，「對作者不誠懇」，犯了「原則的錯誤」，表現爲作品「局部地從趣味出發」，「損害了對事物的選擇與批判」。但在承認錯誤的同時，他也針對「金鎖是不眞實的，是對勞動人民的侮辱」的論點進行了反批評，他說：「我所以選登這篇作品，也正因爲有些寫農村的人，主觀上熱愛勞動人民，有時候就把一切農民都理想化了，有時與事實不符，所以才選一篇比較現實的作品來作個參照。」〔註 33〕

作爲有生以來的第一份檢討，趙樹理顯然還沒有學會做標準的八股式的檢討，還不懂得如何過關。在權威領導的「提醒」下，趙樹理不得不撰寫《對〈金鎖〉問題的再檢討》。在「對『檢討』的檢討」中，他承認因爲「著重檢討自己」而對作者「醜化」主角、描寫「低級趣味」的「缺點」批評得不夠，「沒有把『對事物的選擇』問題看成立場問題」。在「對辯護的檢討」中，他承認「大家是對的」，自己是錯誤的。他就自己評述作品是「比較現實」的問題檢討說：「仔細想一想，別人如果眞的參照了這個譏諷農民的風格來寫東西，不是都譏諷起農民來了嗎？」他還進一步分析道：「因爲自己有了熟悉農村這個包袱，在感情上總覺得千篇一律的概念化作品討厭，沒有認識到，只有概念或千篇一律固然不好，但是寫的人主觀上誠誠懇懇的歌頌勞動人民，自己如果比人家多知道一點什麼，應該把自己的意見提出來給人家作個參考，爲什麼要以爲人家的作品『討厭』呢？」但在檢討的同時，趙樹理依然堅持自己對農村中「流入下流社會那一層」的分析「沒有大錯」，並推翻自己上次檢討中對沒寫出金鎖進步的過程的批評，還負氣地質問道：「其實是這樣嗎？假如補出他的進步過程來，該算一篇呀該算兩篇？補出進步過程來就能把前邊立場上的錯誤撤消了嗎？」〔註 34〕

可見，趙樹理在不得不檢討的同時，仍沒有全然放棄自己的思想和立場，

〔註 33〕《文藝報》第 2 卷第 5 期，1950 年 5 月 25 日。
〔註 34〕《文藝報》第 2 卷第 8 期，1950 年 7 月 10 日。

甚至不惜拿出自己「認死理兒」的倔強勁來抗衡。只是在那個動輒得咎的時代，這樣的「灑脫」和倔強又能給他帶來什麼呢？

1951 年初，趙樹理被免去社長、處長的職務，〔註 35〕調至中宣部擔任文藝幹事。這還不算，《說說唱唱》與《北京文藝》合併後，他被降為副主編。1952 年 1 月，他的《文藝報》編委的職務也被取消了。明眼人都清楚，這種任免決定名義上是為了加強創作，實際上是等於否定了他此前工作和創作，而如果結合同期開展的所謂「清理中層運動」，可以斷定，趙樹理事實上已經被清理出主流隊伍。

趙樹理的問題並沒有因為這些人事變動而結束。1952 年，文藝界為配合思想改造運動而開展了整風運動，趙樹理自然不可能漏網。根據領導部署，他再次就自己在主編《說說唱唱》時所犯的「錯誤」作了題為《我與〈說說唱唱〉》的檢討。

對發表《金鎖》，趙樹理檢討自己「理論水平低和固執著從舊農村得來的一些狹隘經驗」；對發表《武訓問題介紹》，他再次檢討自己「故意把『階級』觀點字樣避開」；對發表《種棉記》，他檢討自己「用了單純經濟觀點」，沒有給農民「以更高的政治教育」。他分析犯這些「錯誤」的「相同的根源」，即「不懂今日的文藝思想一定該由無產階級領導」。他檢討說：「我自己是個共產黨員，反抱著一種糊塗想法，不是去宣傳無產階級在國家生活中的領導作用，而是故意把階級面貌模糊起來，甚而遷就了非無產階級觀點，以至造成不斷的錯誤。」他也承認自己在選稿問題上犯了「由要求『形式通俗化』走到了『形式主義』」的錯誤，沒有按照「毛主席所指示的『從普及基礎上求提高』」。〔註 36〕

顯然，趙樹理的檢討也是經過「幫助」的，因為他的話完全言不由衷，而回想他「下跪」一事，可以想見他的壓力之大。

然而，事情並沒有到此為止，這篇文章發表後不久，《文藝報》便刊出陳聰的批評文章，指責「五期以來《說說唱唱》上所發表的作品，無論是思想內容上和藝術形式上，大多數是沒有能達到應有的水平」。〔註 37〕

〔註 35〕董大中認為趙樹理卸任社長是在 1952 年 3 月末。見《趙樹理年譜》，山西人民出版社 1982 年，第 111 頁。

〔註 36〕《我與〈說說唱唱〉》，《光明日報》，1952 年 1 月 19 日；另見：《說說唱唱》，1952 年 1 月號。

〔註 37〕陳聰：《提高通俗文藝刊物質量——評北京文藝刊物調整後的〈說說唱唱〉》，

（三）從思想上檢查自己

1952 年 5 月，時值《講話》發表 10 週年，趙樹理根據形勢撰寫了《決心到群眾中去》的紀念文章，對自己幾年來的工作和創作進行了反省。文章開首寫道：「我近三年來沒有多寫東西，常常引起關心我的同志們、朋友們口頭的和書面的詢問，問得我除了感謝之外無話可答。我之不寫作，客觀的理由找一百個也有，可是都不算理由；眞正的原因只有一個，就是脫離實際、脫離群眾。」他接著寫道：「爲了徹底檢查起見，我不妨揭開箱子讓大家看一看底，看看這箱子裏究竟還裝著什麼，最缺少的是什麼，最近急須要進什麼貨。」隨後，他對自己擅寫舊人物而不擅寫新人物的「缺點」作了分析，認爲自己對新人物缺乏瞭解，只能「就事論事寫個印象」，寫不出「又自然又生動又合乎進步規律的新的完整人物」。他還承認自己在「新人新事」方面一向「就是養料不足」，到北京後和「群眾接觸的機會更少了」，所以三年來僅寫了《傳家寶》和《登記》這「兩個小東西」。他信誓旦旦地表示：「在這個紀念日，我保證立即排除一切客觀的理由，長期地、無條件地、全身心地到群眾中去吸取養料，寫出作品來，用作品來紀念毛主席在延安文藝座談會上發表講話的十週年。」〔註 38〕

作爲工農兵的「方向」作家，趙樹理的這篇文章影響是很大的，文章發表後，《光明日報》、《文匯報》、《大眾報》、《新華日報》和《人民周報》都紛紛予以轉載，因爲它表明：連最通俗化的農民作家也需要熟悉新的生活，那些不肯放下架子的作家還有什麼好說的呢？

當然，對於趙樹理這樣的來自農村底層的作家來說，是否存在熟不熟悉生活的問題是不需要論證的，趙樹理也並非是眞的不熟悉新生活、新人物，只是他對於農民的拳拳之心讓他不能無視農村中普遍存在的問題，他的秉性也決定，他永遠不會向巴金、老舍、曹禺那樣因爲緊跟而粉飾太平。所以，對他來說，愈深入生活就愈寫不出符合主流意識需要的新形象，這一點，很難說趙樹理當時會意識到。

四、守不住的「農民啓蒙」

在嚴格意義上說，趙樹理的「農民啓蒙」理想只能說是「五四」思想啓

《文藝報》，1952 年第 9 期。

〔註 38〕《人民日報》，1952 年 5 月 22 日。

蒙的一個異端或畸形產物，因爲他更注重的是一時一地問題的解決，而不是思想的根本解決。或者說趙樹理的啓蒙功利性已經制約、阻礙和偏離了「五四」啓蒙，而在更大程度上與革命功利主義相接近。

當然，在現代中國，啓蒙的夭折與畸形不是趙樹理個人的問題，考察1930、1940 年代啓蒙分化的結果，可以發現，包括陳獨秀、魯迅、茅盾、胡風、丁玲等「五四」人都沒能逃脫這個命運。

趙樹理從事文學創作實際就是要發揮指導生產和生活的「工具書」意義，而他所秉持的文藝通俗化理論，也不過是爲了使這個「工具書」如何發揮更普遍作用的理論資源。這是趙樹理思想的狹隘和短視的一種表現，然而他樂此不疲。

（一）在理論與實踐上的維繫

因爲特殊的成長經歷，趙樹理的個性中就存在相對固執的一面。如有研究者所述的那樣：「凡是他所崇拜或信奉的，他就用全力去維護；要使他改變信仰，必須下很大的功夫，眞正使他心服口服；一旦他改變了對事物的看法，他又會把十二分的忠誠獻給新的偶像，而同過去一刀兩斷。」〔註 39〕正是因爲這樣，當他逐漸形成文藝通俗化理論，並自認爲與毛澤東文藝思想「不謀而合」，又得到周揚的讚譽後，他對自己的理論就再也沒有懷疑過。而且，周揚等主流意識當時雖然已經在有意弱化「趙樹理方向」，但是畢竟沒有公開宣佈過，趙樹理在名義上仍是「方向性」作家，特別是他的通俗化語言的文藝形式自始自終都是得到承認的。因此，他也就儼然以「正宗」和「主流」自居起來。

儘管趙樹理在創作和工作上不斷遭受質疑和批評，但他對「農民啓蒙」的理想和文藝通俗化的理論沒有絲毫的懈怠，並且總是不失時機地加以宣傳和推廣。

早在 1949 年 6 月，趙樹理在進入北京後便應邀寫了一篇題爲《也算經驗》的文章。文中，在「取得材料」的問題上，他聲稱自己的材料「大部分是拾來的，而且往往是和材料走得碰了頭」，這是「在群眾工作和在群眾中生活」的結果。在涉及主題的問題上，他說：「我在做群眾工作的過程中，遇到了非解決不可而又不是輕易能解決了的問題，往往就變成所要寫的主題。」在語言問

〔註 39〕董大中：《趙樹理評傳》，百花文藝出版社 1986 年，第 25 頁。

題上，他稱自己最初在跟農民說話時因爲帶「學生腔」而遭到議論，所以「碰慣了釘子就學了點乖，以後即使向他們介紹知識分子的話，也要設法把知識分子的話翻譯成他們的話來說，時候久了就變成了習慣。說話如此，寫起文章來便也在這方面留神。」他還總結說：「我以爲只要能叫大多數人讀，總不算賠錢買賣。至於會不會因此就降低了作品的藝術性，我以爲那是另一問題，不過我在這方面本錢就不多，因此也沒有感覺到有賠了的時候。」〔註 40〕

趙樹理還注意從現實生活中發現問題，並切實解決問題。當發現民間文藝市場被舊藝術佔領著的時候，他便推動發起了「大眾文藝創作研究會」。

正是在這種主人翁意識的驅使下，趙樹理感覺到北京文藝界並不十分景氣的現狀後，就趕寫了《北京人寫什麼》的文章。他認爲，「北京人寫東西倒不必非寫老解放區和農村不可」，只要「爲大多數人打算，眼光常放在大多數群眾的利益上」，「在未熟悉工農生活以前」，不論「寫什麼階級也可以」，包括寫小資產階級的轉變、消費者、少爺以及「過去的舊材料」。〔註 41〕

如果對照此前「寫不可以寫小資產階級」的爭論，可以看出，趙樹理的主張與主流意識的「高標準」有差距，卻與夏衍、茅盾等來自所謂國統區作家達成了共識。當他感到通俗化文藝運動未盡如人意，而且也得不到眾多作家支持和關心的時候，他便借助紀念《講話》的有利時機，撰寫了《「普及」工作舊話重提》的文章，呼籲加強文藝的普及工作，並就現實中存在的問題質問道：「普及工作一向是靠哪一方面做的？做得如何？提高工作是否眞正爲普及所決定？是否眞正知道了普及工作？工農兵還算不算我們服務的對象？我們直接爲他們服了多少務？」從這樣的問話態度和方式可以看出，趙樹理顯然是不滿意文藝普及工作的現狀，而從問話的內容也可以看出，他也著實抓住了問題的本質。針對那種「下一代接受論」的提法，他批評說：「『爲工農兵』首先應該爲今日的工農兵，至於對幾十年後的工農兵自然也有責任，不過那個主要責任還是讓幾十年後的作家們、藝術家們自己去負好了。」〔註 42〕

趙樹理在此後也一直沒有放鬆和放棄這種「農民啓蒙」理想和文藝通俗化理論。

〔註 40〕《人民日報》，1949 年 6 月 26 日。
〔註 41〕《大眾文藝通訊》，1950 年第 2 期。
〔註 42〕《北京日報》，1957 年 6 月 16 日。

趙樹理對大眾文藝的關心是多方面的。在戲曲改革的問題上，他專門撰寫的文章就有《關於京劇改革的意見》、《我對戲曲藝術改革的看法》、《「百花齊放」聲中的上黨戲》、《「小戲」小談》等。在通俗文藝的創作問題上，他先後撰寫了《工人文藝問題》、《談群眾創作》、《談課餘和業餘的文藝創作問題》、《和青年作者談創作》、《談曲藝創作》、《業餘創作漫談》等。

此外，趙樹理還利用各種機會、在各種會議發言、講話中宣傳自己的理論主張和觀點，甚至還應燕京大學中文系的邀請，承擔了「民間文藝」的授課任務，將大鼓、相聲、牌子曲、評戲等搬上大學課堂，並動員組織良小樓、魏喜奎、新鳳霞等藝人給學生開課。

爲了解決中等學校文學的授課問題，趙樹理撰寫了長篇文章《談語文教學》，從多個角度詳細講解了教學工作中存在的困難和問題。在推廣理論的同時，他也在實際生活和工作中實踐著自己的理想。特別是被免職後，無官一身輕的他，多次深入農村，與農民一起勞作，並充分發揮自己的特長，爲鄉民排憂解難。爲此，康濯評述說：「老趙和我下農村，不約而同都不用『下去體驗生活』一類說法，……然而我們之間仍有一個最根本的區別，即我去農村總還是『下鄉』，是從『上面』去『下面』；趙樹理卻毫無什麼上下之分，而只是『回鄉』、『回家』。」〔註 43〕

趙樹理這種「親農」的行爲甚至引起毛澤東的注意。在一次關於農業合作化的座談會上曾對主持會議的陳伯達說：「一定要請趙樹理同志參加會議，別的人缺席一個兩個不要緊，趙樹理可千萬不能少。他最深入基層，最瞭解農民，最能反映農民的願望。」〔註 44〕

不過，在那個激情荒誕的時代，眞正爲農民代言的趙樹理是不被歡迎的。

當全民爲第一個五年計劃而歡欣鼓舞時，趙樹理寫信給長治地委反映沁水縣嘉峰鄉「供應糧食不足」，「缺草」，「缺錢」，「買煤難」，「地荒了、麥黴了」，批評幹部沒有把群眾「當成『人』來看待」；當他的家鄉正熱血沸騰地上演大煉鋼鐵的惡作劇時，他痛心地說：「煉這玩意幹甚呵！眞是作孽！」當縣委書記在會上宣佈「糧食畝產超萬斤」、「棉花畝產兩千斤」、「蠶桑定要壓日本」時，他公開在會上予以揭露，還憤怒地對與會的幹部說：「你們這樣不顧群眾死活的瞎鬧，簡直是國民黨作風！」因爲他這樣直言，所以被人們斥

〔註 43〕《根深土厚——憶趙樹理同志》，高捷編：《回憶趙樹理》，山西人民出版社 1985 年，第 68 頁。

〔註 44〕山西省史志研究院編：《趙樹理傳》，當代中國出版社 2006 年，第 177 頁。

之爲：「老右傾，絆腳石」、「神經病」！〔註 45〕1962 年大連會議上，趙樹理「很激動地講了一些農村情況後，說：1960 年簡直是天聾地啞。」〔註 46〕

（二）創作上的妥協

對於趙樹理來說，1949 年後最大的不適應表現在文藝創作上，因爲經歷過對《邪不壓正》的批判後，他感覺到自己現實主義的功利創作與主流意識總有些「彆扭勁兒」，因此在開始的一段時間裏，趙樹理曾試圖「把自己的範圍轉移到城市去」，〔註 47〕並在進北京後的 1950 年 8 月到前門外的農用噴霧器廠體驗生活，然而他「覺得路子太生」，〔註 48〕只好將關注點移到天橋，熱心起民間文藝的創作。正如孫犁所說：「不管趙樹理如何恬淡超脫，在這個經常遇到毀譽交於前，榮辱戰於心的新的環境裏，他有些不適應。就如同從山地和曠野移到城市來的一些花樹，它們當年開放的花朵，顏色就有些暗淡了下來。」〔註 49〕

對於趙樹理在工作和創作上的「不思進取」，文藝界的領導們也很頭疼。趙樹理在「文革」時的檢查中曾提及，胡喬木在 1951 年曾批評他「寫的東西不大（沒有接觸重大題材）、不深，寫不出振奮人心的作品來」，所以要他閱讀《新民主主義論》以及列寧論文藝方面的理論書籍和契訶夫、屠格涅夫等作家的外國作家的經典名著。

據陳荒煤和章容回憶證實說：進城後趙樹理一直未拿出好作品，周揚等也都很著急，曾約丁玲、康濯等一起開會研究，幫助趙樹理找原因，周揚還爲趙樹理開了一個外國名著的書目。〔註 50〕

然而這些「挽救」措施都沒有起到應有的作用，趙樹理對於理論學習並不感興趣，卻對下農村做實際工作很熱心，曾先後幾次深入農村。特別是 1952 年整風后，他到平順縣川底村生活了幾個月，積纍了大量素材，並於 1954 年 10 月完成長篇小說《三里灣》。應該說，小說在塑造新人物方面較比以往有了一些「進步」，以至周揚後來還誇讚說：「我們在《李有才板話》中見過的那

〔註 45〕戴光中：《趙樹理傳》，北京十月文藝出版社 1987 年，第 339、340～343、343 頁。

〔註 46〕黎之：《文壇風雲錄》，河南人民出版社 1998 年，第 346 頁。

〔註 47〕《趙樹理致周揚》，1949 年（具體時間不詳），徐慶全：《趙樹理致周揚函》，《百年潮》，2000 年第 6 期。

〔註 48〕《決心到群眾中去》，《人民日報》，1952 年 5 月 22 日。

〔註 49〕《談趙樹理》，《趙樹理研究文集》（上卷），中國文聯出版公司 1998 年，第 27 頁。

〔註 50〕李士德：《趙樹理憶念錄》，長春出版社 1990 年，第 121～122、87 頁。

些小字號的人物已經隨著時代大大地成長了，他們已成爲農村中實現社會主義改革的和建設社會主義的戰士。」〔註 51〕但趙樹理的「進步」是不夠的，他曾就類似的問詢回答康濯說：「只怕連進展都沒有什麼吧！」他還表示，即使這樣，也是自己「使出吃奶的勁頭兒」的結果了。〔註 52〕

趙樹理所說並不假，縱觀小說的主題思想和行文風格，可以說，它依然沒有脫離以往「問題小說」的模式，這一點他自己也承認說：「寫《三里灣》時，我是感到有一個問題需要解決，就是農業合作社應不應該擴大，對有資本主義思想的人，和對擴大農業合作社有牴觸的人，應該怎樣批評。國家當時有些地方正在收縮農業社，但我覺得社還是應該擴大，於是又寫了這篇小說。」〔註 53〕小說在「叫座」的同時，也遭到批評，其代表便是俞林發表在《人民文學》的《〈三里灣〉讀後》。文章認爲，作品中「看不到富農以及被沒收土地後的地主分子的破壞活動」；黨的領導者王金生沒有把對走資本主義道路的蛻化分子范登高「當做一天也不能容忍的事情」，甚至對其「沒有流露出應有的憤慨的心情」，也沒有寫出如何進行激烈鬥爭的情節。〔註 54〕顯然，這樣的批評是套用社會主義現實主義的模式來開展的，其用意無非是要趙樹理以更高的階級立場去表現無產階級鬥爭中的英雄人物。

面對這樣的批評，趙樹理是有心理準備的。在爲俄譯本所寫的「序言」中，他就批評者所提出的一些問題作了詳細的說明和適度的檢查。文中，他承認自己作品存在「重事輕人」、「舊的多新的少」、「有多少寫多少」等缺點，並說這三個缺點，見於自己的「每一個作品中，在《三里灣》中又同樣出現了一遍」。他進一步分析說：「這一切都只能說是在創造之前的準備不充分。爲了迅速地配合當前政治任務，固然應該快一點寫，但在寫作之前準備得不充分的時候，正確的做法是趕緊把不充分的地方補充準備一下然後再寫，而不是就在那不充分的條件下寫起來。」他也表示：「我願意在今後努力克服這些缺點，準備以缺點更少的作品和大家再見。」〔註 55〕

顯然，趙樹理的檢討態度是消極的，他並沒有眞正虛心地接受批評。按

〔註 51〕《建設社會主義文學的任務》，《文藝報》，1956 年第 5、6 號合刊。

〔註 52〕康濯：《根深土厚——憶趙樹理同志》，高捷編：《回憶趙樹理》，山西人民出版社 1985 年，第 72 頁。

〔註 53〕《當前創作中的幾個問題》，《趙樹理全集》第 4 卷，北嶽文藝出版社 2000 年，第 425 頁。

〔註 54〕《人民文學》，1955 年 7 月號。

〔註 55〕《〈三里灣〉寫作前後》，《文藝報》，1955 年第 19 期。

照以往的慣例，這樣的檢討是不能過關的。不過，這時剛經歷過批判胡風和肅反運動，文壇比較冷清、蕭條，所以沒有形成批判和聲討之勢。但在趙樹理來說，即使是這樣「輕描淡寫」的批評，他也是不願意的。隨著 1956 年「早春天氣」的到來，他將自己的不滿發泄出來。在作協的一次座談會上，他直言不諱地說道：「我感到創作上常有些套子束縛著作家，……有人批評我在《三里灣》裏沒寫地主的搗亂，好像凡是寫農村的作品，都非寫地主搗亂不可。」他接著說：「過去我們寫東西，要求各種人物都要有——黨員、團員、群眾等——結果一個也沒寫好。我認爲不必照顧那麼多，只寫一個人物也可以，能寫好就行。」〔註 56〕

後來，趙樹理還就評論者提出《三里灣》中存在「沒有愛情的愛情描寫」的問題回覆說：「文學創作，在技巧藝術上要高於生活，但不能脫離實際。生活中沒有的東西，你硬去編造出來，……人家就會罵娘，說你瞎寫。」〔註 57〕

趙樹理這樣維護自己的作品並非是因爲自負或敝帚自珍，實是他對那些脫離生活、無理取鬧式的批評的一種抵制。趙樹理此後雖一度被迫擱筆，但是只要他覺得有問題非要解決不可時，他就要拿起筆來。甚至在全民狂歡的「大躍進」，他仍創作出《鍛鍊鍛鍊》這樣不合時宜的作品，及至後來的《套不住的手》、《實幹家潘永福》、《楊老太爺》、《互作鑒定》、《賣煙葉》、《十里店》等。

趙樹理常因爲「土性味」而被稱爲「農民作家」，他本人也的確土得掉渣；趙樹理的「農民啓蒙」理想和文藝通俗化理論完全經不起科學的檢驗，他對這些理想和理論的持守宛如那個獨戰風車的堂吉訶德。在政治地位上，趙樹理與茅盾、夏衍、丁玲等無法相提並論，可以說，他根本就不曾眞正進入過體制的核心層；在文學藝術上，趙樹理的創作與朱光潛、沈從文、蕭乾、巴金、老舍、曹禺等也不可同日而語，可以說，他的地位卑微得只能作爲一個另類而存在。

然而，在基本人格和道德的承擔上，趙樹理可以笑傲任何人。正如李輝所言：「當歷史煙雲散去，當中國令人難以置信地重新回到一個實事求是的起點後，人們才發現，趙樹理當年發出的聲音竟是那樣美妙動聽，他的樸實、

〔註 56〕《不要有套子——在中國作家協會創作委員會小說組「百花齊放、百家爭鳴」座談會上的發言》，《作家通訊》（內部刊物），1956 年第 6 期。

〔註 57〕《關於〈三里灣〉的愛情描寫》，《趙樹理全集》第 4 卷，北嶽文藝出版社 2000 年，第 317 頁。

固執和堅毅令人欽佩。在歷史的天幕映襯下，他那孤單的身影，甚至也具有了孤傲的意味。」〔註58〕

在思想史的意義上，趙樹理在當時固然不如顧準、張中曉思考得那樣深刻；假使活到「文革」後也不會像巴金、蕭乾那樣著意倡導「講眞話」和「儘量講眞話」，也未必會如韋君宜、王元化、邵燕祥、沙葉新、叢維熙等作進一步的反思。但是，在評判和還原 1949 年後的歷史時，不能、也不應該忽視趙樹理的存在，因爲他是「一個在容易被熱情融化的特殊年代裏仍然保持清醒頭腦的人」，〔註59〕一個誠實的人，有良心和道德底線的人。

〔註58〕李輝：《李輝文集・滄桑看雲》，花城出版社 1998 年，第 283 頁。
〔註59〕李輝：《李輝文集・滄桑看雲》，花城出版社 1998 年，第 283 頁。

結　語

通過考察當代文人在 1949～1957 年這一特定歷史情境中思想嬗變的軌迹，可以發現，不同派別、不同情況的作家雖有不同的發展變化之路，但最後的選擇和結局可謂殊途同歸。當然，這其中各派別的情形也存在著差異。

由於歷史積怨，作爲自由主義者的朱光潛、沈從文和蕭乾，基本上是以「怕」爲思想底色。因爲他們清楚自己的歷史「不夠清白」，早在 1948 年便被冠以「反動作家」的「罪名」，因此 1949 年後不得不以敬畏的心理和態度頻繁檢討，不斷清洗著原有思想的「罪孽」，經歷了一個由「怕」而「信」的過程，所秉持的有限的自由主義思想主張也在這個過程中喪失殆盡。

造成這樣的結局有兩個主要方面：其一是，當他們表示愧悔後，便獲得認可。例如朱光潛、沈從文受邀參加文聯和作協，而後被安排爲政協委員，蕭乾當上《人民日報》的藝術顧問和《文藝報》的副主編。儘管這些政治待遇明顯帶有虛化的或「被包養」的特點，但對於由低谷到「高峰」的他們來說，仍是值得倍加珍惜和感恩戴德的。因此，他們需要也願意唱頌歌，沈從文還爲此而努力過，蕭乾則因爲唱得好而受到重用。不過，總起來說，他們儘管在頌歌文學中佔有一席之地，但只是處於點綴的角色。其二是，在他們「投降」之後，每隔一兩年的政治運動和大大小小、持續不斷的文藝批評在不斷旁敲側擊，「怕」的達摩克利斯劍始終如影相隨。對於他們來說，嚴於律己、寬以待人、服從指揮的處事原則是最明智之舉。所以即使緊跟，他們也還是與主流有些脫節，基本退出作家行列。

尤其是「文革」後，經歷過一連串的政治運動和思想檢討，朱光潛、沈從文、蕭乾等人的自由主義思想雖然尚未完全格式化，但可怕的是，他們可以而且也應該用文字 —— 並非公開發表 —— 以自由主義的標準和價值判斷，記錄下極權歲月及其反思時，他們卻遺憾地放棄或自我放逐了。夏中義說：「權力固然剝奪了他們的言論、出版與結社的自由，但『思想自由』，則不論作為個體精神現象還是個人權利，並非是權力所能剝奪的，除非將一切思想者從肉體上消滅。這就是說，『思想自由』所面臨的眞正殺手，不是外部暴力，而是精神侏儒的自我剝奪。」〔註 1〕從這一點說，朱光潛、沈從文、蕭乾等人並不具備自由主義知識分子（intellectual）應該有的思想清醒、批判品格和道義承擔。同時也可以檢驗出他們在 1930、1940 年代的言論僅僅是一種自由派的表現，尚算不得嚴格意義上的自由主義者。或者說，作為自由派的他們，沒有給自由主義掙得應有的尊嚴，因此也就無法給後世留下足夠的精神和思想資源，這一點無論如何都是遺憾的。

巴金、老舍、曹禺等憑藉「進步作家」的身份，直接進入到體制內，雖然普遍姓「副」，位列邊緣，但他們本人都很知足。因為他們最清楚，自己的所謂進步，也僅僅是相比於「反動作家」的「反動」言論來說沒有較出格的言論罷了，至於對革命有何貢獻，是根本談不上的。因此，當他們獲得意想不到的禮遇時，那種不勞而獲、坐享其成的愧疚之情便油然而生。為了表示自己的知恩圖報，也為求得主流意識的原諒、認可和進一步賞識，他們心甘情願地放棄自我，以獻媚、迎合的心態不斷檢討自己，以極大熱情彙入頌歌一族，以積極嚴肅的態度充當「打手」，不惜委曲求全、歪曲事實和違背道德與良知，成為那個時代的全能選手，各種場合都可以找到他們的身影。所以，這一時期，他們檢討也多，頌歌也多，批判也多。這其中，巴金起初雖表現得略保守一些，但隨後便和老舍、曹禺一樣激進、極端起來。

「文革」後，儘管巴金在道德上進行了一定的反思，曹禺也順風表態要說眞話，但是他們多從自身受虐後的個人心態出發，不能對自身的知識結構、政治思想以及在歷史的風陵渡口不能做出明智的選擇進行反省，更無法從憲政的制度建設和法治（rule of law）社會以及人類普世的終極價值等角度出發，對極權社會及烏托邦進行反思和批判，甚至沉湎於「國師」、「寵臣」的角色和符號，「安享」政府 —— 實為納稅人的供養，心安理得，大言不慚，以致倚老賣老，更在告別人世前欣然地拒絕懺悔，實在難以讓人看出他們的精神世界多麼乾

〔註 1〕《九謁先哲書 —— 寫給二十一世紀中國學術的黎明通知書》，上海文化出版社 2000 年，第 301 頁。

淨，他們的文學世界能有多麼高遠。朱學勤曾說：「在人類眞正的良心法庭前，區別眞誠作家與冒牌作家的標尺卻只有一個，那就是看他是否具有起碼的懺悔意識。沒有懺悔意識的作家，是沒有良心壓力的作家，也就是從不知理想人格爲何物的作家。」〔註 2〕這話適用於普遍沒有信仰的大陸中國作家們。

夏衍、茅盾、胡風等「國統區」的左翼作家雖情況各異，但一個共同的特點是：都未經過延安整風運動式的思想改造。因此，1949 年後他們陷入一種尷尬的境地，既備受重視和重用（即使是胡風，在最初時也被安排主編《文藝報》），又不時地被批判和整肅，不得不放下架子，不斷檢討，以接受主流意識的監督和改造，並與其保持一致。因此，在「一半是海水一半是火焰」的境遇下，自視甚高的他們都表現得很不適應。在工作上，夏衍與茅盾常常因爲不夠「左」而備受指責，讓他們不得不提起百倍的小心，在半推半就間推進著極權社會的生長。同時，由於規範太嚴，規則過多，他們也出現不習慣而寫不出或寫不好的尷尬局面，或即使勉力寫出了，也難免受批判的命運，大有「欲采蘋花不自由」的感覺。因此，這一時期的頌歌文學中，他們所佔的份額不大。胡風還頗富意氣地扮演起獨戰風車的唐吉坷德，結果在強大的國家暴力機器面前，不得不且戰且退，最終因「錯進房間」而與路翎等一班人集體被清除，失去繼續唱頌歌和做工具的資格。

作爲左翼同仁，儘管茅盾、夏衍和胡風等在路徑、方式和手段以及經歷、性格等方面不盡相同，但他們都是極權政治的參與者、構建人已經是毋庸置疑的了。無論是爲黃金世界而積極投身革命的反抗者，還是作爲革命的既得利益者以及體制的受害人，在悲劇已經發生，青春理想已經開始謝幕之際，起碼的警醒和反思是應該有的，例如像他們的前輩瞿秋白、陳獨秀那樣，然而，那些經歷過民國、活過「文革」、活在 1980 年代「思想解放」大潮中的「左翼」人士，或是「裝死屍」〔註 3〕不說眞心話，或者糾結於幫派的恩恩怨怨（如夏衍的《懶尋舊夢錄》），或者選擇繼續高揚意識形態大旗死不認錯，讓人甚至質疑起他們當年是否眞的爲人類大同理想而奮鬥？卡爾．波普爾

〔註 2〕《我們需要一場靈魂拷問》，《書林》，1988 年第 10 期。

〔註 3〕「文革」後耿庸、何滿子給胡風的信中寫道：「我們也不忘沈雁君。此學現在力圖隱身死屍之中——見其幾篇『回憶文』和『悼文』。屍遁，一大發明，是吳承仕們也沒想得出的。但一時也暫無走得上的言路。」見曉風整理輯注：《乍暖還寒時節——1979、1980 年胡風（梅志）與賈植芳、耿庸、何滿子來往通信選》，《南京師範大學文學院學報》，2010 年第 3 期。

說：「一個試圖濫用權力和把自身建成專制（或者容忍其他人建立專制）的政府，其本身在法律上就是不合法的，公民不僅有權力而且有義務把這種政府的行爲視爲犯罪、把它的成員視爲一群危險的犯罪分子。」〔註4〕

丁玲與趙樹理這對「解放區」「雙星」，原本應該成爲這一時期頌歌文學的領唱者，應該起到樣板和模範的作用。但是，丁玲由於完全扮演起《講話》代言人和執法者的角色，所以更多的時間耗費在宣傳和落實《講話》、清理舊文藝和整肅新文藝以及培養新的革命作家等事務性工作中。因此，在浩瀚的頌歌大潮中，她僅僅留下了指揮的身影，而缺乏頌歌的實績。當她正欲重拾創作準備獻上頌歌時，卻因不識時務和黨內宗派鬥爭而被剝奪了唱頌歌的資格，最後與馮雪峰、艾青等一同被組織清理出階級的集體隊伍。作爲曾經的方向性作家，1949 年後，趙樹理的通俗化理論和「農民啓蒙」的思想與《講話》相衝突的缺點逐漸暴露出來。他爲此而困惑，甚至在無所適從之下將重心轉向曲藝和主辦刊物等。但由於對《講話》精神理解有誤且又個性固執，因此在具體執行中常常漏洞百出，不得不在上級的督促下一次次地檢討。因而，在這一時期的頌歌合唱中，他也僅以有限的幾個作品加入到其中。

趙樹理成爲又一個被「革命吞噬的兒女」，沒能活過「文革」本身已經是一個悲劇，這裏權且不去說他。就是「九死一生」苟活於災難中的丁玲，「文革」後不但不能深切反思和反省，而且爲了個人恩怨堂而皇之地高舉「左」旗，扮演起「後極權政治」（哈維爾語）的捍衛者和傳聲筒，眞是不得不讓人懷疑其典型性的「斯德哥爾摩情節」。丁玲大概太在意個人所受的屈辱，也太想證明自己是久經考驗的無產階級戰士，而忽略了一個簡單的常識：「烏托邦社會本是一種既無法證明亦難以證僞的理念幻境。因此『爲烏托邦理想而奮鬥』本身便是一個神聖的彌天大謊，爲實現這一虛幻的彼岸聖境，當然應當忍受此舉的任何痛苦乃至犧牲，從而可以採取任何手段，包括欺騙撒謊在內。」〔註5〕「階級鬥爭的核心就是仇恨和暴力，階級鬥爭的仇恨和暴力本來是用來對付『敵人』的，但是，它的對象卻隨時在變化並擴大，以至許多本來是『我們』的『自己人』也變成了這種仇恨和暴力的犧牲者。」〔註6〕

〔註4〕《開放社會及其敵人》第二卷，鄭一明等譯，中國社會科學出版社 1999 年，第 241 頁。

〔註5〕徐幹生：《復歸的素人：文字中的人生》，新星出版社 2010 年，第 462 頁。

〔註6〕徐賁：《統治與教育——從國民到公民》，香港牛津大學出版社 2012 年，第 551 頁。

無論由於何種原因，作家們退場的退場，擱筆的擱筆，迎合新風尚的迎合新風尚，這就爲文學轉型提供了根本保證，所謂現代文學就這麼堂皇地跨入到「當代文學」中。因此，研究當代文學和社會的轉型，作爲作家思想改造的檢討是一個關鍵環節。儘管，檢討所包涵的中國當代作家所特有的精神和思想現象，及其豐富的社會文化密碼，不是本文所能全部承載，但是歷史的質感和眞實，已經顯露出些苗頭。

從更深一層次來說，在極權政治的高壓和自身現代性人格的缺失之下，各派作家都以檢討的方式和形式宣告放棄「五四」以來所形成的知識分子話語，欣然走向國家權威話語和以工農兵爲代表的民間大眾話語，成爲依附和委身於特權階層的傳統文人和弄臣，以雙重或多重人格扮演起「幫忙」、「幫閒」和「幫兇」的角色。在這一過程和結果中，「五四」所開創的「人」的文學也在文學爲政治服務、文學爲工農兵服務的黨政命令下，隨著創作主體的轉向而發生轉型，誠如李新宇所說：「幾十年來人們不是不願意克服這些弊端，而是沒有能力克服這些弊端。因爲人們對這些弊端的根源一直缺少認識，事實上，在知識分子主體失落的情況下，知識分子創作中概念化、公式化、標語口號化的問題是無法解決的。」〔註 7〕而這個問題並沒有隨著極權治的表面結束而灰飛煙滅。而迄今爲止，大陸中國的思想文化和文學界一直缺少眞正的總結、反省和懺悔。

轉型期大陸中國文人群體沒有交出一份合格的答卷，已經是一個不爭的事實。但是，對於這樣一個變態的社會現象，無論是當事人還是後來者，竟然默契地達成一致意見：人都有不得已之時！過去的就讓它過去吧！現在比那時不是好多了嗎！凡事還要向前看爲好！這樣的論調雖然很符合傳統中國的處世哲學，但是非、善惡、美醜、正義與邪惡卻同樣攪拌其中難於分辨了，「以史爲鑒」、「前事不忘後事之師」的古訓也早就拋到九霄雲外了。

那麼，究竟該如何公正、客觀、歷史地來看待極權政治下文人群體的表現呢？概括來說，以下三點至關重要：

其一，儘管恐懼本身是人類一種正常的生理和心理現象，尤其在極端政治高壓面前，任何一個具有求生本能的人，都難免不恐懼。對於那些以死相抗爭的人應該爲其大唱頌歌，如林昭、遇羅克、王申酉、李九蓮、鍾海源等，

〔註 7〕 李新宇：《20 世紀中國文學民間化走向的反思》，《文藝理論研究》，1998 年第 3 期。

但對於多數的苟活者卻不應一概痛斥。尤其是作爲後來人，如果過於苛責特定歷史背景下的當事人，難免有「站著說話不腰疼」、「飽漢不知餓漢饑」之嫌。但是，如約翰・羅爾斯所說：「正義是社會制度的首要德性，正像眞理是思想體系的首要德性一樣。……作爲人類活動的首要德性，眞理和正義是決不妥協的。」〔註 8〕或者這樣的標準太高，極權政治下根本無法實現，那麼人世間畢竟還有起碼的良知、道德和價值底線，這些歷史當事人畢竟不能徹底丟棄做人最基本的羞恥感，如果脫離這個底線，超過最低的限度，就不能從寬、從善地輕言寬容。特別是當極權政治過去，話語表達有了一定的空間後，這些人還不能眞心反省和反思，還在爲自己的道德虛無主義、犬儒主義甚至明哲保身的政治迫害尋找理由辯護，就更不能輕言寬容，否則就有指鹿爲馬、助紂爲虐的危險了。

正因爲這樣，朱學勤曾評判說：「他們中的絕大多數人曾經親履西土，受過系統的民主教育，起碼是文明教育。他們應該知道使用這種語言，遠遠超出了他們所接受的教育規範。這不是文明人使用的語言，誰使用這種語言，誰首先就剝奪了他自己的內在尊嚴。……他們當時就應該知道使用這種語言，不是出自野蠻，就是出自虛僞，因而，也就更應該承擔良心上的責任。」〔註 9〕鄧曉芒在「新批判主義宣言」中說：「對以權勢壓人、扣帽子搞政治迫害的人是絕對不能寬容的，對他們的寬容就是對寬容的取消」。〔註 10〕福柯也說：「正如存在主義一二十年前所做的那樣——你知道，他們認爲每一個人都應該爲某一件事負責，世界上沒有一件不公正的行爲我們不是同謀。」〔註 11〕

其二，當極權政治的紅色恐怖逐漸褪去後，當事人能夠發出一些自己的聲音時，「眞誠」說開始佔據輿論的制高點，並爲後世所普遍接受和信服。應該說，一些人眞誠地相信馬列學說、毛澤東主義和烏托邦的人間實驗，是可能的，也是可以理解的，但是不能一概而論，而是要具體分析，否則就難免墜入籠統主義的泥淖中。相比來說，趙樹理、郭小川、邵燕祥、從維熙、流沙河、劉紹棠等人的「眞誠」更值得人相信和同情，而如茅盾、巴金、老舍、曹禺、蕭乾等人的「眞誠」則不排除作秀、演戲的「假誠」。因爲，前者的知識、閱歷、成長環境等因素決定了他們的思想、意識的膚淺、錯位、扭曲和

〔註 8〕《正義論》，何懷宏等譯，中國社會科學出版社 2009 年，第 3～4 頁。
〔註 9〕朱學勤：《我們需要一場靈魂拷問》，《書林》，1988 年第 10 期。
〔註 10〕鄧曉芒：《新批判主義・序》，湖北教育出版社 2001 年，第 3 頁。
〔註 11〕《權力的眼睛——福柯訪談錄》，嚴峰譯，上海人民出版社 1997 年，第 178 頁。

變態；後者則完全不同，因爲他們成長、成人時已經接受了五四啓蒙思想，知曉自由、人權等人類普世價值或自然法的普遍正義和道德規約，應該懂得盧梭的：「放棄自己的自由，就是放棄自己做人的資格，就是放棄人類的權利，甚至就是放棄自己的義務，對於一個放棄了一切的人，是無法加以任何補償的。這樣一種棄權是不合人性的；而且取消了自己意志的一切自由，也就是取消了自己行爲的一切道德性。最後，規定一方是絕對的權威，另一方是無限的服從，這本身就是一項無效的而且自相矛盾的約定。」〔註 12〕也應該懂得洛克的：「一個人既然沒有創造自己生命的能力，就不能用契約或通過同意把自己交由任何人奴役，或置身於別人的絕對的、任意的權力之下，任其奪去生命。誰都不能把多於自己所有的權力給予他人；凡是不能剝奪自己生命的人，就不能把支配自己生命的權力給予別人。」〔註 13〕1949 年後，他們搖身一變，不但作爲既得利益者，同時又是極權政治的參與者——哪怕是被動的消極的。在謊言被揭穿、眞相慢慢浮出水面後，完全可能存在這樣一種可能或一個現象，即在無法尋求一個適當和妥善的理由面對公眾和歷史時，不得不假借「眞誠說」爲自己擺脫罪責。儘管這樣的推論尚不能直接作爲結論，但是誰又能說這其中沒有一點道理呢？

其三，一個被忽視的問題是，任何人事實上都難免不受現實利益的驅動，在柴米油鹽面前再清高的人也要俯就，況且人性的自私、貪念、權欲、虛榮等弱點並非經歷過思想改造就眞能根本杜絕，包括那些搖筆鼓舌的人沒有理由被排除在外。結合 1949 年後情況看，也許存在純粹爲理想、爲主義而奮鬥的文人群體，但更普遍的現象則是：被排除在體制外的想通過頌歌、檢討和批判進入體制內；被置於體制邊緣的想通過頌歌、檢討和批判保住現有地位並伺機進入到體制核心；體制核心內的人則通過頌歌、檢討和批判獲得更鞏固的地位並借機打擊和排斥那些不同幫派的人，從而構成一個中國特色的「圍城」。正是存在現世的利益驅動，文人們大唱頌歌、大寫檢討或批判，甘願捨棄知識分子的主體人格、獨立思考、理性批判精神，甚至完全不顧普適性的人道主義，而這一切表面上不過是打著「爲人民」、「爲國家」、「爲理想」的招牌而已，至於招牌底下的貨色如何，實在難以證實。當然，這樣形而下的問題，正史家和研究者們常常不屑，善良的人們更不願意從這一個「不厚道」的角度去審視那些偉人、政治家、「人類靈魂的工程師」——文藝工作者們，

〔註 12〕《社會契約論》，李平漚譯，商務印書館 2011 年，第 12～13 頁。
〔註 13〕《政府論》（下篇），商務印書館 2009 年，第 15—16 頁。

但是從過程和結果來看，歷史彷彿一直在跟他們開著不大不小的玩笑。解讀中國歷史以及歷史中的人物，很多時候，不能單看他們說了什麼——說的時候很可能是潔身自好、慷慨激昂、道德崇高，更多時候要看他們做了什麼，即《論語》中的所謂「聽其言而觀其行」。

必須要明確的是，在尋求眞相與追求眞理的進程中，著者並非有意揪住這些已經逝去的作家不放，彷彿要將歷史的全部、主要責任都歸咎於他們身上，或者是「過於聰明地」選擇「恨猶大，不恨送人上十字架的總督」（聶紺弩語）。

眾所週知，一個組織嚴密的政治環境，可以使一個正直的知識分子變成兩面派和僞君子（伊萬諾夫語）。1949 年後的知識界和作家群體全面淪陷，極權政治作爲阿倫特所說的「極端的惡」或「根本的惡」，當然要負有首要的、主導性的、絕對的責任。徐幹生在「文革」後曾反思道：「奴性心理是個人的，而奴性病理則是社會文化和政治制度的。」「在專制國家的官僚結構中，長官的意志經常體現爲他手中唯我獨尊的權力，公職人員的人際關係經常表現爲親親仇仇的人身依附，這樣的官僚專制結構就不可避免地要變成一座奴性養成所。專制的文治、武治都不可避免地會成爲製造奴性的手段。」「專制官僚統治製造奴性會對國民造成兩種傷害：一是殘民，另一是愚民。殘民用恐怖來製造屈服和順從，而愚民則用迷信來製造崇拜與感恩，同時製造對異端的仇恨。一切製造奴性的秘密全在這裏。哪裏的殘民政策與愚民政策推行得愈成功、愈有效，那裏的奴性就愈泛濫、愈深重、愈難於治療。」〔註 14〕這一點，著者是有著清醒的認知的。

著者的意思是，在批判極端的非人的極權政治之時，不能忽視、忽略了個人在其中應該承擔的責任，即阿倫特所說的「平庸的惡」（the banality of evil），哪怕這惡是細微的、次要的、個別的，如李新宇曾總結的：「人們很容易強調外在因素的影響，強調作爲現實的人的種種無奈。但是，値得注意的是，從二十年代末放棄自己話語而充當留聲機器的喊叫，到後來對知識分子啓蒙精神的聲討，一次次導致知識分子主體價値失落和文學枯萎的悲劇事件，開始的時候並不是由於政治力量的壓迫，而往往是一些文人自身要進行調整。許多最終使文學陷落的口號都是作家自己首先喊出的。」「中國的文人作家很靈活，善於順時

〔註 14〕《復歸的素人：文字中的人生》，新星出版社 2010 年，第 199、200～201、203 頁。

應勢，調整自己。這種靈活性可能與中國長期的專制主義統治有關，與中國文人長期以來需要看統治者的眼色吃飯有關。這種靈活性使 20 世紀中國作家暴露了很不光彩的一面：無操守，無恒心，容易搖擺而不能堅守；東風中西倒，西風中東歪，審時度勢，總是爲潮流所裹挾。這就極大地影響了他們的創造和發現，影響了文學和一切精神生產的質量。」〔註 15〕

之所以這樣苛刻地對這些當事作家進行思想反思和良心拷問，並非是要進行膚淺的道德清算，也不是簡單地追究什麼歷史罪責，而是首先要尋求一個久違了的眞相，爲歷史作一見證。徐賁在比較和分析了父親在「文革」中的日記和其後撰寫的《「文革」親歷紀略》時說：「『是見證』和『作見證』是不同的。『是見證』的是那些因爲曾在災難現場，親身經歷災難而見識過或瞭解災難的人們。『作見證』的則是用文字或行爲來講述災難，並把災難保存在公共記憶中的人們。第一種人只是災難的消極承受者，只有第二種人才是災難的積極干預者。事件親歷者必須區分見證某個事情和爲這個事件作見證，必須區分看到某件事情和說出這件事情的眞情。作見證是歷史角色的自我選擇，也是一個明確價值判斷的過程。所有經過『文革』的人都是『文革』的見證，但並不是人人都能用寫作這種公共行爲來爲『文革』的人道災難作見證。」〔註 16〕爲歷史作見證，是一個讀書人應該具備的品格，否則就可能是魯迅所說的「無賴之尤」、「狡獪之徒」、「妄行者」、「僞士」、「虛假的、冒充的知識階級」或「才子+流氓」。

西諺有云：把上帝的還給上帝，把凱撒的還給凱撒。作爲後來的學人，應該爲歷史做好甄別工作，只有這樣才能還原歷史現場及其本眞，並走好當下的路。

還必須要聲明的是，事實上在 1949～1957 年間的歷次政治運動中，並非每一次都是到了劍拔弩張、傷筋動骨、你死我活的地步。再退一步說，即便是這期間的政治運動都緊張得令人窒息，但著者的反思和批判，也並非忽視當時歷史情境，不能給予當事人以歷史之同情，也並非是單純的理想主義和清教徒思想，而是基本恪守換位思考和將心比心的原則，即本文的態度是：在不能不唱頌歌時，可以唱，但唱的時候能不能不要打著眞誠的幌子而脫離現實太遠，或者不要過於粉飾太平而睜眼說瞎話，說那些離譜到沒有「上線」

〔註 15〕李新宇：《百年中國的文學遺憾》，《作家》，2000 年第 4 期。
〔註 16〕徐幹生：《復歸的素人：文字中的人生·編者序言》，新星出版社 2010 年。

的話。因爲在1949～1957年的頌歌文學中，並非篇篇都是不著邊際，而這些作者並沒有因此獲咎。在不得不檢討之時，能不能只說自己不牽涉和株連別人，在不得不批判、揭露他人之時，能不能從眾隨大溜兒而不添油加醋、標新立異、不設底線，因爲在歷數不盡的檢討中，那些只說自己不說別人的也都過了關，那些重複和照搬別人言論的也並未被清算。

尤其是，在歷次政治批判運動中，始終都存在消極的沉默的「看客」。如在批判胡風運動中，沈從文、蕭乾等並未表態，未見有人尋釁滋事；在「丁、陳反黨集團」的三十幾次批判會上也有黃秋耘、陳翔鶴、蔡其矯等一言不發，而他們並未因此受到指責。〔註17〕或者不妨再延展一下，在批判胡適運動中，錢鍾書〔註18〕、周作人、吳晗、千家駒，以及陳衡哲和任鴻雋夫婦、胡適的戀人曹誠英等都沒有表態（含批判和檢討），中山大學陳寅恪、容庚教授甚至公開反對批判胡適。〔註19〕至於，「胡風事件」中美學家呂熒仗義執言，「丁、陳事件」中山藥蛋派的作家、時任文研所支部書記的馬烽實事求是地道出眞相〔註20〕等，就更不必多說了。即便是到了你死我活的地步，例如「文革」中清剿周揚時，胡風、馮雪峰卻沒有因爲自己受其迫害而助紂爲虐、落井下石、栽贓陷害。通過這些活生生的事例比較可見，個人之見的人格、做人的底線是存在差異和差距的。

至於將一切問題都推之「極左」政治的大門內，將這些現實生活中俗世

〔註17〕延安整風時期魯藝的陳鐵耕、力群、侯唯動、張雲芳等「在種種威逼利誘面前，始終堅持不屈服、不承認、不亂咬。」見王培元：《抗戰時期的延安魯藝》，廣西師範大學出版社1999年，第348～349頁。

〔註18〕錢鍾書曾私下裏用英文跟楊絳說：If we don't have freedom of speech, at least we have freedom of silence.翻譯過來就是：如果我們沒有了說話的自由，至少可以保持沉默。見吳學昭：《聽楊絳談往事》，三聯書店2008年，第276頁。

〔註19〕《宣傳通訊》1955年第19期上披露：在批判胡適運動中，「個別的人，如中山大學教授容庚，則在去年12月的討論會上公開發言爲胡適的學術成績辯護，並要求中大校刊發表他的發言稿（該刊發表了他的發言稿，並發表了批評文章）。中山大學陳寅恪則更惡毒地污蔑這次批判運動，罵別人做了共產黨的應聲蟲，是一犬斐影百犬吠行。」

〔註20〕1955年批判丁玲的大會上，馬烽在發言中說，自己從沒聽丁玲說過「有了一本書就有了一切」、「散佈過對周揚同志的不滿」等言論，關於掛「放大照片」一事，也是蘇聯作家代表團來訪，文研所教務處爲了增加文學氣氛，在牆上掛了魯迅、郭沫若、茅盾等老作家的照片，也掛上了丁玲的照片，但被丁玲發現後，立即命令取下來了。馬烽實事求是的發言，馬上遭到與會者的打斷，並造紙批判，被勒令檢討。

作家看成是「天馬星空般地生活在觀念意識和精神世界裏的知識人」，看成是一介書生，天眞迂腐不懂政治，並將這些人與「The Reckless Mind: Intellectuals in Politics」（漢譯本《當知識分子遇到政治》，也可譯爲「糊塗記：政治中的知識分子」）中提及的曾經做出錯誤選擇的海德格爾、施米特、本雅明、亞歷山大・科耶夫、米歇爾・福柯、德里達以及保羅・約翰遜在《知識分子》中批評的盧梭、雪萊、易卜生、托爾斯泰、海明威、布萊希特、羅素、薩特、奧威爾等哲人簡單等同，〔註21〕這樣的寬容與類比，不但不能解決一些問題，而且還容易混淆視聽，尤其是會給那些原本俗不可耐但卻僞裝成風雅清高的文藝工作者們提供拒絕反思、拒絕反省的可乘之機，並縱容惡的存在和發展。

關於作家的主體反思，問題的根本癥結在於，現代中國雖歷經三十餘年的發展，但是「五四」啓蒙現代性中的獨立之人格、自由之思想並沒有演化爲作家群體的終極精神追求和價值準則，或者說在他們思想和精神深處，傳統中國的官本位文化和奴隸以及奴才人格等寄生性文化基因，並沒有隨著「五四」新文化運動的衝擊灰飛煙滅，而是喬裝打扮、改頭換面地、頑強地潛伏起來，一旦遇到合適環境，便會恣意地、不加收斂地瘋長起來。這是現代中國始終面臨的問題，也是始終未能解決好的問題。誠如德國社會學家費希特所說：

「你們都是最優秀的分子，如果最優秀的分子喪失了力量，那又用什麼來感召呢？如果出類拔萃的人都腐化了，那還到哪裏去尋找道德善良呢？」〔註22〕

相比同樣經歷極權政治的俄羅斯，那裏可以擁有柯羅連柯、帕斯捷爾納克、索爾仁尼琴、別爾嘉耶夫、舍斯托夫、布爾加科夫、普拉東諾夫、曼德爾施塔姆、布寧、吉皮烏斯、蕭斯塔洛維奇等敢於挑戰體制的精神界戰士或清醒的思想家群體，而中國作家則基本上全軍覆沒，〔註23〕眞是令自豪於五千年文明的國人顏面盡失。朱學勤爲此說：「一代博學鴻儒無可挽回地跌落進犬儒哲學的懷抱。現在他們沒有理想人格的內在壓力，當然就迷走於補償性

〔註21〕楊奎松：《忍不住的「關懷」：1949年前後的書生與政治・前言》，廣西師範大學出版社2013年。

〔註22〕費希特：《論學者的使命》，梁志學、沈眞譯，商務印書館1980年，第41頁。

〔註23〕這時期大陸中國雖也有陳寅恪、顧準、張中曉以及張元勳、譚天榮、林希翎、林昭、張志新、李九蓮、王申酉、遇羅克等，但他們都不是嚴格意義上的作家、文人。詩人陳夢家在思想改造運動初期曾針對燕京大學要求全體師生參加集體工間操發牢騷說：「這是《1984》來了，這麼快！」

的外向控訴，卻躲避內向懺悔，躲避嚴酷的靈魂拷問。世界史上的優秀民族在災難過後，都能從靈魂拷問的深淵中升起一座座文學和哲學巔峰，唯獨我們這個民族例外。」〔註24〕

1980年代，在巴金、蕭乾等提議建立「文革」博物館的基礎上，徐友漁於1990年代建議設立一個「文革學」學科，崔道怡呼籲建立「向陽湖學」，以研究當代知識分子與幹校文化，〔註25〕丁帆在21世紀初年撰文陳述建立「文革學」的必要性，〔註26〕這些舉措自然帶有一種總結和反思歷史的承傳性質。王堯也曾對此寄予了學術性的認識和展望，他說：「中國當代文學學科的成熟取決於多方面的因素，但史料的挖掘、整理無疑是一項重要的工作。當代文學的史料建設雖然已有不少進展，但在我們視野之外的許多史料文獻或者嚮隅，或者正在消失。搶救當代文學史料，並不是一個危言聳聽的話題。」〔註27〕張志忠也說：「中國現當代文學研究的史料，需要認眞的發掘，這一努力永遠不會停止。但是，這首先不是一個理論問題，而是一個具有很強的實踐性的話題，因而是有著持續關照的必要性的。」〔註28〕

著者也認爲，作爲一種承傳，與建立「文革學」和「向陽湖學」同樣重要、甚至更爲迫切的是建立「檢討學」。因爲對於1949年後，在中國大陸產生檢討——這樣一個歷時長久、覆蓋面之廣、影響之深刻的群體性行爲——的歷史現象和文化奇觀，不將其列爲一門學問來研究，是不足以總結歷史全貌的。

當下開展「檢討學」的研究，最重要也最迫切的是搜集和整理那些曾經公開發表的未公開發表的檢討文本，因爲隨著歷史當事人的不斷離去，一些歷史資料和記憶也將隨之永久被封存，這對於試圖接近本來就不容易接近的歷史的人來說，無疑是雪上加霜的。

建立「檢討學」，可以有針對性地搜集、整理和保存那些檢討資料，特別是可以籍此引起那些能夠經手、整理和保存檔案、手稿的人的足夠重視，不

〔註24〕朱學勤：《我們需要一場靈魂拷問》，《書林》，1988年第10期。

〔註25〕李城外：《將來應建一門「『向陽湖』學」——訪〈人民文學〉常務副主編崔道怡》，《咸寧日報》，1999年2月6日。

〔註26〕丁帆：《建立「文革學」的必要性》，《文論報》，2001年11月1日。

〔註27〕王堯：《改寫的歷史與歷史的改寫——以〈趙樹理罪惡史〉爲例》，《文藝爭鳴》，2007年第2期。

〔註28〕張志忠：《強化史料意識　穿越史料迷宮——關於中國現當代文學史料問題的幾點思考》，《中國現代文學研究叢刊》，2010年第2期。

至於做出盲目、簡單和愚蠢的行爲。因爲從目前發掘、整理、保存和出版方面來看，情況是很不樂觀的。公開出版物中收錄的檢討文字或者由於本人在世時礙於政治、人事糾葛以及顧及自己的顏面和聲譽而願不收入，或者編者及家人「爲尊者諱」、「爲親者諱」、「爲時政忌」而不能收入，因此「全集不全」已是一個普遍現象。在已出版的全集、文集或著作中，雖然收錄一部分資料，如本文所涉及到的，但是比之於未公開的，這些不過是冰山一角，更多的內容尚未被挖掘出來。

1956 年，差一點被「革命吞噬」的陳企霞曾在作協審幹大會上公開說：「一定要說有多少收穫的話，那麼，一座宮殿燒毀之後，還能收穫一堆木炭吧！」〔註 29〕現在，「宮殿」已經被燒毀了，最需要做的就是搜集和整理燒剩下的「木炭」，因爲其中可以找到記載「宮殿」失火的原因和全過程的「黑匣子」，而只有找到和打開「黑匣子」，才能在根本上避免和杜絕下一次火災。朱學勤曾說：「我們生活在一個有罪惡，卻無罪感意識；有悲劇，卻沒有悲劇意識的時代。悲劇在不斷發生，悲劇意識卻被種種無聊的吹捧、淺薄的訴苦或者安慰所沖淡。悲劇不能轉化爲悲劇意識，再多的悲劇也不能淨化民族的靈魂。這才是眞正悲劇的悲哀！」〔註 30〕

〔註 29〕閻綱：《多福巷 16 號》，《文學教育》（下半月），2008 年第 11 期。
〔註 30〕朱學勤：《我們需要一場靈魂拷問》，《書林》，1988 年第 10 期。

參考文獻

一、文獻資料類

1. 《人民日報》（1948～1958）。
2. 《光明日報》（1949～1958）。
3. 《文匯報》（1949～1958）。
4. 《文藝報》（1949～1958）。
5. 《人民文學》（1950～1958）。
6. 《文藝月報》（1953～1958）。
7. 《文藝學習》（1954～1957）。
8. 《戲劇報》（《人民戲劇》）（1950～1958）。
9. 《北京日報》（1952～1958）。
10. 《新華日報》（1949～1954）。
11. 《解放日報》（1949～1958）。
12. 《人民學習辭典》，上海：廣益書局 1953 年 7 月三版增訂本。
13. 《新知識辭典・續編》，上海：北新書局 1952 年 8 月版。
14. 《思想改造文選》，北京：光明日報社 1951 年版。
15. 《思想改造文輯》，成都：四川人民出版社 1952 年版。
16. 《高等學校教師思想改造學習資料》，廣州：華南人民出版社 1952 年版。
17. 《胡適思想批判》，北京：三聯書店 1955 年版。
18. 川南行署文教廳：《思想教育手冊》、《思想改造手冊》，1951～1952 年版。
19. 《教師們的思想改造》，上海：華東人民出版社 1952 年版。
20. 《熔煉集——思想改造文集》，長沙：湖南人民出版社 1958 年版。

21. 《知識分子思想改造的道路》，福州：福建人民出版社 1958 年版。
22. 《中國知識分子的道路》，北京：中國青年出版社 1959 年版。
23. 吳蘭編：《自我批評實例》，北京：綠原書店 1950 年版。
24. 《建國以來重要文獻選編》，北京：中央文獻出版社 1994 年版。
25. 《建國以來毛澤東文稿》，北京：中央文獻出版社 1991 年版。
26. 《毛澤東選集》，北京：人民出版社 1991. 1977 年版。
27. 《毛澤東文集》，北京：人民出版社 1993～1999 年版。
28. 《毛澤東書信選集》，北京：人民出版社 1983 年版。
29. 《周恩來選集》，北京：人民出版社 1980 年版。
30. 《劉少奇選集》，北京：人民出版社 1981 年版。
31. 《斯大林選集》，北京：人民出版社 1979 年版。
32. 《周恩來年譜》，北京：中央文獻出版社 1997 年版。
33. 《馬克思恩格斯選集》，北京：人民出版社 1995 年版。
34. 《中國新文學大系・理論史料集》（1949～1966），北京：中國文聯出版公司 1991 年版。
35. 《文學運動史料選》，上海：上海教育出版社 1979 年版。
36. 《對丁、陳反黨集團的批判——中國作家協會黨組擴大會上的部分發言》【內部交流】，1957 年 9 月
37. 薄一波：《若干重大決策與事件的回顧》，北京：中共中央黨校出版社 1991 年版。
38. 夏衍等：《批判我的資產階級思想》，北京：五十年代出版社 1952 年版。
39. 蕭乾等：《我的思想是怎樣轉變過來的》，北京：五十年代出版社 1950 年版。
40. 邵荃麟：《文學十年（歷程）》，北京：作家出版社 1960 年版。
41. 馮雪峰：《馮雪峰選集・論文編》，北京：人民文學出版社 2003 年版。
42. 林默涵：《林默涵文論集》，北京：當代中國出版社 2001 年版。
43. 邵荃麟：《邵荃麟評論選集》，北京：人民文學出版社 1981 年版。
44. 李晨主編：《中華人民共和國實錄》，長春：吉林人民出版社 1994 年版。
45. 梁滿倉編：《中國社會性質問題論戰》，北京：新華出版社 1991 年版。
46. 謝冕、洪子誠編：《中國當代文學史料選》（1948～1975），北京：北京大學出版社 1995 年版。
47. 中共中央政策研究室編：《政策彙編》，北京：中共中央華北局印 1949 年版。

48. 中共中央文獻研究室編：《建國以來重要文獻選編》，北京：中央文獻出版社 1992～1998 年版。
49. 中組部文獻研究室：《知識分子文獻選編》，北京：人民出版社 1983 年版。
50. 楊奎松、林蘊暉、辛石、沈志華等：《中華人民共和國史（1949～1981 年）》，香港：香港中文大學出版社 2008 年版。
51. 〔美〕麥克法誇爾、費正清主編：《劍橋中華人民共和國史（1949～1965）》，北京：中國社會科學出版社 1990 年版。
52. 《朱光潛全集》，合肥：安徽教育出版社 1987～1993 年版。
53. 《沈從文全集》，太原：北嶽文藝出版社 2002 年版。
54. 《蕭乾文集》，杭州：浙江文藝出版社 1998 年版。
55. 《巴金全集》，北京：人民文學出版社 1986～1994 年版。
56. 《老舍全集》，北京：人民文學出版社 1999 年版。
57. 《曹禺全集》，石家莊：花山文藝出版社 1996 年版。
58. 曹禺：《迎春集》，北京：北京出版社 1958 年版。
59. 《夏衍全集》，杭州：浙江文藝出版社 2005 年版。
60. 《茅盾全集》，北京：人民文學出版社 1984～1997 年版。
61. 《胡風全集》，武漢：湖北人民出版社 1999 年版。
62. 《丁玲全集》，石家莊：河北人民出版社 2001 年版。
63. 《趙樹理全集》，太原：北嶽文藝出版社 2000 年版。
64. 《聶紺弩全集》，武漢：武漢出版社 2004 年版。
65. 《郭小川全集》，桂林：廣西師範大學出版社 2000 年版。
66. 《楊絳文集》（小說卷），北京：人民文學出版社 2004 年版。
67. 《雪峰文集》，北京：人民文學出版社 1983 年版。
68. 《魯迅全集》，北京：人民文學出版社 1981 年版。
69. 《胡適全集》，合肥：安徽教育出版社 2003 年版。
70. 《陳獨秀文章選編》，北京：三聯書店 1984 年版。
71. 《梁啓超全集》，北京：北京出版社 1999 年版。
72. 《我親歷的文壇往事・憶大事》，北京：人民文學出版社 2004 年版。
73. 《迎接新中國——郭老在香港戰鬥時期的佚文》，上海：復旦學報（社會科學版）編輯部 1972 年版。
74. 張鐵榮、陳子善編：《周作人集外文》，海口：海南國際新聞出版中心 1993 年版。
75. 路翎：《路翎書信集》，桂林：灕江出版社 1989 年版。

76. 路翎：《致胡風書信全編》，鄭州：大象出版社 2004 年版。
77. 黃秋耘：《黃秋耘書信集》，廣州：花城出版社 2004 年版。
78. 吳祖光：《吳祖光日記》（1954～1957），鄭州：大象出版社 2005 年版。
79. 顧頡剛：《顧頡剛日記》，南京：江蘇教育出版社 2000 年版。
80. 譚其驤：《譚其驤日記》，上海：文匯出版社 1998 年版。
81. 浦江清：《浦江清日記》，北京：三聯書店 1987 年版。
82. 鄭振鐸著、陳福康整理：《鄭振鐸日記全編》，太原：山西古籍出版社 2006 年版。
83. 吳宓著，吳學昭整理：《吳宓日記續編》（1～3 冊），北京：三聯書店 2006 年版。
84. 張人鳳整理：《張元濟日記》，石家莊：河北教育出版社 2001 年版。
85. 宋雲彬：《紅塵冷眼——一個文化名人筆下的中國三十年》，太原：山西人民出版社 2002 年版。
86. 傅雷：《傅雷家書》，北京：三聯書店 1988 年版。
87. 傅敏編：《傅雷家書》（增補本），北京：三聯書店 1991 年版。
88. 邵燕祥：《沉船》，上海：上海遠東出版社 1996 年版。
89. 邵燕祥：《人生敗筆——一個滅頂者的掙紮實錄》，鄭州：河南人民出版社 1997 年版。
90. 邵燕祥：《找靈魂——邵燕祥私人卷宗：1945～1976》，桂林：廣西師範大學出版社 2004 年版。
91. 邵燕祥：《邵燕祥自述》，鄭州：大象出版社 2003 年版。
92. 張中曉：《無夢樓全集》，武漢：武漢出版社 2006 年版。
93. 沈從文：《沈從文自述》，鄭州：河南人民出版社 2006 年版。
94. 王亞蓉編：《沈從文晚年口述》，西安：陝西師範大學出版社 2003 年版。
95. 郭曉蕙編：《檢討書——詩人郭小川的另類文字》，北京：中國工人出版社 2001 年版。
96. 蕭乾：《蕭乾憶舊》，武漢：湖北人民出版社 2005 年版。
97. 蕭乾：《風雨平生——蕭乾口述自傳》，北京：北京大學出版社 1999 年版。
98. 蕭乾：《蕭乾回憶錄》，北京：中國工人出版社 2005 年版。
99. 李輝主編：《蕭乾自述》，鄭州：大象出版社 2003 年版。
100. 閻煥東編著：《巴金自敘》，太原：山西教育出版社 2002 年版。
101. 巴金：《隨想錄》，北京：人民文學出版社 1986 年版。
102. 曹禺：《曹禺自述》，北京：京華出版社 2005 年版。

103. 曹禺：《沒有說完的話》，濟南：山東友誼出版社 1998 年版。
104. 丁玲：《丁玲自述》，鄭州：大象出版社 2006 年版。
105. 丁玲：《丁玲自傳》，南京：江蘇文藝出版社 1996 年版。
106. 舒蕪：《舒蕪口述自傳》，北京：中國社會科學出版社 2002 年版。
107. 冀汸：《血色流年》，上海：復旦大學出版社 2004 年版。
108. 常風：《逝水集》，瀋陽：遼寧教育出版社 1995 年版。
109. 蕭軍：《人與人間——蕭軍回憶錄》，北京：中國文聯出版社 2006 年版。
110. 賈植芳：《獄裏獄外》，上海：遠東出版社 1995 年版。
111. 徐懋庸：《徐懋庸回憶錄》，北京：人民出版社 1982 年版。
112. 吳祖光：《一輩子》，北京：中國文聯出版社 2004 年版。
113. 吳福輝、錢理群主編：《老舍自傳》，南京：江蘇文藝出版社 1995 年版。
114. 胡風：《胡風自傳》，南京：江蘇人民出版社 1996 年版。
115. 胡風、梅志：《胡風回憶錄》，北京：人民文學出版社 2005 年版。
116. 黄藥眠：《動蕩：我所經歷的半個世紀》，上海：上海文藝出版社 1987 年版。
117. 常任俠：《春城紀事》(1949～1952)，鄭州：大象出版社 2006 年版。
118. 黄秋耘：《風雨年華》，北京：人民文學出版社 1988 年版。
119. 周健強編：《聶紺弩自敘》，北京：團結出版社 1998 年版。
120. 季羨林：《懷舊集》，北京：北京大學出版社 1996 年版。
121. 陳學昭：《天涯歸客：文學回憶錄》，杭州：浙江人民出版社 1980 年版。
122. 藍翎：《龍捲風》，上海：上海遠東出版社 1995 年版。
123. 章詒和：《往事並不如煙》，北京：人民文學出版社 2004 年版。
124. 韋君宜：《思痛錄・露莎的路》，北京：文化藝術出版社 2003 年版。
125. 黎之：《文壇風雲錄》，鄭州：河南人民出版社 1998 年版。
126. 涂光群：《中國三代作家紀實》，北京：中國文聯出版公司 1995 年版。
127. 楊揚等選編：《二十世紀名人自述・文人自述》，杭州：杭州大學出版社 1998 年版。
128. 許明主編：《我與中國二十世紀》，鄭州：河南人民出版社 1994 年版。
129. 牛漢、鄧九平主編：《荊棘路／原上草／六月雪・記憶中的反右派運動》，北京：經濟日報出版社 1998 年版。
130. 季羨林主編：《沒有情節的故事》，北京：北京十月文藝出版社 2001 年版。
131. 季羨林主編：《枝蔓叢叢的回憶》，北京：北京十月文藝出版社 2001 年版。
132. 季羨林等：《我與中國 20 世紀》，鄭州：河南人民出版社 1994 年版。

133. 蕭克、李銳、龔育之等：《我親歷過的政治運動》，北京：中央編譯出版社 1998 年版。
134. 胡平、曉山編：《名人與冤案——中國文壇檔案實錄》，北京：群眾出版社 1998 年版。
135. 胡平、曉山編：《冤案與名人——中國知識界名人冤案實錄》，北京：群眾出版社 2001 年版。
136. 《蕭軍日記》，香港：牛津出版社 2013 年版。

二、研究著作類

1. 《關於知識分子改造》，香港：正報出版社 1949 年版。
2. 《做一個工人階級知識分子》，北京：中國青年出版社 1958 年版。
3. 周鋼鳴：《論文藝改造》，廣州：人間書屋刊行 1951 年版。
4. 江小川：《知識分子思想改造問題》，瀋陽：東北人民出版社 1952 年版。
5. 沈志遠：《論知識分子思想改造》，上海：中國科學公司 1952 年版。
6. 李哲人：《談談知識分子思想改造》，太原：山西人民出版社 1958 年版。
7. 陳晉：《文人毛澤東》，上海：上海人民出版社 2005 年版。
8. 陳晉：《毛澤東與文藝傳統》，北京：中央文獻出版社 1992 年版。
9. 高華：《紅太陽是怎樣升起的：延安整風運動的來龍去脈》，香港：香港中文大學出版社 2000 年版。
10. 高華：《身份和差異：1949～1965 年中國社會的政治分層》，香港：香港中文大學出版社 2001 年版。
11. 高華：《在歷史的風陵渡口》，香港：香港時代國際出版有限公司 2005 年版。
12. 高華：《革命年代》，廣州：廣東人民出版社 2010 年版。
13. 林蘊暉：《烏托邦運動——從大躍進到大饑荒（1958～1961）》，香港：香港中文大學出版社 2008 年版。
14. 胡喬木：《胡喬木回憶毛澤東》，北京：人民出版社 1994 年版。
15. 吳冷西：《緬懷毛澤東》，北京：中央文獻出版社 1993 年版。
16. 鄭忠超編：《西方學者談毛澤東》，北京：新世紀出版社 1993 年版。
17. 蕭延中編：《外國學者評毛澤東》，北京：中國工人出版社 1998 年版。
18. 秦忠翼：《毛澤東文藝美學思想》，長沙：湖南文藝出版社 1995 年版。
19. 高新民、張樹軍：《延安整風實錄》，杭州：浙江人民出版社 2000 年版。
20. 王海平、張軍鋒主編：《回想延安・1942》，南京：江蘇文藝出版社 2002 年版。

21. 艾克恩：《延安文藝回憶錄》，北京：中國社會科學出版社 1992 年版。
22. 艾克恩：《延安文藝運動紀盛》，北京：文化藝術出版社 1987 年版。
23. 姚杉爾：《中國百名大右派》，北京：朝華出版社 1993 年版。
24. 文聿：《中國「左」禍》，北京：朝華出版社 1993 年版。
25. 朱正：《1957 年的夏季：從百家爭鳴到兩家爭鳴》，鄭州：河南人民出版社 1998 年版。
26. 朱地：《一九五七年的中國》，北京：華文出版社 2005 年版。
27. 葉永烈：《沉重的一九五七》，南昌：百花洲文藝出版社 1992 年版。
28. 于風政：《改造》，鄭州：河南人民出版社 2001 年版。
29. 胡平：《禪機——1957：苦難的祭壇》，廣州：廣東旅遊出版社 1998 年版。
30. 金觀濤、劉青峰：《興盛與危機——論中國社會超穩定結構》，香港：香港中文大學出版社 1992 年版。
31. 金觀濤、劉青峰：《開放中的變遷——再論中國社會超穩定結構》，香港：香港中文大學出版社 1993 年版。
32. 洪子誠：《中國當代文學史》，北京：北京大學出版社 2006 年版。
33. 洪子誠：《問題與方法》，北京：三聯書店 2004 年版。
34. 陳思和主編：《中國當代文學史教教程》，上海：復旦大學出版社 2000 年版。
35. 錢理群等：《中國現代文學三十年》，北京：北京大學出版社 2005 年版。
36. 朱棟霖等：《中國現代文學史（1917～1997）》，北京：高等教育出版社 1999 年版。
37. 董健等：《中國當代文學史新稿》，北京：人民文學出版社 2005 年版。
38. 楊匡漢等：《共和國文學 50 年》，北京：中國社會科學出版社 1999 年版。
39. 孔範今主編：《二十世紀中國文學史》，濟南：山東教育出版社 1997 年版。
40. 李新宇主編：《中國當代小說發展史》，濟南：山東文藝出版社 1995 年版。
41. 李新宇主編：《現代中國文學（1949～2008）》，天津：南開大學出版社 2009 年版。
42. 朱寨：《中國當代文學思潮史》，北京：人民文學出版社 1987 年版。
43. 李揚：《中國當代文學思潮史》，上海：上海社會科學院出版社 2005 年版。
44. 柏定國：《中國當代文藝思想史論》，北京：中國社會科學出版社 2006 年版。
45. 陸貴山：《中國當代文藝思潮》，北京：中國人民大學出版社 2002 年版。
46. 許志英、鄒恬主編：《中國現代文學主潮》，福州：福建教育出版社 2001 年版。

47. 嚴家炎、唐弢：《中國當代文學史初稿》，北京：人民文學出版社 1980 年版。
48. 《朱光潛紀念集》，合肥：安徽教育出版社 1987 年版。
49. 錢念孫：《朱光潛與中西文化》，合肥：安徽教育出版社 1995 年版。
50. 錢念孫：《朱光潛出世的精神與入世的事業》，北京：文津出版社 2005 年版。
51. 蒯大申：《朱光潛後期美學思想述評》，上海：上海社會科學院出版社 2001 年版。
52. 商金林：《朱光潛與中國現代文學》，合肥：安徽教育出版社 1995 年版。
53. 王珞編：《沈從文評說八十年》，北京：中國華僑出版社 2004 年版。
54. 金介甫：《鳳凰之子・沈從文傳》，符家欽譯，北京：中國友誼出版公司 2000 年版。
55. 吳立昌：《「人性的治療者」・沈從文傳》，上海：上海文藝出版社 1993 年版。
56. 淩宇：《沈從文傳》，北京：北京十月出版社 1988 年版。
57. 淩宇：《從邊城走向世界》，北京：三聯書店 1985 年版。
58. 李揚：《沈從文的最後 40 年》，北京：中國文史出版社 2005 年版。
59. 王保生：《沈從文評傳》，重慶：重慶出版社 1995 年版。
60. 孫冰編：《沈從文印象》，上海：學林出版社 1997 年版。
61. 汪曾祺：《沈從文的寂寞》，《汪曾祺文集・文論卷》，南京：江蘇文藝出版社 1993 年版。
62. 康長福：《沈從文文學理想研究》，北京：人民出版社 2007 年版。
63. 劉洪濤等編：《沈從文研究資料》，天津：天津人民出版社 2006 年版。
64. 吳世勇編：《沈從文年譜》，天津：天津人民出版社 2006 年版。
65. 吉首大學沈從文研究室編：《長河不盡流：懷念沈從文先生》，長沙：湖南文藝出版社 1989 年版。
66. 朱光潛、張兆和：《我所認識的沈從文》，長沙：嶽麓書社 1986 年版。
67. 鮑霁編：《蕭乾研究資料》，北京：北京十月文藝出版社 1988 年版。
68. 傅光明編：《解讀蕭乾》，北京：大眾文藝出版社 2001 年版。
69. 李輝：《蕭乾：漂泊者在路上》，鄭州：大象出版社 2002 年版。
70. 李輝：《蕭乾傳》，南京：江蘇文藝出版社 1993 年版。
71. 李輝：《浪迹天涯：蕭乾傳》，北京：中國文聯出版社 1998 年版。
72. 傅光明、孫偉等編：《蕭乾研究專集》，北京：華藝出版社 1992 年版。
73. 文潔若、吳小如編：《微笑著離去：憶蕭乾先生》，瀋陽：遼海出版社 1999

年版。
74. 陳丹晨：《巴金全傳》，北京：中國青年出版社 2003 年版。
75. 丹晨編：《巴金評說七十年》，北京：中國華僑出版社 2006 年版。
76. 張立慧、李今編：《巴金研究在國外》，長沙：湖南文藝出版社 1986 年版。
77. 陳思和：《巴金研究的回顧與展望》，天津：天津教育出版社 1991 年版。
78. 唐金海、張曉雲：《巴金的一個世紀》，成都：四川文藝出版社 2004 年版。
79. 彭小花編著：《巴金的知與眞》，北京：東方出版社 2006 年版。
80. 李存光：《百年巴金生平及文學活動事略》，北京：人民文學出版社 2003 年版。
81. 李存光：《巴金評傳》，北京：中國社會出版社 2006 年版。
82. 譚洛編：《巴金與中西文化：巴金國際學術探討論文集》，成都：四川大學出版社 1992 年版。
83. 陳思和、李輝：《巴金論稿》，北京：人民文學出版社 1986 年版。
84. 陳瓊芝：《生命之華：百年巴金》，廈門：鷺江出版社 2003 年版。
85. 孫潔：《世紀彷徨：老舍論》，南昌：百花洲文藝出版社 2003 年版。
86. 傅光明：《口述歷史下的老舍之死》，濟南：山東畫報出版社 2007 年版。
87. 傅光明編：《老舍的文學地圖》，北京：新世界出版社 2005 年版。
88. 宋永毅：《老舍與中國文化觀念》，上海：學林出版社 1988 年版。
89. 張桂興編：《老舍評說七十年》，北京：中國華僑出版社 2005 年版。
90. 張桂興編：《老舍年譜》（修訂本），上海：上海文藝出版社 2005 年版。
91. 甘海嵐：《老舍年譜》，北京：書目文獻出版社 1989 年版。
92. 宋炳輝：《老舍印象》，上海：學林出版社 1997 年版。
93. 趙園：《北京：城與人》，上海：上海人民出版社 1991 年版。
94. 舒乙主編：《老舍之死》，北京：國際文化出版公司 1987 年版。
95. 舒乙：《我的父親老舍》，瀋陽：遼寧人民出版社 2004 年版。
96. 中國老舍研究會選編：《世紀之初讀老舍：2006 國際老舍學術研討會》，北京：人民文學出版社 2007 年版。
97. 曾廣燦：《老舍研究縱覽：1929～1986》，天津：天津教育出版社 1987 年版。
98. 傅光明：《書信世界裡的趙清閣與老舍》，復旦大學出版 2012 年版。
99. 李國新、周思源編：《老舍研究文集》，北京：人民文學出版社 2000 年版。
100. 石興澤、劉明：《老舍評傳》，北京：中國社會出版社 2005 年版。
101. 關紀新：《老舍評傳》，重慶：重慶出版社 2003 年版。

102. 郎雲、蘇雷：《老舍傳：沉重的謝幕》，太原：北嶽文藝出版社 1994 年版。
103. 舒濟編：《老舍和朋友》，北京：三聯書店 1991 年版。
104. 古世倉、吳小美：《老舍與中國革命》，北京：民族出版社 2005 年版。
105. 田本相、胡叔和編：《曹禺研究資料》，北京：中國戲劇出版社 1991 年版。
106. 田本相、劉一軍：《曹禺評傳》，重慶：重慶出版社 1995 年版。
107. 田本相、劉一軍編著：《苦悶的靈魂——曹禺訪談錄》，南京：江蘇教育出版社 2001 年版。
108. 田本相、劉家鳴編：《中外學者論曹禺》，天津：南開大學出版社 1992 年版。
109. 田本相：《曹禺傳》，北京：北京十月文藝出版社 1988 年版。
110. 田本相、張靖編著：《曹禺年譜》，天津：南開大學出版社 1985 年版。
111. 胡叔和：《曹禺評傳》，北京：中國戲劇出版社 1994 年版。
112. 李揚：《現代性視野中的曹禺》，北京：人民文學出版社 2004 年版。
113. 王興平等編：《曹禺研究專集》，福州：海峽文藝出版社 1985 年版。
114. 劉勇、李春雨編：《曹禺評說七十年》，北京：文化藝術出版社 2007 年版。
115. 潘克明：《曹禺研究五十年》，天津：天津教育出版社 1987 年版。
116. 馬俊山：《曹禺：歷史的突進與迴旋》，北京：中國工人出版社 1992 年版。
117. 梁秉堃：《在曹禺身邊》，北京：中國戲劇出版社 1999 年版。
118. 孫慶升：《曹禺論》，北京：北京大學出版社 1986 年版。
119. 張耀傑：《戲劇大師曹禺——嘔心瀝血的悲喜人生》，太原：山西教育出版社 2003 年版。
120. 錢理群：《大小舞臺之間——曹禺戲劇新論》，北京：北京大學出版社 2007 年版。
121. 陳堅、張豔梅：《世紀行吟——夏衍傳》，杭州：浙江人民出版社 2005 年版。
122. 陳堅、陳抗：《夏衍傳》，北京：北京十月文藝出版社 1998 年版。
123. 會林、紹武：《夏衍研究文集》，北京：中國戲劇出版社 1980 年版。
124. 陳堅：《夏衍的生活和文學道路》，杭州：浙江文藝出版社 1984 年版。
125. 會林等編：《夏衍研究資料》，北京：中國戲劇出版社 1983 年版。
126. 丁爾綱：《茅盾評傳》，重慶：重慶出版社 1998 年版。
127. 邵伯周：《茅盾評傳》，成都：四川文藝出版社 1987 年版。
128. 黃侯興：《茅盾——「人生派」的大師》，濟南：山東人民出版社 1996 年版。

129. 丁爾綱、李庶長：《茅盾人格》，鄭州：河南人民出版社 2004 年版。
130. 鍾桂松：《茅盾傳——坎坷與輝煌》，鄭州：河南文藝出版社 1998 年版。
131. 莊鍾慶：《茅盾紀實》，成都：四川文藝出版社 1986 年版。
132. 余連祥：《逃墨館主——茅盾傳》，杭州：浙江人民出版社 2006 年版。
133. 周景雷：《茅盾與中國現代文學》，北京：中國社會科學出版社 2004 年版。
134. 中國茅盾研究會編：《茅盾與二十世紀》，北京：華夏出版社 1997 年版。
135. 陳小曼、韋韜：《我的父親茅盾》，瀋陽：遼寧人民出版社 2004 年版。
136. 茅盾：《茅盾評論文集》，北京：人民文學出版社 1978 年版。
137. 唐金海等編：《茅盾專集》，福州：福建人民出版社 1983 年版。
138. 《憶茅公》，北京：文化藝術出版社 1982 年版。
139. 徐文玉：《胡風論》，武漢：湖北人民出版社 2005 年版。
140. 范際燕、錢文亮：《胡風論——對胡風的文化與文學闡釋》，武漢：湖北人民出版社 1999 年版。
141. 王麗麗：《在文藝與意識形態之間・胡風研究》，北京：中國人民大學出版社 2003 年版。
142. 萬同林：《殉道者——胡風及其同仁們》，濟南：山東畫報出版社 1998 年版。
143. 梅志：《胡風傳》，北京：文藝出版社 1998 年版。
144. 梅志：《胡風沉冤錄》，北京：科學出版社 1989 年版。
145. 曉風：《我與胡風》，銀川：寧夏人民出版社 2003 年版。
146. 曉風：《我的父親胡風》，武漢：湖北人民出版社 2007 年版。
147. 曉風等：《我的父親胡風》，瀋陽：春風文藝出版社 2001 年版。
148. 馬蹄疾：《胡風傳》，成都：四川人民出版社 1989 年版。
149. 徐慶全：《名家書劄與文壇風雲》，北京：中國文史出版社 2009 年版。
150. 徐慶全：《革命吞噬它的兒女：丁玲、陳企霞「反黨集團」案紀實》，香港：香港中文大學出版社 2008 年版。
151. 徐慶全：《周揚與馮雪峰》，武漢：湖北人民出版社 2005 年版。
152. 周良沛：《丁玲傳》，北京：北京十月文藝出版社 1993 年版。
153. 蔣祖林、李靈源：《我的母親丁玲》，瀋陽：遼寧人民出版社 2004 年版。
154. 楊桂欣編：《觀察丁玲》，北京：大眾文藝出版社 2001 年版。
155. 楊桂欣：《我所接觸的暮年丁玲》，北京：中國廣播電視出版社 2004 年版。
156. 楊桂欣：《丁玲與周揚的恩怨》，武漢：湖北人民出版社 2006 年版。
157. 汪洪編：《左右說丁玲》，北京：工人出版社 2001 年版。

158. 袁良駿：《丁玲研究五十年》，天津：天津教育出版社 1990 年版。
159. 秦林芳：《丁玲的最後 37 年》，北京：中國文史出版社 2005 年版。
160. 張永泉：《個性主義的悲劇——解讀丁玲》，北京：中國社會科學出版社 2005 年版。
161. 刑小群：《丁玲與文學研究所的興衰》，濟南：山東畫報出版社 2003 年版。
162. 周芬娜：《丁玲與中共文學》，臺北：成文出版社 1980 年版。
163. 袁良駿編：《丁玲研究資料》，天津：天津人民出版社 1982 年版。
164. 孫瑞珍、王中忱編：《丁玲研究在國外》，長沙：湖南人民出版社 1985 年版。
165. 王增如、李向東編：《丁玲年譜》，天津：天津人民出版社 2005 年版。
166. 山西省史志研究院編：《趙樹理傳》，北京：當代中國出版社 2006 年版。
167. 戴光中：《趙樹理傳》，北京：北京十月文藝出版社 1996 年版。
168. 董大中：《趙樹理評傳》，天津：百花文藝出版社 1986 年版。
169. 董大中：《趙樹理年譜》，太原：北嶽文藝出版社 1994 年版。
170. 黃修己：《趙樹理評傳》，南京：江蘇人民出版社 1981 年版。
171. 高婕：《回憶趙樹理》，太原：山西人民出版社 1985 年版。
172. 中國趙樹理研究會編：《趙樹理研究文集》，北京：中國文聯出版公司 1998 年版。
173. 黃修己編：《趙樹理研究資料》，太原：北嶽文藝出版社 1985 年版。
174. 高捷編：《回憶趙樹理》，太原：山西人民出版社 1985 年版。
175. 李士德：《趙樹理憶念錄》，長春：長春出版社 1990 年版。
176. 丁東編：《反思郭沫若》，北京：作家出版社 1998 年版。
177. 馮錫剛：《文革前的郭沫若 1949～1965》，北京：中央文獻出版社 2005 年版。
178. 陳永志：《郭沫若思想整體觀》，上海：上海文藝出版社 1992 年版。
179. 賈振勇：《郭沫若的最後 29 年》，北京：中國文史出版社 2005 年版。
180. 陸鍵東：《陳寅恪的最後二十年》，北京：三聯書店 1995 年版。
181. 支克堅：《周揚論》，開封：河南大學出版社 2004 年版。
182. 沈展雲等編：《中國知識分子悲歡錄》，廣州：花城出版社 1993 年版。
183. 楊天石主編：《文壇與文人》，上海：上海辭書出版社 2005 年版。
184. 邵燕祥：《惟知音者傾聽》，武漢：湖北人民出版社 2004 年版。
185. 張景超：《文化批判的背反與人格：中國當代知識分子問題研究》，哈爾濱：黑龍江人民出版社 2001 年版。

186. 賀立華：《20 世紀中國文學思想與知識分子人格精神》，濟南：山東大學出版社 2005 年版。
187. 陳徒手：《人有病　天知否——一九四九年後中國文壇紀實》，北京：人民文學出版社 2000 年版。
188. 陳徒手：《故國人民有所思》，三聯書店 2013 年版。
189. 袁盛勇：《歷史的召喚：延安文學的複雜化形成》，北京：中國戲劇出版社 2007 年版。
190. 張志忠：《迷茫的跋涉者——中國當代知識分子心態錄》，鄭州：河南人民出版社 1995 年版。
191. 李輝、應紅編著：《世紀之問——來自知識界的聲音》，鄭州：大象出版社 1999 年版。
192. 李輝：《李輝文集》，廣州：花城出版社 1998 年版。
193. 李輝：《中國文人的命運》，鄭州：鄭州大學出版社 2006 年版。
194. 李輝：《和老人聊天》，鄭州：大象出版社 2003 年版。
195. 李輝：《太陽下的蠟燭》，武漢：長江文藝出版社 1999 年版。
196. 楊守森：《昨夜星辰昨夜風：中國當代作家的精神旅途》，鄭州：河南人民出版社 2003 年版。
197. 楊守森：《靈魂的守護》，濟南：山東友誼出版社 2002 年版。
198. 楊守森：《穿過歷史的煙雲——20 世紀中國文學問題》，廣州：花城出版社 2000 年版。
199. 楊守森主編：《二十世紀中國作家心態史》，北京：中央編譯出版社 1998 年版。
200. 牧惠：《知識無罪》，香港：天地圖書有限公司 2001 年版。
201. 程光煒：《文學想像與文學國家　中國現當代文學研究（1949～1976）》，鄭州：河南大學出版社 2005 年版。
202. 程光煒：《文化的轉軌——「魯郭茅巴老曹」在中國 1949～1976》，北京：光明日報出版社 2004 年版。
203. 程光煒：《文人集團與中國現當代文學》，北京：人民文學出版社 2005 年版。
204. 賀桂梅：《轉折的時代——40～50 年代作家研究》，濟南：山東教育出版社 2003 年版。
205. 邵燕君：《傾斜的文學場——當代文學生產機制的市場化轉型》，南京：江蘇人民出版社 2003 年版。
206. 張福貴：《二十世紀中國文學的文化審判》，長春：時代文藝出版社 1999 年版。

207. 王彬彬：《往事何堪哀》，武漢：長江文藝出版社 2005 年版。
208. 王彬彬：《爲批評正名》，長春：時代文藝出版社 2000 年版。
209. 王彬彬：《並未遠去的背影》，廣州：廣東人民出版社 2010 年版。
210. 李揚：《抗爭宿命之路——「社會主義現實主義」（1942～1976）研究》，長春：時代文藝出版社 1993 年版。
211. 張檸：《再造文學巴別塔 1949～1966》，廣州：廣東教育出版社 2009 年版。
212. 朱鴻召：《延安文人》，廣州：廣東人民出版社 2001 年版。
213. 趙園：《艱難的選擇》，上海：上海文藝出版社 1986 年版。
214. 張耀傑：《歷史背後——政學兩界的人和事》，桂林：廣西師範大學出版社 2006 年版。
215. 黄子平：《沉思的老樹的精靈》，杭州：浙江文藝出版社 1987 年版。
216. 黄子平：《「灰闌」中的敘述》，上海：上海文藝出版社 2001 年版。
217. 劉克寬：《闡釋與重構——當代十七年文學沉思》，西安：陝西人民教育出版社 2002 年版。
218. 劉川鄂：《中國自由主義文學論稿》，武漢：武漢出版社 2000 年版。
219. 王文勝：《在與思：「十七年文學」現實主義思潮新論》，南京：南京師範大學出版社 2006 年版。
220. 艾曉明：《中國左翼文學思潮探源》，長沙：湖南文藝出版社 1991 年版。
221. 林偉民：《中國左翼文學思潮》，上海：華東師範大學出版社 2005 年版。
222. 徐幹生：《復歸的素人：文字中的人生》，北京：新星出版社 2010 年版。
223. 李書磊：《1942：走向民間》，濟南：山東教育出版社 1998 年版。
224. 洪子誠：《1956：百花時代》，濟南：山東教育出版社 1998 年版。
225. 洪子誠：《作家的姿態與自我意識》，西安：陝西人民出版社 1991 年版。
226. 王曉明：《潛流與漩渦——論二十世紀中國小說家的創作心理障礙》，北京：中國社會科學出版社 1991 年版。
227. 王乾坤：《文學的承諾》，北京：三聯書店 2005 年版。
228. 趙行良：《中國文化的精神價值：中國人文精神之檢討》，上海：上海古籍出版社 2003 年版。
229. 傅光明：《文壇如江湖》，北京：中國三峽出版社 2006 年版。
230. 孫郁：《百年苦夢——20 世紀中國文人心態掃描》，桂林：廣西師範大學出版社 2006 年版。
231. 張全之：《火與歌　中國現代文學、文人與戰爭》，北京：新星出版社 2006 年版。
232. 魏邦良：《隱痛與暗疾——現代文人的另一種解讀》，桂林：廣西師範大學出版社 2006 年版。
233. 孟繁華：《夢幻與宿命》，廣州：廣東人民出版社 1999 年版。
234. 孟繁華：《思有涯》，濟南：山東友誼出版社 2006 年版。
235. 余岱宗：《被規訓的激情——論 1950～1960 年代的紅色小說》，上海：上海三聯書店 2005 年版。
236. 尹昌龍：《重返自身的文學》，廣州：廣東人民出版社 1999 年版。
237. 劉文飛：《思想俄國》，濟南：山東友誼出版社 2006 年版。
238. 袁小倫：《撲史集——中國現代人物新探》，桂林：廣西師範大學出版社 2005 年版。
239. 陳平原：《當年游俠人——現代中國的文人與學者》，北京：三聯書店 2006 年版。
240. 丁帆、王世城：《十七年文學：人與自我的失落》，鄭州：河南大學出版社 1999 年版。
241. 丁帆：《重回五四起跑線》，北京：人民文學出版社 2004 年版。
242. 鄒紀孟：《學而優則仕》，北京：中國文聯出版社 2006 年版。
243. 李國文：《中國文人的活法》，北京：人民文學出版社 2004 年版。
244. 柏揚：《醜陋的中國人》，蘇州：古美軒出版社 2004 年版。
245. 王曉明：《人文精神尋思錄》，上海：文匯出版社 1996 年版。
246. 張連國：《在理想與現實之間：中國自由主義知識分子的歷史命運（1917～1937）》，北京：紅旗出版社 2005 年版。
247. 張光芒：《中國當代啓蒙文學思潮論》，上海：三聯書店 2006 年版。
248. 任劍濤：《中國現代思想脈絡中的自由主義》，北京：北京大學出版社 2004 年版。
249. 章清：《「胡適派學人群」與現代中國自由主義》，上海：上海古籍出版社 2004 年版。
250. 鄧曉芒：《新批判主義》，武漢：湖北教育出版社 2001 年版。
251. 周海嬰：《魯迅與我七十年》，上海：文匯出版社 2006 年版。
252. 錢理群：《1948：天地玄黃》，濟南：山東教育出版社 1998 年版。
253. 錢理群：《拒絕遺忘——錢理群文選》，汕頭：汕頭大學出版社 1999 年版。
254. 錢理群：《走進當代的魯迅》，北京：北京大學出版社 1999 年版。
255. 錢理群：《追尋生存之根：我的退思錄》，桂林：廣西師範大學出版社 2005 年版。
256. 錢理群：《精神的煉獄——中國現代文學從「五四」到抗戰的歷程》，南寧：廣西教育出版社 1996 年版。

257. 王富仁：《中國魯迅研究的歷史與現狀》，杭州：浙江人民出版社 1999 年版。
258. 王富仁：《靈魂的掙扎——文化的變遷與文學的變遷》，長春：時代文藝出版社 1993 年版。
259. 林賢治：《魯迅的最後十年》，上海：東方出版中心 2006 年版。
260. 林賢治：《五四之魂——中國知識分子精神史》，桂林：廣西師範大學出版社 2008 年版。
261. 張夢陽：《中國魯迅學通史》，廣州：廣東教育出版社 2002 年版。
262. 高旭東編：《世紀末的魯迅論爭》，北京：東方出版社 2001 年版。
263. 李新宇：《魯迅的選擇》，鄭州：河南人民出版社 2001 年版。
264. 李新宇：《愧對魯迅》，上海：三聯書店 2005 年版。
265. 李新宇：《大夢誰先覺》，濟南：黃河出版社 2007 年版。
266. 周策縱：《五四運動：現代中國的思想革命》，周子平等譯，南京：江蘇人民出版社 1999 年版。
267. 李澤厚：《中國現代思想史論》，天津：天津社會科學院出版社 2003 年版。
268. 李澤厚：《實用理性與樂感文化》，北京：三聯書店 2005 年版。
269. 袁偉時：《中國現代思想散論》，廣州：廣州教育出版社 1998 年版。
270. 袁偉時編著：《告別中世紀：五四文獻選萃與解讀》，廣州：廣東人民出版社 2004 年版。
271. 劉澤華：《中國古代政治思想史》，天津：南開大學出版社 1992 年版。
272. 劉澤華：《中國傳統政治思想反思》，北京：三聯書店 1987 年版。
273. 劉澤華：《專制權力與中國社會》，長春：吉林文史出版社 1988 年版。
274. 李銳：《李銳往事雜憶》，南京：江蘇人民出版社 1997 年版。
275. 李銳：《李銳論說文選》，北京：中國社會科學出版社 1998 年版。
276. 李銳：《李銳文集》，海口：南方出版社 1999 年版。
277. 李愼之、何家棟：《中國的道路》，廣州：南方日報出版社 2000 年版。
278. 李愼之：《李愼之文選——風雨蒼黃五十年》，香港：明報出版社 2003 年版。
279. 王元化：《文學沉思錄》，上海：上海文藝出版社 1983 年版。
280. 王元化：《談文短簡》，瀋陽：遼寧教育出版社 1998 年版。
281. 黎鳴：《中國人爲什麼這麼「愚蠢」》，北京：華齡出版社 2003 年版。
282. 黎鳴：《中國人性分析報告》，北京：中國社會出版社 2003 年版。
283. 謝泳：《逝去的年代——中國自由知識分子的命運》，北京：文化藝術出版社 1999 年版。

284. 謝泳：《西南聯大與中國現代知識分子》，長沙：湖南文藝出版社 1998 年版。
285. 謝泳：《沒有安排好的道路》，昆明：雲南人民出版社 2002 年版。
286. 謝泳主編：《思想的時代——〈黄河〉憶舊文選》，長春：吉林文史出版社 2000 年版。
287. 丁東、謝泳等：《思想操練》，廣州：廣東人民出版社 2004 年版。
288. 王俊義、丁東編：《口述歷史》，北京：中國社會科學出版社 2005 年版。
289. 丁東編：《反思歷史不宜遲》，上海：三聯書店 1999 年版。
290. 崔衛平：《正義之前》，北京：新星出版社 2005 年版。
291. 崔衛平：《我們的時代敍述》，廣州：花城出版社 2008 年版。
292. 崔衛平：《積極生活》，北京：人民大學出版社 2003 年版。
293. 夏中義：《九謁先哲書——寫給二十一世紀中國學術的黎明通知書》，上海：上海文化出版社 2000 年版。
294. 夏中義：《王元化襟懷解讀》，上海：文匯出版社 2004 年版。
295. 夏中義、劉逢傑：《從王瑤到王元化》，桂林：廣西師範大學出版社 2005 年版。
296. 夏中義主編：《大學人文讀本》，桂林：廣西師範大學出版社 2002 年版。
297. 朱學勤：《書齋裏的革命》，長春：長春出版社 1999 年版。
298. 朱學勤：《道德理想國的覆滅》，上海：三聯書店 1994 年
299. 朱學勤：《被遺忘與被批評的——朱學勤書話》，杭州：浙江人民出版社 1997 年版。
300. 傅國湧：《追尋失去的傳統》，長沙：湖南文藝出版社 2005 年版。
301. 傅國湧：《1949 年中國知識分子的私人記錄》，武漢：長江文藝出版社 2005 年版。
302. 傅國湧：《文人的底氣》，昆明：雲南人民出版社 2007 年版。
303. 摩羅：《恥辱者手記》，呼和浩特：內蒙古教育出版社 1998 年版。
304. 余傑：《鐵屋中的吶喊》，北京：當代世界出版社 1998 年版。
305. 余傑：《彷徨英雄路：轉型時代知識分子的心靈史》，臺北：聯經出版公司 2009 年版。
306. 向繼東編選：《2005 中國文史精華年選》，廣州：花城出版社 2006 年版。
307. 向繼東編選：《2006 中國文史精華年選》，廣州：花城出版社 2006 年版。
308. 向繼東編選：《2007 中國文史精華年選》，廣州：花城出版社 2008 年版。
309. 向繼東編選：《2008 中國文史精華年選》，廣州：花城出版社 2009 年版。
310. 向繼東編選：《2009 中國文史精華年選》，廣州：花城出版社 2010 年版。

311. 許明主編：《中國知識分子的人文精神》，鄭州：河南人民出版社 1994 年版。
312. 蕭功秦：《知識分子與觀念人》，天津：天津人民出版社 2002 年版。
313. 王學泰：《遊民文化與中國社會》（增修本），北京：同心出版社 2007 年版。
314. 吳思：《血酬定律——中國歷史中的生存遊戲》，北京：中國工人出版社 2003 年版。
315. 吳思：《潛規則：中國歷史中的眞實遊戲》，上海：復旦大學出版社 2009 年版。
316. 駱玉明編著：《近二十年文化熱點人物述評》，上海：復旦大學出版社 2000 年版。
317. 戴晨京編著：《學者的悲哀　從政文人的最後結局》，北京：華文出版社 2006 年版。
318. 徐友漁：《自由的言說》，長春：長春出版社 1999 年版。
319. 秦暉：《問題與主義》，長春：長春出版社 1999 年版。
320. 陳丹青：《退步集》，桂林：廣西師範大學出版社 2005 年版。
321. 何滿子：《桑槐談片》，上海：上海古籍出版社 2005 年版。
322. 李立志：《變遷與重建：1949～1956 年的中國社會》，南昌：江西人民出版社 2002 年版。
323. 張寶明：《20 世紀：人文思想的全盤反思》，合肥：安徽教育出版社 2004 年版。
324. 張寶明：《自由神話的終結》，上海：上海三聯書店 2002 年版。
325. 楊鳳城：《中国共產黨的知識分子理論與政策研究》，北京：中共黨史出版社 2005 年版。
326. 李剛：《現代知識群體的話語轉型（1949～1959）》，合肥：合肥工業大學出版社 2007 年版。
327. 鄭也夫：《知識分子研究》，北京：中國青年出版社 2004 年版年版。
328. 李良玉：《思想啓蒙與文化建設》，長春：吉林人民出版社 2001 年版。
329. 施平：《知識分子的歷史運動和作用》，上海：上海社會科學院出版社 1998 年版。
330. 裴毅然：《中國知識分子的選擇與探索》，鄭州：河南人民出版社 2004 年版。
331. 帥彦：《亂世浮生：1937～1945 中國知識分子生活實錄》，北京：中華書局 2007 年版。
332. 馬斷：《百年冷暖：20 世紀中國知識分子生活狀況》，北京：北京圖書館出版社 2003 年版。
333. 馮建輝：《命運與使命：中國知識分子問題世紀回眸》，北京：華文出版社 2006 年版。
334. 徐賁：《統治與教育》，香港：牛津大學出版社 2012 年版。
335. 徐賁：《通往尊嚴的公共生活》，北京：新星出版社 2009 年版。
336. 徐賁：《人以什麼理由來記憶》，長春：吉林出版集團有限責任公司 2008 年版。
337. 徐賁：《在傻子和英雄之間：群眾社會的兩張面孔》，廣州：花城出版社 2010 年版。
338. 許紀霖：《許紀霖自選集》，桂林：廣西師範大學出版社 1999 年版。
339. 許紀霖：《另一種啓蒙》，廣州：花城出版社 1999 年版。
340. 許紀霖：《尋求意義　現代化變遷與文化批判》，上海：上海三聯書店 1997 年版。
341. 許紀霖主編：《二十世紀中國思想史論》，上海：東方出版中心 2000 年版。
342. 許紀霖主編：《20 世紀中國知識分子史論》，北京：新星出版社 2005 年版。
343. 陳曉明主編：《現代性與中國當代文學轉型》，昆明：雲南人民出版社 2003 年版。
344. 林衢主編：《世紀抉擇　中國命運大論戰》，北京：時事出版社 1997 年版。
345. 曠晨、潘良編著：《我們的五十年代》，北京：中國友誼出版公司 2005 年版。
346. 王金鋙等：《中國現代知識分子的歷史軌迹》，長春：吉林教育出版社 1989 年版。
347. 林蘊輝等：《凱歌行進的時期》，鄭州：河南人民出版社 1989 年版。
348. 汪行福：《通向話語民主之路　與哈貝馬斯對話》，成都：四川人民出版社 2002 年版。
349. 包亞明等編譯：《現代性的地平線　哈貝馬斯訪談錄》，上海：上海人民出版社 1997 年版。
350. 于光遠編：《韋君宜紀念集》，北京：人民文學出版社 2003 年版。
351. 刑小群、孫瑉編：《回應韋君宜》，北京：大眾文藝出版社 2001 年版。
352. 李世濤主編：《知識分子立場》，長春：時代文藝出版社 2000 年版。
353. 張秀楓主編：《追尋歷史的眞相》，鄭州：河南文藝出版社 2008 年版。
354. 楊文、裴小敏主編：《被歷史忽略的歷史》，鄭州：河南文藝出版社 2008 年版。
355. 祝勇編：《知識分子應該幹什麼》，北京：時事出版社 1999 年版。

356. 余開偉編：《懺悔還是不懺悔》，北京：中國工人出版社 2004 年版。
357. 朱育和等：《當代中國意識形態情態錄》，北京：清華大學出版社 1997 年版。
358. 石剛編：《現代中國的制度與文化》，香港：社會科學出版社有限公司 2004 年版。
359. 胡平：《人的馴化、躲避與反叛》，香港：亞洲科學出版社 1999 年版。
360. 魏承思：《中國知識分子的浮沉》，香港：牛津大學出版社 2004 年版。
361. 林到群、吳讚梅編：《這也是歷史：從思想改造到文化革命 1949～1979》，香港：牛津大學出版社 1993 年版。
362. 余英時：《中國知識階層史論》，臺北：聯經出版事業公司 2001 年版。
363. 〔美〕R. J Lifton, Thought Reform and the Psychology of Totalism（New York: Norton, 1969）。
364. 〔美〕約瑟夫·威廉：《極左思潮與中國》，夏軍譯，南京：東南大學出版社 1989 年版。
365. 〔美〕保羅·約翰遜：《知識分子》，楊正潤等譯，南京：江蘇人民出版社 1999 年版。
366. 〔美〕薩義德：《知識分子論》，單德興譯，北京：三聯書店 2002 年版。
367. 〔美〕拉塞爾·雅各比：《最後的知識分子》，洪潔譯，南京：江蘇人民出版社 2006 年版。
368. 〔美〕保羅·博維：《權力中的知識分子：批判性人文主義的譜系》，蕭莎譯，南京：江蘇人民出版社 2005 年版。
369. 〔美〕馬克·里拉：《當知識分子遇到政治》，鄧曉菁、王笑紅譯，北京：新星出版社 2005 年版。
370. 〔美〕傑羅姆 B.格裏德爾：《知識分子與現代中國》，單正平譯，天津：南開大學出版社 2002 年版。
371. 〔美〕明恩溥：《中國人的氣質》，佚名譯，北京：中華書局 2006 年版。
372. 〔美〕亞瑟·史密斯：《中國人德行》，張夢陽、王麗娟譯，北京：新世紀出版社 2005 年版。
373. 〔美〕馬泰·卡林內斯庫：《現代性的五幅面孔》，顧愛彬、李瑞華譯，北京：商務印書館 2002 年版。
374. 〔美〕亨廷頓：《20 世紀後期民主化浪潮》，劉軍寧譯，上海：上海三聯書店 1998 年版。
375. 〔美〕約翰·凱克思：《爲保守主義辯護》，應奇、葛水林譯，南京：江蘇人民出版社 2003 年版。
376. 〔美〕孫隆基：《中國文化的深層結構》，桂林：廣西師範大學出版社 2004

年版。

377. 〔美〕余英時：《士與中國文化》，上海：上海人民出版社 1987 年版。
378. 〔美〕余英時：《現代危機與思想人物》，北京：三聯書店 2005 年版。
379. 〔美〕余英時：《中國知識分子論》，鄭州：河南人民出版社 1997 年版。
380. 〔美〕阿倫特：《極權主義的起源》，林驤華譯，北京：三聯書店 2008 年版。
381. 〔美〕約翰・羅爾斯：《正義論》（修訂版），何懷宏等譯，北京：中國社會科學出版社 2009 年版。
382. 〔美〕房龍：《寬容》，迮衛、靳翠微譯，北京：三聯書店 1985 年版。
383. 〔英〕卡爾・波普爾：《歷史決定論的貧困》，杜汝楫、邱仁宗譯，上海：上海人民出版社 2009 年版。
384. 〔英〕以賽亞・柏林：《自由論》，胡傳勝譯，南京：譯林出版社 2003 年版。
385. 〔英〕哈耶克：《通往奴役之路》，王明毅、馮興元等譯，北京：中國社會科學出版社 1997 年版。
386. 〔英〕哈耶克：《自由秩序原理》，鄧正來譯，北京：三聯書店 1997 年版。
387. 〔英〕哈耶克：《哈耶克論文集》，鄧正來選編譯，北京：首都經濟貿易大學出版社 2001 年版。
388. 〔英〕哈耶克：《個人主義與經濟秩序》，鄧正來譯，北京：三聯書店 2003 年版。
389. 〔英〕倫納德・霍布豪斯：《社會正義要素》，孔兆政譯，長春：吉林人民出版社 2006 年版。
390. 〔英〕約翰・格雷：《自由主義・導論：自由主義傳統的統一性》，曹海軍、劉訓練譯，長春：吉林人民出版社 2005 年版。
391. 〔法〕勒龐：《烏合之眾：大眾心理研究》，馮克利譯，桂林：廣西師範大學出版社 2007 年版。
392. 〔德〕費希特：《論學者的使命》，梁志學、沈眞譯，北京：商務印書館 1980 年版。
393. 〔德〕哈貝馬斯：《現代性的哲學話語》，曹衛東等譯，南京：譯林出版社 2008 年版。
394. 〔德〕哈貝馬斯：《對話倫理學與眞理的問題》，沈清楷譯，北京：中國人民大學出版社 2005 年版。
395. 〔俄〕別爾嘉耶夫：《俄羅斯的命運》，汪劍釗譯，昆明：雲南人民出版社 1999 年版。
396. 〔俄〕別爾嘉耶夫：《自我認知》，汪劍釗譯，昆明：雲南人民出版社 1998

年版。
397. 〔俄〕別爾嘉耶夫：《俄羅斯思想》，雷永生、邱守娟譯，北京：三聯書店 1995 年版。
398. 〔俄〕舍斯托夫：《開端與終結》，方珊譯，昆明：雲南人民出版社 1998 年版。
399. 〔俄〕赫爾岑：《往事與隨想》，巴金譯，上海：上海譯文出版社 1979 年版。
400. 〔波蘭〕亞當・米奇尼克：《通往公民社會》，崔衛平譯，內部交流。
401. 〔捷克〕哈維爾：《哈維爾文集》，崔衛平編譯，內部交流。

三、**論文類**（略）

後　記

記得 2008 年博士論文殺青之時，我曾借用穆旦的「豐富和豐富的痛苦」詩句形容過自己三年攻讀博士學位的心得，那其中的情眞意切、肺腑之言，雖已有幾年光景，但每每想來，仍歷歷在目、如同昨日。

進入學術研究領域，大概原本就是我的誤打誤撞，不單是同人覺得不能接受——多認爲我不該「誤入正途」，即如自己迄今也恍然如夢中一般，儘管在我而立之年後的人生，都是那樣的按部就班，計劃性鮮明。還記得導師李新宇先生在我論文答辯和酒會中，多次談及我這三年大概讀了五年的書。雖是一句平常話，但在我，每次都是百感交集以致無語，因爲這三年苦讀，又豈止五年能夠承載，更確切地說是相當於三十年。這是因爲，一來我此前混迹於社會，很少讀書撰文；二來即便偶而翻書也如沒頭蒼蠅，深陷蒙昧泥淖而不自知。最初投身「宇門」（傅國湧語，但不知是不是原創），多少有些偶然，然而最終卻是幸運的，也是幸福的。在先生深邃、睿智的思想和令人肅然起敬的風骨的感召下，生性駑鈍和習慣旁門左道的我，竟然獲得了這世間稀缺而彌足珍貴的一種東西——思想。而人一旦擁有了這個東西，世界好像都爲之改變了。

當然，也要感謝先生那種嚴謹的治學態度和大境界的學術視野以及直接而實用的學術方法，正是在這樣一種優質學術氛圍下，我選擇了「檢討」這一特定文化現象作爲切入點，也利用兩個暑假通讀了那一時期的文獻，諸如《人民日報》、《光明日報》、《文藝報》等。回想當年汗流浹背地翻閱著本不太久遠的然而又滿是灰塵的舊報紙、期刊，一種因辛勤耕耘而收穫頗豐的踏實感、成就感和歷史現場感便油然而生。現今也還想著導師的期望：如果這麼做十年，那就不得了。先生說這話自然寓意頗多，表揚我的勤奮是一方面，同時也告誡我做學問不可急功近利，三年博士是難於成就什麼學問的。遺憾的是，畢業至今，我仍未找回當年的那個勁頭兒，雖然也勤於讀書，然而學業長進不大。特別是來自大學體制的擠壓和誘惑，我的原本急功近利的毛病不減反增，眞可謂爲稻粱終日忙碌而於學問卻碌碌無爲，慚愧至極呀！

或許也是受先生影響，我的學術之路從起初就有些偏離純文學，而更趨向文化、歷史和思想史研究。這對半路出家的我來說，如此廣博的讀書範圍和高深的學術思想顯然是一個大問題。而越是讀書，越覺得自己的空虛和思想淺薄，當初獲得思想時的那種自信也找不到了。再加之，我的閱讀速度始終比較慢，記性又不好，更覺自己不會有大前途。所以，我始終不敢確定以學問爲終生事業，也不敢當眾以學者自居，深怕自己一事無成還背著個崇高的幌子，玷污了學術的聲譽。

關於書稿，其前身是我的博士論文，初稿完成於 2008 年初，後經導師指點後由 40 萬字刪改至 26 萬字。畢業後，又幾經增補、修訂，形成今天的摸樣。比較有感觸的是，在論文的刪繁就簡和修修補補中，我此前的激情性寫作（或說是情緒性寫作）得到一些沉潛和修正，筆走偏鋒的不良習性得到很大改善，學理性思維也更趨完善一些。不過，其中一些「思想火花」也在求穩中煙消雲散了，不知道這於本書是幸運呢還是不幸？

値得一提的還有，丁玲的檢討在我做論文時未拿到全文，都是間接引用材料，直至 2009 年才輾轉通過美國大學圖書館找到。這其中，我還於畢業後拜訪《炎黃春秋》的副總編徐慶全先生，曾得到具體指導和一些資料，也包括諸多贈書，對論文修訂很有幫助。

在書稿即將再版印刷之際，我再次眞誠地感謝那些曾給予我學業上的關心、幫助和提攜之人。還要提及的是，書稿中很多章節曾以論文的形式發表過，這其中應該感謝的包括《粵海風》的主編徐南鐵、《揚子江評論》的黃髮有、香港中文大學《二十一世紀》的編輯顧昕、《齊魯學刊》的趙歌東、《南京師範大學文學院學報》的丁可、《湘潭大學學報》的萬蓮子、《名作欣賞》的原主編續小強、《海南師範大學學報》的原主編畢光明等諸位先生。此外要感謝的還有給予論文關注和對我個人鼓勵的廈門大學的謝泳、天津師範大學的高恒文、自由撰稿人傅國湧、詩人和自由撰稿人朵漁等先生。可以說，書稿今天能夠面世和再版，與各位先生的鼓勵和支持是分不開的。

回首往事，我的一路走來，包括攻讀碩士、博士學位以及就業、重新就業，和面對各種困難之時，都曾得到貴人相助，想來眞是令人感念不已。我的每一步成長都凝聚著大家的關懷和期望，在此一併表示感謝。

應該感謝的還有我的家人。妻子於輝，一直以來代我照顧父母照看孩子，爲我分擔和排解困難，使得我能夠全身心投入學習中。我的父母都是最淳樸、節儉的農民，辛苦勞作一世，供我讀書，也默默地關注我的成長並爲我的些許成績而滿足。我的岳父岳母和妻姐一家也在我讀書期間給予了厚重的關愛，讓我時時沐浴於濃濃親情中。我的哥哥和妹妹都是讀書甚少之人，但都爲我的求學而自豪和驕傲。愛子生於我考博前一周，待我金榜題名時便爲其取名爲「軼博」，意爲超越即將成爲博士的父親。不過，那只是遙遠的希冀，更切實的是希望他未來能夠「幸福的度日，合理的做人」。

2010 年，書稿雖幾經輾轉、刪改後，終於在前新星出版社副社長于九濤先生的大力促成下，開始接受學界中人的檢視，當時忐忑、惶恐及矛盾的心情實在難於言表。

書稿面世後的幾年中，雖有夏中義、徐慶全、陶東風、陳建華、方寧、朱棟霖、林賢治、王彬彬、向繼東、李怡等諸多先生的賞識，也有袁洪權、明飛龍、孫淑芹、朵漁、劉緒才、黎秀娥、鄒鐵夫、楊津濤等先生撰寫書評發表於《二十一世紀》、《書屋》、《中國圖書評論》、《中華讀書報》、《現代中國文化與文學》等刊物，已發表的幾篇文章還被鳳凰網、搜狐網、騰訊網、共識網等十幾家媒介轉載產生更大影響，這些都可以算是拙作的「成績」，但是作爲作者，深知拙著中存在的問題，所以在出版後的幾年中，但凡遇到相關材料，我便對書稿進行及時補充、修訂，直至今天能夠有勇氣拿出來再次接受學界的檢驗。

拙作能夠再版，當然要感謝李怡教授的擡愛以及臺灣花木蘭文化出版社的高小娟社長等先生的鼎力。在此，一併向他們表示我最眞誠的敬意！